HEYNE <

DAS BUCH

Was als Routineflug begann, endet für Perry Rhodan mit einem ungeheuren Auftrag: Ein Bote der Superintelligenz ES bittet ihn darum, fast 30 Milliarden Menschen vor dem Untergang zu bewahren. Dazu muss Rhodan in Begleitung einiger weniger Gefährten in eine entlegene und unzugängliche Galaxis reisen: nach Ambriador.

Ein Naturphänomen hat die Vorfahren dieser Menschen vor Jahrtausenden nach Ambriador verschlagen, in eine Galaxis mit irrwitzigen physikalischen Bedingungen. Raumflug ist dort nur mit Mühe möglich, und doch haben sie sich behauptet. Die Menschen schufen eine neue Heimat und griffen erneut nach den Sternen.

Nun aber wird ihr Sternenreich, das Alteranische Imperium, von einer überlegenen Macht mit Krieg überzogen. Diese Gegner sind niemand anderes als die Posbis – dabei zählen die positronisch-biologischen Roboter in der heimatlichen Milchstraße längst zu den treuesten Verbündeten der Terraner.

Als Perry Rhodan seine Reise über die Abgründe zwischen den Galaxien antritt, weiß er, dass er die letzte Hoffnung ist für das gestrandete Imperium ...

DER AUTOR

Michael Marcus Thurner, geboren 1963, veröffentlichte erste Romane im Rahmen der PERRY RHODAN-Fan-Edition, bevor er im Jahr 2002 als Stammautor in die ATLAN-Serie einstieg. Seit Anfang 2005 schreibt Thurner als festes Mitglied im PERRY RHODAN-Team. Der Autor lebt und arbeitet in Wien.

DER UMSCHLAGILLUSTRATOR

James Clyne studierte zunächst Kunst und Malerei und später Industriedesign, bevor er Mitte der 90er-Jahre begann, Kulissen und Figuren für Computerspiele zu entwickeln. Seit 1997 arbeitet er als Illustrator in Hollywood, unter anderem für Filme wie *Krieg der Welten, Poseidon, Charly und die Schokoladenfabrik, Der Polarexpress* und *Minority Report.*

Perry Rhodan

DER POSBI-KRIEG

MICHAEL MARCUS THURNER

DAS GESTRANDETE IMPERIUM

Roman

Perry Rhodan » Der Posbi-Krieg 1

Mit einem Anhang von Hartmut Kasper

Originalausgabe

WILHELM HEYNE VERLAG
MÜNCHEN

Umwelthinweis:
Dieses Buch wurde auf chlor- und säurefreiem Papier gedruckt.

Originalausgabe 11/05
Redaktion » Hartmut Kasper
Lektorat » Sascha Mamczak

www.heyne.de
Printed in Germany 2006
Umschlagbild » James Clyne
Umschlaggestaltung » Nele Schütz Design, München
Satz » C. Schaber Datentechnik, Wels
Druck und Bindung » GGP Media GmbH, Pößneck

ISBN-10: 3-453-53262-7
ISBN-13: 978-3-453-53262-5

1. Rundron: Bei Freunden

Rundron war kein Planet wie jeder andere, das sah und spürte er.

Perry Rhodan ignorierte die Datenwülste, die die Positronik der LEIF ERIKSSON II mit all ihren technischen Möglichkeiten aufsog und unaufhörlich auf das große Holo der Bordzentrale spuckte. Sie kündeten in kunterbunten Balkenstatistiken von Schwerkraftverhältnissen, Atmosphärebedingungen, Bestandsanteilen der Planetenhülle, virologisch-bakteriellen Überprüfungen sowie zahlreichen weiteren Punkten, die für die unterschiedlichsten Besatzungsangehörigen seines Schiffs von Interesse sein mochten.

Niemals durfte der Dienstbetrieb an Bord eines Raumschiffs zum Trott verkommen, den man wie eine langweilige Büroarbeit verrichtete. Stets mussten die Besatzungsmitglieder vom Kommandanten abwärts mit Staunen und Bewunderung an das Wunder dieses riesigen, unergründlichen Universums herangehen.

Trotz modernster Hilfsmittel und in millionenfachem Einsatz bestätigter Routinen war jede Reise ... anders.

Der Unsterbliche sah sich um.

Er war stolz auf die Leute, die an Bord der LEIF ERIKSSON II Dienst taten. Hoch konzentriert gingen sie an ihren Stationen den notwendigen Arbeiten nach, die mit der Annäherung an einen fremden Planeten verbunden waren. Selbstverständlich hätte man den Großteil der anfallenden Aufgaben den Positroniken überlassen können – und damit jenes Gefühl der Kontrolle verloren, das sich in vielen Fällen als lebensrettend herausgestellt hatte.

Ranjif Pragesh hatte seine Leute fest im Griff. Selbstbewusst saß er auf dem leicht erhöhten Kommandosessel, drehte sich immer wieder nach links und rechts, sprach leise Befehle in die ihn umschwirrenden Akustikfelder und war stets Herr der Lage. Kaum etwas, so wusste Rhodan, konnte den auf dem indischen Subkontinent geborenen Kommandanten aus der Ruhe bringen. Weder die eigene Mannschaft, die großteils aus ausgeprägten Individualisten bestand, noch Gefahren, die von außen her drohten.

Das angenehm helle Licht der Zentrale wurde sukzessiv herabgedimmt. Semitransparente Energiefelder, die zwischen einzelne Abteilungen geschaltet gewesen waren, lösten sich lautlos auf. Augenblicklich wirkte das Rund der Zentrale kleiner. Alle Frauen und Männer, die zurzeit Dienst taten, konnten sich nun sehen und, wenn es notwendig war, Anweisungen und Wünsche zurufen. Verbale Kommunikation war, so hatten Raumfahrtpsychologen längst erkannt, das A und O einer gut aufeinander abgestimmten Mannschaft. In Stresssituationen gab es nichts Hinderlicheres als voneinander getrennte Abteilungen.

Das waren einige der vielen Gedanken, die Rhodan immer wieder wälzte, wenn er – wie jetzt – vom Wunder der Raumfahrt überwältigt wurde. Sie hatten sich ihm tief eingeprägt über all die Jahrtausende, wie Runzeln in einem älter werdenden Gesicht.

Der Unsterbliche trat zwei, drei Schritte zurück und betrachtete neuerlich das Bild des Planeten.

Die grünblaue Marmorkugel glitzerte an vielen Stellen,

reflektierte das Licht ihrer Kunstsonnen, dort, wo sich gewaltige Industriekomplexe wie eine Krankheit über und *durch* Rundron fraßen.

»Landeerlaubnis erteilt«, kündete eine blecherne, quietschende Stimme. Gleichzeitig erschienen weitere Datenkolonnen auf dem zentralen Holoschirm und den Betrachtungsfeldern der wichtigsten Zentraleeinheiten. Landekennungen und Verhaltenshinweise, streng binärmathelogisch sortiert und nicht notwendigerweise für den menschlichen Verstand geschaffen. Die Bordpositronik würde einige Augenblicke benötigen, um die Hinweise in verständliche Informationen umzuwandeln.

»Wir landen«, befahl Rhodan.

Niemand widersprach, niemand sagte ein Wort. Man vertraute ihm, und man vertraute den ... Siedlern dieses Planeten.

Startac Schroeder starrte wie er auf das Bild des rasch näher kommenden Planeten. Der Monochrom-Mutant wirkte wie so oft in sich gekehrt und hoch konzentriert.

Manchmal, dachte Rhodan, *hat er noch etwas Jungenhaftes an und in sich. Wie jener nicht einmal Siebzehnjährige, der mich in den Trümmern von HQ Hanse vor Ramihyn, dem Diener der Materie, gerettet hat. In anderen Momenten lässt er das Alter nur allzu deutlich raushängen. Wie jetzt zum Beispiel.*

Schiffe der hier gefertigten und stationierten Flottenteile gerieten gegen das Licht einer Kunstsonne in Sicht. Sie manövrierten mit erschreckend präzisen Bewegungsabläufen, beschleunigten und reduzierten das Tempo, schlugen Haken, setzten verwirrende Manöver. Bremsdüsen rissen lange, dünne Flammenspuren in die Stratosphäre, schufen Zeichen, die mit kalligrafischer Präzision ein Wort bildeten.

»Willkommen!«, las Perry Rhodan. Er schüttelte ungläubig den Kopf. »Wenn ich nicht wüsste, wer unsere Gastgeber sind, würde ich meinen, dass sie protzen wollen.«

Einer der unförmigen Kolosse raste in einer Entfernung von nicht einmal 50 Kilometern an ihnen vorbei. Das Schiff hielt inmitten einer gelblichroten Feuerlohe an und passte Sekunden darauf Geschwindigkeit und Einflugsvektor an jene der LEIF ERIKSSON II an.

»Sie *wollen* angeben«, tönte eine helle Stimme. Mondra Diamond betrat die Zentrale. Sie schritt – nein, sie schwebte! – an der Ersten Pilotin Lei Kun-Schmitt vorbei, die angesichts des Manövers anerkennend die Nase rümpfte.

»Vhomeze ist ein sehr nüchterner ... Mann«, erwiderte Rhodan. »Ich glaube nicht, dass er ein derart großspuriges Verhalten seiner Kollegen gutheißt.«

»Vielleicht ist es weniger Angeberei als Stolz«, warf Startac Schroeder ein. Er kratzte sich nachdenklich über den Ellbogen. »Was wissen wir schon, was in diesen Wesen vorgeht ...«

Rhodan mischte sich nicht in die sich entspinnende Diskussion ein. Die Spekulation, welche Emotionen ihre Freunde auslebten, war überflüssig. Er zog sich zurück, nahm im leicht erhöht stehenden Sessel Platz, der sich augenblicklich um ihn schmiegte, und dachte nach. Bislang hatte er sich keine großen Gedanken gemacht, wie er Vhomeze gegenübertreten sollte. Was er zu sagen hatte, lief auf ein tief aus dem Herzen kommendes: »Wir danken euch!« hinaus. Doch angesichts des Begrüßungsakts der Begleitschiffe, der an ein hochoffizielles Staatszeremoniell erinnerte, würde er wohl ein wenig tiefer in die Schatulle greifen müssen. Immerhin hatten sie es auf Rundron mit den besten Freunden der Menschheit zu tun.

Die Posbis verdienten einen riesengroßen Applaus für das, was sie in den letzten Jahren geleistet hatten.

In der Nähe des Landeplatzes der LEIF ERIKSSON II parkten zahllose Fragmentraumer. Ein stetiges Starten und Landen der Schiffe sorgte für eine ungeheure Geräuschkulisse, die von der absoluten Sprachlosigkeit der Posbis selbst konterkariert wurde. In abstrusesten Gestalten wuselten sie zwischen Montage-Einheiten, Traktorstrahl-Kränen und Werftzangen umher. Kein Wort fiel dabei. Sie arbeiteten, wie Rhodan wusste, meist über Funksignale und wurden dabei von der positronischen Komponente der Hyperinpotronik geleitet. Ein Vorgang, der ähnlich kompliziert der Synchronisation verschiedenartiger Bewegungs-, Koordinations- und Lenkungsimpulse eines menschlichen Körpers funktionieren musste – und dennoch stets ohne Reibungen ablief.

Rhodan wandte sich von den allgegenwärtigen Holoschirmen ab und konzentrierte sich auf den Gast, der soeben eintrat.

»Willkommen auf Rundron«, sagte Vhomeze.

Der kleine, eiförmige und irgendwie *beliebig* wirkende Posbi schwebte in den offiziellen Empfangsraum des Ultraschlachtschiffs und deutete mit seinem zerrissen wirkenden Rumpfkörper eine Verbeugung an.

»Es ist uns eine Ehre, Rundron betreten zu dürfen.« Auch Rhodan verneigte sich, so lächerlich die Geste angesichts seines Gegenübers auch sein mochte.

»Ihr seid Freunde, und ihr werdet es immer bleiben.« Vhomezes Stimme drang verzerrt aus einer winzigen Spracheinheit, die er an die rechte Kopfseite gepfropft hatte. »Es würde mich freuen, dich und einige ausgewählte Begleiter umherführen zu dürfen.«

Nun, wenn die Posbis tatsächlich auf Prunkgehabe und Zeremonien Wert legten, konnte er sich ihrem Wunsch nicht entziehen. Möglicherweise lag der Anteil der biologischen Komponente bei den »Robotern« des Planeten Rundron höher als woanders, möglicherweise unterlagen sie zyklischen Schwankungen, die gerade eben auf die emotionelle Seite ihres Daseins ausschlugen.

»Gern. Aber zuvor möchte *ich* dir etwas zeigen.«

»Ja?« Vhomeze wirkte überrascht. Sein Schwebekörper mit den lose zum Boden hinabbaumelnden Haltestangen, an denen er sich offensichtlich in den unterschiedlichsten Gerätschaften einklinken konnte, schwankte leicht.

»Darf ich bitten?« Rhodan verließ den Empfangsraum, wandte sich nach links, den langen Gang hinab, einer der größeren Werkshallen des Schiffes zu. »Liebst du Überraschungen?«

»Sie entsprechen der Viskosität des Öls«, antwortete Vhomeze sperrig. »Je geringer sie ist, desto fließfähiger, desto gelenkiger funktionieren unsere mechanischen Teile, desto wohler fühlen wir uns.«

Perry schmunzelte. »Schön gesagt, mein Freund. Ich hoffe, dass du mit der Überrasch... mit dem Viskositätsgrad hier drinnen zufrieden bist.« Er öffnete das Schott.

Ein metallener Schlag erklang, synchron ausgeführt von 10 000 Vasallen, die seit Jahren an Bord der LEIF ERIKSSON II Dienst taten. 10 000 Posbis standen oder schwebten in der Halle. Sie reisten mit den Terranern und leisteten ihnen beste Dienste. Nun grüßten sie Vhomeze, aufgestellt in Reih und Glied, überschütteten ihn mit Funksprüchen und Datenströmen, die einen Gruß darstellen sollten.

»Das ist ... schön«, sagte der Posbi-Kommandant nach einer geraumen Weile, die in akustischer Ruhe verging. »Ich bekomme über hunderte, ja, tausende Informationshappen übermittelt, dass es meinen ... Kameraden hier gut geht. Es ist ihnen allen eine Ehre, an Bord eines der imposantesten Schiffe der terranischen Flotte Dienst tun zu dürfen.«

Weitere Sekunden vergingen, während Messgeräte ein gestiegenes Aufkommen im niederfrequenten Funkverkehr anmaßen. Dann wandte sich Vhomeze abrupt ab. »Es wird Zeit, dass wir dein Schiff verlassen. Auch auf Rundron gibt es viel zu sehen.«

Der Unsterbliche nickte. Er wusste, dass sein Gegenüber die Geste verstand. »Dann lass uns beginnen.«

»Das Feld, das wir auf Rundron für den Personentransport anwenden, mag für euch ein wenig ungewohnt sein«, sagte Vhomeze. »Erschreckt bitte nicht.«

Rhodan, Mondra Diamond und Startac Schroeder schwebten hinab auf den Boden des Planeten.

Der Unsterbliche spürte die innere Unruhe des Mutanten. Startac wirkte gehetzt, wie so oft. Er sah sich um, als suche er nach Verstecken und Anhaltspunkten, die er notfalls als Orientierung für eine zielgerichtete Teleportation verwenden konnte.

Siebzig Jahre ist er bereits alt; selbst sein Haar wird schon dünn, dachte Rhodan, *und noch immer hat er nicht zu sich selbst gefunden ...*

Sie wurden sanft von unsichtbaren Kräften gepackt und in Bewegung gesetzt. Es war wie die Reise auf einem Transportband, dessen Rollboden unsichtbar blieb. Im ewig langen Schatten der LEIF ERIKSSON II trieben sie dahin. Kälte und Luftverwirbelungen, die das Schiff durch seine bloße Präsenz erzeugte, wurden durch scheinbar ziellos umherirrende Posbi-Einheiten entgegengewirkt. Ihre Blasebalgkörper neutralisierten jegliche klimatischen Nebeneffekte, sodass sich die drei Terraner stets in einem windfreien Korridor bewegten.

Schlagartig erlosch die Geräuschkulisse, die den riesigen Schiffshafen bislang eingehüllt hatte.

»Für die Dauer eures Aufenthalts werden unsere Arbeiten unter gehörschonenden Bedingungen durchgeführt«, sagte Vhomeze. Er schwebte voran, deutete da und dort auf besonders Aufsehen erregende Bauwerke, während sich ihre Reisegeschwindigkeit allmählich steigerte.

Würfelförmige Schiffe mit einer Kantenlänge von zwei bis drei Kilometern standen dort. Manche von ihnen waren wie riesige, dreidimensionale Puzzleteile knapp übereinander gestapelt und ließen kaum Platz für Reparatur- und Fertigungsroboter, die ihre Arbeit allerdings ungeachtet der Bedingungen stoisch und zielgerichtet durchführten. Kein Raumer und kein Posbi glich dem anderen.

Eine Reparaturwerft kam in Sicht. Gewaltige Kräne, die sich wanden und krümmten, ragten kilometerweit in die Höhe, umschwebt von hunderten Zubringern, die wiederum von flirrenden und verschiedenfarbigen Antigravfeldern umgeben waren.

»Wir benutzen seit kurzem bei der Abgrenzung unserer individuellen Einsatzgebiete farbige energetische Markierungen«, sagte Vhomeze in lockerem Plauderton. »Die dabei entstehenden Muster wirken beruhigend auf unsere biologischen Bestandteile; so meinen zumindest manche unserer Psychologen.«

Rhodan schwieg. Er wusste um die unterschwelligen ... Auseinandersetzungen, die in den Leibern der Posbis tobten. Der Anteil des Bioplasmas variierte von Maschine zu Maschine. Konnten manche der Roboter eine innige und äußerst differenzierte Gefühlswelt entwickeln, so blieben andere kühl und distanziert. Das Zentralplasma auf der Hundertsonnenwelt verbrachte wohl einen großen Teil seiner Denk- und Lenkungsarbeit damit, latente Spannungen innerhalb der einzelnen Einheiten seines billionenfachen Heers auszutarieren.

Allen Posbis gemein war jedoch die Achtung vor dem Leben an sich. Rhodan selbst hatte dafür gesorgt. Im Jahr 2114 alter Zeitrechnung war die so genannte Hassschaltung außer Kraft gesetzt worden. Mehrere Krisen hatten nichts daran ändern können, dass die Maschinenwesen nach wie vor treue und zuverlässige Freunde der Menschheit geblieben waren.

Sie passierten die kunterbunte Docklandschaft. Riesige Industrieparks kamen in Sicht. Dicht an dicht standen und lagen gewaltige Bestandteile zukünftiger Fragmentraumer, als hätte ein Riese sie planlos durch die Gegend geschleudert. Sinnentrückte Architekten schienen Einfluss auf die Gestaltung der geplanten Raumschiffe genommen haben. Kein Teil wirkte so, dass Rhodan das Verlangen gespürt hätte, eins dieser zukünftigen Schiffe jemals zu betreten. Zweckmäßigkeit blieb die Ultima Ratio der Schiffsbauer. Sollten für den Kampf ausgerüstete Posbis befördert werden, wurde das Transportmittel anders konzipiert als zur Verschiffung von Baumaschinen.

Sie glitten weiterhin mit steter Geschwindigkeit im von den Posbis gesteuerten Transportfeld dahin. Ein Komplex flacher Barackensiedlungen war das nächste Element, das Rhodan und seine Begleiter zu Gesicht bekamen. Er wirkte ... anders. Meterhoher Müll lag dort ohne die geringste Spur von Ordnung verstreut, und es stank bestialisch. An einer Stelle sah Rhodan ein seltsames Geflirre und Gewusel. Übereinander gestapelte und ineinander verschlungene Lebewesen der seltsamsten Art führten dort Tänze auf oder diskutierten miteinander; wer vermochte es schon zu sagen?

»Wollt ihr die Siedlungen unsere Betreuer besuchen?«, fragte Vhomeze. So etwas wie ein Grinsen glitt über seine von plumpen Sechskantschrauben verzierte Mundklappe.

»Ein ander Mal«, wich Rhodan aus. »Ich bin mir sicher, dass die Matten-Willys und ihr ein gutes Auskommen habt.«

Vhomeze ging nicht näher auf das Thema ein. Die Matten-Willys umsorgten das Zentralplasma und erfüllten die heikle Aufgabe des Plasmatransports von Planet zu Planet. Dass sie in ihrer fürsorglichen Art Quälgeister ohnegleichen sein konnten, hatte Rhodan schon mehr als einmal erleben müssen.

Der Unsterbliche atmete insgeheim auf, als sie die Barackenanlagen passiert hatten. Er sperrte sich mithilfe seines Anzugs gegen das Transportfeld und ließ sich zu Boden gleiten. Eine ausgedehnte Grünzone begann hier, auf die scheinbar keinerlei Einfluss genommen worden war. Trauerweiden hingen über einem kleinen Bach, der durch die flache, von kräftigem Grün gekennzeichnete Landschaft mäanderte. Gegen den Horizont gingen die Wiesen in eine Savannensteppe über, während rechts von ihnen eine urtümliche Urwaldlandschaft ihren Anfang nahm.

»Rundron ist lediglich zu vierundzwanzig Komma achtsiebendrei Prozent verbaut«, dozierte Vhomeze. »Tendenz leicht steigend. Das Zentralplasma gab Anweisung, bei unseren Tätigkeiten das natürliche Gleichgewicht des Planeten nicht zu zerstören. Auf allen vier Kontinenten existieren ausreichend große Zonen, in denen Flora und Fauna blühen und gedeihen ...«

»Wir haben diese Dinge alle schon bei unserem Anflug angemessen«, unterbrach Mondra Diamond. Sie blies sich eine Haarsträhne aus dem Gesicht. »Ich bin, ehrlich gesagt, ein wenig verwirrt. Natürlich finde ich es ... schön, dass ihr Rundron großteils naturbelassen habt. Aber warum dieser Aufwand? Der Planet wurde zweifelsohne irgendwann einmal aus der Milchstraße hierher an ihren Rand verschleppt ...«

»Vor hundertfünfundzwanzig Komma sechs terranischen Jahren, um genau zu sein.«

»Es gibt kein stellares Umfeld, aus dem der Planet stammen könnte«, fuhr Mondra unbeeindruckt fort. »Der Transport hierher über mindestens ... hm ... sechzig Lichtjahre muss extrem aufwändig gewesen sein und große Kapazitäten eurer ... Gesellschaft in Anspruch genommen haben. Und nach getaner Arbeit nutzt ihr lediglich ein Viertel der Platzkapazitäten, verwandelt den Rest in ein Naturparadies und setzt Kunstsonnen ein, um es zu erhalten? *Warum* das alles?«

»Weil Rundron für den Empfang terranischer Gäste und Botschafter gedacht ist. Also für euch, Mondra.« Vhomezes eiförmiger Körper schwebte hoch und nieder, offensichtlich ein Zeichen von Erregung.

Die Frau schüttelte den Kopf. »Soviel ich weiß, haben außer uns nicht mehr als ein oder zwei Dutzend Menschen diesen Planeten betreten. Kein Arkonide, kein Akone, kein Angehöriger irgendeines anderen Milchstraßenvolks kennt Rundron. All dieser Aufwand – für ein paar Gäste? Das erscheint mir nicht logisch.«

»Und doch ist es so«, widersprach der Posbi. »Die Terraner sind unsere Freunde. Unsere Verbündeten, unsere Befreier. So ist es in unseren Erinnerungen festgeschrieben. Jene Schuld, die wir in der Zeit davor auf uns geladen haben, wird so rasch nicht abbezahlt sein. Aber wir tun unser Bestes. Also schaffen wir die besten Bedingungen, damit ihr euch als unsere Gäste wohl fühlt. *Das* ist logisch.«

»Ich ... verstehe.«

Rhodan beobachtete Mondra. Sie wirkte verwirrt.

Nur ganz selten geschah es, dass diese sonst so kontrolliert handelnde Frau Zeichen von Unsicherheit zeigte. Stets vermeinte man zu spüren, dass sie die Kontrolle über die Dinge behielt, niemals das Heft aus der Hand gab. Natürlich ordnete sie sich in seiner Gegenwart unter ...

Perry grinste unvermittelt.

Zumindest *tat* Mondra so, als würde sie auf ihn hören – aber konnte er sich denn absolut sicher sein? Als großartige Manipulatorin verstand sie es wahrscheinlich, ihn genauso um den kleinen Finger zu wickeln, wie sie ihre Kollegen im Terranischen Liga-Dienst nach ihren Wünschen springen ließ.

Ach, Mondra ...

Vielleicht hätte ihre Lebensgemeinschaft noch Jahrzehnte gehalten. Vielleicht hätten sie weitere Kinder gehabt, die über den Verlust Delorians hinwegtrösteten. Aber eine längere Phase der Trennung hatte eine beiderseitige Entfremdung herbeigeführt. Seitdem wollte es nicht mehr so werden, wie es einmal gewesen war. Die absolute Intimität und Harmonie, die sie einander in die Arme getrieben hatte, war unwiederbringlich dahin.

Mondra beobachtete interessiert die Umgebung. Längst schon hatte sie sich wieder gefangen. Das Licht zweier Kunstsonnen warf ungewohnte Schatten über ihr so sanftes Gesicht.

Es war dies ihr erster offizieller Besuch auf einem Posbi-Planeten. Trotz aller vorbereitender Gespräche, die sie geführt hatten, musste sie sich erst einmal auf die ungewöhnliche Denk- und Existenzweise der Roboter einstellen.

Die Bio-Roboter waren aus dem Alltag und Leben der Terraner, vor allem an Bord größerer Raumschiffseinheiten, kaum mehr wegzudenken. Sie verübten ihre Aufgaben still und leise, blieben genügsam und traten selten mit Bitten an sie heran. Hier jedoch lernte Mondra die *ursprüngliche* Wesensart und Denkweise der Posbis kennen. Was sie ausmachte, wie sie funktionierten, was sie von ihrem beinahe ewig dauernden Leben erwarteten.

Das Transportfeld ergriff sie erneut, trieb sie wie Blätter über die bunt zusammengewürfelte Vegetation zu ihrer Rechten. Es war leicht, zu erkennen, dass weder die Zusammensetzung der Tier- noch die der Pflanzenwelt passte. Felide Raubtiere mit gewaltigen Hauern im Maul sprangen nach ihnen, ohne sie erreichen zu können; nur wenige hundert Meter entfernt rissen Kleinsaurier an den Gedärmen eines schuppenbewehrten Kriechers. Gegen den Himmel zeichnete sich die Schatten mehrerer Spinnen ab, die an breiten und schnell schlagenden Flügeln hingen und klebrige Fäden ins Unterholz abfeuerten.

Urwaldriesen mit weit ausgestreckten Ästen, sechzig oder siebzig Meter hoch, waren von Orchideenpflanzen an endlos langen Lianen umschlungen, die einen betörenden Duft ausstrahlten – und die Bäume allmählich erwürgten, während am Boden langsam dahinschreitende Pilzwesen Sporengeschosse gegen zahnbewehrte Fresspflanzen aussandten. Und das alles geschah auf einer Fläche von vielleicht einem Quadratkilometer!

»Wir experimentieren nach wie vor, um eine gesunde Mischung tierischen und pflanzlichen Lebens für Rundron zu finden«, sagte Vhomeze. »Es ist allerdings nicht so leicht, wie wir uns das vorgestellt haben.«

Klang da Enttäuschung durch? Wurden die Posbis etwa mit dem Wunder der Schöpfung nicht fertig?

Nun, mit dieser Erkenntnis waren sie nicht die Einzigen. Selbst Wesen, die weit über den Milchstraßenvölkern standen, hatten Schwierigkeiten, Lebensräume nach ihren Wünschen zu formen ...

»Unser anderer Gast hat gemeint, wir hätten auf einer geringeren Ebene mit unseren Experimenten beginnen sollen.« Vhomeze schwebte neben Perry Rhodan her. Mit einem Tentakelarm beschrieb er einen Halbkreis, deutete auf Alles und Nichts zugleich.

»Welcher andere Gast?« Der Unsterbliche hielt an und stemmte sich mithilfe seines Anzugs gegen das Feld, das sie vorwärts trieb. »Ich wusste nicht, dass sich weitere Terraner auf Rundron aufhalten.« Alarmiert hielt er seine Finger über die Bedienungsfelder des Multikoms an seinem linken Unterarm. Notfalls konnte er so in Sekundenschnelle präventive Schutzmaßnahmen einleiten.

»Es ist kein richtiger Terraner«, sagte der Posbi. Er wirkte irritiert, konnte Rhodans Reaktion anscheinend nicht richtig einschätzen. »Du kannst mir vertrauen«, setzte er hinzu. »Der Gast bedeutet keinerlei Gefahr. Er kam hierher, weil er dich und deinesgleichen treffen wollte.«

»Warum erzählst du mir das erst jetzt?«, fragte Rhodan. Nach wie vor blieb er angespannt.

»Weil ich ... weil ich es bis jetzt selbst nicht wusste. Seltsam ...« Die Verwunderung in Vhomezes Stimme war nicht zu überhören.

Rhodan winkte Startac und Mondra zu sich, klärte sie mit wenigen Worten über die Neuigkeiten auf und ließ gleichzeitig von der Positronik seines Schutzanzugs ein Alarmdossier an die Zentralebesatzung der LEIF ERIKSSON übermitteln.

»Sollen wir euch abholen?«, erklang Sekunden später Ranjif Prageshs dunkle Stimme.

»Nein, vorerst nicht«, erwiderte Rhodan. »Wir machen weiter wie geplant. Startac ist mir Sicherheit genug. Behaltet uns aber unter Beobachtung.«

Er wollte es nicht aussprechen, aber es galt, die Posbis bei Laune zu halten. Zeigten sie offenes Misstrauen, mochte dies die gesamte Wirkung ihres Freundschaftsbesuchs auf Rundron beeinträchtigen. Die biologische Komponente der Roboter zeigte manchmal durchaus empfindliche Stellen.

Startac nickte ihm zu. Er wusste, dass es im Notfall auf ihn ankam.

Rhodan schätzte den Mann. Nicht nur wegen seiner Mutantenfähigkeiten als Orter und Teleporter, sondern auch, weil er in Momenten höchster Anspannung die Nerven im Zaum hielt.

Sie setzten den Weg über die Wipfel der Urwaldriesen fort, stets dem Flugkorridor folgend, den die Posbis für sie bereitgestellt hatten.

Ein flaches Gebäude, vielleicht 30 Meter lang und ebenso breit, kam in Sicht. Inmitten des wuchernden Grüns wirkte es reichlich deplatziert. Zudem hatte sich ein seltsamer Schatteneffekt über diesen Teil des Landes gelegt. Irritiert sah sich Rhodan um, suchte nach dem Grund für das dunkle, wie abgezirkelt wirkende Feld. Nirgends war eine Wolke im Himmel zu sehen; die weit voneinander entfernt stehenden Kunstsonnen sandten ausreichend Licht herab ...

Natürlich, die Sonnen! Hier standen lediglich zwei der Kunstkörper im blauen Himmel, beide nur knapp über dem Horizont, allerdings nahezu gegenüberliegend. In einer kilometerbreiten Schneise, einem toten Winkel, herrschte Dämmerlicht.

»Dieses Gebäude dient uns normalerweise als Experimentalstation. Durch Steuerung unserer Sonnen schaffen wir Licht und Dunkelheit, wie wir es für nötig halten. Die heutige Versuchsanordnung erzeugt ein Zwielicht, das vielen Tieren angenehm zu sein scheint ...«

Rhodan hörte nicht mehr zu. Er hatte kein Interesse mehr an den Ausführungen des Posbi. Eigentlich waren sie hierher gekommen, um den Vertretern des Zentralplasmas ihre Aufwartung zu machen. Ein diplomatischer Gipfel hätte nicht zeremonieller, komplizierter und überfrachteter sein können als dieses Zusammentreffen mit den Maschinenwesen. Doch durch die seltsamen und unsicheren Ausführungen Vhomezes über einen unbekannten Gast hatte dieser 5. April 1343 NGZ eine gänzlich neue Note bekommen.

Perry vermeinte, etwas zu spüren. Die Präsenz einer Person, die er kannte. Natürlich konnte das Einbildung sein, natürlich hatte er im Lauf seines langen Lebens ausreichend Gelegenheit gehabt, seinen Gefühlen zu misstrauen. Aber das hier ...

Der Flugkorridor endete. Sie schwebten hinab, landeten auf einer dottergelb gefärbten Wiese. Verzweifelt und irritiert richteten die fingerdicken und knöchelhohen Blumen ihre Kelche in alle möglichen Richtungen. Sie wirkten verwirrt, wussten nicht, welcher der beiden Sonnen sie ihr Vertrauen schenken sollten.

»Der ... der Besucher wartet auf euch ... im Gebäude«, stotterte Vhomeze. Er schien kaum mehr Herr seiner Sinne. Der Posbi wirkte, als nehme eine fremde Macht Einfluss auf ihn. Und so mochte es in der Tat sein, wenn der andere Gast jener war, den Rhodan zu spüren glaubte.

»Es ist alles in Ordnung«, sagte er zu seinen Begleitern und gleichzeitig an die Adresse Ranjif Prageshs, der über Funk zugeschaltet war. »Ich weiß zwar nicht, was *er* hier sucht, aber es besteht keine Gefahr.«

»Wer, zum Donnerwetter?«, fragte Mondra. Sie schüttelte ihre dunkle Haarmähne, wie sie es gern tat, wenn sie verunsichert und verärgert zugleich war. »Kannst du nicht Klartext reden?«

Sein ausgeprägter Hang zur Geheimnistuerei mochte einer der Gründe gewesen sein, warum es zwischen ihnen nicht dauerhaft *funktioniert* hatte, vermutete Perry heute. Aber er hatte diese Angewohnheit niemals als Schwäche oder schlechte Eigenschaft angesehen. Er schwieg, um jene, die um ihn herum waren, möglichst vor Schaden zu bewahren. Zu viel Wissen bedeutete stets, exponiert dazustehen und ins Visier vielerlei Feinde zu geraten.

»Du wirst es gleich sehen«, sagte er daher fast automatisch. Er wusste, dass Mondra nicht in Begeisterungsstürme ausbrechen würde.

Vhomeze blieb im Freien stehen. Verwirrt drehte er sich im Kreis, als suche er nach einem besonders schönen Exemplar der Dotterblumen. Wahrscheinlich wusste er wirklich nicht, was er hier eigentlich tat.

Rhodan betrat das Gebäude. Er spürte Startacs Atem in seinem Nacken. Der Mutant blieb wachsam.

Es war kühl hier drinnen. Zweckmäßige Ausstattung beherrschte die kleinen Wohn- und Forschungseinheiten, die von einem langen Gang nach rechts abzweigten.

»Ich bin im letzten Raum«, tönte eine Stimme, und Rhodan wusste, dass ihn sein Gefühl nicht getäuscht hatte. Er atmete tief durch, marschierte weiter, dicht gefolgt von seinen beiden Begleitern.

Er öffnete die angelehnte Tür, betrat den Raum und setzte sich, während Mondra und Startac verwirrt stehen blieben.

»Wir haben uns lange nicht mehr gesehen, Lotho Keraete«, sagte der Unsterbliche.

2. Chronik der Familie Donning: Absturz

»Raus hier!«, schrie Petr Slezak. Er stürmte zum Schott, trommelte mit Fäusten, so groß wie Bratpfannen, auf den Öffnungsmechanismus. Brüllte noch lauter und noch zorniger, als sich nichts tat.

Alle Wünsche und Ziele, von denen wir uns leiten gelassen hatten, versanken in einem Meer aus Chaos und Panik. Es krachte und zischte und stank. Ätzende, gelbliche Nebelschwaden verteilten sich in der Gemeinschaftskabine. Wuchtige Schläge durchdrangen währenddessen die metallene Hülle unseres Schiffes. Irgendwo wurde ein enervierendes Kreischen laut, immer lauter, als bearbeitete ein Riese mit einer Kreissäge die metallenen Verschalungen der ALEXIA.

Ich sprang Petr bei. Wir hebelten und schoben das verklemmte Ding millimeterweise zur Seite.

Die Luftabsauganlagen versagten endgültig. Der Rauch stand mittlerweile so dick, dass wir keine Handbreit weit mehr sehen konnten. Gehuste und Gekeuche drang aus dem Inneren der Kabine. Steph Grant bekam immerhin noch ausreichend Luft, um Gott und die Welt in seinem grauenhaften irischen Idiom zu verfluchen, während Vanjif Singh, Ntombe Gebele und Jönsson nur noch verzweifelt röchelten.

Ich wusste nicht, woher ich die nötige Kraft nahm.

Irgendwann schafften es Petr und ich, das Tor so weit aus seiner Fassung zu hebeln, dass wir uns nach draußen quetschen konnten. Wir ließen uns fallen, schnappten nach Luft.

»Helft uns!«, röchelte mein riesenhafter Freund schließlich und versuchte, eines der vorbeihetzenden Besatzungsmitglieder aufzuhalten. »Da drin ... sterben Leute.« Zittrig deutete er auf die Kabine. Die Nebelschwaden folgten uns durch den Spalt, strömten dick und sämig hervor und wurden hier im Gang mehr schlecht als recht abgesaugt.

Ich konnte Petrs Energie und Kraft nur bewundern. Seine Hände waren blutig und zerfetzt, aus den Nasenlöchern drang hellrote Flüssigkeit, die Augen waren von Ätznarben fast geschlossen, das Husten kam hörbar aus den Bronchien. Wenn ich nur halb so schlecht aussah wie er, bedeutete das für mich mindestens drei Wochen Aufenthalt auf der Krankenstation.

Wenn es denn noch eine Krankenstation gab.

Petr versuchte, einen dicken Techniker am Weiterlaufen zu hindern. Wenn er sich auf seine volle Länge von 2,10 Metern aufgerichtet hätte, hätte er ihm, der ihn krampfhaft abzustreifen versuchte, bequem auf die Glatze spucken und ihn mit einem beiläufigen Zusammenklatschen seiner Pranken zu Boden befördern können. Jetzt aber war er schwach, konnte sich kaum am Uniformzipfel des Vorbeieilenden festhalten.

»Keine Zeit!«, schrie der Fettleibige und löste mühelos Petrs Griff. »Im Maschinenraum ist die Hölle los. Der Antrieb fliegt uns gleich um die Ohren ...« Der Mann hastete weiter, ließ uns liegen.

Irgendwie schaffte ich es, auf die Knie zu kommen. Orientierungslos torkelte ich den Gang entlang, suchte nach jemandem, der uns helfen konnte, dieses verfluchte Schott weiter zu öffnen und unsere Kameraden aus der ätzenden Hölle in – durchaus zweifelhafte – Sicherheit zu bringen.

Ich werde diese Sekunden und Minuten niemals vergessen. Alles schien an mir vorbeizulaufen. Es war, als lebte ich in einer anderen Realität, in der mich niemand wahrnehmen konnte. Nebenan erstickten Menschen, während ich mit verätztem Rachen um Hilfe bettelte.

Natürlich weiß ich es heute besser. Wenn sich die Hilfsmannschaften nicht um die Schäden im Maschinendeck gekümmert, die sorgfältig geschulte Bordwache nicht die Brände an den Aggregaten gelöscht und sich nicht alle an Bord so verhalten hätten, wie es der Kommandant verlangte, hätten wir es niemals geschafft.

»Der Blick muss stets auf das Große gerichtet sein«, so wusste ich aus meinen Tagen bei den Truppen. Einzelschicksale waren bedauernswert und erschütterten – aber es ging um das Überleben des Ganzen.

Irgendwann ließ der Lärm nach, kehrten die Absauganlagen zu ihrer vollen Leistungskapazität zurück und verstand man, was ich sagen wollte.

Sie stützten mich links und rechts ab und brachten mich zur Kabine. Eine hagere Gestalt mit mausgrauem Gesicht lag da auf dem Boden und atmete flach. Steph Grant, der uns mit seinen Gemeinheiten das Leben während der letzten Wochen ziemlich erschwert hatte. Er lebte.

Petr Slezak hatte sich in die Kabine zurückgezwängt. Allein die Sternengötter wussten, wie er die Kraft dafür aufgebracht hatte, den Schotten durch den schmalen Spalt in Sicherheit zu bugsieren.

Während er Ntombe Gebele hinter sich hergeschleift hatte, musste es Petr erwischt haben. Mit seinem breiten Leib lag er inmitten in der Kabine und wirkte so ... hilflos.

Ich hätte gern gesagt, dass es ein schneller, ein sauberer Tod gewesen war. Der Blutstrom, der aus seinem Mund sickerte, das schmerzentstellte Gesicht und die Ätzwunden am ganzen Körper sprachen eine andere Sprache. Ich würde diesen Anblick nie vergessen.

Damit war unser Leidensweg noch lange nicht beendet. Man verpflegte notdürftig meine oberflächlichen Wunden, verpasste mir eine Spritze, deren aufputschender Inhalt einen Elefanten zum Galoppieren gebracht hätte, und schickte mich hinab in die Eingeweide der Triebwerkssysteme.

Irgendwer hatte auf mein Datenblatt geguckt und gemerkt, dass ich früher mal ein passabler Ingenieur gewesen war.

Ja, es stimmte. Unter normalen Umständen konnte ich eine Korvette mit Klebstoff, unzähligen Reißzwecken und ein paar Meter Bindfaden so weit zusammenhalten, dass sie es zurück in ihren Heimathafen schaffte.

Verständlicherweise fühlte ich mich aber keineswegs danach, Dienst zu tun. Die Toten und Sterbenden brachten Bilder zurück in meine Erinnerung, die ich seit drei Jahren vergessen geglaubt hatte.

Doch nun machte sich der Drill bezahlt, den mir meine sadistisch geprägten Ausbildungsoffiziere hatten angedeihen lassen. Ich schaltete das bewusste Denken aus, konzentrierte mich auf meine Aufgabe, verschloss Augen und Ohren für alles andere. Unser Kahn hatte einiges abbekommen, und für mehr als eine kurze Zwischenetappe war das noch vorhandene, letzte Lineartriebwerk nicht mehr zu gebrauchen. Aber die Ortung hatte ein Ziel entdeckt; einen Planeten, auf dessen Oberfläche wir mit ein wenig Glück Zuflucht finden konnten. Es hing alles davon ab, ob ein paar andere erbärmlich dreinblickende »Freiwillige« und ich die Wrackteile, die sich »Reserveaggregat« schimpften, ein letztes Mal zum Leben erwecken konnten.

Wo die Stammbesatzung des Maschinenraums geblieben war? Nun, die Kettenreaktion an Explosionen hatte kurz nach der Wiederverstofflichung hier ihren Ausgang genommen. Von den Dienst tuenden Männern und Frauen war nichts zurückgeblieben, das man beerdigen konnte.

Meine Stimmbänder waren verätzt, und sie sollten sich auch nie mehr von den Säuredämpfen erholen, die unsere Kabine ausgefüllt hatten. Also musste ich mich mit Stammeln, Krächzen und zittrigen Handzeichen verständlich machen. Auf makabre Art und Weise erfüllte es mich mit Befriedigung, dass die meisten Kollegen nicht viel besser aussahen als ich. Sie alle waren in der einen oder anderen Form gezeichnet, und der Schock stand ihnen in die Gesichter geschrieben. Im Grunde genommen waren wir dankbar, dass wir etwas Sinnvolles unternehmen konnten, nicht nachzudenken brauchten.

Die wenigen Robs, die noch einsatzfähig waren, schleppten Verschalungsteile herbei, die die Crew für die Ummantelung des stark in Mitleidenschaft gezogenen Blocks der Energieumformer benötigten. Grobschlächtig wurde genietet und geschweißt, was eigentlich den Händen eines Filigrantechnikers und seiner Robot-Crew überlassen werden sollte. Doch dafür blieb keine Zeit. Ich beschäftigte mich anschließend mit Leistungstests und fuhr den Kalup bei stetig steigender Energiezufuhr schrittweise hoch.

Das Fluchen und Schimpfen des Kapitäns nahm ich nicht länger wahr. Ich wusste, was ich tat. Es war plötzlich wieder da, das *Gefühl* für das Schiff. Es würde *nicht* auseinanderbrechen. Nicht, solange ich es verhindern konnte.

Also sollte er kreischen, so viel er wollte. Wie er hieß? Lass mich nachdenken ... ich glaube, Li Fang. Er machte es nicht mehr allzu lange. Er hatte in der Zentrale eine nicht gesicherte Aggregatebox in den Magen bekommen und schwere innere Verletzungen davongetragen, die niemand bemerkte. Am allerwenigsten er selbst. Er starb, während wir uns im Ölgesudel des Maschinenraums wälzten.

Wo war ich stehen geblieben? Ach ja – der Antrieb. Er war, um es laienhaft auszudrücken, im Arsch. Es handelte sich um einen dieser neumodischen Kompensationskonverter in Kompaktbauweise. Eigentlich ein tolles Ding, erst seit ein paar Jahren in Betrieb.

Trug etwa eine Fehlleistung des Aggregates Schuld daran, dass wir den Linearflug hatten unterbrechen müssen? Oder waren wir einem äußeren Einfluss erlegen?

Ich machte mir vorerst keine Gedanken darüber, konzentrierte mich ganz auf die Arbeit. Nachdem wir die Behälter der Energieumformer irgendwie in ihre Mäntel gezwungen hatten, zeigten die mechanischen Erzeugerteile des Kompensatorfelds Schwächen, die ich mit ein paar Tricks überbrücken konnte. Wie gesagt: Man benötigt Klebstoff, Bindfaden und Reißzwecken dazu. Viele, viele Reißzwecken ... Wie das genau geschah, werde ich dir nicht verraten. Könnte ich auch gar nicht. Es hat nur wenig mit Ingenieurskunst und viel mit Intuition und Gefühl zu tun.

Der Erste hatte mittlerweile die Stelle des Kapitäns eingenommen und verfluchte mich an seiner statt. Das Schiff drohte zu bersten, trudelte antriebslos durchs All, während ich angeblich mit dem Leben der Siedler spielte. Dauernd setzten irgendwelche lebenserhaltenden Aggregate aus, weil ich alle Energien für meine Basteleien abzog und ... man kennt das ja. Diese Typen an der Spitze wissen nie, was möglich ist und was nicht.

Die Umkapselung der Hyperschaltkreise und damit der Bändiger der fünfdimensional übergeordneten Feldlinien-Erzeuger war gottlob heil geblieben. Hätte da drinnen etwas nicht gepasst, wären wir wohl nie in die Pötte gekommen.

Als ich der Meinung war, wir hätten eine Fünfzig-fünfzig-Chance, gab ich mein Freizeichen. Der Erste war mittlerweile ebenso stimmlos wie ich. Dennoch warf er mir Flüche entgegen, die ich während meiner drei Jahre Dienst in Andromeda von den rauesten Burschen dieses Universums noch nicht gehört hatte. Meine Mutter, meine Großmutter und deren Vorfahren spielten darin eine ziemlich prominente Rolle, und ich versichere dir, sie wären wie Ionen im Teilchenbeschleuniger im Grab rotiert, hätten sie diese Schimpfkanonade hören können.

Über seine fachlichen Qualitäten kann ich allerdings nicht lästern. Binnen weniger Augenblicke hatte er sich wieder im Griff. Nachdem die meisten Synchronisationsprogramme und große Teile des internen Koms ausgefallen waren, koordinierte er die Piloten, die Ortungsabteilung und uns im Maschinenraum mit fast unglaublicher Präzision. Er brachte die ALEXIA in einem Stück runter; eine unglaubliche Leistung, wenn du mich fragst. Natürlich gab es bei der Landung Tote, und natürlich lief nicht alles so, wie er es geplant hatte. Aber glaub mir, er hat ein wahres Meisterstück abgeliefert und vielen von uns den Arsch gerettet.

Wärest du jemals mit einem dieser *Autos* gefahren, die auf der Erde noch bei diesen Oldtimer-Rallyes zum Einsatz kommen, könntest du dir vorstellen, wie es ist, wenn drei verschiedene Personen Gas, Kupplung und Schaltung betätigen und ein Vierter diese Übung synchronisieren muss. Darunter kannst du dir natürlich nichts vorstellen. Aber hör auf meine Worte: Vielleicht müssen du und deine

Nachfahren irgendwann wieder auf diese Fahrzeuge zurückgreifen. Wer weiß schon, wie es hier weitergehen wird.

Mich geht das alles nichts mehr an; ich mach's vielleicht noch fünf oder zehn Jahre. Die Dämpfe von damals haben mein Lungengewebe ziemlich zerfressen. Ich bin stets müde, das Atmen schmerzt, der Husten wird immer schlimmer, und die Arzneimittel sprechen auch nicht mehr richtig an. Vor allem gehen die Medikamente, die ich brauche, zur Neige. Bevor es anfängt, *richtig* wehzutun, mache ich einen kleinen Spaziergang. Hinauf zu den Wristbone-Felsen. Ja, dort sollte man in meinem Alter nicht mehr umherstiefeln. Ein falscher Schritt, und es geht abwärts. Hundert Meter tief.

Ich habe mich immer schon fürs Fliegen interessiert. Auf Klebstoff, Bindfaden und Reißzwecke werde ich allerdings bei meinem zweiten Absturz verzichten.

3. Rundron: Der Auftrag

Irgendwie passte Lotho Keraete in diese Umgebung. Er stand starr da und beobachtete Perry Rhodan mit ausdruckslosen Augen. Seine metallene Körpersubstanz wirkte glatt, wie aufpoliert.

War er mehr Mensch oder mehr Maschine? Was machte ihn als Lebewesen aus? Hatte er einen eigenen Willen, oder war er nur ein von höheren Mächten ausgesandter Laufbursche, den ES nach seinen Bedürfnissen umgestaltet hatte?

»Du bist nur wenig überrascht«, konstatierte der Bote nüchtern.

»Mag sein.« Rhodan mochte in der Tat keine Überraschungen. Er rechnete immer – *immer!* – mit allem. Die Gewöhnung an das Unmögliche und Unwahrscheinliche war ein Fluch seiner Unsterblichkeit und damit ein weiterer Aspekt von Routinen, denen er tunlichst entgehen wollte.

Keraete wirkte unausgeglichen. Er verlagerte das Körpergewicht von einem Bein aufs andere und ließ die Arme lose baumeln. Seine braune Allzweckbekleidung, die nichts an Besonderheiten vermittelte, raschelte leise. Auf seinem Rücken trug er zwei völlig gleichartige Tornister, deren Außenmaterial aus grauer Transport-Plane zu bestehen schien.

»Wir haben uns lange nicht mehr gesehen«, wiederholte Rhodan.

Der Bote schien in sich gekehrt, als wüsste er nicht, wie er das Gespräch beginnen sollte. »Etwa zehn Erdenjahre. Das ist selbst für ein kurzlebiges Wesen wie dich eine kurze Zeit.«

»Kurzlebig? Du bist der Jüngere von uns beiden, mein Freund.«

»Aber meine Lebenserwartung liegt ungleich höher. Ich wurde ... gefertigt, um eine kleine Ewigkeit zu überdauern.«

»Und wie steht es mit deiner menschlichen Komponente? Mit deinem Gehirn, deinen Denkprozessen? Werden sie so lange wie deine Hülle halten?« Der Unsterbliche bemühte sich, das Gespräch am Leben zu erhalten. Es war immens wichtig, mehr über die sonst so unüberschaubaren Pläne der Superintelligenz ES in Erfahrung zu bringen, deren Bote Keraete war.

»Ich bin nicht hier, um über nichts sagende Details meiner Existenz zu plaudern«, ließ ihn der Menschenrobot auflaufen. »Ich wurde geschickt, um dir die Bitte zu überbringen, dich um jemanden zu kümmern.«

»Handelt es sich um eine Bitte oder um einen Auftrag?«

»ES kennt dich gut genug, um zu wissen, dass du das Ersuchen nicht ablehnen wirst.«

Was hatte diese kryptische Behauptung zu bedeuten? Rhodan wagte einen kurzen, fragenden Seitenblick zu Mondra und Startac Schroeder.

Sie nickten nacheinander. Beide registrierten jede Bewegung und jedes Wort des Boten. Ihre in den Anzügen verpackten Aufzeichnungsgeräte filmten währenddessen aus unterschiedlichen Winkeln. Alles, was Keraete von sich gab, würde später von Spezialisten an Bord der LEIF ERIKSSON II analysiert werden.

»Dann sag uns, was du zu sagen hast«, fuhr Rhodan schließlich fort, unfreundlicher als eigentlich geplant.

Keraete verlagerte erneut sein Körpergewicht von einem Bein aufs andere. Die Farbe seiner Gesichtshaut wechselte in einen Ton, der vom menschlichen Auge nicht mehr genau erfasst werden konnte. Ein seltsamer Schleier ließ die Züge des Wesens in einem Quirl verschwinden, der so tot und angsterregend wie ein schwarzes Loch wirkte. Rhodan musste seinen Blick abwenden.

»ES zählte die Terraner und Menschenvölker stets zu seinen Schutzbefohlenen«, murmelte – ja, murmelte! – Lotho Keraete. »Mein Herr bittet dich, eine kleine Schar versprengter ... Landsleute vor dem Tod zu retten.«

»Wie definierst du ›eine kleine Schar‹?«, hakte Rhodan nach. Er roch den Braten. Der Bote blieb für seine Begriffe zu schwammig. »Die Einordnung mathematischer Größen ist bei Superintelligenzen meines Wissens anders als bei Menschen.«

»So ist es in der Tat.« Keraete seufzte. *Seufzte!* »Es handelt sich um neunundzwanzig Milliarden Menschen.«

Rhodan schluckte schwer, und er war froh, dass er bereits saß.

»Neunundzwanzig Milliarden?«, wiederholte er ungläubig.

»So ist es.« Keraetes Körpersprache deutete an, wie erleichtert er sich fühlte, nun, da er die Katze endlich aus dem Sack gelassen hatte. Er ließ sich mit seinem schweren Körper ebenfalls auf einem der Stühle nieder.

»Ich bilde mir ein, die assoziierten Planetenbündnisse der Liga Freier Terraner recht gut zu kennen«, sagte der Unsterbliche. »Kaum zu glauben, dass es mir entgangen wäre, wenn ein terranisches Kolonialvolk in Schwierigkeiten steckte ...«

»Du kannst nicht alles wissen, Rhodan.« Der Bote wirkte nunmehr gefasst und emotionslos, fast wieder so, wie man sich einen Androiden vorstellte. »Die Menschen und ihre Abkömmlinge sind heutzutage ein weit verbreiteter Wesensschlag, der in weiten Teilen der euch bekannten Galaxien Fuß gefasst hat.«

»Sprich endlich Klartext«, forderte Rhodan ungeduldig. »Muss ich dir alle Informationen wie Würmer aus der Nase ziehen?«

»Du hast recht.« Keraete richtete seinen ohnedies steifen Körper noch ein wenig mehr auf und faltete die Hände. »ES kann sich dieses Problems nicht selbst annehmen. Die Superintelligenz ist ... abwesend, wie du weißt.« Der Bote hob abwehrend die Hand, als Rhodan nachhaken wollte. »Du brauchst gar nicht nachfragen. Ich kann dir nicht sagen, womit sie wo beschäftigt ist. Ich hatte keinen Kontakt mit ihr. ES hat für die Zeit seiner Abwesenheit ein Überwachungssystem eingerichtet, das auf ›Fehlentwicklungen‹ in den Lebensräumen seiner Schutzbefohlenen hinweist. Eben dieses Monitoring hat vor kurzer Zeit angeschlagen und mich auf den Plan gerufen.«

»Wie sieht dieses System aus?«, fragte Rhodan misstrauisch. »Wenn ich daran denke, wie oft wir in den letzten Jahren Hilfe benötigt hätten, wäre ich dankbar gewesen, ab und an die Feuerwehr verständigen zu können.«

»Ich bin nicht befugt, darüber zu sprechen«, wehrte Keraete ab. »Du verkennst allerdings die Situation. In den Augen der Superintelligenz bist du einer ihrer kompetentesten ... Spezialisten. *Du selbst* bist die Feuerwehr.«

»*Ich?* Wir schaffen es nur mit Müh und Not, mit der Erhöhung der Hyperimpedanz fertig zu werden. Überall in der Milchstraße brennt und brodelt es. Bostich und die Arkoniden kreisen wie Aasgeier über unseren Häuptern, und ich muss mich tagtäglich mit politischem Kleinkram herumschlagen, von dem du dir nicht die geringste Vorstellung machen kannst. Es grenzt an ein Wunder, dass ich mir zwei Monate nehmen konnte, um von Terra hierher nach Rundron und wieder zurückzureisen. Mir brennt die Zeit derart unter den Nägeln ...«

»Das ist das Schicksal der Unsterblichkeit.« Keraetes Gesicht wurde ein wenig heller, und die Andeutung eines Lächelns zeigte sich um seine Mundwinkel. »Man hat nicht mehr, sondern weniger Zeit zur Verfügung.«

»Ich dachte, ich sei derjenige von uns beiden, der die gescheiten Sprüche klopft.« Rhodan stand auf, tat ein paar Schritte auf den Boten zu und deutete mit einem Zeigefinger auf ihn. »Reden wir endlich Klartext. Dann werde ich entscheiden, ob ich helfen kann oder nicht.«

»Nun gut.« Keraete schlug die Beine übereinander. »Es geht um eine Sterneninsel der Lokalen Galaxiengruppe, die euch bislang nicht zugänglich war. Ihr kennt sie unter der Bezeichnung IC 5152. Sie ist rund fünf Komma dreivieracht Millionen Lichtjahre von der Milchstraße entfernt ...«

»Das sagt mir etwas.« Rhodan hatte sich wieder unter Kontrolle. Er war in jeder Hinsicht ein Sofortumschalter. »Wenn ich mich recht erinnere, gab es seinerzeit mehrere Versuche der Kosmischen Hanse, die Bedingungen dort zu erkunden. Handelt es sich nicht um eine Kleingalaxis mit hyperdimensionalen Verhältnissen, die jegliches Vordringen unmöglich machen? Warte, unterbrich mich nicht!« Sinnend legte er beide Hände an die Schläfen und massierte sie. »Berichte sprachen von Mega-Hyperstürmen, die dort permanent toben.«

»So ist es.« Keraete nickte. »Die Umgebung von IC 5152 ist schwierig zu bereisen.«

»In dieser Kleingalaxis leben also deinen Worten nach neunundzwanzig Milliarden Menschen. Wie sind sie dorthin gelangt? Wer oder was bedroht sie? Wie soll ich ihnen helfen?« Rhodan schüttelte den Kopf. »Wir sprechen von einer Distanz, für deren Überbrückung wir Jahre brauchen würden. Das Weltall ist aufgrund der Erhöhung der Hyperimpedanz wieder ... größer geworden, wie du weißt. Ich wollte, ich müsste diese Dinge nicht sagen, aber ich darf nicht alle Resourcen der LFT und ihrer Verbündeten ausnutzen, um eine Hilfsaktion zu organisieren, die ohnehin zu spät kommen wird, wenn ich die Dringlichkeit in deinen Worten richtig interpretiere.«

»Es geht nicht darum, einen Hilfskonvoi auszurüsten, und schon gar nicht um Schlachtschiffe. Die dortigen Kolonisten benötigen *dich.*« Er deutete auf die beiden mausgrauen Tornister auf seinem Rücken. »Ich werde dich und einige Begleiter dorthin versetzen, damit du deine Aufgabe erfüllen kannst.«

»Mo-ment! Ich habe noch lange nicht zugesagt ...«

»Du wirst es tun.«

»Ich weigere mich, irgendetwas auch nur in Erwägung zu ziehen, wenn ich nicht weiß, warum diese Kolonisten vom Tode bedroht sein sollen.« Verärgert drehte Rhodan sich um. Die hintere Front des Zimmers bestand aus getöntem Glas. Ein Herde aufrecht hoppelnder Riesenhasen mit Hauerzähnen, die Walrössern zur Ehre gereicht hätten, zockelte neugierig über die dottergelb gefärbte Wiese heran. Die Tiere drückten sich an der Fensterscheibe die Nasen platt. Einen Moment lang wusste der Unsterbliche nicht, wer hier wen beobachtete.

»Ich muss es dir nicht in Worten *sagen,* worum es in IC 5152 geht.« Lotho Keraete kam näher und legte ihm eine schwere Hand auf die Schulter. »Ich möchte es dir und deinen beiden Begleitern *zeigen*. Nimm.« Der Bote verteilte kleine, unregelmäßig geformte Kieselsteine und drückte sie ihnen in die Hände.

»Was soll das ...?«

»Still!«, sagte Lotho. »Bleibt ganz ruhig und betrachtet die Memo-Steine.«

Mondra und Startac wirkten ebenso verwirrt wie Rhodan selbst. Sie verglichen die seltsamen Objekte.

Rhodans Steinchen erhitzte sich. Es entwickelte von einem Moment zum nächsten Glut und Feuer, sodass er es erschrocken fallen lassen wollte.

Doch da begannen die Bilder.

Dichte Sternennebel, verteilt wie Fetzen zerrissener Schreibfolien. Das schaurig-schöne Spiel tanzender Raumschiffe, die sich gegenseitig belagerten und bedrohten, Haken schlugen, beschleunigten und abbremsten. Schutzschirme flackerten gelb und rot, von überlichtschnellen Geschossen getroffen. Das alles vor dem Hintergrund eines nahe gelegenen Planeten, dessen schorfige Oberfläche rostrot und grün glänzte.

Der Blick war in eine Totale geblendet, die es in Wirklichkeit nicht gab. Die Schiffe wirkten angesichts der Dimensionen des Weltraums viel zu groß. Und gerade dieser Verzerr-Effekt verstärkte das Gefühl der Bedrohlichkeit in Perry Rhodan.

Immer schneller wurde der Tanz, immer erregter. Der Schutzschirm eines Kugelraumers flackerte, bekam Risse, löste sich in einem flirrenden Feuerwerk auf. Ein paar Sekunden lang tat sich nichts.

Der Unsterbliche stellte sich vor, wie Geschützoffiziere der – unsichtbaren – gegnerischen Seite in diesen Momenten die todbringenden Geschosspakete auf den Weg schickten. Wie die Besatzung des hilflosen, ungeschützten

Schiffs verzweifelt versuchte, von irgendwoher notwendige Energie abzusaugen, Ersatzschirme hochzufahren, irgendetwas gegen den drohenden Untergang zu unternehmen.

Ein kleines, scheinbar unbedeutendes Licht, stecknadelgroß, leuchtete nahe des Pols des schutzlosen Raumers auf. Es wirkte so harmlos, so nichts sagend. Und doch brachte es den Tod. Es setzte eine Kettenreaktion in Gang. Blüten verschiedenfarbiger Explosionsblitze legten sich übereinander, zeichneten ein buntes, fast fröhlich wirkendes Feuerwerk. Die Lichterkette setzte sich fort, riss das Schiff von innen auseinander. In vollkommener Lautlosigkeit zerfetzte die Struktur des metallenen Kolosses, zerfaserte in Myriaden von Einzelteilen, die, sich bis in alle Ewigkeit überschlagend, davontrieben.

Der Blickwinkel, den ihm der Kieselstein gestattete, vergrößerte sich. Rhodan *fuhr* noch weiter zurück in die Totale. Er sah überall Explosionen. Immer mehr Kugelraumer gerieten ins Blickfeld, und noch viel mehr der mit maschinenhafter Mitleidlosigkeit attackierenden Gegner.

Es war wie Tontaubenschießen. Grauenhaft. Die Angreifer kannten kein Erbarmen. Sie schossen und schossen und schossen, bis nichts mehr übrig war. Keiner der Kugelraumer war mehr intakt. Eine endlose Kette bizarr verbogener Teile und Platten reflektierte das Licht ferner Sonnen. Die siegreichen Schiffe, die plötzlich ins Blickfeld gerieten, durchkreuzten noch geraume Zeit die Trümmerfelder. Vereinzelt schossen sie auf kleinere Ziele, möglicherweise Überlebende, die in fragilen Schutzanzügen durchs Weltall trieben. Schließlich beschleunigten sie und ließen diesen Ort des Todes und der Vernichtung hinter sich. Sie steuerten auf den Planeten zu. Die »Kamera« folgte ihnen. Die Absicht der Angreifer war klar. Sie waren darauf aus, den Planeten ebenso zu vernichten, wie sie es soeben mit der Abwehrflotte getan hatten.

Sosehr Rhodan sich auch wehrte, diese Bilder als Phantasmagorien seines überreizten Verstands abzutun, sosehr es ihm widerstrebte, vorschnell ein Urteil zu fällen – diese Schnitte, wie mit dem Seziermesser geführt, und die Form der Raumschiffe sprachen eine eindeutige Sprache. Bei den Angreifern handelte es sich um ...

Posbis.

Der Unsterbliche fühlte, wie der Memo-Stein aus seiner offenen Hand rutschte. Er klackerte auf den Boden, und wie auf Kommando war Rhodan wieder *da*. In der Gegenwart. Auf Rundron.

Mondra schluckte beklommen, Startac zitterte leicht.

Rhodan riss ihnen die seltsamen Datenträger, deren Inhalte sich so überaus plastisch ins Denken brannten, aus den Händen und schleuderte sie angewidert von sich.

Mondra taumelte, und Rhodan stützte sie, während sich Startac sichtlich erschüttert auf einen der Stühle fallen ließ.

»Das waren Bilder aus der Vergangenheit, nicht wahr?« Rhodan suchte den Blickkontakt zu Keraete. »Diese Zeiten sind längst vorbei. Was wir hier sahen, kann nicht noch einmal passieren ...«

Der Bote hielt die Arme vor der Brust verschränkt. »Ich habe euch Bilder gezeigt, die das Überwachungssystem vor wenigen Tagen festgehalten hat.«

»Waren es tatsächlich Posbi-Schiffe?« Er fragte wider besseres Wissen.

»So ist es.« Keraete zögerte kurz. »Es handelte sich um Fragmentraumer. Ihre Funkgeräte plärrten immerzu und auf allen Frequenzen einen einzigen Gedanken ins Weltall hinaus: Es sei ihre Aufgabe, alle Planeten von jeglichem rein biologischem Leben zu ›reinigen‹.«

Eine lange Pause entstand.

Plötzlich wirkte der Raum eng und bedrückend. Die seltsamen Wesen, die ihre Gesichter gegen die Scheiben gepresst hatten, hatten längst das Weite gesucht. Im Schatten des permanenten Dämmerlichts hoppelten sie davon, dem Horizont entgegen.

Sie befanden sich auf einem Planeten, den die Posbis hierher geschleppt und nach ihrem Gutdünken geformt hatten.

Posbis. Biologisch-positronisch gesteuerte Roboter, die in einer anderen Ecke des Universums Menschen töteten.

Rhodan zog unbehaglich den Kopf zwischen die Schultern. Auch wenn ihm der Verstand sagte, dass der Gedanke an eine Sippenhaft in diesem Fall mehr als unangebracht war, spürte er doch ein unangenehm kaltes Gefühl im Nacken. Er meinte, sich plötzlich im Feindesland zu befinden.

Erinnerungen drängten hoch. So alt und verstaubt waren sie, dass er gar nicht mehr glauben konnte, dass sie aus seinem Leben stammten.

Die Hass-Schaltung ... sie hatte zu jener Zeit die Posbis getrieben, als die Terraner eben erst ansetzten, den Weltraum zu erobern. Die Roboter hatten gewütet und vernichtet, was ihnen zwischen die Tentakel gekommen war, ohne Rücksicht auf Verluste. Stets auf der Suche nach dem »Wahren Leben«, dem allein sie sich verpflichtet fühlten.

Rhodan zweifelte keine Sekunde am Wahrheitsgehalt dessen, was Keraete ihnen gezeigt hatte. In IC 5152 wiederholten sich Dinge, die die Terraner längst hinter sich gelassen geglaubt hatten. Wie auch immer Terraner und Posbis dorthin gelangt waren, sie bekriegten sich unerbittlich. Und alle Vorteile lagen offensichtlich auf Seiten der Roboter.

»Du wirst es tun!«, hatte der Bote prophezeit. Keraete wusste um sein moralisches Bewusstsein. Niemals würde Rhodan beiseite sehen können, wenn sich Menschen in Not befanden – und wenn er die Möglichkeit angeboten bekam, Hilfe zu leisten.

Aber noch zögerte er, noch wollte er das Unvermeidliche von sich schieben. Alles in ihm weigerte sich, angesichts der erhöhten Hyperimpedanz und der drohenden Entstehung einer so genannten Negasphäre in der Galaxis Hangay die Milchstraße zu verlassen.

»Du möchtest mich also zeitverlustfrei nach IC 5152 transferieren?«, fragte er Keraete zögernd. Er ahnte, was sich in den Tornistern verbarg.

»Ja. Dich und mehrere Begleiter.«

»Ich könnte ein Team von Spezialisten, die an Bord der LEIF ERIKSSON Dienst tun, an meiner Stelle für diese Aufgabe bestimmen. Wäre das eine Alternative für dich?«

»Nein.« Der Bote sagte es mit aller Seelenruhe, als hätte er auf dieses Ausweichmanöver nur gewartet. »Es geht nicht nur um die Qualitäten der Männer. Wenn dem so wäre, gäbe es Bessere als uns ... als euch Terraner.« Nachdrücklich schüttelte er den Kopf. »*Du* wirst vor Ort benötigt. Es gilt für dich, ein Schloss zu öffnen, für das nur du einen Schlüssel finden kannst.«

Da waren sie wieder ... die berühmten ominösen, nichts und alles zugleich sagenden Worte. Sie sollten neugierig machen, sollten ihn aufstacheln, sollten Druck auf ihn ausüben.

ES kannte seine Pappenheimer nur allzu gut. Diese nicht enden wollende Neugier, die Perry Rhodan als ersten Menschen hinaus ins Weltall getrieben hatte – sie loderte in ihm wie ehedem.

Hänge Perry eine saftige Karotte vor die Nase, und er

wird ihr bis ans Ende aller Tage folgen. So oder ähnlich mochte ES seinem Boten aufgetragen haben.

Um so zorniger machte es den Unsterblichen, dass die Superintelligenz recht hatte.

»Wirst du also den Terranern in IC 5152 helfen?«, fragte Keraete. Seine Stimme klang weder ungeduldig noch aufgeregt oder drängend. Da war lediglich Selbstsicherheit zu spüren. Der Bote *wusste*, dass Rhodan zusagen würde.

»Mir bleibt nichts anderes übrig«, brachte der Unsterbliche schließlich hervor. »Gib mir ein wenig Zeit, um meine Angelegenheiten zu ordnen ...«

»Eine Stunde. Mehr nicht.« Keraetes Stimme klang nun seelenlos und uninteressiert. »Ich bin in Eile. Meine Anwesenheit ist auch an anderen Orten erforderlich. Suche dir zwei Begleiter aus. Drei weitere Helfer teile ich dir zu. Wir treffen uns in sechzig Minuten vor dem Haupttor dieses Gebäudes. Kommst du nicht, ist das Thema für mich erledigt. Und neunundzwanzig Milliarden Menschen werden ihrem Schicksal überlassen.« Der Bote drehte sich um und verließ den Raum. Ohne ein Wort des Grußes, ohne noch einmal zurückzuschauen.

»So ein ... so ein ...«

»Du solltest dich besser beeilen, statt dich zu ärgern«, unterbrach Mondra Rhodans verzweifelte Suche nach einem Wort, das dem Boten gerecht wurde.

Er atmete tief durch. »Ja, das sollte ich.« Mit langen Schritten verließ er die Station.

Er war unsterblich. Ihm haftete die Aura eines Ritters der Tiefe an. Er hatte Kosmokraten handeln gesehen und ihnen gegenübergestanden. Und dennoch, so hatte er einmal mehr eindringlich zu spüren bekommen, war er nach wie vor nur ein besserer Lehrbursche, den die Höheren Mächte herumschubsten, wie es ihnen beliebte.

Die Entscheidung, wen er auf die Reise ins Unbekannte mitnehmen wollte, fiel Rhodan nicht schwer. Mondra Diamond und Startac Schroeder waren bei der Hand. Er konnte sich auf sie verlassen, und mit beiden verband ihn mehr als mit jedem anderen Besatzungsmitglied der LEIF ERIKSSON II. Wäre ein Reginald Bull oder ein Icho Tolot an Bord des Schlachtschiffs gewesen, hätte er sich möglicherweise anders entschieden. Aber so ...

Er wies Ranjif Pragesh an, hier auf ihre Rückkehr zu warten, solange der Kommandant es für vertretbar hielt. Es oblag seiner persönlichen Einschätzung, ab wann es ihm ratsam erschien, Rundron zu verlassen und nach Terra zurückzukehren.

Dieser Abschied konnte ohne weiteres der Letzte sein. Mondra, Startac und er traten eine Reise ins Ungewisse an. Ausgerüstet lediglich mit dem Notwendigsten, ohne irgendwelche Kenntnisse über das, was sie am Zielort erwartete. Sie taten den sprichwörtlichen Sprung ins kalte Wasser.

In aller Eile aßen der Unsterbliche und seine beiden Begleiter eine Kleinigkeit, erledigten ihre großen und kleinen Geschäfte, wie es vor längeren Reisen immer ratsam war, und rüsteten sich schließlich mit blauen Kampfanzügen aus.

Schließlich kehrten sie auf schnellstem Weg in das »Dämmerland« zurück. Vhomeze wartete dort auf sie. Scheinbar gedankenverloren zupfte er an gelben Blumenblättern, ließ dabei seine großen Augenlinsen immer wieder geräuschvoll vor- und zurückzoomen. Seine Tätigkeit schien sinnentleert.

»Ich habe ihn darüber aufgeklärt, dass ich euch drei auf eine Reise schicke«, hörte Rhodan Keraetes Stimme hinter sich. »Meine Erklärungen scheinen Vhomeze ein wenig zu irritieren. Er hat mir trotzdem zugesagt, dass sich die hiesigen Posbis und Matten-Willys um das Wohlergehen deiner Schiffsbesatzung kümmern werden.«

Der Posbi achtete nicht weiter auf sie. Er widmete sich inbrünstig dem Blümchenteppich, in dessen Mitte er stand.

Der Bote der Superintelligenz hingegen fixierte Rhodan. Vielleicht nahm er Mondra und Startac nicht einmal wahr, vielleicht ignorierte er sie bewusst.

Drei Gestalten kamen aus dem Gebäude. Zwei von ihnen mit langsamen, staksigen Schritten; die dritte in arttypisch fließender Bewegung.

»Zwei Posbis und ein Matten-Willy«, murmelte Mondra neben ihm ohne besonderen Enthusiasmus.

»Das sind eure Begleiter«, fuhr Keraete fort. »Sie waren mit ein Grund, warum ich auf diesem Planeten auf euch gewartet habe. Alle drei sind angewiesen, sich deinem Kommando zu unterstellen, Rhodan.«

Der Unsterbliche nickte instinktiv. Alles andere hätte er nicht akzeptiert. Es reichte ohnehin, mit der Anwesenheit eines Matten-Willys gestraft zu werden. Die selbst ernannten Betreuer der Posbis, die ihre flachen Teiggestalten je nach Bedarf verändern konnten, waren für ihre Eigenwilligkeit und ihren meist ungewollten Opportunismus galaxisweit berüchtigt.

»Das sind die Helfer, die du mir versprochen hast?« Es war eine rein rhetorische Frage. »Ich danke dir herzlich.«

»Dein Sarkasmus ist unangebracht«, entgegnete der Bote nüchtern. »Ich möchte, dass du auf alle Eventualitäten vorbereitet bist. Die Posbis stehen dir als ›Fachleute‹ zur Verfügung und können das fehlgeleitete Verhalten ihrer Artgenossen möglicherweise besser interpretieren als du. Auch ich kann nicht sagen, was dich in IC 5152 erwartet. Vertrau mir. Ich habe die Wahl unter Abwägung aller Aspekte getroffen.« Übergangslos wechselte er das Thema. »Seid ihr bereit?«

»Wie man's nimmt.« Perry Rhodan zuckte mit den Achseln und sah sich um. Mondra und Startac standen links und rechts von ihm, während die beiden Posbis vom dehnbaren Körper des Matten-Willys eingefasst wurden und ihm gegenüber Stellung bezogen hatten.

Keraete nahm die beiden Tornister von seinem Rücken. Einen davon reichte er Perry Rhodan. Aus dem anderen nahm er eine Silberkugel. Sie war in etwa so groß wie ein Fußball und glänzte quecksilbrig. Grässlich verzerrt spiegelte sie die Gestalten des Unsterblichen und seiner Begleiter wider.

»Ich werde nun euren Transport vorbereiten«, sagte der Bote geheimnisvoll.

Rhodan kannte die Silberkugeln als Produkt der Querionen. Es waren uralte, nichtsdestoweniger äußerst ausgeklügelte Hinterlassenschaften einer Technik, die weit über das hinausging, was die Terraner seit Beginn ihres Vordringens ins All hervorgebracht oder übernommen hatte. Das Gerät erlaubte trotz der erhöhten Hyperimpedanz, die die Reisemöglichkeiten durch das Universum vom Grund auf neu definiert hatte, eine Art »distanzlosen Schritts«. Rhodan gab sich keinen Spekulationen über diese Form der Fortbewegung hin. Er würde auch heute keine Möglichkeit erhalten, die Ursachen für das Funktionieren der Silberkugel, das Außerkraftsetzen aller physikalischen und hyperphysikalischen Gesetze, zu erforschen. Sie waren für ihn ein Transportmittel. Nicht mehr, nicht weniger.

Einstmals hatte er die Technik der Arkoniden benutzt, um die ersten zaghaften Schritte ins Weltall zu tun. Schon aus Selbstschutz – und zum Schutz der Menschheit –

hatte er gar keine Zeit gehabt, um darüber nachzudenken, welch großartige Errungenschaften er dabei in Anspruch nahm. Die Situation damals war durchaus mit der jetzigen vergleichbar. Auch blieb ihm nichts anderes übrig, als sich auf Gedeih und Verderb Keraetes Geschenk anzuvertrauen.

»Bewahre die zweite Silberkugel, die sich im anderen Tornister befindet, stets im Auge«, unterbrach der Bote seine Überlegungen. »Sie allein garantiert euch die Rückkehr. Auch meine Ressourcen sind knapp. Es gibt nur diese eine Chance. Benutzt du die zweite Silberkugel, bevor die Terraner in IC 5152 gerettet sind, kann ich dir keinen zweiten Anlauf gewähren.«

Der Unsterbliche nickte. Er hatte nichts anderes erwartet. Alles oder nichts. Ein übliches Vorgehen, wenn man sich auf eine Zusammenarbeit mit höheren Entitäten einließ.

»Du kannst die zweite Kugel per Gedankenbefehl aktivieren«, fuhr der Bote fort. »Einen anderen Befehl als den deinen wird sie nicht akzeptieren.«

»Warum nicht?«, warf Mondra ein. Ihr Mund war zu einem schmalen Strich geformt.

»Wie bitte?« Keraete wirkte irritiert.

»Perry könnte nicht in der Lage ist, den Gedankenimpuls zu aktivieren. Warum sollen nicht auch Startac und ich die Befehlsgewalt über die Silberkugel erhalten?«

Der Bote schwieg, dachte augenscheinlich nach. »Es lässt sich nicht anders regeln«, sagte er schließlich. »Der Transport ist auf Perry Rhodans Zellaktivator und seine Aura eines Ritters der Tiefe geeicht. Das muss dir Begründung genug sein.« Weiterhin sah er Mondra Diamond nicht in die Augen. »Alles hängt von dir ab, Rhodan. Alles.«

Er drehte sich zur Seite, als wäre damit das letzte Wort gesprochen, und tat eine unsinnig wirkende Handbewegung.

Die Silberkugel, die er in Händen hielt, blähte sich unvermittelt auf. Binnen weniger Momente wuchs sie zu einer Blase mit einem Durchmesser von mindestens sechs Metern an. Sie zitterte leicht, hüpfte mehrmals auf und umfasste schließlich Keraete sowie die bunt zusammengewürfelte Reisegesellschaft. Leicht wie eine Seifenblase erhob sie sich.

Rhodan spürte einen irritierenden Schauder, als ihn die Außenschale des seltsamen Gefährts *durchdrang.* Einen Moment lang glaubte er, seine Gedanken, seine Gefühlswelt, sein Innerstes mit jedem Lebewesen des Universums teilen zu müssen, und tiefe, verwirrende Scham überkam ihn. Der Augenblick war so rasch vorbei, dass er sich fragte, ob er nur geträumt hatte – bis auch dieser Gedanke verschwand.

Die Silberkugel schwebte hoch und höher, glitt über die Wipfel des bunt durchmischten Waldes hinweg, raste mit zunehmender Geschwindigkeit durch die dünne Atmosphäreblase Rundrons.

»Schön!«, hauchte Mondra.

Mehrere Kunstsonnen gingen auf, strahlten in unterschiedlichen Spektren über die Horizontsichel des Posbi-Planeten, tauchten ihn in ein Bad komplexer, kaum voneinander zu trennender Farbzonen, deren Grundton ein Silbriggrau war. Es passierte links, rechts, neben und unterhalb der kleinen Gruppe. Die Transportkugel erlaubte eine Rundumsicht, die sonst nur freischwebend im Weltall möglich war. Sie *standen* im Nichts, während die Blase beschleunigte.

»Ich gehe jetzt«, sagte Keraete unbeeindruckt. »In ungefähr sechzig Minuten seid ihr am Ziel. Viel Glück!«, wünschte der Bote – und verschwand.

Sie waren allein und rasten mit unheimlich anmutender Beschleunigung einem unbekannten Schicksal entgegen.

4. Chronik der Familie Donning: Landung

Es röhrte und wummerte und schepperte und dröhnte. Ach was, ich kann gar nicht sagen, was sich alles während des Absturzes abspielte. Die Eindrücke waren zu vielfältig, zu schrecklich, um sie in Worte zu fassen. Ich hatte ohnehin anderes zu tun. Ich betätigte mich im Rahmen meines Teams als Metzgermeisterin.

Anders konnte man meine ... Arbeit nicht nennen. Mit Feinchirurgie, in der ich eigentlich mein angestammtes Fachgebiet sah, hatte es zumindest nichts zu tun. Aus allen Teilen der ALEXIA wurden Verwundete herangekarrt. Es galt, sie unter allen Umständen und möglichst rasch wieder auf die Beine zu bringen. Trotz der üblichen Dreifachbelegung wurde das Fachpersonal knapp. Von den Siedlern, die wir mit an Bord führten, war kaum einer in der Lage, jene Lücken zu füllen, die gerissen worden waren. Es handelte sich schließlich um einfache Leute mit einfachen Zielen. Sie waren dem Aufruf Perry Rhodans gefolgt, in den Weiten des Weltalls nach einer neuen Heimat zu suchen. Ich kannte die Reden des Unsterblichen zur Genüge. Meist hatten seine pathetischen Ansprachen derart geklungen, als wollte er aus dem Alten, Großen Buch zitieren: »Gehet hin und mehret euch!«

Ja, ich hatte Perry Rhodan stets für einen Blender gehalten, der seine Überheblichkeit und seinen Anspruch auf das »Erbe des Universums« lautstark hinausposaunte. Er liebte es, sich mit allen möglichen Mächten des Universums anzulegen, sich stets neue und größenwahnsinnige Ziele zu setzen. Und uns, das Fußvolk, bezog er mit ein in dieses »große Bild«, das er uns wie Visionen darstellte. Ja, eins musste man ihm lassen: Er konnte überzeugen.

Die ALEXIA war ein Schiff, tadellos in Schuss, das sich seit mehreren Jahren darauf spezialisiert hatte, Auswanderungswillige gegen gutes Geld in von Explorerflotten ausgekundschaftete Gegenden der Milchstraße zu verschippern. Sie gehörte einem Wirtschaftsmagnaten namens Xao Peng, genauso wie die elf anderen Schiffe, die wie wir in diesen fürchterlichen Hypersturm geraten waren.

Seltsam, nicht wahr? Welch belanglose Dinge einem durch den Kopf gehen, während man Gliedmaße amputiert, Zahnstümpfe reißt, Herzspritzen setzt, hektoliterweise Blut durch sterbende Menschen pumpt, manche der wenigen einsatzfähigen Mikro-Operationsroboter durch zerstörte Innereien Verletzter jagt und Gehirnblutungen mit bloßen Händen zu stoppen versucht.

Es war grässlich. Ich arbeitete wie in einem Rausch. Sterbende, denen ich ansah, dass sie keine Chance mehr hatten, ließ ich beiseite schaffen, um mich um jene Fälle zu kümmern, bei denen noch Aussicht auf Erfolg bestand.

Kannst du dir vorstellen, was das für mich bedeutete? Der hippokratische Eid, den ich geleistet hatte, war hinfällig geworden. Hier und jetzt ging es um ganz andere Dinge. Ich schaffte und werkelte also, während die ALEXIA in einem Schlingerkurs irgendwohin verbracht wurde. Ich verdrängte mühselig den Gedanken, dass alles, was ich tat, reine Makulatur war. Dass unser Schiff jeden Moment wie ein Luftballon zerplatzen konnte.

Die Meldungen, die über den Schiffsinterkom dröhnten, waren bessere Durchhalteparolen, vielfach geschluchzt oder geweint. Die Chance auf ein Überleben war so schlecht, dass niemand mehr einen Solar auf uns gewettet hätte.

Ich schnipselte gerade im aufgefalteten Lungengewebe einer Patientin, konnte sie mangels notwendiger Mittel nicht mehr ausreichend betäuben. Meine letzten beiden einsatzfähigen Assistenten fixierten ihre Arme und Beine, als wir aufsetzten.

Klang, Krach, Schepper. Wir waren unten.

Hatte ich bislang geglaubt, von Chaos umgeben zu sein, wie es schlimmer nicht sein konnte, war dies eine fatale Fehleinschätzung gewesen.

Später erzählte man mir, dass die Hülle unseres Raumers wie eine reife Frucht geplatzt sei. Und dass wir dennoch riesiges Glück gehabt hatten. Einer göttlichen Fügung hatten wir es zu verdanken, dass der Planet, auf dem wir aufschlugen, in dieses schmale ökologische Band gehörte, das ein Überleben für uns gewährleistete.

Daran dachte ich in diesen Augenblicken nicht. Vielmehr fluchte ich wie ein Pferdekutscher und weinte und schrie hysterisch, weil die Frau unter meinen Händen verblutete. Im Moment des Aufpralls war ich mit meinem Skalpell abgerutscht und hatte sie getötet.

Alarmsirenen jaulten ohrenbetäubend. Krächzende Stimmen forderten uns auf, die ALEXIA so rasch wie möglich zu verlassen. Alles nicht Lebensnotwendige sollte an Bord verbleiben.

Ha!

Ich sah mich um. Jesper und Sibel, meine Assistenten, warfen mir entschuldigende Blicke zu und gaben gemeinsam mit mehreren leicht Verletzten Fersengeld, während Flammen aus einem Nebenraum loderten. Eine Explosion fetzte eine 100 Kilogramm schwere Sauerstoffflasche wie ein Spielzeug durch den Raum. Der metallene Körper bohrte sich wenige Meter neben mir in die Kunststoffwandung, warf mehrere Operationstische um und zischte bedrohlich.

»Nur keine Panik!«, sagte ich mir, »nur keine Panik!«

Ich hatte keinen Blick mehr für die Tote vor mir. Über das, was ich getan hatte, ungewollt oder nicht, konnte ich später nachdenken. Jetzt musste ich mich um die Lebenden kümmern.

Männer und Frauen kamen mir auf dem Gang entgegen. Viele standen unter Schock. Wie die Lemminge hetzten sie in eine Richtung, irgendeinem Schiffsoffiziellen hinterher. Ich konnte nur hoffen, dass der Mann wusste, was er tat.

»Nehmt die Verletzten mit!«, bat ich einen der Siedler, aus dessen Armwunde das Blut im Pulstakt sprudelte. »Helft ihnen! *Bitte!*«

Er stieß mich grob beiseite, stierte mit glasigen Augen an mir vorbei, marschierte einfach weiter.

Ich stemmte mich gegen den Strom der Flüchtlinge und flehte die Menschen an, mir beizustehen. Niemand nahm mich wahr. Ich war wie ein lästiges Hindernis auf ihrem Weg in die Freiheit.

Tiere.

Ja, zu Tieren waren sie geworden, geleitet von niedersten Instinkten. Alles Menschsein war abgefallen. Nichts zählte mehr.

Bis *er* kam.

Mein Gott, wie sah der Mann bloß aus! Am ganzen Körper hatte er Brand- und Ätzwunden. Er humpelte, stank, hatte seinen Körper kaum noch unter Kontrolle. Wie ich später – *danach!* – feststellte, war es nicht nur diese Schicht aus Blut und Schmutz, die ihn hässlich erscheinen ließ. Die flache, eingedrückte Nase, das verzogene Gesicht, der zu kurze Körper auf spinnenlangen Beinen – das passte vorn und hinten nicht zusammen. Dieser Bursche war alles andere als ein Adonis.

Schau mich nicht so angewidert an, als würde ich jemanden aufgrund seines Aussehens verurteilen. Ich darf das! Schließlich habe ich den Burschen namens Richard Donning ein paar Monate später geheiratet.

Der Kerl lief mir also entgegen. So wie alle anderen eilte er auf den Haupt-Antigravschacht zu, der anscheinend noch aktiv war. Irgendetwas an mir muss ihn gebremst haben. Er nahm mich als Einziger wahr, hörte mein Weinen und Kreischen, stoppte die Menschen hinter sich mit seinen stämmigen Armen. Er konnte kaum reden, nur krächzen. Und dennoch schaffte er das, worum ich seit Minuten kämpfte. Er teilte wahllos ein paar Ohrfeigen aus, schubste ein gutes Dutzend Siedler zum Eingang meiner Abteilung und zwang sie, die Verletzten von ihren Tragen und Betten zu heben, um sie mit sich in Sicherheit zu schleppen. Richard strahlte mit seinen Augen irgendetwas aus. Naivität und Unbekümmertheit, aber auch Furchtlosigkeit und überschwappendes Selbstvertrauen. Ich wusste es in diesem Moment noch nicht, doch allein seine Blicke bewirkten, dass ich mich in diesen Mistkerl verliebte. Es sind nicht immer die Worte, die etwas aussagen. Und es ist nicht immer die Schönheit, die über die Liebe zu jemandem entscheidet. Vielleicht sind auch erst durch die Ätzwunden, die ihn sein restliches Leben lang behinderten und ihn langsam, ganz allmählich, auffraßen, seine guten Charakterzüge in den Vordergrund getreten.

Richard brachte die Siedler tatsächlich so weit, dass sie binnen weniger Minuten die Krankenstation evakuierten. Die Männer und Frauen rissen zudem alles an medizinischer Ausrüstung an sich, was nicht niet- und nagelfest verankert war, und transportierten es ab. Stets begleitet von geflüsterten Flüchen und manch aufmunterndem Tritt in den Allerwertesten, die Richard mit wachsender Begeisterung austeilte.

Nach zehn Minuten hatten wir es geschafft. Ich sah mich ein letztes Mal um und schleppte schließlich meine wertvollen alten Anatomie-Bücher mit mir. Der schmutzstarrende Bursche hechelte mir hinterher. Ich spürte seine Blicke. Er hatte nichts Besseres zu tun, als mir auf den Hintern zu starren. Nun ja, vielleicht bewegte ich ihn absichtlich ein wenig mehr als sonst hin und her. Man sieht's mir heute nicht mehr an, aber damals, so wurde mir versichert, hatte ich ein recht brauchbares Fahrgestell.

Also brachten wir, sozusagen auf den letzten Drücker, die gesamte Einrichtung der Krankenstation in Sicherheit. Den Antigrav hinab, die Hauptschleuse hinaus, den Abhang des lang gezogenen Kraters entlang und über den Rand hinauf, an kokelnden Baumgruppen vorbei, in die zweifelhafte Sicherheit unberührter Wälder hinein.

Erschöpft blieb ich schließlich inmitten einer kleinen Lichtung stehen. 50 oder 60 völlig desorientierte Siedler umringten mich wie Zinnsoldaten, orientierungslos, mitsamt der Ausrüstung und der Verletzten, die sie in Sicherheit gebracht hatten.

Wir hörten einen schrecklichen Ton, eine Mischung aus Ächzen und Scheppern. Es war der Todesseufzer der ALEXIA, deren innere Struktur in diesem Moment endgültig nachgab. Sie brach unter ihrem eigenen Gewicht zusammen.

Und Richard?

Er starrte mich weiterhin an. Und weißt du, was er krächzte, der Mistkerl?

Er flüsterte: »Was für ein Prachtarsch!«

Die Bilanz, die uns ein rasch gegründeter Katastrophenrat vorhielt, war deprimierend. Dennoch gelang es den Offizieren unserer kleinen Flotte, so etwas wie einen Hoffnungsschimmer aufkeimen zu lassen.

Von zwölf Schiffen hatten elf die Landung geschafft. Die SHODUNG galt als vermisst; wir sollten auch nie mehr wieder etwas von ihr hören.

»Wir können ungefähr nachvollziehen, was mit uns geschehen ist«, begann Mao Ping, der Vorsitzende des Rats, der später auch zum ersten Präsidenten gewählt werden sollte. »Unser Konvoi geriet während der Reise in das gewünschte Siedlungsgebiet nahe des galaktischen Zentrums in einen plötzlich entstehenden, ungewöhnlich heftigen Hypersturm. Jahrtausendealte arkonidische Chroniken kennen dieses Phänomen. Sie bezeichnen es als *Tryortan-Schlund.* Es ist völlig rätselhaft, wie und warum wir einer derartigen Zwangstransition unterlagen. Es tut auch nichts zur Sache.«

Notdürftig zusammengestoppelte Akustikroboter beschallten das weite Feld zwischen den abgestürzten Schiffen, auf dem wir, die Überlebenden, uns versammelt hatten. Wenige bewaffnete Einheiten sicherten zum Rand der durch zahlreiche Feuersbrünste geschlagenen Lichtung zum Unbekannten hin ab. Vorerst waren wir lediglich kleineren Nagern, ungefährlichen Insekten und Singvögeln begegnet. Noch wussten wir nicht, was uns auf diesem Planeten alles drohte. Wir ließen Vorsicht walten, wo es nur ging und unsere bescheidenen Möglichkeiten es erlaubten.

»Wir wurden in diese Zwangstransition gezerrt, möglicherweise gar in einen uns unbekannten Sternenbereich außerhalb der Milchstraße geschleppt«, fuhr Mao Ping fort. Er galt als harter, kompromissloser Mann, der den Tatsachen nie auswich, sie immer offen ansprach. Er blinzelte, senkte den Kopf. Seine sonst so harten Gesichtszüge wurden sanft, verloren an Konturen. »Mehr als dreißig Prozent der Menschen an Bord unserer Schiffe verloren durch die Folgen der hyperphysikalischen Verzerrungseffekte beim Wiedereintritt und danach ihr Leben. Zweihundertfünfzigtausend Leben ...«

Er zuckte mit den Achseln. Hilflos wirkte er plötzlich, heillos überfordert. Aber er fing sich rasch wieder und fuhr fort: »Wie ihr wisst, gelang es uns, unter wahnwitzigen Bedingungen den größten Teil der Flotte auf diesem Sauerstoffplaneten notzulanden. War es Glück? Ausgleichende Gerechtigkeit für all das Pech, das wir während des Fluges gehabt hatten? Oder folgten wir einer Bestimmung? Kann man unsere Bruchlandung Schicksal nennen?« Mao Peng sah wieder hoch, blickte in die Kameras. »Es gibt nichts zu beschönigen. Ich kann euch an dieser Stelle keine Hoffnung machen. Wir sind gestrandet. Nach einer ersten Bestandsaufnahme steht fest, dass alle Schiffe irreparabel beschädigt sind. Es gibt auch kein einsatzfähiges Beiboot mehr, das wir hochschicken könnten. Wir versuchten noch während des Absturzes, SOS-Signale per Hyperfunk auszusenden. Aber auch hier ist die Aussicht auf Rettung äußerst gering. Wir befinden uns in einem extrem hyperaktiven Sektor eines wie gesagt unbekannten Sternenraums.«

Da und dort sah ich Tränen und gesenkte Köpfe. Die befürchteten Panikreaktionen blieben jedoch aus. Gezielte Mundpropaganda hatte längst dafür gesorgt, dass die

Hoffnungen vor dieser ersten offiziellen Ansprache gering geblieben waren.

Im Lauf der kommenden Jahre sprach ich immer wieder mit anderen, die mit mir den Flug überlebt hatten. Diese paar Minuten, in denen wir alle Hoffnung geraubt bekamen, uns würde jemand retten, hatte sich uns allen eingebrannt. Und weißt du was? Viele von uns spürten Erleichterung.

Ja, Erleichterung! Endlich hatte es jemand gewagt, das auszusprechen, was wir ohnehin schon ahnten. Unsere Zukunft hatte plötzlich ein Gesicht bekommen, »denn«, so fuhr Mao Peng mit erhobener Stimme fort, »suchten nicht die meisten von uns eine neue Welt? Einen Ort zum Siedeln? Einen Ort, an dem man die alten Konventionen hinter sich lassen und neu beginnen kann?« Er sah sich um, blickte einigen der stumm dastehenden Frauen und Männern in die Augen. »Noch haben wir keine Ahnung, was uns hier erwartet. Noch steht unsere Zukunft auf des Messers Schneide. Aber ich habe Vertrauen.« Er ballte die Fäuste. »Ich denke gar nicht daran, mich jetzt im Wald zu verkriechen und mein Schicksal zu bejammern. Ich fordere euch auf, mit mir gemeinsam in eine neue Zeit zu schreiten. Hier und jetzt eine Kolonie zu gründen, diese Welt zu erobern.« Leise fügte er hinzu: »Wir dürfen jetzt nicht aufgeben. Das sind wir den Verstorbenen schuldig.«

Mao Peng nickte in die Kamera. Die Übertragung erlosch, und eine erdrückende Stille legte sich über das Land.

Irgendwo ertönte plötzlich das empörte Krächzen einer Vogelkolonie, die sich offensichtlich durch uns gestört fühlte. Die dunkelgelbe Sonne, die sich während der ersten 24 Stunden unseres Aufenthalts hinter weißen und rosaroten Wolken versteckt gehalten hatte, lugte hervor. Sie lachte uns an.

Wir lachten zurück.

Wir taten, was uns Mao Peng geraten hatte. Wir machten das Beste aus unserer Situation.

5. In der Silberkapsel: Abtasten

Der Flug – besser gesagt: die *Eindrücke* während des Flugs – wirkte auf Perry Rhodan alles andere als Vertrauen erweckend.

Vor zwölf Jahren waren er und Atlan mitsamt einer Silberkugel auf Baikhal Cain inmitten des Sternenozeans von Jamondi verloren gegangen. Das seltsame Transportmittel war damals nach der »Ohnmacht« Lotho Keraetes, der es vermittels Gedankenimpulse gesteuert hatte, unkontrolliert auf die Oberfläche des Planeten gestürzt. Eine wahre Odyssee war die Folge gewesen. Nur mühsam konnte der Unsterbliche das Gefühl der Beklemmung unterdrücken, das ihn in Erinnerung der damaligen Reise überkam.

Rhodan konzentrierte sich. Eine Art »Tunnelröhre« entstand um sie, während sie weiter beschleunigten. Sie rasten, durch die semitransparente Silberhülle sichtbar, auf einen Kreis absoluter Schwärze zu, während die Sterne der Milchstraße um sie zu Lichtpunkten, zu Strahlen, zu Strichen verwischten und schließlich eine scheinbar feste Wand aus Weiß bildeten. Dann wurde es dunkel. Sie mussten die Milchstraße durchstoßen, den jenseitigen galaktischen Leerraum erreicht haben. Und das in ein oder zwei Minuten!

»Ich b-bin Nano Aluminiumgärtner«, platzte plötzlich

der größere der beiden Posbis heraus und zog damit die Aufmerksamkeit aller auf sich. Er durchbrach ein Schweigen, in dem bereits das Atmen der drei Menschen unangenehm laut geklungen hatte.

»Freut mich«, murmelte Rhodan. Einerseits war er froh, von den optischen Eindrücken, die sie umgaben, abgelenkt zu werden. Andererseits war er nach wie vor nicht besonders angetan von der unerwünschten Begleitung. »Hast du irgendeine spezielle Ausbildung erhalten?«, fragte er das Maschinenwesen ohne besonderes Interesse.

»F-fürwahr, edler Retter der Posbiheit, da gibt es Einigliches, das ich d-dir zu Gehör bringen kann.« Der halbmondförmige Schlitz seiner Sprachausgabe, der wohl als Zugeständnis an biologische Gesprächspartner in sein Gesicht geschnitzt worden war, vermittelte entgegen der fröhlich vorgetragenen Worte einen stummen Vorwurf. »Aber sag«, so fuhr Nano Aluminiumgärtner fort, »wie soll ich dir meine besonderen Fähigkeiten näher bringen? Magst du es geträllert, pathetisiert, hochgesanglich deklamiert, g-geschmettert, hochlöblichst geflötet, quodlibetisiert, limericksiert, gebrüllt oder kritikasterisiert?« Er schwang ein dünnes Beinchen hoch und legte es über seine rechte Schulter. »Arks, ich b-bräuchte da und dort ein Tröpfelchen hochviskosen Öls; es zupft und zieht in den Stahlfäden. Sonst hätte ich vorgeschlagen, meine Qualitäten t-tänzerisch zur Darstellung zu bringen. Das geringe Platzangebot wäre allerdings ein Problem. Hm ... vielleicht sollte ich die g-gewünschte Antwort im Morsetakt steppen?«

»Schluss!«, brüllte Rhodan. Er fühlte, dass sein Gesicht rot wurde. »Schraub augenblicklich den Bioplasma-Anteil zurück, sonst bekommen wir beide Ärger miteinander!«

»Ich v-verstehe nicht, Held meiner Geschichtsprogrammierung.« Nano Aluminiumgärtner brachte sein hochgelüpftes Bein zurück auf den Boden und sah den Unsterblichen aus zwei Multi-Sensorflächen anscheinend erschrocken an. Sein Leib zitterte, und die Hülle der Silberkugel hüpfte im Nähmaschinentakt mit.

Rhodan unterdrückte seinen Ärger, so gut es ging. »Wir wurden gemeinsam auf eine heikle Mission geschickt«, erklärte er ruhig. »Lotho Keraete war der Meinung, dass du, dein Kollege und euer ... Betreuer wichtig werden könnten. Ich hätte, ehrlich gesagt, viel lieber Personal um mich, das gut ausgebildet ist und auf das ich mich hundertprozentig verlassen kann.«

»Aber s-so ist es doch auch, oh Perle der Menschheit! Ich und mein Kollege Drover besitzen gut gefüllte Speicheraufsätze. Unser Vertrauensfaktor dir u-und deinen Begleitern gegenüber wurde zudem extra für diesen Ausflug aufs Maximum erhöht.« Nano Aluminiumgärtner drehte sich ein wenig zur Seite. Seine vielfältigen Körperkomponenten, die wie willkürlich zusammengeschraubt wirkten, glänzten blaugrau und anthrazitfarben im Licht mehrerer Sternenhaufen, an denen die Silberkugel vorbeiraste.

»Das freut mich zu hören«, sagte Rhodan. »Dann möchte ich, dass ihr folgende Benimmregeln befolgt: Erstens wünsche ich keine Beinamen. Ich bin weder eine ›Perle der Menschheit‹, noch ein ›Retter der Posbiheit‹, noch vielleicht ein ›Retter des Universums‹.«

»*Das* ist der richtige Begriff! Er l-lag mir soeben auf dem Sprachausgabemembranhäutchen ...«

»Nein!« Der Unsterbliche schlug entschieden mit der geballten Rechten in die flache Linke. »Du sprichst mich von nun an als Perry Rhodan an. Verstanden?« Er missachtete tunlichst den Matten-Willy, der sein Gegenüber in irrwitziger Geschwindigkeit umrundete, den Posbi mit rasch ausgebildeten Pseudopodien streichelte und dabei Unverständliches flüsterte.

»Gut«, fuhr der Unsterbliche schließlich fort. »Zweitens: Ich erwarte mir von euch keine Demut, sondern Unterstützung. Wann immer ich mit den Fingern schnipse, seid ihr bereit. Drittens: Im selben Ausmaß erfüllt ihr die Wünsche und Forderungen meiner beiden Begleiter. Viertens: Ich dulde keine Eigenmächtigkeiten. Und das war's vorerst.« Er seufzte. »Ich gebe euch weitere Anweisungen, sobald ich mir einen Überblick über die Situation vor Ort gemacht habe.«

Drover, der vielleicht 1,50 Meter maß, drehte seinen Sensorenkranz, den er statt eines Kopfs am oberen Ende seines Körpers trug. Zwei glimmernde Sensorfelder richteten sich auf den Unsterblichen. »Wir sind nicht nur Maschinen«, sagte er und schwebte auf seinem Prallfeld höher. Irgendwie wirkte er ... bedrohlich. Angsterregend. Während Nano Aluminiumgärtner nach Rhodans Brandrede eine Aura stummer Verzweiflung anhaftete, war Drover ungewohnte Gefühlskälte anzumerken, die vermuten ließ, dass sein Bioplasma-Anteil eher am unteren Ende der Skala angesiedelt war.

»Es hängt ganz allein von euch ab, welche Behandlung euch zuteil wird.« Es war ein gewagtes Spiel, auf das sich der Unsterbliche einließ. Er konnte sich selbstverständlich auf die Integrität und Zuverlässigkeit der beiden Posbis verlassen. Es galt lediglich, die Fronten abzustecken und mögliche Eigenmächtigkeiten der Maschinenwesen von vornherein zu unterbinden. Im Verbund mit einem Matten-Willy waren die Posbis imstande, gröbsten Unfug anstellen.

Und überhaupt: Was war mit dem Matten-Willy?

Er hatte sich mittlerweile beruhigt und zu einer Kugel

zusammengerollt. Mehrere heftig zwinkernde Augen und Pseudopodien in jeglicher Form ragten aus dem Körperknäuel hervor. Wie wogendes Gras bewegten sich Glieder und Sinnesorgane hin und her.

»Wie ist dein Name?«, fragte Rhodan.

»Mauerblum«, kam die geflüsterte Antwort.

»Also schön, Mauerblum. Du verstehst, worum ich deine beiden Schützlinge gebeten habe?«

»Ja. Sie sollen brav sein. Ich werde mich darum kümmern. Ich verspreche es.« Mit einem lang gezogenen Schmatzgeräusch versenkte er ein halbes Dutzend seiner Augen im Körper. Die Podien hingegen blieben abwehrend ausgestreckt.

Nanu?

Matten-Willys, die Angst und Respekt zeigten, war er gewöhnt. Aber einen, der Einsicht bewies? So sehr, dass er seinen Forderungen Folge leisten würde?

Bislang hatte es Rhodan stets mit eigenwilligen Exemplaren dieser seltsamsten aller Milchstraßenlebewesen zu tun bekommen. Die Matten-Willys galten als naiv, taten grundsätzlich das Falsche und schienen darüber hinaus das Unglück förmlich anzuziehen. Wie die Posbis mit diesen knochenlosen Massefladen zurechtkamen, war Gegenstand tausender Dissertationen, Untersuchungen und Studien geworden. Tatsache blieb, dass sich die beiden so divergenten Spezies blendend aufeinander eingestellt hatten und bei ihrem sanften Expansionskurs stets im Gleichschritt marschierten. Wo die Posbis hinzogen, waren auch Matten-Willys nicht weit. Wer von beiden Völkern wen brauchte, wer von beiden bei dieser seltsamen Symbiose Vorteile hatte – nun, das würde wohl nie ganz geklärt werden können.

»Na schön«, seufzte Rhodan schließlich. »Ich verlasse mich auf euren guten Willen.«

Draußen, jenseits der scheinbar filigranen, silbrigen Schutzschicht der Silberkugel, entstand neuerlich eine Mauer ineinander verwischter Sterne. Bunte, schillernde Blasen durchbrachen das Weiß, vermengten sich mit ihm, erzeugten psychedelische Bilder, die Kopfschmerzen erzeugten.

Die menschlichen Sinne waren schlichtweg nicht dafür geeignet, Eindrücke übergeordneter Kontinua richtig umzusetzen. Die Bilder störten, irritierten, ließen Assoziationen entstehen, die Angst und Schrecken verursachten.

Eigentlich, musste Rhodan sich eingestehen, konnte er froh sein, dass ihn die Posbis und der Matten-Willy von den seltsamen Nebeneffekten der Reise ablenkten.

»Also schön.« Er konzentrierte sich neuerlich auf Nano. »Wer hat dir diesen seltsamen Beinamen ›Aluminiumgärtner‹ gegeben?«

»Das w-war meine eigene Idee.« Die Stimme des Maschinenwesens klang gedämpft. Kaum mehr wie jener verträumte Dichter und Tänzer, als der er sich noch vor ein paar Minuten präsentiert hatte. Seine Erzählung wirkte zögerlich. Erst, als Rhodan ihn mit einer ungeduldigen Handbewegung aufforderte, weitere Informationen zu geben, fand er zu normalem Gesprächstempo zurück. »Der Name erschien mir passend. Seit m-meiner Bewusstseinswerdung im Jahr 1294 beschäftige ich mich mit pseudopsychieller Erschaffungsdichtung der Nonformalistischen Transgressenzbewegung.«

Rhodan erinnerte sich mit Schaudern an eine Gruppe Spinner, die das terranische Regionalparlament in Paris mit dem Schlachtruf: »Hängt die Künstler um der Kunst willen« zu stürmen versucht hatte. Die Bilder angetrunkener Kunststudenten, die vom Dach des Centre Pompidou auf die LFT-Fahne urinierten, waren jedoch durch die halbe

Galaxis gegangen. Diverse Geheimdienste hatten die Aufnahmen genüsslich für ihre Anti-Terra-Propaganda benutzt. Seit diesen Tagen war Rhodans Wunsch, moderne »Kunst« und Aktionismus bedingungslos zu unterstützen, merklich gesunken.

»Ich wurde mir meiner Existenz auf den Tag genau 32 Jahre nach der Geburt des Vordenkers der Nonformalistischen Transgressenzen, Vittorio do Schwanst, bewusst.« Nano zeigte mit einem angesengt wirkenden Finger auf Rhodan. »Als d-der Plasmazusatz in mir verankert wurde, wusste ich, dass diese zeitliche Koinzidenz von Bedeutung sein musste. Ich beschaffte mir so rasch wie möglich die Hauptwerke von do Schwanst. Von da an war es nur ein kurzer Weg, um die ›Stammelkunst‹, die d-dieser große Heroe erfunden hatte, zu praktizieren.«

»Ich wollte eigentlich wissen, woher du deinen Zusatznamen hast!«, unterbrach Perry mit wachsender Ungeduld.

»›Aluminiumgärtner‹ ist der erste Begriff, den ich transgressenziert habe. Du kennst sicherlich den Vorgang: Wenn man sich ein Wort mehr als eine Million Mal bewusst vorsagt, dringt man in einen unglaublichen Zustand des Denkens vor, in dem Neues e-entsteht. Ich brauchte selbstverständlich ein w-wenig länger als ein begabter menschlicher Geist wie do Schwanst, um in diese Sphären einzutauchen. ›Aluminiumgärtner‹ war j-jedenfalls das erste Wort, das in mir ... wuchs. Aluminiumgärtner. Wie schön, wie bedeutungsschwer erschien es mir. Und wie glücklich fühlte ich mich ...«

»Damit wäre das geklärt«, unterbrach Mondra Diamond hastig. Sie sah Perry an, bedeutete ihm, die Nerven unbedingt im Zaum zu halten. »Ist das alles, was du an ... persönlichen Stärken anzubieten hast? Ich kann mir nicht vorstellen, dass dich Lotho Keraete allein wegen deiner Begeisterung für die Kunst ausgewählt hat.«

»Hm ... m-mag sein. In meiner Hauptfunktion bin ich als Spür- und Analyseeinheit tätig. Zusätzlich erhielt ich einen programmatischen Datenschwerpunkt a-als ›Posbi-Historiker‹ aufgepfropft.«

»Da kommen wir der Sache schon näher«, sagte Rhodan. Dankbar nickte er Mondra zu. In manchen Situationen hatte sie einfach mehr Feingefühl, um mit einem so schweren Fall wie Nano Aluminiumgärtner umzugehen. »Du kennst dich also mit der Entstehungsgeschichte deines Volkes aus?«

»Eigentlich j-ja«, antwortete der Posbi fast widerwillig. »Aber meine wahren Interessen liegen wirklich ganz woanders ...«

»Danke, vorerst.« Der Unsterbliche wandte sich Drover zu, der längst wieder auf dem Boden der Silberkugel ruhte und in einen Art Standby-Schlummer gesunken war. Lediglich die beiden Sensorfelder leuchteten schwach rötlich. »Was ist dein Spezialgebiet?«

Drover erwachte kurz zum Leben. »Schwerer Arbeiter«, presste er wie eine schlecht geschmierte Dampflok hervor, ließ das letzte »r« überbetont stehen und versank gleich darauf wieder im Dämmerschlaf.

Eine platte, aber um so größere Plasmazunge ragte plötzlich zwischen wulstigen Lippen aus Mauerblums Leib. In Zusammenarbeit mit einem blasenförmig ausgebildeten Hohlraum in seinem Körper bildete der Matten-Willy ein paar heftig tremolierende Worte. »Ihr müsst Drovers Unhöflichkeit entschuldigen«, sagte er. »Seine Emotionalität ist nur wenig ausgebildet. Aber vertraut mir: Er besitzt starken Willen und ist besonders liebenswürdig. Mein Liebling ...« Sanft streichelte der Matten-Willy über den fassförmigen

Körper des Posbis. Dessen Sensorenkranz erwachte kurzzeitig zum Leben. Verschiedenfarbige und irritierende Leuchtbilder huschten über das *Gesicht.*

War er verärgert, oder zeigte er so etwas wie Freude über die zärtliche Behandlung? Rhodan wandte sich nachdenklich ab und sah nach *draußen.* Das Umfeld außerhalb ihres winzigen Goldfischglases hatte sich erneut gewandelt. Lang gezogene Streifen, die sich in einer sanften Kurve nach unten neigten, zerteilten die Schwärze des Alls. Aus welchen Gründen auch immer raste die Silberkugel in einem lang gezogenen Bogen dahin.

Wie sollte der Unsterbliche das ihm von Lotho Keraete zugeteilte Dreier-Team nach diesem ersten Abtasten einschätzen?

Nano Aluminiumgärtner, Drover und Mauerblum erschienen ihm fremd wie nur irgendetwas. Genauso gut hätte sich der Unsterbliche mit einem giftgasatmenden Maahk über dessen Fertilität unterhalten können.

Es fiel ihm überaus schwer, ein Gespräch in Gang zu bringen, das über die üblichen galaktopolitischen Betrachtungsweisen hinausging. Er war im Lauf seines langen Lebens unter den verschiedensten Bedingungen mit Posbis und Matten-Willys zusammengetroffen. Stets hatte die Frage im Vordergrund gestanden, wie man als Vertreter ihrer jeweiligen Völker miteinander umging, wie die jeweiligen Positionen abgestimmt und aneinander angepasst werden konnten, wie man die »besten Freunde der Menschheit« in strategische Überlegungen einbezog.

Und was war mit den »Individuen«? Was machte die Maschinenwesen aus? Wie lebten sie? Träumten sie tatsächlich von elektrischen Schafen, wie ein lange vergessener und gerade wieder entdeckter Autor einmal behauptet hatte?

Das waren Fragen, die stets Fachleute für ihn ausformuliert und beantwortet hatten. Für ihn, den Mann an der Spitze eines – früher expansionistisch, heute wirtschaftlich und technologisch-fortschrittlich ausgerichteten – Staatswesens, war niemals Zeit geblieben, sich mit dieser Problematik *wirklich* auseinanderzusetzen.

Posbis waren Wesen, die immer zur Verfügung standen. Auf die man sich verließ und die zu funktionieren hatten.

Rhodan drehte sich mit einem leisen Seufzer zu seinen Reisegefährten um. Sie standen stumm und wortlos da, wussten kaum etwas mit sich anzufangen. Was auch immer sie in den kommenden Stunden und Tagen erwartete: Es stand zu hoffen, dass er etwas lernen würde.

Die Streifen unbekannter Sterne verblassten, wurden zu Wischern und dann wieder zu ruhenden Punkten. Ihre Reise, die sie über eine unglaubliche, unfassbare Distanz geführt hatte, kam zu einem Ende. Ein Lichtfleck wartete voraus, wurde größer und breiter. IC 5152.

Rhodan rief sich die wenigen Daten in Erinnerung, die die Positronik der LEIF ERIKSSON II ausgespuckt hatte. Die irreguläre Kleingalaxis mit ungefähr 250 Millionen Sonnen beanspruchte ein Raumgebiet von 8400 mal 7000 mal 1500 Lichtjahren.

Und angeblich leben neunundzwanzig Millionen Menschen hier, dachte er.

Er hatte schon so vieles gesehen, so vieles erlebt – und dennoch war ein Schritt ins Unbekannte, wie er ihn jetzt und heute tat, Grund genug, um Angst zu empfinden.

6. Chronik der Familie Donning: Gründerzeit (1)

Was wollt ihr eigentlich von mir? Platzt hier herein, haltet mich von der Jagd ab und fummelt mit euren Holokameras vor mir herum – und das alles nur, um mir sinnlose Fragen über meine Altvorderen zu stellen?

Wenn es euch so viel bedeutet: Ja, ich bin Charles Donning. Richard war mein Vater, stimmt. Und? Ist man ihm auf ein paar Schweinereien draufgekommen? Tut mir leid – der Alte liegt seit 50 Jahren unter der Erde, und Sippenhaft gibt's auf Altera keine, soviel ich weiß.

Eine Dokumentation wollt ihr machen, über die Gründung Alteras? Als Mahnung und Erinnerung, die an die kommenden Generationen weitergegeben werden soll ...?

Ach, ihr mit eurem wichtigtuerischen Auftreten, all den großen Worten und Ausdrücken, die ein einfacher Mensch wie ich kaum versteht. Ihr Städter seid so borniert, so weltfremd ... Wie stolze Zottelpfauen platzt ihr in meine Hütte, glaubt, etwas Besseres zu sein, mich in Beschlag nehmen zu können ...

Wenn ihr etwas wissen wollt, müsst ihr dafür bezahlen. So einfach ist das.

Altsolars wollt ihr mir geben? Wertlose Fetzen Papier mit kleinen und großen Zahlen drauf? Ha! Damit kann ich mir hier draußen bestenfalls den Hintern abwischen. Nein, so läuft das nicht! Ich bekomme von euch ... hm ... zehn Säcke feinstes Mehl, einen Zentner der besten Erdenoppel, ebenso viel Stümpelreis und robuste Winteräpfel, die ich lagern kann. Rauchware, natürlich vom Besten. Eine ganze Kiste voll. Lüg nicht, du bleiches Stadtgewürm! Ich weiß ganz genau, dass in der Ruine der KHAN noch immer Tonnen von dem Zeugs liegen. Gehortet für die Crème de la Crème, für die oberen Tausend der Gesellschaft. Für die ... Herrenrasse.

Das wusstest du nicht? Nun – jetzt hab ich's dir gesagt. Vertrau mir. Rede mit Lao Zhin im Verteilungsministerium. Ja, mit dem Minister persönlich. Er wird dich abzuweisen versuchen, wird dich mit ausdruckslosen Blicken nervös machen wollen. Lass dich davon nicht irritieren. Der Kerl hat derart viel Dreck an den Füßen, dass ihn ein Rhonoteufel auf hundert Meilen Entfernung erschnüffeln könnte. Sag ihm, dass dich der gute alte Charly geschickt hat. Und sobald du mit ihm allein bist, flüsterst du ihm *Ka-Ne* ins Ohr. Springen wird er. Hüpfen, sich an Ehrerbietung überbieten wie ein Hampelmann, dich hofieren und wie deinen besten Freund behandeln. Dieser alte Schleimer ...

Keine Angst, er wird dir nichts tun. Er weiß bis heute nicht, wer von der Sache eine Ahnung hat. Er kann sich nicht drauf verlassen, dass die Geschichte für ihn erledigt ist, wenn er euch und mich umbringen lässt.

Also, sind wir uns einig? Ja? Na – euch muss ganz schön viel daran liegen, sich mit einem alten Klappergerüst wie mir zu unterhalten.

Ich sei in der Stadt zur Legende geworden? Zum Mythos?

Lachhaft!

Damals tat ich, was ich tun musste. So wie viele andere. Ich hatte lediglich das Glück, diese Zeiten zu überleben. Oder das Pech, je nach Betrachtungsweise.

In drei Tagen erwarte ich euch zurück. Halt! Mir fallen noch ein paar Kleinigkeiten ein, die mir abgehen. Hm ... Ein paar Flaschen vom Scharfen. Keinen Blindmacher, sondern beste Ernte von den Schnapsbauern der Nordhänge. Die Burschen halten zwar die Preise hoch, aber zumindest bemühen sie sich um Qualität. Und dann möchte ich Bücher. Nein, keine Holozeitungen. Auch keine propagandistischen Pamphlete der Herrenrasse. Richtige Bücher, wie sie mit den Schiffen hierher gekommen sind. In der Bibliothek müssen sie massenhaft gehortet sein.

Du weißt gar nicht, dass es eine Bibliothek gibt? Ha, typisch Städter!

Geh ins Informarium. Ja, in die *Unterwelt* der ALEXIA. Frag nach Jorge Espinoza. Richte ihm einen schönen Gruß von mir aus. Er wird dir weiterhelfen.

Du wunderst dich, woher ich all diese Leute kenne? Was ich hier mache, wenn ich so gute Beziehungen habe? Nun, das werde ich euch erzählen, sobald ihr zurück seid.

Habt ihr alles? Tatsächlich?

Weg da, lasst mich mal schauen.

Hm ... das Mehl ist nicht besonders fein gemahlen, und die Erdenoppel greifen sich weich und mehlig an. Ein Minuspunkt für euch. Mal schauen, ob ihr das mit dem anderen Zeug gutmachen könnt.

Wo sind die Bücher? Da? Zwei ganze Kisten voll? Na, da hat Jorge ja ganz schön was abgezweigt für den alten Charly. Mal sehen ... »Höhepunkte der Literaturgeschichte des 23. Jahrhunderts« ... »Hoschpians Chronik des 22. Jahrhunderts« ... »Tran-Atlans sagenhafte Abenteuer« ... schau an, eine terranische Erstausgabe in der Castor-Übersetzung ... »Von der Reklame zum universumweiten Marketing« ... will er mich mit diesem Schmarrn ärgern, der gute Jorge?

Reicht mir mal eine Zigarre. Mhm ... jahrzehntealt, kühl und trocken gelagert. Wie Vater mir's erzählt hat. Und gleich ein paar Dutzend davon. Respekt, Respekt!

Warum ich sie zerbrösle? Warum ich den Scharfen wegschütte? Ach, wisst ihr, ich habe nie geraucht und auch nie einen Schluck getrunken. Mir ging's lediglich darum, Freund Lao Zhin daran zu erinnern, dass ich noch lebe. Er wird hoffentlich ein paar Schwierigkeiten wegen der ... Warenentnahme bekommen und weiterhin an mich denken. Das schlechte Gewissen quält ihn offensichtlich nicht, und an Albträumen scheint er auch nicht zu leiden, trotz all der Sauereien, die er getan hat. Aber zumindest kann ich dafür sorgen, dass er Angst hat.

Also gut, Jungs: Ihr habt euch wirklich Mühe gegeben. Chapeau. Ihr habt es euch redlich verdient, dass ich ein paar Geschichten erzähle. Nein, nicht alles. Manches soll so bleiben, wie es ist. Wir Alteraner brauchen Legenden mehr als alles andere. Ohne sie, ohne diese Stütze, würde unsere Zivilisation wie ein Kartenhaus zusammenbrechen. Ich habe lange überlegt, was ich euch sagen könnte und was nicht. Am Vernünftigsten wird's wohl sein, wenn ich mit jenem berühmt-berüchtigten Streit zwischen meinen Eltern beginne ...

Ich war gerade acht Jahre alt geworden. Der Absturz war vor elf Jahren geschehen. Unsere kleine Baracke, aus den blechernen Trümmern des ALEXA-Oberteils geschnitten und notdürftig zu einem Wohnabteil mit 50 Quadratmetern zusammengeschweißt, duftete nach Fettkerzen und einen knusprig gebratenen Völlerhahn. Als Geschenk hatte ich schwere Schuhe aus dem bockigsten Leder erhalten, das ihr euch nur vorstellen könnt. Und zwei Bücher. »Alice im Wunderland« sowie »Die unendliche Geschichte«. Klassiker der Jugendliteratur, beide mehrere Jahrhunderte alt.

Vielleicht fragt ihr euch, was mit den Bild- und Tonträgern in den Schiffswracks geschehen ist? Mit den hunderttausend Datenfolien, Datenkristallen, Datenwürfeln? Nun, sie existierten damals selbstverständlich noch, liegen möglicherweise heute noch irgendwo herum. Aber es gab keine Lesegeräte dafür! Es galt, das Überleben abzusichern. Die Grundbedürfnisse für eine halbe Million Menschen zu erfüllen. Trinken. Essen. Wohnen. Sicherheit in einer absolut fremden Umgebung. Die Schiffe ausschlachten, alles Notwendige sichten, *irgendwie* die Energie für dringend notwendige Schutzschirme erzeugen, um uns Siedlern ein Gefühl der Sicherheit auf dieser fremden Welt zu geben. Krankheitserreger identifizieren, die hiesige Flora und Fauna auf ihre Nahrungstauglichkeit überprüfen. Da blieb kein Platz für Luxusartikel.

Die wenigen Lesegeräte, für die ausreichend Energie zur Verfügung stand und die den Absturz überstanden hatten, wurden in den wichtigsten Arbeitsstätten verwendet. In den Wohnkuben hingegen gab es lediglich das Notwendigste, das dem täglichen Leben abgerungen werden konnte. Wenn ihr euch in meiner Hütte umseht, bekommt ihr eine ungefähre Vorstellung davon, wie's damals war.

All diese Dinge berührten mich in meiner Jugend nicht. Die Welt war aufregend und bunt und großartig für einen kleinen Stöpsel. Wie hätte ich damals ahnen sollen, dass die Tiere, mit denen ich als hier Geborener wie selbstverständlich aufwuchs, in den Augen meiner Eltern ihr Leben lang eine Bedrohung darstellte? Dass sie sich niemals an eine für sie fremdartige Umgebung gewöhnen würden?

Aber zurück zu meinem Geburtstag: Ich klammerte mich also an die beiden Bücher, als wollte ich sie nie mehr aus der Hand legen. Ihre Seiten dufteten nach Feuchtigkeit und Moder, nach Aufregung und bunten Abenteuern, nach Spaß und Abwechslung in einem entbehrungsreichen Leben. Ich aß vom Braten, ohne etwas zu schmecken, während ich meine Nase – und mich selbst – tief zwischen die Seiten versenkte.

Jemand klopfte an die Tür. Vater fluchte krächzend und öffnete schließlich. Ich konnte den Mann nicht sehen, der ihn dort aus dem Halbschatten grüßte und den Paps schließlich widerwillig einließ.

Dann erkannte ich den Burschen. Er war bereits ab und an zu Besuch gekommen, ohne dass sich meine Eltern darüber gefreut hätten. Ein kleiner Mann mit eingefallenem Brustkörper, dessen Augen stets hin und her wanderten, nie ruhig zu bleiben schienen.

Ich kümmerte mich nicht weiter um ihn; schließlich war das mein Geburtstag, verdammt noch mal! Ich ließ mich von Tweedledee und Tweedledum mit ihren dicken Bäuchen faszinieren und verfolgte das Gespräch zwischen meinen Eltern und dem Fremden nicht weiter.

Erst, als es lauter wurde, als sich Vater und der düstere Mann gegenseitig Bösartigkeiten an den Kopf warfen, erinnerte ich mich wieder, was und wer ich war.

»Beruhige dich, Richard!«, versuchte meine Mutter mit ihrer sanften und doch so bestimmenden Stimme den Frieden im Haus zu erhalten. »Vielleicht hat Steph gar nicht so unrecht.«

»Misch dich gefälligst nicht ein, Camilla!«, flüsterte mein Vater. »Und du, Steph Grant, verlässt augenblicklich mein Haus. Lass dich hier nie wieder blicken.«

Ihr wisst vielleicht, dass er sich wegen seines Unfalls kaum artikulieren konnte. Alles, was er sagte, klang wie ein Einheitsbrei. Gefühllos, ohne Höhen und Tiefen in der

Betonung, wie eine Maschine. Aber ich schwör's euch: In diesen Minuten schaffte er es, mir allein mit der Betonung seiner Worte den Angstschweiß aufs Gesicht zu treiben. Diese Stimme wirkte wie eine Waffe.

Steph Grant zuckte zurück, wandte sich wie ein gefangenes Tier nach allen Seiten, suchte mit seinen unsteten Blicken Hilfe bei meiner Mutter.

Sie wandte sich ab, kam zu mir, setzte sich hin. Ihre Lippen waren zu schmalen Strichen geworden, ihre Hände zitterten. Nie zuvor hatte sie mein Vater derart von oben herab behandelt.

Ich glaube, dass Paps seine Worte ihr gegenüber in jenem Moment bereute, als Steph Grant wie ein geprügeltes Tier in die Dunkelheit hinausfloh. Vielleicht entschuldigte er sich bei ihr; ich kann mich nicht mehr erinnern. Ich weiß lediglich, dass die fröhliche Stimmung des Geburtstagsfests hinüber war, die Eltern sich während der ganzen Nacht lautstark stritten und ich mich aus Angst noch tiefer zwischen den Seiten meiner beiden Bücher verkroch.

Und dass mein Vater am nächsten Morgen verschwunden war.

Ich verstand es nicht.

Ich konnte und wollte nicht akzeptieren, dass sich die beiden großartigsten Menschen dieses Planeten wegen eines unbedeutenden Mannes derart in die Haare kamen, dass sie sich trennten.

Und doch war es so.

Mit meinen kindlichen Mitteln versuchte ich, die beiden wieder zu versöhnen, sie zu einem Gespräch zu bewegen. Gleichzeitig wollte ich *begreifen*, warum sie sich derart erbittert anschwiegen, wenn sie sich zufällig während der Arbeit in der Stadt über den Weg liefen. Um Richard und

Camilla verstehen zu können, dachte ich mir, musste ich die Welt, durch die ich mich bisher so planlos bewegt hatte, verstehen.

Ein kluger Gedanke für einen Achtjährigen, nicht wahr?

Ja – und ein absolut notwendiger. Dieser Planet erlaubte seinen jüngsten Bewohnern nicht, allzu lange Kind zu bleiben. Die Gefahren lauerten überall. Wir mussten uns nicht nur an eine neue Welt anpassen, wir mussten auch dafür sorgen, dass unser Wissen nicht in Vergessenheit geriet. Ich kann dir heute sagen, dass wir während dieser ersten Jahre viele, zu viele Fehler begangen haben. Aber das erkannte ich damals natürlich noch nicht.

Zurück zu meinem achtjährigen Ich: Es öffnete also die Augen und lernte, was auf Altera eigentlich vor sich ging.

Schon der Name unserer Kolonie war ein kleines Rätsel. Warum nannten sich manche Menschen Terraner, die anderen Alteraner?

Altera, so brachte ich in Erfahrung, war jener Begriff, der sich irgendwie in die Köpfe meiner Elterngeneration geschlichen hatte. Er stammte aus einer uralten, toten Sprache und war eine Verballhornung der beiden ursprünglichen Worte *alter terra.*

Nur mühsam und allmählich gewöhnten sich die Menschen daran, ihre neue Heimat so zu bezeichnen. Ebenso zäh verlief der Prozess, den Absturzort der elf Siedlerschiffe, von deren letzten Flug mir meine Eltern Nacht für Nacht erzählt hatten, als Stadt anzusehen und ihm den Namen *Neo-Tera* zu geben.

Ein weiterer kleiner Schritt war getan, als ich verstand, dass zwischen den hier Geborenen und denen, die mit den Siedlerschiffen gekommen waren, große Unterschiede bestanden. Enorme Gräben taten sich zwischen Kindern und ihren Eltern auf. Sie sollten in den nächsten Jahrzehnten zu fast unüberbrückbaren Hindernissen werden. Aber das wisst ihr ohnehin selbst.

Um so merkwürdiger war allerdings, dass sich auch innerhalb der Elterngeneration mehrere Gruppierungen bildeten. Es gab die *Han*, wie sie sich selbst nannten. Das waren jene Asiaten, aus denen sich mehrheitlich die Mannschaften der abgestürzten Siedlerschiffe rekrutiert hatten. Die *Han* blieben meist unter sich, verhielten sich reserviert und stellten aufgrund ihrer Autorität, die sie auf ihren Schiffen innegehabt hatten, die Führungselite auf Altera.

Die *Han* behandelten uns bereits in den ersten Jahren nach dem Absturz unterschwellig repressiv. Sie verlangten von den Siedlern, die aus Afrika und Europa stammten, dass sie ihren Pioniergeist bei der Urbarmachung Alteras mit aller Hingabe einsetzten. Sie selbst wollten sich die Finger unter keinen Umständen schmutzig machen. Die Asiaten nutzten es schamlos aus, dass meine Elterngeneration sie während des Herflugs als Autorität akzeptiert hatten. Sie rissen alle Befugnisse an sich und ließen kaum jemand anderen an die Schalthebel der Macht. Die *Han* veränderten allmählich, still und leise, unser Bild einer Demokratie, wie wir sie von Terra mitgenommen hatten. Kurioserweise setzten sie ausgerechnet dem Großadministrator Perry Rhodan ein Denkmal und hievten ihn in Höhen, die er wohl selbst nur äußerst ungern akzeptiert hätte. Ich hoffe doch, dass ich die wenigen Bücher, die ich über ihn gelesen habe, nicht falsch auslege. Er ist keinesfalls jener Anführer, als den ihn die *Han* gern gesehen haben, sondern eher eine Art Jesus-Typ. Jemand, der alles für seine geliebte Menschheit opfert. Sein manchmal autoritärer Führungsstil, mit dem er die Menschheit ins All geführt hatte, war lediglich Ausdruck einer Notwendigkeit.

Versteht mich nicht falsch – ich kann die *Han* keinesfalls

verurteilen. Es ist noch gar nicht so lange her, da bildeten sie den Kern eines von mehreren hundert Völkern der Erde. Die Vereinigung der Einzelstaaten unter der Schirmherrschaft der so genannten *Dritten Macht* im Jahr 1971 war ein Gewaltakt Perry Rhodans gewesen, der nicht nur Gutes mit sich gebracht, sondern auch Narben hinterlassen hatte. Nationalstolz und Chauvinismus bringt man nicht so ohne weiteres aus den Köpfen der Menschen. Auf Altera fehlten die großen Integrationsfiguren wie Reginald Bull, Julian Tifflor, Wuriu Sengu, Ras Tschubai oder John Marshall, die von den verschiedensten Kontinenten stammten und vorlebten, wie man miteinander umzugehen hat.

Die *Han* taten in ihrer Unsicherheit nichts anderes, als auf alte Traditionen zurückzugreifen. Sie führten wieder jene Lebensweisen und zivilisatorischen Werte ein, die sie von ihren Eltern und Großeltern unterschwellig vermittelt bekommen hatten. Sie waren Chinesen. Sie wollten sich von uns, von den Siedlern, abgrenzen. Dritte Macht hin, Dritte Macht her.

Wir leben auf Altera auch heute noch in einem heldenfreien Vakuum. Wir müssen uns unsere Mythen und Legenden erst erschaffen. Ein seltsames Gefühl, wenn ich daran denke, dass ich selbst in Gefahr gerate, zu einer geheimnisumwobenen Gestalt zu werden. Nur aus diesem Grund rede ich überhaupt mit euch. Geschichtsschreibung ist etwas äußerst Subjektives; hoffentlich kann ich einige Dinge gerade rücken, bevor meine Eltern und ich zu alles glücklich machenden Heilsbringern hochstilisiert werden.

Ich schweife ab, ich weiß. Also zurück zum Thema.

Die zweite ... Partei auf Altera waren die *anderen*. Während all der Zeit, da sie aktiv waren, gaben sie sich niemals einen besseren Namen. Sie waren Siedler und stolz darauf, sich so zu nennen. Sich von den *Han* abzugrenzen und *anders* zu sein. Diese Gruppierung war von Frustration, Verzweiflung und unterdrücktem Hass erfüllt. Sie fühlten sich – nicht ganz zu Unrecht – von den *Han* benachteiligt und wollten eine gewaltsame Änderung der Zustände herbeiführen.

Sie waren großteils wuterfüllte Chaoten. Anarchisten, politisch gesehen weder links noch rechts stehend. Hauptsache, sie konnten ihrem Frust mit sinnloser Gewalt Luft machen. Ein Manifest wurde heimlich verteilt, das die Schreibfolie nicht wert war, auf dem es geschrieben stand. Man sprach die Benachteiligten an. Diejenigen, die zu Drecksarbeiten eingeteilt waren, und davon gab es ausreichend, glaubt mir.

Kanäle mussten mühsam und teilweise mit mechanischen Baggern ausgehoben werden, Sickergruben angelegt, der Müll und verdorbene Ware aus den abgestürzten Schiffen geräumt sowie gesichtet werden.

Noch während meiner späten Jugendjahre fand man halb verweste Leichen in den Wracks. Auch wenn sich die KHAN, die ALEXA, die LOTUSBLÜTE, die SORBAS und wie sie alle hießen, als ungeheuer wertvolle Rohstoffgeber herauskristallisierten, waren die *Trümmermänner*, wie man sie nannte, die ärmsten Hunde von allen. Tagtäglich schufteten sie unter lebensgefährlichen Bedingungen, zwischen verklemmten Streben und verformten Plastikverschalungen, die mit menschlichen Körperresten verschmolzen waren, und mussten sich vor ätzendem Gestank, Säureregen und verrückt gewordenen Roboteinheiten schützen. Auf allen vieren kramten sie nach funktionstüchtigen Instrumenten, sammelten wertvolle Edelmetalle in Form von Datenträgern und robotischen Steuerungselementen oder suchten nach wichtigen Unterlagen, deren Entdeckung ihnen durch vage Hinweise vorgegeben worden waren.

Kannst du dir vorstellen, welche Belastung diese Arbeit für die Psyche dieser Menschen darstellte? Während sich die *Han* in ihren Elfenbeintürmen versteckten, propagandistische Durchhalteparolen über Neo-Tera hinausposaunen ließen und als fett werdende Bonzen ihre wachsenden Pfründe pflegten ...

Die Trümmergänger waren also jene Menschen, aus deren Mitte sich die Parteigänger der *anderen* rekrutierten. Frustriert von ihrem armseligen und perspektivlosen Leben wandten sie sich Einflüsterern zu, wie Steph Grant einer war.

Der Mann hatte die Zunge einer Giftschlange. Er beträufelte die Seelen seiner Opfer, machte den Leuten bewusst, wie schlecht es ihnen ging – und versprach ihnen gleichzeitig das Blaue vom Himmel. Was ohnehin egal blieb. Die *anderen* glaubten, weil sie glauben *wollten.*

Dieser wachsenden Gruppe der Unzufriedenen standen die so genannten *Bürger* gegenüber. Siedler, die pragmatisch genug waren, sich mit den Umständen zu arrangieren, den Dialog mit den *Han* zu suchen und auf bessere Zeiten zu hoffen.

Mein Vater, der meist in den Maschinendocks arbeitete, war einer ihrer Protagonisten. Auch wenn er nicht viel redete – mit seiner robusten Art und seinem persönlichen Charisma konnte er die Menschen mitreißen. Ihnen ein Gefühl der Sicherheit geben, sie geduldig auf ein Ende der schweren Tage warten lassen.

In mancher Hinsicht war er ebenfalls ein Blender. Mit seinem verdammten Zweckoptimismus ließ er die Zeiten besser aussehen, als sie tatsächlich waren. Vielleicht spielte er gerade dadurch den *anderen* in die Hände, vielleicht beschleunigte er unwissentlich den Ausbruch der *Revolte.*

Ja, ich weiß, ich langweile euch mit diesem politischen Geschwafel. Aber ihr müsst die Vorgeschichte kennen, bevor ihr beurteilen könnt, was damals tatsächlich passiert ist.

Richard hatte sich also von meiner Mutter getrennt, die leise mit den *anderen* sympathisierte. Sie hatte als Ärztin zu viel Leid gesehen und wünschte sich so rasch wie möglich eine Verbesserung der Situation. Menschen starben unter ihren Händen, weil wertvolle Medikamente bei den *Han* gehortet blieben, weil sich diese Typen keine Sekunde lang um uns kümmerten. Ihr so hübsches Gesicht wirkte verbittert, ihr Haar wurde grau, sie selbst immer launischer.

Ich litt zwei Jahre lang unter der Trennung meiner Eltern, weil ich sie nicht verstand. Altera war meine Heimat. Es war mir egal, wer hier das Sagen hatte. Natürlich kam mir die Einstellung der *Han* manchmal falsch vor. Aber in meiner kindlichen Einfalt dachte ich, dass man mit den Jungs reden konnte. Man musste bloß rausfinden, wie sie tickten, Herrgott noch mal!

Tatsächlich hatte ich den Dreh relativ rasch heraus und durfte selbst mit ihren sonst so gut behüteten Kindern verkehren. Sie nannten mich *Weichnase*, spotteten gutmütig über meine dunkle Gesichtshaut, die ich unter Alteras Sonne allmählich annahm, akzeptierten mich aber sonst als einen der ihren. Mit dem Instinkt des Kindes lernte ich, sie zu verstehen. Ihre Ängste, ihre Ansichten, ihren Stolz.

Mutter sah es nicht gern. Sie warf mir immer wieder vor, selbst zu einem *Han* zu werden. Arme Mutter ... so intelligent, und manchmal doch so verblendet. Sie kapierte nie, dass es nur einiger weniger Schritte bedurfte, um an die Asiaten heranzukommen. Ein bisschen Verständnis, ein bisschen guter Wille, und vieles hätte vermieden werden können ...

Was soll's. Geschehen ist geschehen.

Ich wurde zehn Jahre alt. Trotz all der Probleme, die ich viel bewusster als meine Altersgenossen aufnahm, blieb ab und zu doch Zeit für Spiel und Abenteuer.

Mit Deng Qiang und Zho Mayang, zwei meiner besten *Han*-Freunde, spielte ich im *illegalen Bereich.* Außerhalb des gerodeten Stücks Land, das großspurig Neo-Tera genannt wurde. Die Schutzschirme um die Stadt flackerten immer wieder, konnten nicht stabil gehalten werden, und erlaubten uns, in die Wälder zu laufen. Wir folgten den Spuren eines größeren Vogels. Eines Graubarthahns, die damals noch recht häufig zu finden waren.

Wir stolperten durch den finster werdenden Wald, immer tiefer ins Dickicht, träumten von verwegenen Heldentaten, sahen spannende Dinge hinter jedem Baumstamm.

Plötzlich hörten wir Stimmen. Lachende, hysterisch kreischende Stimmen. Frauen und Männer, die sich zuprosteten und Hassparolen grölten.

Leise schlichen wir näher. Wir kannten uns aus in dieser neuen Welt, viel besser als unsere Eltern. Wir wussten, welchen Pflanzenpfaden man vertrauen und welche Blütenteppiche man meiden musste.

Da sahen wir sie. Knapp zwei Dutzend Gestalten, manche von ihnen zusammengekrümmt und betäubt wirkend, im Schutz leichter Raumanzüge, mit denen sie sich in dieser Umgebung sicher fühlten. Immer wieder begannen sie von neuem, auf die *Han* zu schimpfen, sie aller möglichen Dinge zu bezichtigen.

Deng Qiang war ein stolzer Knabe. Ein Zwölfjähriger, etwas schmächtig geraten, aber intelligent und wohl dank des Umgangs mit mir bei weitem nicht so abgehoben wie seine Eltern.

Aber in diesem Moment konnte ich ihn nicht aufhalten.

Er lag einige Meter von mir entfernt im Unterholz, zwischen blühenden Kamorsinen, die Finger ins Blaumoos gekrallt. Ich werde seinen Anblick nie vergessen. Ich wusste plötzlich, was er tun würde. Wollte ihn packen, tief ins Gras zurückdrücken und verhindern, dass er sich aufrichtet. Aber ich war zu weit weg, verdammt noch mal!

Deng Qiang stand auf, zog seine zerknitterte Kleidung zurecht und räusperte sich mit dünner Stimme. Dann marschierte er mit stolzen Schritten hinab, trippelte direkt zwischen den Trupp der *anderen*, die hier eine ihrer illegalen Versammlungen abhielten.

Mein Freund drehte sich im Kreis. Ich konnte ihn genau sehen, wie auch der verängstigte Zho Mayang neben mir. Deng Qiang sagte ein paar deftige Schimpfworte. Ich konnte sie von seinen Lippen ablesen. Sicherlich verstanden die *anderen* nicht, was er sagte. Es reichte, dass sie die Verachtung in seinen Worten spürten.

Er wandte sich in unsere Richtung, drehte den Erwachsenen verächtlich den Rücken zu. Langsam, voll des anerzogenen Hochmuts, stieg er den Hang hinauf, wollte zurück zu uns.

Ein Mann trat in die Mitte des Kreises, hob eine Waffe, schoss.

Er tötete Deng Qiang, den *Zwölfjährigen*, auf die feigste Art und Weise, die man sich nur vorstellen konnte.

Zho Mayang suchte augenblicklich das Weite. Er hetzte zurück in die Stadt, wie von wilden Teufeln verfolgt, wollte die *Han* alarmieren.

Ich tat das genaue Gegenteil. Ich spazierte hinab, unter den Augen der *anderen*, genauso stolz wie Deng Qiang vor mir. Still und stumm standen sie um mich und den toten Freund. Im Wald war es ruhig. Altera schien den Atem angehalten zu haben.

Ich hielt mich nicht lange bei Deng Qiang auf. Ich wusste, dass er tot war. An dem Leichnam vorbei, dessen Rücken breitflächig von dem Strahlenschuss verbrannt war, ging ich auf den feigen Mörder zu. Er sah mich mit seinem unruhigen Blick an, rülpste leise und lächelte unsicher. Möglicherweise erkannte mich Steph Grant, denn er machte keinerlei abwehrende Bewegung, als ich immer näher auf ihn zu kam.

Da war ein Ast. Er lag zur Hälfte in einem kläglich brennenden Lagerfeuer. Ich nahm ihn hoch, überprüfte seine verkohlte Spitze. Nach wie vor blieben die *anderen* ruhig, in ihrem Schock verfangen.

Ich rammte Grant den Stab in den Leib. Knapp unterhalb des Brustkorbs stach ich fast senkrecht nach oben. Mit aller Kraft, die in mir steckte, bohrte und schob ich, als suchte ich verzweifelt nach Wasser im Boden.

Steph Grants Schutzschirm versagte, wie so vieles in den alten Tagen. Mit Augen, die plötzlich ungewohnt ruhig wurden und Blutschaum auf den Lippen, starb er.

Meine Tat läutete den Beginn der Revolution ein.

7. Altera:
Die Liebenden

Was für ein schöner, lauer Frühlingsabend!

Lester berührte das Mädchen an der Schulter. Li drückte sich einen Moment lang an ihn – und entschlüpfte ihm schließlich doch.

Li verwirrte ihn immer wieder aufs Neue. Sie spielte mit ihm, gängelte ihn, zwang ihm während ihres Beisammenseins verwirrende Umgangsregeln auf.

Leise seufzte er, so leise, dass sie es nicht hören konnte. Unter keinen Umständen sollte sie das hormonelle Durcheinander bemerken, das ihn innerlich immer mehr lahm legte.

»Alles in Ordnung?«, fragte Li. Sie blies sich eine neckisch herunterhängende Haarsträhne aus dem Gesicht.

»J... ja.« Nichts war in Ordnung, verflucht noch mal!

Fette Flusshornazen torkelten den träge dahin fließenden Teragonda entlang. Sie hatten die Gunst der Stunde genutzt, um sich an den Myriaden von Kammfroschlarven, die auf dessen Oberfläche dahintrieben, gütlich zu tun. In der Nacht würden die schwerfälligen Flugkäfer Opfer der Hitzesalamander werden, die sich während der Morgenstunden wiederum vor den hier jagenden Gampelsauriern in Acht nehmen mussten.

Dies war im Groben der Beginn der Nahrungskette dieses wunderschönen naturbelassenen Schutzgebietes, das die Stadt Neo-Tera im Halbkreis umgab.

Der gefährlichste Jäger, der Alteraner, hatte in dieser halb als Sumpf und halb als Steppengebiet ausgeprägten Landschaft keinerlei Rechte. Im Teragonda-Flusstal jagten die männlichen und weiblichen Alteraner bestenfalls einander.

Ein einfacher Schutzschirm hielt die Insekten rund um Li und ihn auf Distanz. Die Tierchen spürten die Niedrigspannung, die die beiden Menschen umgab, sie aber nicht tötete.

»Es ist schön hier«, murmelte Lester.

»Das hast du bereits zwanzig- oder dreißigmal gesagt.« Li grinste ihn unverschämt an. Die tief liegende Sonne bewirkte, dass ihre Sommersprossen wie ein Funkenmeer aufleuchteten.

»Aber es stimmt doch!« Was, bei Rhodan, sollte er denn noch alles tun, damit sie endlich kapierte, was er wollte?

Seine Hormonküche verkam allmählich zu einem Kompott unterschiedlichster, sich widersprechender Ingredienzien. Lester wusste nicht mehr, ob er lachen, weinen, sich übergeben oder einfach fortlaufen sollte. Gab es denn eine noch gemeinere Wesensgattung als Frauen? Als *junge, begehrenswerte und wunderhübsche* Frauen?

Dabei war er ein erfahrener Mann von neunzehn Jahren! Er hatte diese Dinge schon öfter durchlaufen – und sich immer wieder geschworen, nicht noch einmal auf ein neckisch lachendes, gut duftendes und verheißungsvoll lockendes Geschöpf wie dieses hier reinzufallen.

»Die Sonne geht unter«, flüsterte die Ausgeburt der Hölle.

Er folgte ihrer ausgestreckten Rechten, blickte über das Gestrüpp hinweg auf den weitläufig mäandernden Teragonda. Die Sonne tauchte ins Wasser und ließ dichte, rote Glitzerfäden auf den sanften Wellen entstehen.

»Es ist schön hier!«, stammelte Lester neuerlich.

»Ach, du dummer, ungeschickter Junge!« Li schüttelte in gespielter Verzweiflung den Kopf, zeigte ihre weißen, regelmäßigen Raubtierzähne und zog ihn energisch an sich. Lippen, so weich wie die speckige Haut eines Neugeborenen, und eine Zunge, so sanft wie die Sünde, beförderten ihn auf einen Gipfel der Glückseligkeit, von dem es eigentlich nur noch bergab gehen konnte.

Lester zitterte, während er das Mädchen mit Küssen überschüttete, und versuchte seine Schwäche zu verbergen, indem er sich noch heftigerer Leidenschaft hingab.

Du hast es geschafft!, sagte er sich. *Großartig, mein Junge – wie du das wieder gebracht hast. Ich bin stolz auf dich!*

Er löste sich einen Moment lang von Li, streichelte über ihr strohblondes Haar und sah über sie hinweg in die dunkelrote Sonne, die ihm so viel Glück gebracht hatte.

Aus dem Dunkel der beginnenden Nacht fiel eine hell leuchtende Sternschnuppe herab, zog eine unmöglich scheinende Kurve – und prallte schließlich in Form einer winzig anmutenden Silberkugel auf die Oberfläche des Teragonda.

»Was, bei Rhodan, ist das?«, fragte Lester eher verwirrt als beunruhigt. Meterhohe Fontänen wurden von plötzlich einsetzenden Prallfeldern zurück in den Teragonda gezwungen. Kein Lüftchen hob sich, selbst die konzentrisch davonstrebenden Wellen wurden rund um die Silberkugel von geheimnisvollen Kräften niedergezwungen. Offensichtlich wirkte dort auch ein leistungsfähiges schallschluckendes Feld, denn nichts war zu hören.

»Ich würde sagen, dass es sich um eine ziemlich ausgeprägte Beule in deinem Beinkleid handelt«, schnurrte Li.

Sie drückte sich noch ein wenig enger an ihn, nässte ihm mit der Zungenspitze verlangend über Wangen und Kinn.

Ja, durfte das denn wahr sein? War das eine besondere Form der Folter, die sich einer seiner besonders witzigen Kameraden bei der Flottenbasis *Imperium-Omega* für ihn ausgedacht hatte? Da hing das begehrenswerteste Mädchen des KHAN-Viertels in seinen Armen, und nur wenige hundert Meter von ihm entfernt landete ein unbekanntes Raumflugobjekt?

»Dreh dich bitte um«, forderte er Li auf, »und sag mir, was du siehst.«

Sie zog eine entzückende Schnute, und ihre Augen glitzerten verlangend. »Ich fühle mich aber ganz wohl so, wie ich bin. Momentan hab ich kein Lust auf irgendwelche Spielchen.«

Lester hörte die bedrohliche Mahnung in ihren Worten. Er mochte sie verlieren, wenn sie der Meinung war, dass er dumme Spielchen mit ihr trieb.

Mist. Dreimal verfluchter Mist.

»Ich meine es Ernst, Li«, sagte er und zerstörte damit endgültig den Zauber dieses Abends. Er packte sie an den Schultern, drehte sie in seine Blickrichtung, wies auf die Silberkugel, die ruhig im Wasser trieb. »Das Ding ist vor meinen Augen gelandet.«

Das Mädchen wandte sich ihm stirnrunzelnd zu, überprüfte, ob er ein besonders böses Spiel mit ihr trieb. Verwirrt sah es dann wieder auf das bedrohlich wirkende Ding, dessen Haut transparent wirkte, dessen Inneres aber trotzdem nicht einsehbar war.

»So etwas habe ich noch nie gesehen«, murmelte Li geistesabwesend. »Das gehört nicht zu unseren Truppen. Da bin ich mir sicher.«

»Und wenn es sich um irgendein Versuchsobjekt der

Legion Alter-X handelt?« Allmählich griffen die mühsam angeeigneten Reflexe. Altera befand sich im Krieg, in einer zermürbenden Dauerschlacht, die eigentlich nicht zu gewinnen war. Ein gesunder Hang zur Paranoia, so hatte er im Psychologischen Aufklärungsunterricht gelernt, war durchaus angebracht angesichts des Gegners, dem sie gegenüberstanden.

Er drückte Li ins Unterholz und folgte ihr. Mit wenigen Handgriffen deaktivierte er die Britzelschirme. Jede noch so kleine Energiequelle konnte sie verraten, wenn dies tatsächlich eine Schiffseinheit des Feindes war. Er verfluchte seine Nachlässigkeit. Die Ausrüstung, die er üblicherweise am Leib trug, war an Bord ihres kleinen Gleiters zurückgeblieben. Es küsste sich schlecht mit umgeschnalltem Armbandkom, *Ohrwurm* und sonstiger soldatenüblicher Ausrüstung. Wenn seine Vorgesetzten das erfuhren, würden sie ihm die Hölle heiß machen. Denn, so hatte man ihm jahrelang eingebläut, *ein Soldat blieb immer ein Soldat. Einerlei, ob er sich in einer Schlangengrube, unter schwerem Beschuss des Feindes oder in den Armen einer Frau befindet. Was schlussendlich ohnehin ein und dasselbe ist, ha ha.*

Noch tat sich dort drüben nichts, noch blieb alles ruhig.

Waren sie nicht vor wenigen Minuten einem anderen Liebespärchen begegnet, das ihnen engumschlungen und alles vergessend entgegengekommen war? Gab es einen Kameraden, mit dem er sich beraten konnte? Eine Frau oder einen Mann, die die Behörden informieren konnten?

Lester sah auf die Uhr und fluchte. Die Zeit war wie im Flug vergangen. Seit über vier Stunden hielten sie sich hier auf, im einem entlegenen Randgebiet des Teragonda-Nationalparks. Jene anderen, die er gesehen hatte, waren wahrscheinlich längst wieder zurück bei ihrem Gleiter, meilenweit entfernt.

»Ich schätze, dass die Kugel sechs bis sieben Meter Durchmesser hat«, flüsterte Li neben ihm.

Ihre Hände waren zwischen knorrigem Wurzelwerk in Schlick getaucht, Kopf und Körper geschickt zwischen Blattwerk verborgen. Von einem Moment zum nächsten hatte sie sich von einem anschmiegsamen, liebeshungrigen Luxusgeschöpf in eine kampfbereite Soldatin gewandelt. Wie eine Feder gespannt hockte sie da. Lester wurde sich verwundert bewusst, dass trotz der ungewöhnlichen Situation die Leidenschaft in ihm kochte.

Er wischte alle Gedanken an Spaß und Sex beiseite, konzentrierte sich wieder auf die Silberkugel. Sie steckte im flachen Flussbett fest, bewegte sich keinen Millimeter.

»Du marschierst zurück zum Gleiter und alarmierst die Behörden«, flüsterte Lester dem Mädchen zu.

»Spinnst du?«

Sie sah ihn kurz an. Eine durchaus entzückende, aber auch angsterregende Falte erschien an ihrer Nasenwurzel. Li verbrannte ihn mit Blicken zu einem Aschehäufchen.

»Du willst mich wegschicken? In *Sicherheit*? Jetzt, wo es spannend wird?«

»Nein ... ja ... ich wollte doch nur ...«

»Willst *du* vielleicht gehen?«

»Keinesfalls!« Er rief es fast, hielt sich augenblicklich die Hand vor den Mund. Hoffentlich hatte man ihn nicht gehört. Dort drüben, in diesem unheimlichen Objekt.

»Wir müssen erst einmal herausfinden, was das Ding eigentlich kann. Vielleicht handelt es sich um einen unbemannten Körper.«

»Willst du etwa *hinschwimmen*?« Lester wusste nicht, ob er sie wegen ihres Wagemuts bewundern oder für verrückt erklären sollte.

»Warum nicht? Es bleibt ruhig. Niemand rührt sich. Vielleicht ist es abgestürzt ...«

Er drückte Li noch tiefer in das Unterholz, tauchte ihre Nasenspitze in den Schlamm.

Die Kugel schmolz.

Sie *zerrann*, verging im Nichts. Der quecksilberne Körper diffundierte einfach. Übrig blieben mehrere Gestalten, die knapp über der Wasseroberfläche schwebten. Fünf oder sechs an der Zahl waren es. Sie verdeckten einander teilweise.

Die vorderen beiden setzten sich in Bewegung, glitten auf die Böschung des Teragonda-Flusses zu. Ihre blau schimmernden Schutzanzüge strahlten eine gewisse Bedrohlichkeit aus. Lester hatte derartige Dinger noch nie zuvor gesehen. Ein drittes Wesen, eine Frau mit wallendem dunklen Haar, gesellte sich zu den beiden Männern, unterhielt sich kurz mit ihnen. Der jüngere der beiden, der mit dem volleren Haar, gab unterdessen das Tempo vor. Er tat dies mit Routine, als wäre er es gewohnt, stets vorneweg zu schreiten. Irgendwie kam Lester das Gesicht bekannt vor. Die Distanz war allerdings zu groß, um sich irgendwelchen Spekulationen hinzugeben.

Der andere Mann sah sich plötzlich suchend um, blieb mit seinen Blicken einen Moment lang an jenem Gebüschstreifen haften, hinter dem sie sich verbargen.

Li und Lester drückten sich nun mit ihrem gesamten Gewicht in den Morast. Dies war nicht der Moment, um über Bekleidungsrechnungen und unangenehmen Geruch nachzudenken.

Der Soldat zählte langsam bis zehn und sah erst dann wieder hoch.

Die kleine Gruppe war vorbeigeschwebt, setzte ungefähr 50 Meter flussabwärts die Füße auf trockenen Boden.

Angst, Schrecken, Panik griffen nach ihm.

Er schluckte schwer, unterdrückte ein Krächzen und tunkte das Gesicht seiner Freundin, kaum, dass sie es hoch hob, geistesgegenwärtig in den Schlamm zurück.

Sein Herz tat Sprünge. Er konnte sich kaum artikulieren, als er es endlich wagte, Li aus ihrer misslichen Lage zu befreien. Zu jedem anderen Moment hätte er über das schmutzbedeckte Gesicht gelacht, auf dem Blattwerk und kleine, weiße Larvenhüllen klebten. Aber hier und heute gab es keinen Grund, zu scherzen.

»Zwei von ihnen sind Posbis«, flüsterte er mit zittriger, kaum zu bändigender Stimme. »Die Invasion hat begonnen.«

8. Fort Kanton: Schichtdienst

Posbis! Ekelhafte Maschinen, Feinde allen Lebens!

Es widerte ihn an, auch nur an sie zu denken. An diese Teufel, die das alteranische Reich seit Jahrzehnten mit einem Teppich aus Blut, Schmerz und Verderben überzogen. Und noch war kein Ende abzusehen, ganz im Gegenteil ...

Darius Beng-Xiao schluckte einen schnell wirkenden Ampatrin-Blocker, der im geschundenen Körper eine beruhigende Wirkung entfaltete. Die Samyl-Tablette hingegen, die er nachfolgen ließ, würde ihn wach halten, ihm genügend Kraft für die zweite Doppelschicht geben, die er in der Nebenzentrale der SHENYANG Dienst tun musste.

Er blickte auf die computergenerierte Darstellung Fort Kantons. Auf seine Heimat, die unter allen Umständen gegen die vorrückenden Posbi-Horden zu verteidigen war. Irgendwo lauerten die Maschinenwesen, in der weiten, endlosen Schwärze des Hinterlandes von Imperium Altera. Mit jenem Gleichmut, die sie um so hassenswerter machte, lauerten sie auf ihre Chancen, schlugen zu, rieben die Truppen der Alteraner auf, ohne jemals selbst irgendwelche Abnutzungserscheinungen zu zeigen.

Wie auch?

Nimmermüde Maschinen waren sie, deren einzige Grenze

in den Kapazitäten ihrer Produktionsplaneten zu liegen schienen.

Lass diese Gedanken!, schalt sich Darius. Defätismus war eine der vielen Gefahren, die dem Imperium Altera drohten. Die Mitglieder der Truppe mussten stark bleiben, an sich glauben, niemals die Hoffnung verlieren ...

Er schluckte ein weiteres Ampatrin.

Es tat ihm gut.

Weil er daran glaubte, weil es die überall präsente Flottenpropaganda über den Funkäther trompetete, weil es gar nicht anders sein konnte.

Comz, Samyl und Ampatrin, summte er,
Herzogon und Flamyzin.
Schleifer, Putscher, Blocker,
halten wach und locker.
Der Frontsoldat steht seinen Mann,
der mit ihren kämpfen kann.

Er rülpste verhalten. Magensäure stieg unangenehm den Rachen hoch. Ab und zu musste er Schmerzberuhiger nachwerfen, die ihm die Bordklinik empfohlen hatte.

Interessierten sich die Posbis überhaupt für die Hyperkristalle, die im Kanton-System gefördert wurden? Wenn man den Worten der Generalität glaubte, waren ihnen die hier vorhandenen 60 Prozent des bekannten Hyperkristall-Bestands des Imperiums gleichgültig. Die Wertigkeiten zwischen Posbis und Menschen unterschieden sich auch in dieser Beziehung gewaltig.

Die Alteraner brauchten die Vorräte dort unten, die zwischen tief liegenden Flözschichten des Sus-Gebirges verborgen lagen, wie einen Bissen Brot. Mit Geld ließen sich diese Schätze schon längst nicht mehr aufwiegen. Nach der unerwarteten Verschiebung des Hyperimpedanz-Werts vor wenigen Jahren sicherten die Kristallvorräte die Aufrechterhaltung der Raumfahrt und damit den Weiterbestand des Reiches. Die Posbis hingegen scherten sich nicht weiter um die Lager. Wahrscheinlich besaßen sie größere und reichhaltigere.

Die Maschinenwesen waren hier, um zu töten.

Darius wusste, dass die Kosten für die aufgeblähte Wachflotte über Fort Kanton enorm waren. Aber die Aufrechterhaltung der Schutztruppe musste sein. Der Tag, an dem die Posbis angreifen würden, war nicht mehr fern.

Er schluckte ein Comz, das die trüben Gedanken vertrieb. Gleich ging es ihm besser.

Sie sollten nur kommen, diese Maschinenteufel!

9. Altera: Die Verkannten

Die Landung erfolgte ebenso sanft wie abrupt.

Eben noch waren sie auf eine grünblaue Planetenmurmel zugerast, hatten mit abnehmender Geschwindigkeit eine Wattewolkenschicht durchstoßen, den Lauf eines Tages durchschritten und über die seltsame, rotblaubraune Schönheit des gebirgigen Landes gestaunt, da waren sie auch schon hinabgestoßen in den trägen Fluss.

Diese Welt schien sie gar nicht richtig zur Kenntnis nehmen zu wollen. Fontänen feinsten Wassers spritzten nach dem Aufprall hoch und fielen behäbig wieder zu Boden, als weigerten sie sich, die Ankunft eines fremden Körpers zu akzeptieren. Selbstverständlich erzeugten die Kraftfelder der Silberkugel diesen Eindruck.

»Und nun?«, fragte Mondra.

Interessiert blickte sie durch den Schleier der Silberkugel auf das Gewässer und den Uferstreifen, der von trauerweidenähnlichen Gewächsen gesäumt war. Da und dort durchstießen Fischmäuler die Oberfläche und schnappten nach Insekten, während breite Schaumteppiche an ihnen vorbeiwirbelten.

»Wir gehen wie im Lehrbuch vor«, sagte Rhodan. Eine Situation wie diese war ihm nicht unbekannt. »Die Umgebung prüfen. Sichern. Einen Stützpunkt einrichten. Kontakt zu Einheimischen, so es denn welche gibt ...«

»Kurz vor der Landung habe ich Bauwerke gesehen«, sagte Startac. Der Mutant hatte während des Flugs kaum ein Wort gesprochen, hatte in sich gekehrt auf dem Boden der Kugel gekauert und den Oberkörper nachdenklich nach vorn und hinten geschaukelt. Er wirkte müde, als hätte ihn die seltsame Reise geschwächt. Nun stand er auf und streckte die schlaksigen Beine aus.

Sie zitterten.

»Wo hast du sie gesehen?«, fragte Rhodan.

Startac warf einen Blick auf die untergehende Sonne. »Im Osten.«

»Das m-muss ich bestätigen«, ergänzte Nano Aluminiumgärtner, der schüchtern und mit erhobener Hand auf sich aufmerksam machte. »Die W-wandung der Silberkugel behindert zwar die Funktionstüchtigkeit meiner Sehrezeptoren, aber die Gebäude ähnelten in Größe und Bauweise j-jener, die menschenähnliche Wesen bevorzugen würden.«

»Das kann alles oder nichts bedeuten.« Rhodan zuckte mit den Achseln. Der Posbi wirkte nach seiner emotionellen Anpassung ängstlich und nervös. »Wie groß war diese Ansiedlung?«, hakte der Unsterbliche nach.

»Ich schätze sie auf mehrere Millionen Einwohner.« Nano schob den Kopf ein wenig tiefer in die Körperfassung, als wollte er sich schuldbewusst in seinem angeschmorten Oberkörper verkriechen. »Ich empfange nur unkodierte Funkemissionen, und die sind meist nichts sagend. Au-aufgrund einiger weniger optischen Wahrnehmungen möchte ich mich nicht weiter festlegen. *Noch* nicht.«

»Beeil dich gefälligst!«, forderte Rhodan schroffer, als er es beabsichtigt hatte.

Mauerblum erwachte aus einer Starre, die er in Form eines schwungvoll ausgebildeten »SOS«-Schriftzuges an der Decke der Silberkugel verbracht hatte. Träge tropfte er zum Boden hinab, fing den Sturz mit einigen Pseudopodien ab und legte sich schließlich wie ein feines Gespinst um Nano Aluminiumgärtner.

»Du ängstigst ihn mit deinen Fragen«, sagte der Matten-Willy. »Mein Nano-Liebling ist ein Feingeist, dessen Bio-Komponente nicht allzu belastbar ist.«

»Dann soll er sie noch ein wenig zurückschrauben«, forderte Rhodan zum wiederholten Mal und wider besseres Wissen. Mit diesem Fladen-Wesen zu argumentieren, hieß, ohne Aussicht auf Erfolg Zeit und Energie zu vergeuden. Dennoch fuhr er fort: »In den nächsten Stunden oder vielleicht auch Tagen müssen wir uns aufeinander verlassen können. Launen und Schüchternheit haben in einem Team, das ein bestimmtes Ziel verfolgt, nichts zu suchen. Das gilt sowohl für dich, Mauerblum, als auch für deine beiden Lieblinge. Stellt euch endlich auf uns ein!«

Rhodan argumentierte nun nicht mehr, er *forderte*. Es würde schwer genug bleiben, das kleine Team frei von Spannungen zu halten. Sosehr er Mondra achtete, schätzte und vielleicht auch noch liebte, ihre gemeinsame Vorgeschichte bot ausreichend Konfliktstoff. Startacs Stärken hingegen waren auch seine Schwächen. Seine Mutantengaben machten ihn in mancherlei Beziehung sensibler als *normale* Menschen. Da konnte er potenzielle Unruheherde, wie sie Posbis und Matten-Willys darstellten, nicht auch noch brauchen.

»Mpf!«, drang es durch die zähe Substanz des Matten-Willys. Und, ein wenig energischer: »Hmpf!«

Augenblicklich bildete das Plasmawesen einen Raum rund um die Sinnes- und Sprechorgane Nano Aluminiumgärtners aus, den er mit seinem Leib eingeblistert hatte.

»W-wir werden uns Mühe geben«, versprach der Posbi. »Hab bitte ein wenig Geduld.«

Eine seltsame Forderung für ein Maschinenwesen, dachte Rhodan, doch ihm blieb keine Zeit, länger darüber nachzudenken. Zischend strömte Atemluft in die Silberkugel. Mit einer minimalen Zeitverzögerung reagierten die Schutzanzüge und hüllten die drei Terraner ein. Auch sprangen leichte Energieschirme an, deren Grenzen in der beginnenden Dunkelheit schwach, kaum sichtbar aufglühten.

Die Wandung ihres seltsamen Fluggefährts löste sich auf, zerrann allmählich im Nichts. Sie waren endgültig gelandet.

»Scheint alles sauber zu sein«, sagte Startac, der sich intensiv mit mehreren semitransparenten Holodatenfeldern vor seinen Augen beschäftigte. Wie von Zauberhand erschienen immer wieder neue Zahlenkolonnen, die er mit deutlich sichtbaren Zeichen körperlicher und geistiger Müdigkeit auswertete. »Keinerlei Viren- oder Bakterienstämme, die uns kurzfristig gefährden könnten. Unsere Immunsysteme dürften vorerst ausreichend Schutz gegen alle möglichen unsichtbaren Gefahren bieten ...«

»Schwerkraft null Komma neunvier Gravo«, ergänzte Mondra, die sich mit einem anderen Teil der planmäßigen Pionierarbeit beschäftigte, wie sie für unbekanntes Terrain standardisiert worden war. Die Silberkugel hatte bislang jegliche Datenerfassung verhindert; es galt, nun rasch und effizient zu arbeiten. »Luftdruck auf Eins Komma nullsechs im Vergleich zu Terrania. Luftfeuchtigkeit fünfundachtzig Prozent, Temperatur vierundzwanzig Grad Celsius. Strahlungsspektrum der Sonne geringfügig rotverschoben ...«

»Wie sieht es auf höherenergetischer Basis aus?«, fragte Rhodan in Richtung der beiden Posbis.

»I-ich arbeite an den Funkemissionen«, gab Nano Aluminiumgärtner zögernd zur Antwort, während sich Drover schweigend und scheinbar träge im Kreis drehte. »Auf hyperenergetischer Ebene k-kann ich durch meine Rezeptoren kaum etwas ausmachen. Eine bescheidene Elektrosmog-Ballung bef-findet sich dort, wo ich die Stadt gesichtet habe.«

»Bezieht sich das ›bescheiden‹ auf Posbi- oder auf menschliche Verhältnisse?«, hakte Rhodan nach.

»Verzeih mir. F-für euch mögen die Werte durchaus imposant wirken.« Immer wieder verhaspelte sich der Roboter. »Im Vergleich zu dem, was in unseren größeren Schiffsverbünden v-vor sich geht, sind die Emissionen allerdings so unbedeutend wie eine einzelne Schraube im Ersatzteilfriedhof der Hundertsonnenwelt.«

Ersatzteilfriedhof ... gab es denn tatsächlich so etwas wie Begräbnisrituale im Reich der Posbis, so etwas wie Totenstätten oder Nekropolen?

Mühsam kehrte Rhodan mit seinen Gedanken in die Gegenwart zurück. Er tat, was er gewohnt war. Er behielt den Gesamtüberblick, beobachtete das unbekannte Land sozusagen aus der Vogelperspektive. Er ließ die Umgebung auf sich einwirken und bemühte sich, die Eindrücke mit den gewonnenen Daten in Einklang zu bringen.

»Von meiner Seite her ist alles in Ordnung«, schloss Startac Schroeder seine Untersuchungen ab. Er fuhr mit den behandschuhten Händen durch die Vielzahl der Holofelder, verwirbelte sie, ließ sie verschwinden.

»Ich bin ebenfalls fertig.« Mondra Diamond atmete tief durch. »Ich denke, wir können die Schutzanzüge öffnen.«

»Einverstanden.« Rhodan ließ das Visier hochklappen. Er atmete die trotz der Abendstunde noch warme und feuchte Luft ein. Sie schmeckte nach verrottetem Holz.

Laue Winde kamen auf, vertrieben den Gestank und brachten plötzlich einen Hauch von Frühling mit sich.

Die Reste der Silberkugel verschwanden währenddessen im Nichts. Möglicherweise hörten sie tatsächlich auf zu existieren, möglicherweise glitt die materielle Substanz in ein anderes Energielevel, in dem sie eines neuen Einsatzes harrte.

Zu seiner Beruhigung spürte Rhodan das Gewicht des zweiten Tornisters. Die darin verpackte Silberkugel war ihre beste – und einzige! – Rückversicherung.

Hatte man sie geortet? War die Silberkugel unbemerkt geblieben, oder war man auf sie aufmerksam geworden?

Menschen lebten auf diesem Planeten. Menschen, die möglicherweise auf seine Hilfe warteten. Warum, zum Teufel, wähnte er sich dann in Gefahr? All seine Instinkte sprachen an.

»Zum Ufer!« Der Unsterbliche deutete auf die schmale Mündung eines Zuflusses. Gestrüpp und Baumbewuchs standen dort weniger dicht. »Startac – du ›hörst‹ dich ein wenig um.«

Der Mutant nickte und legte seinen Kopf leicht schief. In dieser ihm typischen Haltung lauschte er mit seinen schwach ausgeprägten Ortergaben ins Unbekannte hinein.

Rhodan gab sich keinen Illusionen hin: Es musste schon mit dem Teufel zugehen, wenn Startac Gedankenimpulse anmaß. Seine Fähigkeiten machten ihn vielleicht zum Star unter Normal-Terranern; im Vergleich zu Gucky, dem paranormale Begabungen zuhauf in die Wiege gelegt worden waren, schnitt er allerdings wie ein Blinder mit Krückstöcken ab.

»Was ist los mit dir?«, fragte Rhodan den Mutanten flüsternd. Er achtete tunlichst darauf, dass Mondra ihr Gespräch nicht mithören konnte.

»Ich bin müde. Angeschlagen. Es gab irgendeinen Nebeneffekt während des Transportes. Meine Sinne sind beeinträchtigt.«

»Was sagt dein Anzug?«

»Seiner Meinung nach befinden sich meine Vitalwerte im grünen Bereich. Hm ...«

»Ist was, Startac?«

»Ich dachte nur, ich hätte jemanden gespürt.«

»In welcher Richtung?«

»Weiß ich nicht.« Der Mutant sah sich prüfend um, suchte den Uferrain mit Blicken ab. »Dazu war der Kontakt zu kurz. Wenn es denn überhaupt einer war.«

»Vielleicht ein Tier mit rudimentärer Intelligenz«, sagte Mondra, die ein wenig näher an sie heranrückte.

»Die könnte ich nicht orten.« Startac gab sich weiterhin wortkarg.

Kleinere Verwirbelungen gluckerten an der Einmündung des Gewässers friedlich ineinander. Der Eindruck unendlicher Trägheit, den der breite Fluss bislang vermittelt hatte, wandelte sich am Ufer. Das Wasser unter ihren Beinen floss weitaus rascher dahin, als Rhodan angenommen hatte. Hätten sie nicht die Schutzanzüge zur Verfügung gehabt, wären sie nach der Auflösung der Silberkugel ins Wasser geplatscht und auf die Unterstützung der beiden Posbis oder Startacs angewiesen gewesen. Gegen diese starke Strömung hätten sie keinesfalls anschwimmen können.

Der Unsterbliche landete. Morast und Schlick unter ihm gaben nach. Mühsam hielt er sich an Wurzelwerk fest und zog sich hinauf ans Ufer. Startac und Mondra gaben sich weitaus geschickter als er. Einige Meter vor ihm setzten sie auf dem Boden auf. Die Frau grinste ihn unverschämt an, während er sich fluchend die Hände an Blätterwerk abputzte.

Die beiden Posbis ließen sich aus einem halben Meter Höhe fallen. Unter ihren Leibern knackte laut und vernehmlich dürres Holz. Mit ihrer Masse wälzten sie sich durch das Gestrüpp und erzeugten eine meterbreite Schneise. Der letzte im Bunde, Mauerblum, hatte sich wie ein Cape um die Schulter Nanos gewickelt. Nun glitt er zu Boden, suhlte sich im Schlamm und seufzte wohlig.

»Endlich wieder Erde unter der Haut!«, sang er mit drei Mündern in einem unglaublich falsch intonierten Kanon.

»Ruhe!«, rief Rhodan. Genau *das* hatte er befürchtet. Menschen, Posbis und Matten-Willy besaßen gänzlich unterschiedliche Ansichten, wie sie vorzugehen hatten. Wie sollte er diese drei Gruppen jemals zusammenbringen?

Eine Gesellschaft fremdartiger Nachttiere meldete sich mit unerwarteter Plötzlichkeit zu Wort. Von überall her drangen Grunz- und Quietschlaute an ihre Ohren. Diese Geschöpfe mochten winzige Pflanzenfresser oder gewaltige Karnivoren sein, Rhodan konnte es nicht sagen.

Er schaltete Teile der Anzuglichter ein. Sie bestrahlten indirekt sein Gesicht und eine halbkreisförmige Fläche, die all seine Gefährten umfasste. Der Lichterschein beruhigte; zumindest entspannte sich Mondras Gesicht, und Mauerblum hörte auf, wie ein Fähnchen in einer Sturmbrise vor sich hin zu flattern.

Startac, der sich ein paar Schritte entfernt hatte, blieb plötzlich stocksteif stehen, als wäre er gegen eine Wand gerannt. »Kontakt!«, flüsterte er und fügte ein wenig lauter »Gefahr!« hinzu.

10. Chronik der Familie Donning: Gründerzeit (2)

Ich ließ alles liegen und stehen, rannte davon, zurück in die Siedlung, suchte die schützenden Arme meiner Mutter.

Niemand hielt mich auf. Die *anderen* blieben stocksteif stehen, konnten es wohl nicht fassen, dass ein Zehnjähriger ein gestandenes Mannsbild einfach *so* erstochen hatte.

Meine Tat sprach sich rasch herum. Zho Mayang hatte schon vom versteckten Lager der *anderen* erzählt. Die Nachricht vom Tod Steph Grants verbreitete sich nur unwesentlich langsamer. Gerüchte von einer von langer Hand geplanten Revolte machten die Runde. Je öfter die Geschichte weitererzählt wurde, desto bescheidener fiel meine Rolle darin aus, und desto deutlicher trat der Hass der einzelnen Gruppierungen aufeinander zutage. Die bislang unterschwellig spürbaren Rivalitäten kochten hoch. Bald waren die Menschen nicht mehr zu bändigen.

Es ist so leicht, das Gute und die schönen Dinge zu verdrängen und zu vergessen. Es sind doch stets die Narben an Körper und Seele, an die wir uns erinnern.

Also fielen die *Han* über die *anderen* her und statuierten ein Exempel. Die *anderen* wussten sich nur zu wehren, indem sie die nächstschwächere Gruppe attackierten, also jene der Bürger. Zu guter Letzt bekamen die *Han* den Frust aller zu spüren.

Untertags wurde mit offenen Karten und mit aller Brutalität gekämpft; während der dunklen Stunden waren Meuchelmörder und Saboteure unterwegs.

Eine klare Sache hätte das sein sollen, meint ihr?

Die *Han* hielten zwar die größten Machtmittel in ihren Händen, mussten aber dennoch mit den Energien ihrer Waffen haushalten. Obwohl die Schutzschirme kaum notwendig waren, blieben sie weiterhin rund um Neo-Tera gespannt, um sich gegen das Unbekannte abzugrenzen. Individualschirme existierten zu dieser Zeit praktisch keine mehr. Strahlwaffen waren ebenso rar, die passenden Magazine ohnehin. Zudem waren die Asiaten in deutlicher Minderzahl. Fünftausend *Han* standen einer knappen halben Million Menschen anderer Herkunft gegenüber.

Blutige Tage waren dies, in der Tat. Verhandlungsergebnisse waren die Folien nicht wert, auf denen sie geschrieben wurden. Immer wieder flammten neue Kämpfe auf, immer wieder gab es »gute Gründe«, einen mühsam errungenen Waffenstillstand zu brechen.

Jede Seite verscharrte seine Toten an einer eigenen Stätte, nach eigenen Regeln. Zehn oder mehr an jedem Tag. Deswegen gibt es auch heute noch drei Friedhöfe in Neo-Tera.

Irgendwann erloschen die Auseinandersetzungen, ohne dass es einen speziellen Grund dafür gegeben hätte. Die Frauen und Männer wurden schlichtweg müde, sich gegenseitig das Leben noch schwerer zu machen, als es ohnehin schon war. Schließlich betrachteten wir alles um uns als *feindlich*; zumindest tat dies meine Elterngeneration.

Neue Krankheitsformen machten sich breit, Immunschwächen griffen um sich, Umweltbelastungen wurden spürbar. Ja, selbst die fünf Prozent weniger Schwerkraft im Vergleich zur Erde machten für meine Eltern einen Unterschied! Noch Jahrzehnte nach dem Absturz schätzten sie

Distanzen falsch ein oder wandten zu viel Kraft auf, um eine bestimmte Tätigkeit auszuüben. Jahrmillionenalte Bewegungsabläufe, die genetisch im Menschen verankert sind, lassen sich nicht so einfach ändern.

Zudem drohten alle mühselig aufgebauten Strukturen zusammenzubrechen. Felder wurden nicht mehr bestellt, die bescheidene Krankenversorgung kollabierte, die Aufräumarbeiten und der notwendige Ausbau des Stadtgebietes lagen brach.

Also endeten die Kämpfe. Einfach so.

Es gab keine Friedenserklärungen, keine gemeinsame Aufarbeitung, keine Verbesserung der Situation. Ein unausgesprochener Waffenstillstand war dies. Der Hass und die Erinnerung an all die Brutalitäten der Auseinandersetzungen glühten im Verborgenen. Nichts wurde vergessen. Mir kam es damals so vor, als schöben die Erwachsenen den Entscheidungskampf nur so lange vor sich her, bis sie die Kraft für eine weitere Auseinandersetzung getankt hatten. Und so lebten die drei Gruppen nebeneinander, nicht miteinander.

Mein persönliches Schicksal sah während dieser Zeit trist aus. Ich hatte im Alter von zehn Jahren einen Menschen getötet, Mann!

Der offizielle Prozess? Der war ein Hohn. Die Gerichtsbarkeit wurde zur Gänze durch die *Han* repräsentiert, vom Schreiber über den Ankläger bis zum Richter. Niemand wollte mich für eine Tat verurteilen, die jeder *Han* stillschweigend guthieß. Man verhängte also eine geringfügige Ordnungsstrafe über meine Mutter wegen Vernachlässigung ihrer Aufsichtspflicht und ließ uns sonst in Ruhe. Auch die *anderen* zeigten kein Interesse an mir. Steph Grant war überall unbeliebt gewesen und hatte keinerlei Familienanschluss. Mir schien fast, als wären alle Parteien froh darüber gewesen, dass ich den offenen Ausbruch der *Revolte* heraufbeschworen hatte.

Während dieser Tage war alles durcheinander, alles so verwirrend für mich. Ich kümmerte mich nur wenig um meine Umwelt. Denn jede Nacht träumte ich davon, wie ich den verkohlten Holzstiel in meiner Hand in Steph Grants Leib rammte und das Leben sprichwörtlich aus ihm lief.

Die Albträume wollten nicht nachlassen. Ich fieberte, ich jammerte und ich weinte mich Tag für Tag in den Schlaf. Mutter blieb stets an meiner Seite, pflegte und umsorgte mich, unterrichtete mich während ihrer spärlichen Freistunden zu Hause, spendete mir Trost. Ich verließ den Wohnkubus kaum mehr, vergrub mich in meinem Schmerz.

Weitere Falten gruben sich unterdessen in Moms so hübsches Gesicht. Ihr Rücken wurde krumm. Sie richtete sich für mich zugrunde. Ein Zehnjähriger sieht das alles nicht. Er kennt keine Rücksicht. Er hat nur Augen für seine eigenen Probleme.

Aber ein anderer Mensch bemerkte die Schmerzen, unter denen meine Mutter litt.

Zehn Tage vor meinem elften Geburtstag klopfte es an unsere Tür. Hohl und blechern klang es. Ich spürte Angst. Gäste waren in diesen Tagen selten geworden, und meist waren sie die Überbringer schlechter Nachrichten.

Mutter öffnete zögernd, lugte durch den Spalt. Dann tat sie einen Schritt zurück; vielmehr einen Sprung.

Vater war gekommen. Das erste Mal seit fast einem Jahr. Er hielt grässlich stinkende Blumen in Händen, murmelte irgendetwas und drückte ihr die traurigen Gewächse schließlich unbeholfen an die Brust.

Ich schrie auf, ignorierte das Pochen des Fiebers in mir, sprang auf die Eltern zu, umarmte sie beide, weinte hemmungslos.

Ich kann heute nicht sagen, ob Vater denn überhaupt gekommen war, um sich zu versöhnen. Es war mir einerlei. Ich drückte und schubste die beiden wichtigsten Personen in meinem Universum aneinander, bis sie sich umarmt hielten, bis sie zu reden begannen.

Dann zog ich mich wieder in mein Bett zurück. Das Fieber fiel, und die Albträume waren von einem Tag zum anderen Vergangenheit. Ich hatte wieder eine Familie.

Ich erneuerte meine Freundschaften mit den Kindern der *Han*, stets ermutigt von meinen Eltern, die beide endlich eine gemeinsame Sprache gefunden hatten. Sie verhielten sich schlauer als die meisten anderen ihrer Generation. Sie erkannten, dass die Brücken, die innerhalb ihrer Altersgruppe abgerissen worden waren, nie wieder aufgerichtet werden konnten. Also setzten sie darauf, dass die kommende Generation es besser machte.

In Zho Mayang fand ich einen guten Freund, mit dem mich nicht nur die gemeinsame Leidensgeschichte um Deng Qiang verband. Wir verstanden uns ausgezeichnet. Zhos Eltern blieben reserviert, akzeptierten aber seltsamerweise diese Freundschaft, die über alle damaligen Konventionen hinweg wuchs. Warum dies möglich war, ist mir bis heute unklar geblieben. Wahrscheinlich war Zhos Vater ein Typ wie meiner. Einer, der über den Tellerrand hinwegsehen konnte und auf üble Nachrede schlichtweg pfiff.

Wir beide scherten uns ebenso wenig darum, was andere Leute über uns dachten. Wir standen abseits der meisten Jugendgangs, die die Hassparolen ihrer Vorväter übernahmen und einander eklige Streiche spielten. Wir taten niemandem etwas zuleide, und auch von uns wollte kaum jemand etwas wissen. Mein Ruf als »Mörder«

brachte mir ausreichend Respekt ein. Selbst die wildesten Halbstarken zeigten Angst vor mir.

Eines Tages änderte sich alles. Ein kleiner Junge folgte uns. Ein Dreikäsehoch mit dunklen Haaren, dunklem Teint und einer riesigen Zahnlücke, in die er einen angefaulten Strohhalm geklemmt hielt.

»Will mitmachen!«, forderte er.

»Bei was willst du mitmachen?« Zho Mayang zeigte gelindes Interesse an dem Knirps, während für mich ein Säugling, der gerade erst die Windeln abgelegt hatte, als Gesprächspartner unter jeglicher Würde war.

»Bei dem, was ihr macht. Mitmachen!«, forderte der Winzling erneut.

»Wie heißt du?«, fragte Zho.

»Alberto. Ich mag euch.«

»Lass uns gehen«, bat ich meinen asiatischen Freund. Der Kleine wurde mir allmählich unheimlich, so bestimmend und wichtig, wie er sich gab.

»Ich geh mit!« Mit einem Stab aus fein geschältem Nasbattholz stampfte Alberto auf dem Boden auf.

»Nie und nimmer! Wir nehmen keine hasenzahnigen Winzlinge bei uns auf.«

»Aber doch! Ihr mögt mich, das weiß ich!«

»Spinnst du? Komm, lass uns abhauen!« Ich packte Zho Mayang, zog ihn hinter mir her.

»Nicht ohne mich!« Mit kurzen, trippelnden Schritten folgte uns das kleine Rabenaas, während wir Fersengeld gaben.

Was wir auch taten – Alberto fand uns. Er bewies eine unglaublich feine Nase. Sobald er uns gesichtet hatte, zupfte er einen Strohhalm aus seiner Hosentasche, grinste frech und setzte sich in unserer Nähe nieder. Wir bemühten uns tunlichst, ihn zu ignorieren, und taten das, was Jugendliche in diesem Alter so im Kopf hatten. Alberto lauschte unseren Prahlereien, sah uns bei den ersten Rauchversuchen genau auf die Finger oder half mit, Knallzillfrösche einzufangen, die wir blöden Mädchen in die Blusen stopften.

Nur selten bekam der Dreikäsehoch das Maul auf. In dieser Hinsicht ähnelten sich die Espinozas durch alle Generationen.

Ja, er war der Großvater Jorges, der heute die Bibliothek leitet. Ich kann von mir behaupten, dass ich drei Generationen Espinozas in die Windeln kacken sah.

Wo war ich stehen geblieben? Ach ja – beim Anfang unserer eigenen Bande. Denn irgendwann gewöhnten wir uns an die schweigende Gegenwart Alberto Espinozas; er blieb einfach da, gehörte zu uns. Punktum.

Weitere Jungs schlossen sich uns an. Die Gruppe wuchs und wuchs, ohne dass wir allzu viel dazu tun mussten. Vielleicht betrachteten sie es als eine Art Mutprobe, mit mir, dem Mörder, in einer Partie durch die langsam wieder wachsende Stadt zu abenteuern. Und als sie bemerkten, dass ich ein stinknormaler Bursche wie sie selbst war und dieselben Probleme wälzte, blieben sie erst recht bei uns. Viele hatten die endlosen Streitereien ihrer Eltern satt. So stießen also Mio Li, Hagen Rastelli und die Doppler-Zwillinge dazu. Legendäre Namen, nicht wahr? Straßen und Gebäude Neo-Teras sind heute nach diesen Jungs benannt, voll Ehrfurcht spricht man noch immer von ihnen. Die Wohnviertel, in denen sie aufwuchsen, zeigen überdimensionale Plastiken von ihnen. Plaudernde Denkmäler erzählen von Heldentaten, die sie angeblich begangen haben. Das waren wirklich feine Kerle, glaub's mir. Sie würden sich allerdings im Grab umdrehen, wenn sie wüssten, welches Tamtam heutzutage um sie gemacht wird.

Im Hochsommer wurde das erste Mädchen bei uns vorstellig. Dürr wie ein Ast war sie, und sommersprossig, dass man kaum noch Haut zwischen all den Pigmentflecken sah. Fettiges Haar klebte ihr am schmalen Gesicht, und sie blinzelte kurzsichtig.

Ach du liebe Güte, gab *das* einen Aufstand! Durch die Bank hassten und verachteten wir sie. Keiner war bereit, sie in die Gang aufzunehmen, die sich mittlerweile großspurig »Alteras Söhne« nannte.

Dass wir ihr ebenso durch die Bank einer nach dem anderen unsere Aufwartung machten, verstand sich von selbst. Trotz ihres ... hm ... bescheidenen Aussehens hatte sie etwas an sich, das uns rasend machte. Sie duftete enorm gut, sie stachelte unsere Fantasien an, sie hörte zu und gab uns das Gefühl, jemand Besonderer zu sein. Sie benutzte also all die fiesen Tricks, die Mädels nun mal draufhaben, wenn sie ein Ziel erreichen wollen.

Und sie war verdammt zäh. Durch nichts ließ sie sich davon abbringen, Alteras Söhnen beizutreten. Ähnlich wie Alberto ein paar Monate zuvor nistete sie sich bei uns ein und weigerte sich zu gehen.

Ihr Name?

Sinead Keefe. Ja, meine spätere Ehefrau, und auch die spätere Bürgermeisterin von Neo-Tera.

Ist es nicht seltsam, dass sich aus dieser Bande verlotterter und ausgehungerter Jugendlicher eines Tages eine politische Macht entwickeln würde?

Damals hätte niemand auch nur im Traum daran gedacht, welche Konsequenzen sich aus diesen immer fester werdenden Freundschaftsbanden entwickeln würden. Wir waren jung, wir wollten der Tristesse zwischen faden Lernblöcken und »freiwilligen« Hilfsdiensten entkommen, zu denen wir von allen Seiten abkommandiert wurden.

Im Nachhinein betrachtet, war es wohl mein Vater, der uns die Impulse in die richtige Richtung gab. Er öffnete uns die Augen und politisierte uns. Der alte Fuchs wusste ganz genau, wie er uns lenken, uns formen konnte.

Jeden Montagabend zur selben Zeit versammelten sich Alteras Söhne im kleinen Vorgarten unseres Wohnkubus. Wir hockten uns auf rostige Verschläge, auf von wertvoller Elektronik befreite TARA-Brustkörbe oder in behelfsmäßig zusammengeschweißte Sitzgestelle. Dann holte Richard Donning tief Atem, was sich so in etwa wie Eisendraht anhörte, der durch eine Blechflasche gezogen wurde. Die Jungs hatten alle gehörig Respekt vor dem alten Herrn. Sie standen Habtacht, sobald sie das Rasseln seiner Lunge hörten.

Dann zündete er sein altes Feuerzeug an, ließ es wieder zuschnappen, brachte die Flamme neuerlich zum Glimmen. Diese Spielerei half ihm beim Nachdenken, wie ich wusste. Mutter verteilte unterdessen kleine Lunchpakete und winzige Becher mit frisch gepresstem Orindensaft. Wofür man heute ein Vermögen hinblättern muss, bekamen wir einfach so. Denn damals wuchsen die wilden Obstbäume noch am Stadtrand. Man musste bloß die Hände ausstrecken und sich bedienen.

»Mir ist zu Ohren gekommen« – so begann Vater meist – »dass in den untersten Stockwerken der SINABEL ein gut erhaltenes Forschungsabteil existiert. Geschickte Frauen und Männer« – stolz warfen wir uns in die Brust – »könnten das eine oder andere Gefäß voll wichtiger Chemikalien bergen. Unsere Ärzteschaft wäre dann möglicherweise in der Lage, die Vorräte an Blutgerinnungsmedikamenten aufzustocken.«

»Das ist viel zu gefährlich, Richard«, mischte sich an dieser Stelle Mutter ein. Programmgemäß warf sie Vater einen tadelnden Blick zu, den er, seiner Rolle entsprechend, kühl ignorierte.

Gefahr! Abenteuer! Unbekanntes Terrain! Nichts und niemand konnte uns mehr davon abbringen, in die Eingeweide der SINABEL vorzudringen und den Auftrag auszuführen.

Also bargen wir defekte feinmechanische Instrumente, sackweise in genetisch bestimmtem Hiatus gehaltene Setzlinge, Bücher und Datenspeicher, Stöße unbeschriebener Schreibfolien, einfachste elektronische Schaltelemente und vieles mehr. Dinge, die während einer ersten Sichtung kurz nach dem Absturz als minderwertig gekennzeichnet worden waren und erst jetzt, ein gutes Dutzend Jahre danach, eine gewisse Bedeutung erlangten.

So einfach mein Vater auch lebte und wirkte, er war ein vorausschauender, ein weiser Mann. Er wusste, worauf es für die nächsten Generationen ankommen würde. Die Menschen der Altera-Kolonie hatten sich noch immer nicht vollends vom Schock des Absturzes erfangen. Manche von ihnen wollten nicht akzeptieren, dass dieser Planet für immer ihre Heimat sein würde. Sie hofften auf eine Rettungsflotte, die sie aufnehmen und an ihr vorbestimmtes Ziel bringen würde. Auch wenn sie dort möglicherweise ein weitaus härteres Schicksal erwartet hätte, so richteten sie sich dennoch so ein, als wäre Neo-Tera eine Zwischenstation, die man eines Tages wieder verließ.

Wir jedoch, die ersten Vertreter einer auf Altera geborenen Generation, hatten niemals etwas anderes kennen gelernt als die Stadt und ihr Umfeld. Das Weltall war uns fremd. Uns lockten andere Dinge. Ein riesiger Kontinent, Meere und Ozeane, die hinter einem weiten Horizont verborgen waren. Altera war eine Heimat, die es allmählich und behutsam zu entdecken galt.

Vater hatte es ganz richtig erkannt: Wir Jungen mussten mit der *neuen* Heimat zurechtkommen und das Wissen der *alten* unter keinen Umständen vergessen. Das war ein Spagat, der die Gefahr in sich barg, dass unsere kleine Kolonie angesichts aller Probleme in einer präastronautische Phase zurückfallen würde. Also sorgte Richard dafür, dass wir uns tagtäglich praxisnah mit der Technik unserer Vorväter auseinander setzten. In den Schiffen lag so viel verborgen, das es neu zu entdecken galt, wertvolle Dinge, die wir bewahren und erhalten mussten. Niemals durften wir vergessen, dass wir Alteraner *und* Terraner waren.

Vater lenkte unsere Aufmerksamkeit weg von den rassistisch und ideologisch bedingten Streitereien und gab uns ein Ziel: Das Alte bewahren, das Neue aufbauen.

Du meine Güte, wie ich ihn selbst heute noch vermisse ... Dieses Urvieh voll grandioser Ideen, voll sprühendem Witz und erbarmungslosem Starrsinn. Trotz seiner Einfachheit und den vielen Grobheiten, die andere an ihm bemerkten, war er auf eine besondere Art und Weise überlebensgroß.

Ja, ich bin weit über 170 Jahre alt. Keine Ahnung, warum ich all diese Kämpfe, Unruhen und Kabbeleien überlebte, während rings um mich fleißig gestorben wurde. Fast alle meine Freunde sind tot. Manche hat man zu Helden hochstilisiert, manche liegen in namenlosen Gräbern verscharrt. Je nachdem, wer gerade mal für die Geschichtsschreibung verantwortlich war, hat man sie zu Helden oder zu Feinden großgeredet.

Ich bin müde, meine Freunde. Gönnt mir eine kleine Pause. Richtet euch selbst etwas zum Essen, während ich mich zurückziehe und mir ein paar Stunden Schlaf gönne. Dann erzähle ich euch den Rest der Geschichte ...

11. Altera: Eine verwirrende Erkenntnis

Maschinenteufel! Feinde! Stinkende Posbis! Die blechernen Todesengel!

Und bei ihnen waren Menschen! Zweifellos Kollaborateure, Alteraner, denen man das Gehirn aus dem Kopf gebrannt und die man dazu gebracht hatte, die stählernen Gegner hierher zu bringen.

Aber wie passte die seltsame Silberkugel, die wie Eis in der Sonne geschmolzen war, zu diesem Gedanken? Das Transportmittel entsprang einer Technologie, von der Lester niemals zuvor etwas gehört oder gesehen hatte.

Waren dies Späher oder Vorboten? Würde es bald tausende oder Millionen Silberkugeln regnen, würden aus jedem Gefäß zwei oder mehrere Posbis schweben und ihre Waffenarme auf die Stadt Neo-Tera richten?

Dies alles blieb einerlei. Sie mussten unter allen Umständen die Behörden vor einer bevorstehenden Invasion der Posbis warnen.

»Wir müssen zurück zum Gleiter«, flüsterte Lester seiner Freundin zu. Er hatte keine Augen mehr für ihre Schönheit. Sie war zur Soldatin geworden, die so wie er einen Auftrag im Rahmen der heimatlichen Abwehrarbeit zu verrichten hatte.

Wenn er doch wenigstens seinen Ohrwurm anbchalten hätte ...

»Wir sollten noch etwas warten«, widersprach Li. »Mir kommt es so vor, als kenne ich diesen Mann.«

»Welchen? Den älteren?«

»Den anderen, Hageren. Irgendetwas hat er an sich ... wenn ich nur draufkäme, an wen er mich erinnert ...«

Lester schwankte zwischen zunehmender Neugierde, Angst und Pflichtbewusstsein. Zumindest einer von ihnen musste zurück zum Gleiter und Alarm schlagen.

»Wir kriechen ein wenig näher heran«, schlug er schließlich vor. »Jede zusätzliche Information ist wichtig.«

Er erntete einen dankbaren Blick von Li, der ihm noch vor wenigen Minuten mehr bedeutet hätte als alles andere.

So lautlos wie möglich robbten und schoben sie sich vorwärts. Möglicherweise war dieses kleine Versteckspiel längst sinnlos geworden. Wenn die Posbis ihre Umgebung auf Infrarotebene absuchten, müssten sie beide längst in den Fokus der Feinde geraten sein.

»Verdammte Dunkelheit!«, fluchte Lester leise. Angewidert spuckte er Sand und Blattwerk aus.

Beide erstarrten, als ein dumpfes Röhren von mehreren Seiten beantwortet wurde.

Eine Horde Kantalupen hatte sich während der Dämmerung aus dem Savannen-Grenzgebiet hierher ans Wasser geschleppt. Die trägen Fleischtiere mit ihren schwabbeligen Dreifachhörnern inmitten warziger Gesichter waren jedermanns Beute. Ihre einzige und beste Verteidigungswaffe waren enorme Vermehrungsquoten. Wenn die Weibchen nicht gerade Jungen zur Welt brachten und binnen weniger Wochen zur Eigenständigkeit erzogen, ließen sie sich von den Bullen der riesigen Horden rammeln.

»Die Kantalupen werden uns helfen«, flüsterte ihm Li aufgeregt zu. »Die Tiere überdecken unsere Körperwärme, möglicherweise sogar die Vitalimpulse, falls die Posbis nach uns suchen ...«

Ein fahles Licht glomm vor ihnen auf. Lester erschrak. Sie waren der feindlichen Gruppe näher gekommen, als er vermutet hätte. Im Zentrum des Lichterscheins stand der vermeintlich jüngere Alteraner. Sein Gesicht, hager und knochig, wurde auf eine gespenstische Art und Weise ausgeleuchtet.

»Das kann nicht sein!«, keuchte Li laut, so laut, dass man sie hören *musste*.

In diesem Moment blieb es Lester einerlei. Auch er hatte das Gesicht des Mannes endlich erkannt.

Man begegnete ihm an allen Ecken und Enden der Stadt. Jeder Wohnturm verfügte über einen Schrein, in der dieser Mann verehrt wurde. Ja, nicht wenige Alteraner richteten ihre morgendlichen Bitten und Stoßgebete an ihn.

An Perry Rhodan, den Großadministrator.

12. Altera: Unter Feinden

»Was ist?«, fragte Rhodan. Suchend sah er sich um, während er gleichzeitig die Einzelschutzschirme seiner Begleiter synchronisierte. In den nächsten Augenblicken umfasste sie eine einzige Energieglocke, die zumindest gegen einfache Strahlengeschütze Sicherheit versprach.

»Ich ... spürte die Gedanken zweier Wesen in unmittelbarer Umgebung«, sagte Startac Schroeder, »habe sie aber gleich wieder verloren.« Mit deutlichen Zeichen der Unsicherheit kratzte er sich über den Stoppelbart. »Sie strahlten Angst, Hass und so etwas wie grenzenlose Überraschung aus. Die Gedankenmuster wirkten menschenähnlich.«

»Infrarot-Ortung!«, befahl der Unsterbliche seinen Begleitern.

»Wir sollten über die Wipfel der Bäume gehen«, schlug Mondra Diamond vor. »Dort übersehen wir ein größeres Gebiet.«

»Nein. Wir bleiben passiv. Wir tun nichts, was wie eine Offensivhaltung aussehen könnte. Es reicht, dass unser Schutzschirm wie ein energetisches Leuchtfeuer durch die Nacht strahlt.«

»Ich habe mehrere Ortungen«, sagte Startac in seinem üblichen unaufgeregten Tonfall. »Südsüdost. Drei – nein!, vier größere Körper.«

»Im Westen ebenfalls«, meldete Mondra. »Ich messe

mindestens sieben Wärmequellen an, die sich auf uns zubewegen.«

»Achtundsiebzig Kontakte«, schnarrte Drover wortkarg. »Aus allen Richtungen, auf den Fluss zustrebend.«

Rhodan konzentrierte sich auf eine der Gestalten, die ihm in rotverschobenen Falschfarben über ein Holofeld vor die Nase projiziert wurde.

Vierbeinige, fleischige Tiere mit großen Schädeln waren das, die sich langsam und träge zum Wasser schleppten. Die Impulse wurden immer zahlreicher. Es war, als tauchten sie aus dem Nichts auf. Sie überlagerten einander, bewegten sich wie von Geisterhand gelenkt mal hierhin, dann dorthin.

Perry fluchte. Die Ausrüstung der Schutzanzüge war auf geringes Gewicht, lange Haltbarkeit und die Abdeckung eines engen Spektrums an Leben schützenden Maßnahmen ausgelegt. Die Erfassung von Vitalimpulsen, die ihnen in diesem Fall dienlich gewesen wäre, gehörte nicht dazu.

Und die Posbis? Hatten sie Zugriff auf andere, bessere Vermessungsmöglichkeiten?

»L-leider nicht«, beantwortete Nano Mauerblum Rhodans Frage. Neuerlich zog er den Kopf ein wenig in seine Halterungsschale zurück, als schäme er sich für seine Antwort, während Drover schwieg.

»Sechshundert Wärmequellen mittlerweile«, sagte Startac. Er setzte sich auf einen moosbewachsenen Felsbrocken. Sein Atem ging heftig und in kurzen Zügen, als bekäme er zu wenig Sauerstoff. Die Pupillen seiner Augen verengten und erweiterten sich in immer rascher werdendem Rhythmus.

Er hyperventiliert!, dachte Rhodan. *Sein empfindliches Nervenkostüm leidet unter den Nachwehen unserer Reise. Wer weiß schon, welche seiner Gehirnbereiche der Flug hier-*

her beanspruchte. Kräfte, die wir ... herkömmlichen Menschen nicht spüren, belasten einen Mutanten wie ihn vielleicht bis an den Rand des Wahnsinns.

Die mögliche Gefahr um sie wurde plötzlich nebensächlich. In erster Linie galt es, das Leben eines der ihren zu schützen.

»Kümmere dich um Startac«, bat Rhodan Mondra und zeigte in Richtung des Mutanten. »Ich komme mit den Ortungsergebnissen allein zurecht.«

»Behalte vor allem jene im Auge, die sich vom Fluss entfernen«, riet ihm die Frau, bevor sie Mauerblum zu sich winkte.

»Elfhundert Impulse«, meldete Nano Aluminiumgärtner. »E-es handelt sich um eine riesige Herde Pflanzenfresser. Sie nutzen die Dämmerungsstunden, um ihren Durst zu stillen.«

»Darum kümmere ich mich«, wies Rhodan ihn an. »Du und Drover, ihr saugt Daten und Informationen aus dem hiesigen Funkverkehr auf. Ich kann einfach nicht glauben, dass von einer angeblichen Millionenstadt keine verwertbaren Informationen ausgehen.«

Mondra hatte Mauerblum an der nachgiebigen Körperhaut gepackt und zu Startac geschleppt. »Für dich hab ich endlich eine Verwendung gefunden«, hörte Rhodan sie flüstern.

»Ja? Ja? Ja?« Der Matten-Willy erhob zehn bis zwölf Fingerpaare zum Victory-Zeichen in die Luft. »Wem soll ich das Leben retten?«

»Leg dich einfach nieder«, forderte die dunkelhaarige Schönheit. »Ja, so ist's gut. Flach, bitteschön, mit einer Ausbeulung hier am oberen Ende. Perfekt.«

»Mondra ...«

Startac Schroeder streckte die Rechte suchend nach ihr aus, verdrehte die Augen, rutschte kraftlos vom Stein. Die

Frau eilte herbei, fing ihn auf und bettete ihn vorsichtig auf den Leib des Matten-Willys.

Lautes Knacken ertönte. Rhodan zog den Strahler, aktivierte den Paralysestrahl und visierte an.

Ein Vierbeiner, so groß wie ein Bernhardiner, brach durch das Unterholz. Das Tier achtete nicht weiter auf den Unsterblichen und rieb seine nässende, breite Schnauze grunzend über die abblätternde Rinde eines Piniengewächses. Dann röhrte es markerschütternd; zufriedenes Gebrüll antwortete ihm aus allen Himmelsrichtungen.

»Sie kennen Menschen«, sagte Rhodan leise zu den beiden Posbis. »Sie fürchten uns nicht; wir passen nicht in ihr Gefahrenschema.«

Was war dieses Tier hässlich! Fleckige, ledrige Haut hing ihm in Fettwülsten und -lappen fast bis zum Boden. Kräftige Körperhaare standen wie Stacheln ab. In den tiefen Falten saßen handgroße Käfer, offensichtlich Schmarotzer, die sich am Blut ihrer Träger gütlich taten. Die kleinen, dumpf vor sich hin starrenden Augen wurden von einem breiten Stirnknochen geschützt, die biegsame und lange Schnauze leckte genüsslich über ein langes Geschlechtsteil, das wie ein dünner Ast zwischen den breiten Beinen hervorlugte.

»Bäh!«, sagte Mondra, als das Tier sich umdrehte, furzte und mit wackelndem Hinterteil weiterzog.

»Wie geht es Startac?«

»Ich habe nicht die geringste Ahnung, was ihm fehlt. Wenn man den Werten seines Anzugs vertraut, ist er völlig gesund. Sein Zustand dürfte auf niedrigem Niveau stabil sein. Er ist nach wie vor ansprechbar, hat aber starke Schmerzen. Soll ich ihn für ein paar Stunden in Tiefschlaf versetzen?«

»Vorerst nicht«, antwortete Rhodan. »Wir brauchen ihn vielleicht.«

Die Auswertung der Hitzeimpulse wurde mittlerweile zur Farce. In einem Umfeld von nicht einmal einem Quadratkilometer befanden sich weit mehr als 5000 Tiere. Erschwerend kam hinzu, dass nicht alle der gleichen Richtung zustrebten, dem Ufer, um dort zu saufen. Es schien Rhodan, als suchten sie beständig nach Partnern, mit denen sie sich kurz – in welcher Form auch immer – austauschten, um dann wiederum ihrer Wege zu gehen und andere ihrer Art zu suchen.

In diesem Tohuwabohu die Wärmeimpulse eines einzelnen Intelligenzwesens anzumessen, schien von vornherein ausgeschlossen.

»Wir sind mittlerweile von der Herde eingeschlossen«, sagte Nano Aluminiumgärtner.

Rings um sie röhrte und brüllte, schlabberte und rotzte es. Irgendwo in der Nähe ächzte ein Baum und fiel schließlich in den Fluss. Die Pflanzenfresser zogen wie Heuschrecken über das Land und machten alles nieder, was ihnen in die Quere kam. »Wenn es brenzlig wird und die Tiere uns zu sehr bedrängen, steigen wir in die Luft und suchen uns einen anderen Lagerplatz«, befahl Rhodan. »Ich möchte aber hier bleiben, solange es geht. Wir wissen nicht, ob Startac transportfähig ist. Außerdem gilt für uns dasselbe wie für einen möglichen Beobachter: Die Tiere schützen uns vor ungewünschten Augenzeugen.«

Warum verspürte er so viel Angst vor einer möglichen Entdeckung? Wenn Menschen in der Nähe waren, gab es kaum einen Grund, sich zu verstecken.

War es nur Startacs Warnung vor Gefahr? Oder gehorchte er einem Instinkt, dem er weitaus mehr vertraute als den angelernten Reflexen mehrtausendjähriger Lebenserfahrung?

Entschlossen schob Rhodan diesen Gedanken beiseite.

Da war doch etwas gewesen ... etwas, das ihn irritiert hatte. Als das Herdentier durchgebrochen war und plötzlich zwischen ihnen stand.

Sorgfältig sah er sich um, betrachtete die aufgewühlte Erde, die fahlen Gräser unter einem unbekannten Sternenhimmel, das niedrig wachsende Buschwerk, die wenigen Bäume, die höher als zwei Meter in die Luft ragten.

Bäume.

Ja. Das war es.

Er kannte sie von der Erde her. Es handelte sich um Pinien, Buchen und Eschen.

13. Altera: Flucht

Das Schicksal meinte es gut mit ihnen. Der Hauptzug der Kantalupen-Herde suchte tatsächlich in unmittelbarer Nähe zu ihnen den Zugang zum Wasser.

Unter normalen Umständen hätte Lester geflucht und die ungebetenen Störenfriede mit heftigen Schlägen auf die Schädel der Leitbullen vertrieben. Nun aber schickte er ein Stoßgebet an Rhodan und dankte ihm ...

Rhodan.

Perry Rhodan stand dort, neben zwei Maschinenteufeln, und unterhielt sich mit ihnen.

Was geschah hier? In was für ein undurchschaubares Schauspiel waren Li und er geraten?

»Wir müssen so rasch wie möglich Meter machen«, rief er dem Mädchen über das lüsterne Gebrüll mehrerer Kantalupen-Weibchen zu. »Die Tiere bleiben selten länger an einem Ort. Also los ...«

Sie quetschten sich an den stinkenden Leibern der Kantalupen vorbei. Nur widerwillig machten die Viecher Platz. Sie mussten zu einer der großen Herden gehören, die im weitläufigen Naturreservat des Savannenhochlands lebten. Geschulte Parkwächter hatten sich stets um sie gekümmert. Heutzutage jedoch wurde das Personal anderwärtig benötigt.

Im Weltall. Im *Abwehrkampf*.

Nachdem Li und er eine Entfernung von mehreren hundert Metern zwischen sich und die ... Invasoren gelegt hatten, kamen sie rascher voran. Das Brunftgeschehen spielt sich in einem eng begrenzten Raum ab. Die Kantalupen, die in äußeren Bereichen der Herde nach Partnern suchten, waren Ausgestoßene. Verkrüppelte, schwache und junge Tiere scharwenzelten hier brüllend umher und trachteten danach, ihrem Paarungsdrang nachzugehen.

»Jetzt wird's leichter!«, sagte Lester nach weiteren fünf Minuten. Automatisch verfiel er in einen leichten Trab, dem das Mädchen – *sein* Mädchen! – problemlos folgte.

»Wie weit noch?«, fragte sie. Unbestimmte Angst war ihr ins Gesicht geschrieben.

»Höchstens zwei Kilometer«, gab er zurück und nickte ihr aufmunternd zu. »Zwölf Minuten, wenn wir uns beeilen.«

»Diese Alteraner trugen Multifunktionsanzüge; die Posbis besitzen sicherlich integrierte Antigravs. Sie werden uns verfolgen ...«

»Glaube ich nicht.« Lester fluchte unterdrückt. Ein dürrer Ast, den er übersehen hatte, schnellte in sein Gesicht. »Die Menschen wirkten desorientiert, genau wie die beiden Maschinenteufel. Sie wissen womöglich noch nicht, wo sie sich befinden.«

Es ging eine Senke hinab. Ein dünnes Rinnsal gluckerte in der Nähe. Lester erinnerte sich an diesen Ort. Nahezu die Hälfte des Weges lag bereits hinter ihnen.

»War ... war das wirklich Perry Rhodan?«, keuchte Li.

»Kann ich mir nicht vorstellen. Er müsste ... bereits um die dreitausend Jahre alt sein. Glaubst du daran, dass ein Mensch mit Zellaktivator so lange überleben kann? Das Gesicht hatte ... eine gewisse Ähnlichkeit, das gebe ich zu, aber in der Dunkelheit kann man sich leicht täuschen.«

»Außerdem hätte ich ihn mir ... imposanter vorgestellt. Er wirkte wie ein ganz normaler Alteraner.«

Li pflichtete ihm eifrig bei. Als hätte sie darauf *gehofft*, dass er ihre Illusionen zerstörte.

»Ruhig jetzt.« Sie vergeudeten wertvolle Atemluft. Der Krieg hatte ihre Heimat erreicht. Von ihnen mochte es abhängen, ob eine bevorstehende Invasion verhindert werden konnte. »Schneller!«, trieb er Li an. Er beschleunigte seine Schritte, auch wenn es schmerzte.

Hätte er nur das übliche Medokit dabeigehabt; ein Herzogon hätte seine Leistungsfähigkeit kurzfristig angehoben, ein Samyl die Konzentration verbessert.

Eine letzte Anhöhe ging es hinauf. Dahinter lag die Gleiter-Parkbucht. Lester holte alles aus seinem geschundenen Körper heraus, kümmerte sich nicht weiter um das Mädchen.

Der Funkspruch!, hallte es durch seinen müden Kopf. Alles andere war unbedeutend, nebensächlich.

Und wenn sie uns hier auflauern? Immer wieder waren sie im Propagandaunterricht darauf hingewiesen worden, dass man dem Schein niemals trauen durfte. Vielleicht hatten die Posbis sie mit ihren Antigravs überholt, sie ausgemacht, um sie nun bei freier Sicht mit gezielten Blattschüssen zu erlegen.

Lester blieb stehen, hielt sich die schmerzenden Rippen und zwang sich zu einer ruhigeren Atmung.

Die Parkbucht lag friedlich vor ihnen.

Zu friedlich.

Der militärische Mietgleiter stand einsam und verlassen neben einer trübselig leuchtenden Markierungslampe. Bis dorthin waren es 80 oder 100 Meter freies Feld.

»Scheint ... alles ruhig zu sein.« Li tauchte endlich neben ihm auf, keuchte scheinbar so laut, dass sie selbst den ständig vor sich hin murmelnden Teragonda übertönte.

»Bleib hier«, sagte Lester. »Ich trau dem Frieden nicht.«

»Wir probieren's entweder zu zweit oder gar nicht«, widersprach sie energisch und holte tief Luft.

»Na gut.« Im Halbschatten der tranfunzeligen Beleuchtung suchte er vergebens nach Deckungspunkten, nach Felsbrocken oder Bäumen, in deren Schutz sie näher an den Gleiter herankamen. »Wir laufen drauflos. In einem Abstand von zehn Metern. Wenn es einen erwischt, läuft der andere weiter, ohne sich umzudrehen. Versprochen?«

»Versprochen.« Li sah ihm tief in die Augen. Sie würde ihn sterbend liegen lassen, wenn es drauf ankam.

Vielleicht war er für das reizendste Mädchen Alteras nur ein unbedeutender Flirt, vielleicht liebte es ihn wirklich. Aber über all den Gefühlen, die sich zwischen ihnen entwickelten, stand die Vaterlandstreue. Imperium Altera konnte nur überleben, wenn sie die Ideale ihrer Heimat eine Stufe höher stellten als alles Persönliche.

Lester drückte ihr die Hand. Holte tief Luft. Sagte leise: »Jetzt!« Und sprintete hakenschlagend davon.

Die Füße waren müde. Ein Muskelkater machte sich nach all den Anstrengungen breit.

Ein Sirren war zu hören. Ein Körper fiel hinter ihm wie ein nasser Sack zu Boden.

Wir hatten recht!, sagte er sich mit wachsender Panik. *Sie spielen mit uns. Sie werden mich ebenso abknallen, noch ehe ich meine Hand auf den Öffnungsmechanismus lege ...*

Er hechtete nach vorn, hieb auf den Fühlschalter, verkroch sich im nächsten Moment unter dem getarnten Gefährt.

Zischend öffnete es sich. Lester vermied den Blick dorthin, wo Li wahrscheinlich in ihrem Blut lag, zuckte rasch vor, wieder zurück, um den Heckenschützen zu irritieren. Ein weiteres Mal richtete er sich auf, sprang mit aller verbliebenen Kraft in das Fahrzeug, verschloss es, aktivierte den Schutzschirm, löste die Notschaltung aus, brüllte »Posbi-Alarm!« in das Mikrofeld.

Im selben Moment, so wusste er, würden in den Eingeweiden der Basisstation Imperium-Omega die Alarmsirenen läuten, ein Trupp auf den Weg geschickt werden.

Er hatte es geschafft! Wie durch ein Wunder hatte er die Posbis überlistet, war schneller als die gefürchteten Scharfschützen am Ziel gewesen. Der Schirm würde selbst dem konzertierten Beschuss mehrerer Maschinenteufel standhalten. Wenn keine größeren Einheiten des Feindes in der Nähe standen, hatte er nichts mehr zu befürchten.

Augenblicklich machte die Erleichterung tiefer Verzweiflung Platz.

Li war tot.

Dort draußen lag sie, nur wenige Meter vom schützenden Energiefeld des Militärgleiters entfernt.

Zornig, mit Tränen in den Augen, hieb Lester gegen die Befehlskonsole. Immer und immer wieder. Der Sieg schmeckte nach bitterer Niederlage.

Etwas flog gegen den Energievorhang und verging in einer auflodernden Flammenwolke.

»Mach endlich auf, du Narr!«, forderte eine Stimme, die er geglaubt hatte, nie wieder zu vernehmen.

Eine Falle? Ein Posbi, der die Stimmlage Lis imitierte? Wie hatte er das in der Kürze der Zeit zustande gebracht? Hatte er ihr die Stimmbänder aus dem Rachen gerissen, sie mit ihrem Stimmvolumen in Zusammenhang gebracht und eine teuflisch ähnliche Stimme erzeugt?

Jemand trat ins Licht der Positionsscheinwerfer.

Li.

»Ich bin über einen Ast gestolpert und gefallen!«, rief das Mädchen. Es humpelte und hielt sich schmerzverzerrt den Oberschenkel. »Hier draußen ist nichts und niemand. Wir haben uns geirrt.«

Und wenn es doch eine Falle war? Ein Posbi in einem perfekt nachgebildeten weiblichen Körper, der ihn zu becircen versuchte?

Lächerlich – wie sollte das binnen weniger Sekunden geschehen sein?

Lester schüttelte den Kopf, als könne er dadurch die Gedankengespinste voll Angst und Misstrauen, in denen er sich immer tiefer zu verlieren glaubte, beiseite wischen.

Aber der Notfunkspruch war abgesandt. Nichts konnte die wie geschmiert funktionierende Maschinerie der Heimattruppen noch aufhalten. In wenigen Minuten würden Gleiter und Kampfschiffe hier sein und die Kontrolle über die Situation übernehmen.

Er deaktivierte den Schutzschirm, stieg aus, packte das – vermeintliche – Mädchen an den Schultern.

Li fühlte sich zornig und anschmiegsam und warm an. Ihre hitzige Körperwärme, das Gefühl einer plötzlich aufwallenden Zuneigung, das von ihr ausging, konnte durch keine Maschine dieses schrecklichen Universums imitiert werden.

Lester begann zu schluchzen, während sich das Mädchen erschöpft an seine Schultern schmiegte. Es weinte ebenfalls.

Sie waren alle wahnsinnig. Voll panischer Furcht. Paranoid.

Er benötigte unbedingt ein Ampatrin.

14. Altera: Wichtige Erkennt-nisse

Perry Rhodan erkannte nun, da er genauer hinsah, Apfelbäume, Pinien, Erlen und Birken. Daneben unbekannte Gewächse, groß und klein, die wohl der heimischen Flora entsprungen waren.

Terraforming in großmaßstäblichen Dimensionen!, dachte er. *Und es dürfte ausgezeichnet funktioniert haben.*

Zweifellos lebten Menschen hier. Warum aber dann dieser Hass und diese Angst, die Startac Schroeder aus ihren Geistern gefiltert hatte? Irrte der Mutant etwa? Hatte sich die Benommenheit, unter der er litt, auch über sein Urteilsvermögen gelegt?

Mondra kümmerte sich nach wie vor um ihn. Mauerblum hatte mittlerweile einen meterweiten Pseudoarm ausgebildet, einen Stofffetzen, der einmal ein Unterleibchen gewesen war, ins kalte Wasser des nahen Flusses getunkt und auf Startacs Stirn gelegt.

Mondra redete beruhigend auf den Mutanten ein, strich ihm mit verblüffender Zärtlichkeit die wirren Haare aus dem Gesicht. Manchmal nutzten ein wenig Zuneigung und freundliche Worte mehr als das Wissen der Ärzte und die beste Medizin, wie Rhodan nur zu gut wusste.

»Ich freue mich, dir helfen zu können, Mondra«, haspelte Mauerblum. Erregt bohrte er mehrere seiner diamantscharfen Pseudopodien in den steinernen Untergrund. Das schrille Getöse ging einem durch Mark und Bein; die Tierherde, die sie außerhalb des weit gespannten Energieschirms vollends *umzingelt* hatte, begann unruhig zu grunzen.

»Lass das bleiben!«, fuhr Rhodan den Matten-Willy an.

Ängstliche Wellen trieben über den Körper des Plasmawesens, bewegten Startacs Leib wie auf hoher See.

Es war zum Verzweifeln! Was hatte sich Lotho Keraete nur gedacht, als er ihm die beiden Posbis und Mauerblum empfohlen hatte? Bis jetzt sah Rhodan nur Nachteile. Er war es gewohnt, sich auf seine Mitstreiter verlassen, ihre Reaktionen kalkulieren zu können.

»Die Menschen hier n-nennen sich Alteraner«, meldete sich plötzlich Nano Aluminiumgärtner zu Wort. »Sie sprechen eine Sprache, deren Semantik mit dem Interkosmo verwandt ist. Allerdings haben sich ein paar Lautverschiebungen ergeben, auf die ich nicht näher eingehen will.«

»Alteraner?« Rhodan überlegte, was diese Verbalhornung, deren zweiter Teil zweifelsohne auf das Ursprungswort »Terraner« hinwies, für eine Bedeutung haben konnte. *Unwichtig!*, schalt er sich und konzentrierte sich auf die weiteren Ausführungen des Posbis.

»Es sind d-diese sprachlautlichen Verschiebungen, die mir und Drover anfangs solche Schwierigkeiten bereiteten. Mittlerweile habe ich mir einen Grundwortschatz von 45 000 Wörtern erarbeitet ...«

»Können wir dieses ... Alteranisch verstehen?«, unterbrach Rhodan die weitläufigen Ausführungen.

»Ihr habt sicherlich weniger Probleme als wir.« Augen und Sprachschlitz des Posbis erhellten die Nacht in bunten Farben. »Mein Linguistikmodul e-erkannte die dialektische Abweichung nicht und ging von einer gänzlich neuen Sprache aus. Deswegen dauerte alles so lange ...«

»Wann, würdest du sagen, erfolgte die Trennung der beiden Sprachen?«

»S-streng genommen sind es keine verschiedenen Spr...«

»Gib mir endlich mal eine direkte Antwort!« Das war ein Posbi, ein Maschinenwesen! Warum funktionierte es nicht auch wie ein solches? Warum musste sich Nano immer wieder auf Spitzfindigkeiten einlassen, warum diskutierte er, wenn Eile und Effizienz vonnöten waren?

Stocksteif, ängstlich wirkend stand der Posbi da. Seine Leuchtdioden rund um Mund und Augen verglommen langsam, die Arme fielen kraftlos hinab.

»Entschuldige bitte!«, brachte Rhodan zwischen zusammengepressten Zähnen hervor. »Aber spar dir in Zukunft jedwede Haarspalterei. Also, noch mal von vorn: Das Alteranische ähnelt dem Interkosmo. Die sprachliche Auseinanderentwicklung hat wann begonnen?«

»Ich m-meine, dass die Spaltung vor über zweitausendsechshundert Jahren erfolgte.«

Eine lange Zeit – und andererseits doch wieder nicht. Manche Jahre, ja, vielleicht Jahrzehnte der Menschheitsgeschichte hatte Rhodan längst aus seinem Gedächtnis gestrichen. Sie waren unbedeutend gewesen. Kleine Schritte auf jenem scheinbar endlos langen Straßenband, das er immer noch entlangmarschierte. Andere Epochen wiederum, wie zum Beispiel die erste Hälfte des 25. Jahrhunderts, würden ihm für immer im Gedächtnis haften bleiben. OLD MAN war noch nicht in der Milchstraße aufgetaucht, der Flug nach Andromeda und der Kampf gegen die Meister der Insel vielleicht gerade im Gange. Es war eine richtungsweisende Zeit gewesen, die technologische Schübe, neues Selbstvertrauen, aber auch das Ende vieler Illusionen von einer friedlichen Eroberung des Weltalls mit sich gebracht hatte.

»Zweitausendsechshundert Jahre eigenständige Entwicklung«, murmelte er. »Möglicherweise haben sie einen ganz anderen Weg als wir eingeschlagen.«

»Oder aber, sie befinden sich noch immer auf demselben Stand wie wir damals«, bemerkte Mondra. Sie flößte Startac, der fiebrig wirkte, gerade ein paar Schlucke Wasser ein.

Es war müßig, darüber zu spekulieren. Immerhin gab es ein erstes, undeutliches Bild.

»Um was geht es in den Funkgesprächen hauptsächlich?«, fragte Rhodan.

»Um Flottenverlegungen. Ideologische Propaganda. Aufrufe, die Ordnung zu halten, dem Feind keinen Meter breit nachzugeben.«

»Und wer ist der Feind? Sind es wirklich ... Posbis?«

»Das konnten wir bislang nur indirekt a-ausfiltern. Es scheint, als hätten die Alteraner panische Angst, den Namen ihres Gegners auszusprechen. Sie nennen sie M-Maschinenteufel.« Quietschend schüttelte er seinen »Kopf«. »Ich bin, ehrlich gesagt, empört ...«

Rhodan achtete nicht weiter auf ihn. Plötzlich ging ihm alles viel zu langsam. Sie waren gewiss schon länger als eine Stunde hier auf diesem unbekannten Planeten und wussten noch nichts, noch gar nichts! Da war dieses unbestimmte Gefühl einer Bedrohung, die Unsicherheit, die jedermann angesichts des Unbekannten befiel, und ein paar wenige Vermutungen, die die Alteraner betraf.

Erneut sah er sich um. Der Apfelbaum trug Knospen, die sich in den nächsten Tagen in weiße Blüten verwandeln würden. Unbekannte Fluginsekten würden sich darauf niederlassen und die Bestäubung vornehmen ...

Ein schmales, hohes Astloch erregte seine Aufmerksamkeit. Er ging an den Posbis vorbei zu dem Baum und griff vorsichtig in den Spalt. Klebriges, durchsichtiges Harz blieb an seinen behandschuhten Fingern hängen. Sonst war nichts zu spüren.

Noch wusste er nicht, was ihm seine Instinkte sagen wollten. Das Loch war gerade mal so breit, dass er mit der Faust eindringen konnte. Innen verbreitete sich der Hohlraum jedoch ...

Die Silberkugel.

Es wäre töricht gewesen, sie weiterhin mit sich herumzuschleppen. Was wussten sie schon über die Alteraner? Nicht nur einmal hatte Rhodan beim so genannten Erstkontakt brenzlige Situationen überstehen müssen.

Nur er selbst konnte dieses Produkt der Querionen aktivieren, hatte Lotho Keraete behauptet. Was aber, wenn es ein *Fremder* berührte, es unsachgemäß behandelte? Ging das Ding kaputt, verlor es seine Wirkung? Was wusste er schon über die Mechanismen, die der Silberkugel zugrunde lagen?

Sie durften ihr Rückflugticket unter keinen Umständen verlieren.

Er nahm den Tornister von seinem Rücken. Der so robust wirkende Stoff fühlte sich in seinen Händen weich und geschmeidig an. Problemlos ließ er sich zusammenfalten, umgab die Silberkugel schließlich wie eine dünne Hautschicht.

Vorsichtig schob der Unsterbliche den Tornister in das Astloch. Ein wenig musste er nachdrücken, Teile der Borke abreiben; dann war die Kugel durch. Sie rollte in den Hohlraum hinab.

Rhodan schob herumliegendes Blattwerk hinterher, stopfte es über dem Tornisterstoff fest zusammen und fügte eine weitere, lose Schicht hinzu.

Schließlich leuchtete er den Baum prüfend aus allen Richtungen und Winkeln ab. Das Versteck war perfekt.

Man konnte nichts mehr von seinem geheimen Inhalt erkennen.

»Ist das sinnvoll?«, fragte Mondra, die interessiert zugesehen hatte.

»Ich denke schon. Mir ist ein wenig mulmig zumute. Ich habe immer gern etwas in der Hinterhand. Wenn sich die Situation anders darstellt, als ich befürchte, können wir das Ding bereits morgen wieder von hier abholen. Mittlerweile aber ...«

»*Was* befürchtest du?« Sie streichelte dem leichenblassen Startac über die Wangen. Er murmelte etwas, scheinbar im Fieberwahn.

»Lotho Keraete schickte uns nicht wegen irgendeiner Kleinigkeit hierher. Das ist Grund genug für mich, jegliche Vorsicht walten zu lassen. Willst du etwa die nächsten tausend Jahre hier verschimmeln, nur weil wir nicht ausreichend auf unsere Rückfahrkarte achteten?«

»Ich bin nicht so langlebig wie du«, gab Mondra knapp zur Antwort.

Warum siehst du dann so verdammt gut aus?, fragte sich Perry Rhodan insgeheim. *Über sechzig Jahre bist du alt, und ich sehe keine einzige Falte in deinem Gesicht. Schönheitschirurgen meidest du wie der Springer das ehrliche Geschäft; irgendwas stimmt mit deinen Genen nicht, schöne Frau ...*

Aber das war ein Rätsel, über das er ein anderes Mal sinnieren konnte.

Startac Schroeder richtete plötzlich gegen den sanften Widerstand seiner Matten-Willy-Matratze den Oberkörper auf. Ziellos sah er um, schaute durch Mondra hindurch und stammelte ein paar zusammenhanglose Worte. Dann verschwand er, teleportierte trotz des leichten Energieschirms.

Verdammt, wohin war ...

»Alarm!«, unterbrach Drover seine Gedanken. Die dreigelenkigen Arme richteten sich parallel aus und fuhren suchend über den sternenreichen Himmel.

Was geschah hier? Wieso schien der Posbi von Leben erfüllt, warum leuchteten unzählige Felder seines Sensorenkranzes und zeigten nach all den Stunden diese ungewohnte Aktivität?

Nach wie vor bewegten sich die fingerartigen Greifer, als suchten sie etwas am mondlosen Firmament. Die Prallfelder, auf denen Drover bislang geruht hatte, machten währenddessen stämmigen Beinen Platz, die sich tief in die Erde bohrten.

Lichtkegel blendeten über ihnen auf, wuchsen immer breiter werdend auf sie zu.

»Keiner rührt sich von der Stelle!«, schnarrte eine befehlsgewohnte Stimme mit grässlichem Akzent über ihre Empfangsgeräte. »Eine falsche Bewegung, und wir verwandeln euch in Schlacke.«

»Mist«, murmelte Rhodan. *So* hatte er sich den Beginn ihres Abenteuers keinesfalls vorgestellt.

Rasch legte er sich ein paar Sätze zurecht. Missverständnisse durften gar nicht erst aufkommen. Nun galt es, klug und ruhig zu verhandeln ...

Drover war neben ihm mittlerweile zur Ruhe gekommen. Die Hände blieben auf zwei der vielen Lichtquellen ausgerichtet, die sie eingefangen hatten.

»Was soll das?«

»Gefahrenquelle erfasst«, meldete der Posbi. Die Fingergreifer fuhren wie von Zauberhand beiseite, machten düster leuchtenden Blüten zweier Abstrahlfelder Platz.

Das durfte nicht wahr sein! Der selbst ernannte »Arbeiter« war in Wirklichkeit ein hoch spezialisierter Kampfroboter! Das leise Sirren einer feinjustierenden Mechanik verdeutlichte Rhodan, dass er jeden Moment abdrücken würde ...

15. Chronik der Familie Donning: Gründerzeit (3)

Zehn Jahre nach den ersten Zusammenkünften von Alteras Söhnen begannen wir, politisch aktiv zu werden. Weiterhin unterstützt von meinen Eltern taten wir das, wozu wir ausgebildet worden waren. Wir halfen im Kleinen, dort Not zu lindern, wo älter werdende Generationen nicht mehr zurechtkamen.

Sturm und Drang der Kolonialisierungsepoche waren längst vorbei. Die Stadt Neo-Tera schien einigermaßen gefestigt, die ersten Epidemien besiegt. Nach wie vor hatte niemand eine Bedrohung entdeckt, die vom Planeten selbst ausging. Die Vertreter des Tierreichs verhielten sich außerordentlich friedlich. Es war, als hätten sie nur darauf gewartet, dass sich jemand an die Spitze der Nahrungskette setzte.

Ja ja, das klingt überheblich, ich weiß. Ich gebe nur das wieder, was wir uns in grenzenloser Selbstüberschätzung damals dachten. Heute, da ich hier in der Wildnis lebe und mit den Städtern eigentlich nichts mehr zu tun haben will, sehe ich manche Dinge ganz anders. Damals zumindest wussten wir noch nicht, dass wir das natürliche Gleichgewicht ganz gehörig durcheinandergebracht hatten.

Wo war ich stehen geblieben? Verzeiht einem alten Mann seine Gedankensprünge ...

Alteras Söhne betätigten sich also als Helfer, wo es nur

ging und es ihnen die spärliche Freizeit erlaubte. Manch einem Siedler verlängerten wir die Lebenszeit einfach dadurch, dass wir uns zu ihnen setzten und ihnen zuhörten. Davon bin ich heute noch überzeugt.

Die tiefen Wunden, die die Auseinandersetzungen zwischen *Han*, den *anderen* und den Bürgern geschlagen hatten, wollten einfach nicht heilen. Die Menschen misstrauten einander. Nur in den seltensten Fällen kam es zu Freundschaften, Verbindungen oder gar Eheschließungen außerhalb dieser drei ... Gruppierungen, die es offiziell gar nicht gab.

Die *Han* hatten während der vergangenen Jahre Zugeständnisse gemacht und winzige Teile ihrer Macht abgetreten. Gerade so viel, dass sie immer wieder auf ihren »guten Willen« verweisen konnten, und viel zu wenig, als dass sie jemals ihrer tatsächlichen Macht verlustig gegangen wären.

Vergesst nicht, dass damals noch immer Kriegsrecht gemäß Terranischer Flottengesetzgebung galt! Es bedurfte keines großartigen Anlasses, um schweren Kerker oder noch Schlimmeres auszufassen. Und in diesem vergifteten Klima mussten viele Siedler, einfache Landwirte, ihre Arbeit verrichten. Eine Stadt aufbauen, die sie *so* niemals gewollt hatten, Frondienste leisten, arbeiten, arbeiten, arbeiten ...

Kinder waren das wichtigste Gut, das damals gebraucht wurde. Aber die Geburtenrate sank. Pessimismus und Angst vor der Zukunft legten sich wie schwere Tücher über die Stadt.

Dem traten Alteras Söhne entgegen. Wo immer wir erschienen, ob allein oder in der Gruppe, standen wir für ein Miteinander, Freude am Leben auf diesem wunderbaren Planeten und Optimismus. Wir waren sozusagen die bunten Hunde, ohne eine der herkömmlichen politischen Richtungen anzugehören. Unser Programm waren wir selbst. Der Glaube an eine Zukunft unserer Heimat.

Vater kam auf die verwegene Idee, uns für die wieder mal anstehenden Wahlen des Bürgerrates anzumelden. Er sagte es uns nicht, der Hund, er stellte uns vor vollendete Tatsachen. Geschickterweise schob er Zho Mayang auf die Position des Spitzenkandidaten. Mein Freund war vor allem bei den einfachen Siedlern äußerst beliebt; er stellte so ziemlich das einzige Bindeglied zur Politik der *Han* dar. Hätte Richard mich vorgeschlagen, wäre wohl von Kungelei und Familienbande die Rede gewesen. Und der Ruf eines Mörders klebte ohnehin noch immer an mir wie Hühnerkacke am Stiefel.

Der Bürgerrat war damals eine Farce. Er hatte lediglich ein Einspruchsrecht bei dem, was die Kommandantur der *Han* beschloss. Zho hatte mir anvertraut, dass diese mächtigsten Männer der Kolonie mit ihren meist verschlossen und nichts sagend wirkenden Gesichtern im Geheimen über den Rat lachten. Ich glaubte es ihm nur allzu gern ...

Die Wahl endete mit einem Erdrutschsieg meines Freundes. Er gewann mit einem Ergebnis, das selbst Perry Rhodan, den legendenumwobenen Großadministrator meiner Eltern, hätte blass aussehen lassen. Die *anderen* verkamen zu einer Splittergruppe, die Bürger wählten Zho mit einer Einigkeit, die jedermann überraschte. Und selbst mehr als die Hälfte der *Han* gab ihre Stimme für ihn ab.

Grundgütiger, was herrschte plötzlich für eine Aufregung! Da saß ein junger Mann, ein hier Geborener, mit verblassenden Aknenarben im Gesicht, den ehemaligen Raumschiffskommandanten der Siedlerflotte gegenüber! Er wusste, bei allem, das er sagte, mehr als 90 Prozent der

Alteraner *hinter* sich. Die *Han* wussten bei allem, das sie taten, mehr als 90 Prozent der Alteraner *gegen* sich.

Plötzlich war alles anders. Aufbruchstimmung machte sich bemerkbar wie jene Frühlingswinde, die jedes Jahr vom Klog-Gebirge herabziehen und die Kälte des alteranischen Winters verjagen.

Zho vereinte asiatische Gelassenheit mit einer Verhandlungshärte, die er sich in endlosen Streitgesprächen mit meinem Vater angeeignet hatte. Er schlug die *Han* auf ihrem eigenen Gebiet. Er kannte ihre Verhaltenszüge, er wusste um ihre Schwächen. Er spielte richtiggehend mit den alten Herren, bis sie aufgaben, einer nach dem anderen.

Er vollbrachte Unglaubliches. Binnen zweier Jahre wurden die *Han* zu braven Jasagern degradiert, der Bürgerrat aufgewertet, die Stadt, die sich großspurig auch Staat nannte, vollends demokratisiert. Er schenkte den Siedlern Land jenseits des Horizonts, entließ sie aus den ewigen Frondiensten, verdiente sich aber im Gegenzug deren bedingungslose, ewig währende Treue. Immer wieder, wenn es galt, kamen sie in Zukunft Alteras Söhnen und der Stadt Neo-Tera zu Hilfe.

Wie in einem Traum änderte sich alles zum Guten. Zho tat so viel Gutes, so viel Bewundernswertes ... ihm müssten all die Denkmäler gewidmet sein, die man für diesen alten Perry Rhodan mittlerweile errichtet hat.

Gegen Ende seiner zweiten Legislaturperiode erschoss man Zho Mayang.

Ein Fanatiker hatte es getan. Er ist es nicht wert, dass man seinen Namen in den Mund nimmt. Er soll für immer in Vergessenheit geraten.

Er knallte meinen Freund während eines Spaziergangs im Wald ab. Mit sich allein und alle Sorgen vergessend, suchte Zho den Frieden auf jenen Trampelwegen, die wir selbst Jahre zuvor getreten hatten. Nicht weit von der Stelle entfernt, da Deng Qiang getötet wurde, endete auch sein Leben.

Würde sich wieder alles wenden? Würde das Pendel zurückschlagen, wieder Misstrauen, Angst und grenzenloser Hass aufeinander erneut die Stadt in den Griff nehmen?

Mitnichten.

Die Doppler-Zwillinge, die damals bereits im Bürgerrat saßen, entschieden alles. Mit unglaublicher Ruhe und Abgeklärtheit bewältigten sie diese kritische Situation. Derjenige, dessen Namen ich nicht nennen will, wurde als wahnsinniger Außenseiter abgetan, der selbst der immer unbedeutender werdenden Splittergruppe der *anderen* zu radikal erschienen war.

Man warf ihn ins Gefängnis und ließ ihn dort vierzig Jahre lang schmoren, während das Leben in Neo-Tera so rasch wie möglich wieder in den Normalzustand zurückgeführt wurde. Rasch ausgeschriebene Neuwahlen brachten ein ebenso beeindruckendes Ergebnis wie acht Jahre zuvor bei Zhos erstem Triumph. Meine Mutter, die sich an unserem jugendlichen Schwung ihre eigene Lebenslust zurückgeholt hatte, wurde die erste Bürgermeisterin der Stadt. Ja ja, Sinead Keefe, die mittlerweile ebenfalls Donning hieß, war Jahre später die zweite. Das sommersprossige Mädel mit dem fettigen Haar hatte mittlerweile einige Metamorphosen hinter sich gebracht und sich zu einer, sagen wir mal, passabel aussehenden Frau entwickelt.

In den damaligen ersten Tagesnachrichten, die ganz simpel über Holokuben in den verschiedenen Stadtzentren ausgestrahlt wurden, bezeichnete man sie als »die Bürgermeisterin, die die beste Figur macht«. Ja, ich weiß, dass dieser Spruch nach wie in aller Munde ist. Damals hatte der verantwortliche Redakteur nicht viel zu lachen; Sinead war sehr beliebt. Er musste wochenlang um sein Leben fürchten.

Meine Frau hingegen scherte sich nicht im Geringsten um diese Schlagzeile. Insgeheim, so glaube ich, war sie sogar ein klein wenig stolz darauf. Und nachdem sie nun schon weit mehr als fünfzig Jahre unter der Erde liegt, kann ich's euch ja sagen: Der Kerl hatte recht. Sinead war ein Wonneproppen. Gut ausgestattet, biegsam – und im Bett genauso enthusiastisch wie in der Politik.

Damit bin ich mit meiner Geschichte am Ende.

Ihr seid enttäuscht? Ihr denkt, dass ich meine eigene Rolle kleinrede? Nun – ich habe immer im zweiten Glied gestanden. Mir war es zuwider, ins Rampenlicht zu drängen. Ich fühlte mich wesentlich wohler dabei, mehr oder weniger unerkannt die Drecksarbeit für andere zu tun.

Auch hierbei war Vater ein Lehrmeister, wie man ihn sich besser nicht wünschen konnte.

Bevor er an Bord der ALEXIA gegangen war, hatte er in der Terranischen Flotte gedient. Im Großen Krieg in jener fremden Galaxis namens Andromeda. Gegen die so genannten Meister der Insel waren die Kräfte des Terranischen Imperiums zu Felde gezogen.

Er war nie eine besondere Nummer gewesen, hatte es nie zu einem großartigen Militärrang geschafft. Das mochte damit zu tun gehabt haben, dass ein gewisser Brazos Surfat für längere Zeit sein vorgesetzter Sergeant gewesen war. Der hatte ihm Tricks und Schweinereien beigebracht, die sich in keinem militärischen Empfehlungsschreiben gut machten, die ihm aber auf Altera immens halfen.

Das interessiert euch alles nicht? Ihr wollt noch mehr

von mir und meinen so genannten Heldentaten hören? Über das, was während der letzten 70 oder 80 Jahre über meinen Einfluss auf die neo-teranische Stadtregierung gemunkelt wird?

Vieles davon ist nicht wahr, glaubt mir. Mein Schatten ist größer geworden, als ich es selbst jemals war.

Anderes wiederum *soll* vergessen bleiben. Ihr werdet zum Beispiel kein Wort über Lao-Zhin und die *Operation Ka-Ne* erfahren. Der Herr Verteilungsminister soll ruhig fürchten, dass ich irgendwann doch noch das Maul aufreiße. Das könnt ihr von mir aus ungeschnitten so bringen.

Ihr glaubt mir weiterhin nicht? Ihr haltet mich für einen Tiefstapler?

Wollt ihr mich beleidigen? Wisst ihr denn eigentlich, wo ihr euch befindet? Auf meinem eigenen Grund und Boden, auf dem ich das verbriefte Recht habe, jedweden Eindringling wie einen räudigen Apotloten abzuknallen, wenn mir danach ist! Ohne dass ich Konsequenzen zu befürchten hätte.

Tja, da zeigt sich der braune Strich in der Unterhose, nicht wahr? Ich denke, es wäre wirklich gesünder für euch, wenn ihr wieder in eure piekfeine Stadt zurückkehrtet. Ich habe mit diesem Thema endgültig abgeschlossen.

Ich konnte nie verstehen, warum das Pendel in Neo-Tera eines Tages wieder in die andere Richtung ausschlug, warum die Dinge wieder fast so schlimm wurden, wie sie bereits einmal gewesen waren. Der Fehler liegt wahrscheinlich in uns selbst. Weil wir noch immer zu wenig Alteraner und zu viel Terraner sind ...

Ein einziges Bonmot willst du von mir noch hören? Damit du nicht ganz ohne Sensation zu deinem Chef zurückkehren musst? Du bist ganz schön tapfer, mein Junge. Das sehe ich gern.

Hm.

Der Mann, der Zho Mayang tötete – du erinnerst dich? Für vierzig Jahre wanderte er hinter Gittern. Und sechs Monate nach seiner Freilassung kam er bei einem ... Unfall ums Leben.

Ich hatte an diesem Tag frei. Ich ging mit Vater spazieren. Am Ende dieses etwas längeren und kräftezehrenden Marsches fühlten wir uns beide richtiggehend befreit, einer ... Last entledigt.

Ja, ich bin stets der Mann fürs Grobe geblieben.

Und jetzt verschwindet gefälligst!

16. Startac Schroeder: Sprung ins Ungewisse

Alles tat ihm weh. Seine Haut prickelte von einer Gänsehaut, die mit einem alarmierenden Hitzeschub einherging. Und in seinem Inneren, in seinem verfluchten, irgendwie anders funktionierenden Gehirn, krabbelten tausend giftige Ameisen durch die Ganglien, fraßen sich an Nervenknoten und -zentren satt und spuckten ihm in seine Gedanken.

Die Hülle seines Schutzanzuges schloss sich mit einem satten Schmatzen. Die rauchige Stimme der Positronik, die er ausgewählt hatte, nervte. Ihr erotischer Unterton passte zu seiner Situation, da er nicht wusste, wo vorn und hinten war, wie die Faust aufs Auge.

»... befindest dich in Gefahr«, verstand er. Und: »... unkontrollierte Ortsversetzung.«

Falsch. Startac hatte sehr wohl gewusst, was er tun wollte. Nur war es ihm nun, nach der Anstrengung des Sprungs, schlichtweg entfallen.

»Soll ich ein Psychohistamin und ein fiebersenkendes Mittel injizieren?«, fragte die Positronik.

Er hasste es, auf Medikamente zurückgreifen zu müssen. Ein Mutantengehirn wie das seine war empfindlich wie kein anderes. Jede bewusstseinsverändernde Maßnahme konnte ungewollte Reaktionen hervorrufen. Mit Grauen erinnerte er sich an jene Versuchsreihe im terranischen »Narrenturm«, für die er sich vor einigen Jahren zur Verfügung gestellt hatte. Ein Ärzteteam hatte seine auf monochromen Empfang ausgerichteten Sehrezeptoren mithilfe moderner Nano-Psychopharmaka auf Farbsichtigkeit korrigieren wollen. Die Konsequenzen des gut gemeinten Experiments waren wochenlanges Delirium und weit darüber hinaus anhaltende Desorientierung gewesen.

Warum erinnerte er sich ausgerechnet jetzt daran?

Alles Überlegen fiel Startac unmäßig schwer; die wenigen sinnvollen Gedanken, die er miteinander kombinieren konnte, tropften zäh wie Melasse durch seinen Geist. Nur langsam und allmählich ergaben sie einen gewissen Sinn.

»Her ... damit«, beantwortete er schließlich die Frage der Positronik.

Etwas streichelte über seine linke Pobacke. Ein kaum hörbares Zischen, ein kleines Kratzen über seine Haut wie von einem leichten Insektenstich – und Startac spürte, wie er von einem Moment zum anderen *da* war.

Er öffnete die Augen. Alles um ihn war weiß, grau und schwarz. Wie er es gewohnt war. Diese etwas dunklere, scharfkantige Fläche rechts von ihm mochte einem »normalsichtigen« Menschen als Cyan erscheinen. Das seltsame Rohrgebilde, unter dem er halb eingeklemmt lag, zeigte jenen besonderen Silberschimmer, den er als Karmesinrot identifizierte.

Rohre ... glatte, spiegelnde Flächen ... Kanten ... Reflektionen ...

Startac schüttelte die Benommenheit endgültig ab – und verstand.

Er befand sich im Inneren eines Fahrzeugs. Eines gleiterähnlichen Gefährts.

Da waren Stimmen, die durch eine geöffnete Seitentür an die Akustikfelder seines Anzugs drangen. Es war eine seltsam verzogen und verzerrt klingende Sprache, die dennoch eine verblüffende Ähnlichkeit zum Interkosmo zeigte. Startac benötigte nur wenige Sekunden, um zu begreifen, dass sich Mann und Frau dort draußen gegenseitig ihre Liebe gestanden. Sie redeten von Ängsten, von überstandenen Gefahren, von einer unsicheren Zukunft, und dass sie es schaffen konnten, wenn sie nur zusammenhielten, einander vertrauten, gegenseitig unterstützten.

Dann folgten die obszön laut übertragene Geräuschkulisse heißer Liebesküsse. Hastig regulierte Startac die Lautstärke.

Er erinnerte sich. Die verwirrte Gedankenwelt zweier Menschen hatte ihn *angezogen*. Mit seinen Ortersinnen hatte er Todesfurcht erfasst, Glückseligkeit, Schrecken, Erleichterung ... ein Potpourri, das ihn angelockt hatte wie Honig die Biene. Helfen hatte er wollen; instinktiv war er gesprungen, hatte mithilfe seines Anzugs eine minimal kurze Strukturlücke in den Verbund ihrer Schutzschirme geschalten und sich hierher begeben.

Nur, um aus dem Gestammel und Geseufze der beiden Liebenden herauszuhören, dass all diese bunten Versatzstücke panikartiger Gefühle wegen *ihrer* Landung auf Altera hochgekocht waren.

Startac lag im hinteren Teil des Gleiters, schräg unter einem nicht verkapselten Antriebsaggregat. Grellweiß leuchtende Flüssigkeit mit geringer Viskosität quoll aus einer schlampig verklebten Kunststoffnaht hervor und verteilte sich allmählich über den Brustteil seines Anzugs.

Er sah sich um. Zwei Sitzreihen befanden sich zwischen ihm und dem Instrumentenpult, dessen Kontroll- und Steuerelemente in allen möglichen Grauschattierungen leuchteten. Eine Stimme, befehlshaberisch und ein wenig verzerrt klingend, quäkte eine Frage.

Startac zog den neugierig vorgestreckten Kopf zurück und kroch noch ein Stück tiefer unter die Maschinenelemente. Das war kaum der richtige Moment, sich den Alteranern zu erkennen zu geben.

Beiläufig registrierte er, dass die beiden einen Geruch nach Safran verströmten. Seltsam ...

Wie sollte er ihnen erklären, wie er hierher gelangt war? Womöglich wussten diese Menschen gar nicht, was ein Mutant war, wie eine Teleportation vor sich ging. Schon in den ersten Stunden und Minuten nach ihrer Ankunft hatten sich so viele Ungereimtheiten aufgetan ... Er musste den Erstkontakt möglichst sanft und ohne überraschende Effekte gestalten.

Startac aktivierte eine winzige Spionkamera. Sie löste sich aus dem rechten Oberärmel, schwebte hoch und richtete ihren Fokus auf das vordere Abteil des Gleiters aus.

Der Mann, ein Bursche Anfang der Zwanzig und von kräftiger, fast bulliger Gestalt, schwang sich soeben in die Gleiterkabine. Er riss ein seltsam geformtes Drahtgestell aus einer Halterung und stülpte es sich über den Kopf. Dic zwei spitzen Enden steckte er sich routiniert in die Ohren, so tief, dass es Startac beim Zusehen schmerzte. Die nadelfeinen Spitzen mussten sich weit in die Trommelfelle bohren!

»Ja, Sir, ja!«, sagte der Jüngling mit aufgeräumter Stimme. Offenbar war er in Gedanken noch immer bei der letzten Kussstafette, die das hübsche, zierliche Mädchen auf ihn abgefeuert hatte. »Ich hatte dienstfrei, Sir«, so fuhr er fort, »deswegen war der Ohrwurm nicht bei der Hand ... Ja, Sir, ein unverzeihlicher Fehler ...«

Startac gewöhnte sich mir überraschender Leichtigkeit

an den Singsang dieser Sprache und die vielfach verdrehten Sinnbilder.

Schon nach den wenigen Sätzen, die er bislang gehört hatte, konnte er verstehen, was der Besitzer des Gleiters sagte. Seltsam, dass die beiden Posbis so viel Mühe mit dem Alteranischen hatten ...

Der Mann lüpfte das Drahtgestell ein wenig an und verdrehte die Augen. Jetzt erst zeigte eine Nahaufnahme der Spionkamera, dass eine weitere Spitze unmittelbar neben dem Kehlkopf in die Haut gebohrt war.

»Der alte Kommissbeißer kann mich im Arsch lecken«, flüsterte er seiner Freundin zu, die mit einem nervösen Kichern antwortete. Gleich darauf rammte er sich die drei Zacken des so genannten Ohrwurms wieder unter die Haut, ohne eine Miene zu verziehen. »Ja, Sir, ja, es wird nicht wieder vorkommen.« Und weiter: »Sie kamen in einer silbrig transparenten Kugel, landeten im Teragonda. Aufgelöst hat sich das seltsame Ding – nein, Sir, ich habe nichts getrunken –, und dann schwebten die Subjekte ans Ufer. Drei Alteraner; einer von ihnen hatte eine gewisse Ähnlichkeit mit ... mit dem Großadministrator Perry Rhodan. Nein, selbstverständlich nicht, Sir. Vielleicht ein krudes Täuschungsmanöver der Subjekte, vielleicht ein Irrtum meinerseits. Dann war da ein Ding, das wie ein überdimensionierter Reibfetzen aussah ... und zu guter Letzt *zwei Maschinenteufel!*«

Die beiden letzten Worte spie er richtiggehend aus. Als könnte er, wenn er ausreichend Hass in die Stimme legte, die beiden Posbis töten.

»Nein, kein Irrtum möglich. Ich ... wir waren zu zweit. Ja, Leutnant Li Yuang von der Dritten Heimatflottille, Raumschiffabwehrschule. Ja, genau die. Nein ... öhm ... ja.«

Das Gesicht des jungen Mannes verzerrte sich. Eine

etwas dunklere Grauschattierung legte sich über seine Wangen. Sein Vorgesetzter fragte wohl Dinge, die seine Privatsphäre verletzten, deren Beantwortung er aber nicht verweigern konnte.

Plötzlich weiteten sich seine Augen vor Überraschung. »Sie haben schon zugegriffen, Sir? Die Subjekte soeben gefangen genommen? Es gab Probleme? Etwa auch Truppenverluste? Ich verstehe, Sir. Meine Beobachtungen wurden von den Truppen bestätigt? Das ist erfreulich rasch gegangen. Ja, wir rühren uns nicht vom Fleck. Ein Verhör? Innere Sicherheit? Aber ... nein, Sir, natürlich stehen wir zur Verfügung. Sir, danke, Sir.«

Angewidert riss der Mann sich den Ohrwurm vom Kopf und pfefferte ihn gegen die Konsole.

»Ich wollte, wir wären niemals hierher gekommen!«, presste er hervor, bevor er merkte, was er da eigentlich sagte. »Verzeihung«, fügte er hastig und zerknirscht hinzu, »so habe ich es nicht gemeint. Schau doch nicht so böse, Li! Aber weißt du, was die mit uns und den Gefangenen vorhaben?«

Das Mädchen strich ihm mit zitternden Händen eine dünne Strähne stahlsilbernen Haares aus der Stirn. »Was denn, Lester?«

»Sie wollen uns im Festwerk verhören. Die Legion Alter-X übernimmt den Fall.«

»Nein!« Li riss die leicht nach oben gezogenen Augen weit auf. Schroeder sah, wie die Angst sie packte, ausfüllte, kontrollierte. Sie hauchte: »Alles, nur das nicht!«

17. Perry Rhodan: Erstkontakt

»Deaktivieren!«, rief Perry Rhodan, »und zwar sofort!«

»Gefahr!«, schnarrte Drover. »Ich spüre mindestens fünfzig Suchimpulse von Strahlwaffen, die auf uns justiert werden.« Er korrigierte seine Armsysteme mit einem leichten Sirren. Der Posbi machte keine Anstalten, die Waffen zu senken.

»Du folgst augenblicklich meinen Befehlen!« Der Unsterbliche marschierte energisch auf den Roboter zu, schlug ihm heftig vor die Brust, so heftig, dass die Knöchel selbst unter den Handschuhen seines Schutzanzugs schmerzten. »*Ich* treffe hier die Entscheidungen!«

Drover rührte sich keinen Millimeter von der Stelle.

»Rede du mit deinem ... Kumpanen, Nano!«, forderte Mondra flüsternd hinter dem Unsterblichen.

»T-tu, was Perry sagt, Drover«, bat der fragile Posbi mit dünner Stimme.

»Mein Auftrag lautet, euer Leben unter allen Umständen zu schützen ...« Die irritierende Lichterorgel seines Gesichtskranzes veränderte wieder die farblichen Grundtöne. Möglicherweise als Ausdruck seiner Verwirrung, als Hinweis darauf, dass einander widersprechende Befehlsroutinen abgewogen wurden. Das Bioplasma in Drover schien kaum einen Einfluss auf die Entscheidungsfindung zu besitzen.

»Wenn du das Feuer auf diese unbekannten Einheiten eröffnest, provozierst du den Gegenschlag«, sagte Rhodan fast beschwörend. Der Posbi stand nach wie vor unverrückbar wie ein Felsbrocken da.

»Wenn ich nicht zuerst zuschlage, riskiere ich deinen und Mondras unmittelbaren Tod durch den Erstschlag der Feinde.«

»Du sagst selbst, dass es ein Risiko ist.« Jetzt hatte er ihn! »Eines, das *ich* zu verantworten habe. Die Entscheidung, ob es eingegangen werden soll oder nicht, obliegt allein mir.«

Ein letztes Mal drehte sich der Farbring des Gesichts im Kreis, dann verblasste er. Die beiden Waffenarme senkten sich, verwandelten sich in dünne, harmlose Greifklauen. »Akzeptiert«, sagte Drover, schraubte die Ankerbeine aus dem Fels und erhob sich wieder auf seine Prallfelder.

Rhodan atmete tief durch und fand endlich wieder den Mut, hinauf ins grelle Licht zu sehen. Jede Sekunde hatte er damit rechnen müssen, dass die Alteraner das Feuer eröffneten – und eine ohnehin vertrackte Situation weiter verschärften. Vielleicht hätte ihr Schutzschirm gehalten, vielleicht auch nicht. Er wollte nicht weiter darüber nachdenken.

»Wir kommen in friedlicher Absicht«, rief er. Er manipulierte den Sendeteil seines Anzugs so, dass es auf möglichst vielen Frequenzen gleichzeitig funkte. »Ich bin Perry Rhodan von der Erde und möchte mit eurem Regierungschef sprechen.«

18. Laertes Michou: Der Staatsmann

Er blickte auf den Solaren Platz hinab. Eine Flagge mit den Herrschaftszeichen des Imperium Altera flatterte müde im Wind, von einer einzigen Schwebeleuchte angestrahlt.

Der breite Vorplatz zwischen den drei zentralen Gebäuden der alteranischen Verwaltung war menschenleer. Untertags herrschte geschäftige Betriebsamkeit dort unten; Frauen und Männer in mausgrauen Uniformen oder ebenso farblosen Anzügen huschten dann kreuz und quer, blieben kurz stehen, wechselten ein paar Worte oder zogen hastig an einem der so miserabel schmeckenden Krautröhrchen, die die schlechten Erntejahre und die wirtschaftlichen Verknappungen nach Ausbruch des Kriegs mit sich gebracht hatten.

Verstohlen pafften sie daran, halb verborgen in einer der wenigen uneinsichtigen Ecken des Platzes. Dann sah Laertes lediglich die dünnen, weißen Rauchfahnen hochstreben, bevor sie vom böigen Wind zerteilt und zerrissen wurden.

Laertes Michou hustete trocken.

Wie Teile eines riesigen, lebenden Metabolismus pumpte dieses Gebäude Alteraner durch seine Adern. Es bot ihnen Sicherheit vor den Unbilden des Lebens, erinnerte sie aber auch stets daran, welchem Ziel sie verpflichtet waren: Es galt, den Feind zu vernichten. Sich dem stetig wachsenden Druck, den die Posbis auf sie ausübten, zu entziehen und endlich, endlich eine geeignete Gegenstrategie zu entwickeln.

36 Jahre dauerte der Kampf bereits. Diese Zeit, diese Epoche, wurde von unfassbaren Opfern gekennzeichnet. *Zwei Generationen* junger Alteraner waren herangewachsen, ohne etwas anderes als den Krieg gegen die Maschinenteufel zu kennen.

Laertes Michous düstere Gedankengebilde wurden jäh zerteilt wie jener Zigarettenrauch, den er so oft aus dem Hof hatte hochziehen sehen. Eine Tür öffnete sich im gegenüberliegenden Flügel der Administration. Eine Lichtschneise, dünn und lang gezogen, legte sich über den Platz. Menschen folgten dem Licht, warfen scharf geschnittene Schatten, wurden im Halbdunkel zu kaum erkennbaren Schemen. Sie fanden sich zu kleinen Grüppchen, die winzige rote Punkte zum Erglühen brachten. In gedämpftem Ton plauderten sie miteinander.

Was wollten diese ... Ameisen um diese Uhrzeit? Natürlich wurde vielerorts bis zur Erschöpfung gearbeitet, natürlich herrschte in den unterirdischen Etagen, in jenen der Think Tanks, auch jetzt hektische Betriebsamkeit. Aber doch nicht hier, an der Oberfläche, in seinem Bereich! Warum durchbrachen diese Alteraner die perfekte architektonische Klarheit, die dreikantige Struktur des Platzes? Nur in diesen viel zu kurzen Stunden zwischen Mitternacht und Morgendämmerung fand er Zeit, um nachzudenken und Strategien zu entwickeln. Er hasste es über alles, wenn seine Ordnung durchbrochen wurde.

Nach nur wenigen Minuten brüllte jemand mit energischer und schriller Stimme über den Platz. Folgsam wie Ameisen trippelten die Frauen und Männer zurück hinter das Lichtertor, aus dem sie gekrochen waren. Die Tür schloss sich hinter ihnen, erlösende Dunkelheit kehrte zurück.

Eine heftige Windbö fuhr durch die Altera-Fahne, ließ die elf weißen Sterne darauf mit ebenso vielen grünen Streifen um die Wette flattern.

Laertes Michou schloss befriedigt das Fenster. Der Platz gehörte wieder ihm. Die Ameisen hatten sich verzogen.

Das Kanton-System, von hier aus 616 Lichtjahre Richtung galaktischer Northside entfernt, würde das nächste Ziel der Posbis sein. Laertes Michou war bereit, jeden Betrag darauf zu wetten. Alle Anzeichen deuteten darauf hin, dass die Maschinenteufel größere Schiffskontingente für eine Schlacht zusammenzogen. An anderen Teilen der Front fanden nur noch unbedeutende Geplänkel statt, die auch den dümmsten Bauern nicht mehr täuschen konnten.

2,2 Milliarden Alteranern drohte auf Fort Kanton der Tod – und nicht nur das: Die Abbaulager unendlich wertvoller Hyperkristalle würden bei einer Niederlage ebenfalls dem Feind in die Hände fallen.

Laertes Michou zündete ein Krautröhrchen an und inhalierte tief. Der beißende Rauch zog die Atemröhre hinab und hinterließ im Hals den typischen Geschmack nach Rauchholz. Selbstverständlich hätte er sich auf dem freien Markt Packrollen von wesentlich besserer Qualität kaufen können. Aber in dieser Beziehung hatte er schon immer Konsequenz bewiesen: Er wollte Zeichen setzen. Auch die Obersten des Imperiums hatten es nicht besser als die geringsten Soldaten der heimatlichen Truppen.

Gedankenverloren verschob Laertes ein paar der symbolischen Truppeneinheiten im Holoraster, das die Frontlinien nachzeichnete. Das Kanton-System war rot markiert. Eine allzu kurze Linie zeigte direkt hierher, auf die Sonne Alter und den ersten von sieben Planeten.

Es gab nicht mehr viel zu manipulieren. So wenige Schiffe waren es nur noch, zu wenige ...

Wenn wenigstens TIGER endlich einsatzbereit wäre! Jene Geheimwaffe, auf die er und die mit der Konstruktion beschäftigten Techniker die größten Hoffnungen legten. Aber noch musste er sich gedulden. Warten. Hoffen. Bangen. Denn das Zeitpolster bis zur nächsten Attacke der Maschinenteufel war, so spürte er, allmählich aufgebraucht.

»Staatsmarschall?«

»Hm?« Wenn Cuthy, seine Nachtsekretärin, um diese Uhrzeit zu ihm durchschaltete, brannte es irgendwo. Er hatte sie mehrmals eindringlich spüren lassen, dass er wegen Lappalien nicht gestört werden wollte.

»Wir haben einen Rot-Alarm«, fuhr sie mit ihrer piepsigen, irgendwie trottelig klingenden Stimme über das Kom fort.

»Haben wir das nicht immer, irgendwo?«

»Dieser Fall ist ... außergewöhnlich.« Cuthy holte tief Atem und vermied den Augenkontakt mit ihm. Sie fürchtete ihn, wie die meisten Untergebenen, mit denen er es zu tun hatte.

Gut so.

»Ich lege das Dossier auf Ihren *Holospiegel*«, quietschte sie schließlich. »Der Offizier wartet dringend auf eine Antwort.« Hastig unterbrach sie die Verbindung.

Immerhin ein Dossier. Kein Direktkontakt mit irgendeinem überforderten Offizier, der sich vor ihm vor Angst in die Hosen machte.

Nach fünf oder sechs Sekunden zeigte die spiegelglatte Fläche am Vorderteil seines Schreibtischs Bereitschaft. Eine Projektion wuchs daraus hervor. Sie zeigte das kantige Haupt eines Mannes, dessen Mützenkrempe die grüngelbe Farbzeichnung des Heimatschutzes aufwies. Der Kopf gehörte einem Major Dingelten, wenn er sich recht erinnerte.

»Wir haben einen außergewöhnlichen Fund gemacht«, sagte der Offizier, ohne den üblichen militärischen Gruß zu entbieten. Er wirkte hochgradig nervös, während er fortfuhr. »Im Teragonda-Schutzgebiet wurden um zehndreißig fünf unbekannte Subjekte aufgegriffen. Ihre Herkunft konnte bislang nicht befriedigend erklärt werden.«

Laertes Michou hieb zornig auf den Tisch. Wie konnte Cuthy es wagen, ihn wegen eines kleinen Haufens Unbekannter in seinen Überlegungen zu stören? Da würde sie sich etwas anhören müssen ...

»Die Umstände sind in der Tat ungewöhnlich«, fuhr der Major fort, »denn zwei der Subjekte sind – Feinde. Maschinenteufel.«

Posbis? *Posbis?*

Hier – auf Altera? Im Herzen des Imperiums?

Laertes Hände zitterten unvermittelt. Mit einem raschen Seitenblick vergewisserte er sich, dass er die drei roten Energiefelder, die den Höchstalarm für die gesamte Imperiums-Flotte des Systems initiieren würden, in einer kurzen Befehlssequenz freischalten konnte. Leider bedurfte es eines zweiten Mannes, um die Anweisungen auch verbindlich zu machen.

»Die Posbis wurden von drei Alteranern begleitet«, sagte der Major in der Aufzeichnung. Er rang sichtlich mit der Fassung. »Einer der Männer setzte mithilfe seiner unbekannten Schutzausrüstung einen breit gefächerten Funkspruch ab. Es gelang uns glücklicherweise mithilfe von Störimpulsen, die Sendereichweite auf wenige Kilometer einzuschränken.«

Der Mann prahlte. Laertes Michou mochte derlei Angebereien nicht. Er erwartete von jedermann, dass er jederzeit das Äußerste für seine Heimat gab.

»Der Mann behauptete, Perry Rhodan zu sein«, platzte es schließlich aus dem Major hervor. Er schüttelte in komischer Verzweiflung den Kopf, zuckte zugleich wie ein Hampelmann mit den Achseln. »Nicht nur das ... er zeigt auch eine teuflische Ähnlichkeit mit dem Großadministrator.«

Die Dossieraufzeichnung erlosch.

Laertes Michou aktivierte den Kom. »Cuthy, ist dieser Offizier noch in der Leitung?«

»J... ja, Sir. Ich schalte Sie zu ihm durch.«

Ein sichtlich gezeichneter Mann blickte ihm unsicher entgegen. Er wirkte verwirrter als zuvor, von der Plötzlichkeit der direkten Verbindung sichtlich überrascht. »Major Dingleton, Sir!«, meldete er sich nach einer Schrecksekunde.

»Sie sind sich darüber im Klaren, dass ich Sie den Rest Ihres Lebens in die tiefsten Katakomben Gondas bringen lasse, wenn das ein Scherz sein sollte?«

Ein Schweißrinnsal zog sich vom Haaransatz bis zum markant hervortretenden Kinn des Soldaten. »Ich weiß, Sir«, sagte er heiser. Fahrig wischte er sich über das Gesicht. »Aber es handelt sich tatsächlich um Posbis!«

Von irgendwoher wurden Bilder zweier Maschinenwesen zugeschaltet, wie sie unterschiedlicher nicht sein konnten. Das eine wirkte fast menschenähnlich, während das andere ausschließlich nach Aspekten der Zweckmäßigkeit erbaut worden war. *Welche* Funktion es ausübte, blieb Laertes Michou allerdings verborgen.

Er schloss kurz die Augen, wollte den Anblick dieser verfluchten Geschöpfe *wegzwinkern.* »Und was ist mit diesem Verrückten?«, hakte er schließlich nach.

Weitere Holos erschienen links von seinem Schreibtisch.

Sie zeigten eine bildhübsche Frau von 30 oder 35 Jahren, die überaus verärgert wirkte. Sie trug ein langes, weißgraues Tuch um die dunklen Haare drapiert, das bis zum Boden reichte.

»Lassen Sie sich nicht täuschen, Sir«, meldete sich Major Dingleton zu Wort, »dieses Riesentuch ist ebenfalls ein Lebewesen. Es beharrt darauf, ein Aufpasser der beiden Maschinenteufel zu sein.«

Laertes Michou überlegte. Hatte er in uralten Aufzeichnungen über die Posbis nicht etwas über deren seltsamen Begleiter in der Milchstraße gelesen? Geschöpfe, die in einer Art Symbiose mit den Maschinen lebten? Teppich-Herbys hatten sie geheißen, wenn er sich recht erinnerte.

Ein letztes Holobild erschien.

Im Mittelpunkt stand ein schlanker Mann mit tiefen, prägnanten Falten um die Mundwinkel. Trotz einer blau leuchtenden Energiefessel um seine Handgelenke war er kühl und beherrscht. Die Soldaten links und rechts von ihm wirkten wie Staffage, wie Laienschauspieler, die sich um einen wahren Künstler scharten.

Laertes Michou fuhr vorsichtig ins Holo, vergrößerte das Bild des Mannes. *Das ist nur ein Abdruck,* redete er sich ein, *eine Momentaufnahme, die nichts zu sagen hat.*

Und dennoch wusste er, dass er sich gründlich vorbereiten musste, wollte er sich diesem Mann stellen. Sanfte, vorwurfsvolle Blicke aus grauen Augen durchbohrten ihn, forschten nach etwas, das hinter ihm und jenseits des Horizonts lag, den Menschen kannten.

Zum Donnerwetter – was für seltsame Gedanken wälzte er da? Das war ein Mann wie jeder andere, der wohl zufällig eine ähnliche Physiognomie wie *die* Lichtgestalt der alteranischen Geschichte hatte und diesen Umstand auszunutzen versuchte.

Aber was war dann mit diesem kleinen, allzu bekannten Merkmal? Jener kleinen Narbe am Nasenflügel, über die man, so sagten all die Geschichten und Märchen, den Unsterblichen Perry Rhodan definierte?

Er durfte sich Schreck und Verwunderung unter keinen Umständen anmerken lassen. Seine Position als Staatsmarschall erforderte es nachgerade, dass er unerschrockener, kühner, gelassener und gleichzeitig beherrschter als seine Untergebenen blieb.

»Wo befinden sich die Aufgegriffenen derzeit?«

»In einem isolierten Verwahrungsgleiter, Sir.«

»Wie viele Personen hatten Kontakt mit den Posbis, der Frau und diesem ... Schauspieler?«

»Nun – ein kompletter Zug der Raschen Einsatzgruppe aus Imperium-Omega sowie mehrere Abwehrspezialisten der ›Viper‹.«

Viper ... eine jener zahlreichen Einheiten des Heimatschutzes, die bei vielfältigsten Krisenfällen zum Einsatz kamen. Eine scharfe Waffe – und dennoch nur Spielzeug, wenn man seine Lieblinge heranzog: die Legion Alter-X.

»Sonst noch jemand?«, hakte Laertes Michou nach.

»Zwei Soldaten; eine Frau und ein Mann, die uns die Ankunft der Maschinenteufel meldeten.«

»Was ist mit dem Funkspruch, den der Rhodan-Imitator ausgeschickt hat?«

»Sie wurden in einem entlegenen Winkel des Teragon da-Naturschutzparks aufgegriffen. Ringsum gibt es keine alteranischen Behausungen. Vielleicht ein paar Parkwächter ...«

»Lassen Sie das möglichst weitläufig überprüfen«, forderte der Staatsmarschall. »Ich ordne Isolationsquarantäne für alle Beteiligten an. Sperren Sie die Soldaten und die

Vipern von mir aus in den hintersten Bunker; Hauptsache, es dringt vorerst kein Wort von der Landung der beiden Posbis an die Öffentlichkeit. Sperren Sie lieber fünfzig Personen zu viel weg als einen zu wenig. Sie bleiben allein mir gegenüber verantwortlich, verstanden? Wenn ich höre, dass Sie ihre Aufgabe schlampig erledigen, lasse ich mir Ihre Eier zum Frühstück braten.«

»Sir, was ist mit Anton Ismael, Sir?«

»Den lassen Sie meine Sorge sein. Und nun kommen wir zu den Gefangenen selbst: Sie werden auf raschestem Weg nach *Gonda* überliefert.«

»Zur Legion Alter-X? Ins Festwerk?«

»Befinden sich dort noch andere Truppeneinheiten als jene des Geheimdienstes? Also! Alle fünf werden voneinander getrennt in Hochsicherheits-Isokapseln untergebracht. Alle Ausrüstung wird ihnen genommen. Ach ja – jene beiden Soldaten, die die Infiltranten zuerst entdeckten, werden ebenfalls ins Festwerk verlegt. Das übliche Prozedere braucht Sie nicht zu kümmern. Dafür gibt es ausreichend ... Spezialisten auf Gonda.«

»Verstanden, Sir. Zu Befehl, Sir.« Major Dingletons Kiefer mahlten heftig aufeinander. Er wirkte nervös. Ging es ihm wie den meisten Alteranern, die sich allein vom Nimbus des Festwerkes ängstigen ließen?

»Ist noch etwas, Dingleton?«

»Ja ... ja, Sir. Es gibt Anzeichen dafür, dass die Gruppe ursprünglich aus sechs Personen bestand. Eine ist uns offensichtlich entkommen ...«

19. Chronik der Familie Donning: Aufbauzeit

Ja, ich bin Jacorima Donning. Warum fragen Sie?

Na, das ist aber eine nette Überraschung! Sie sind doch diese berühmte Dings, Klatschreporterin, von dieser Dingssendung, nicht wahr? Kommen Sie nur rein in meine bescheidene Hütte, treten Sie näher. Vorsicht, bitte nicht umstoßen! Das ist eine Originalplastik von Zed Rustshov. Sie zeigt die Landung unserer Vorfahren auf Altera. Können Sie die Erhabenheit dieses Moments spüren, die sich über dieses einmalige Kunstwerk auf den Betrachter überträgt? Achten Sie auf die winzig kleinen Figürchen hier vorn; der Trupp unserer Gründerväter nimmt voll Stolz den Planeten Alter in Besitz. Symbolisch rammt man eine Flagge mit dem neu kreierten Symbol der elf Sterne und Streifen in den Boden, je einen pro gelandetem Siedlerschiff. Man gibt sich fröhlichen Gesängen hin und dankt dem Schicksal. Ergreifend, nicht wahr?

Sie meinen, dass diese Darstellung nicht ganz der Wahrheit entsprechen könnte? Aber, schöne Frau – was ist denn Wahrheit? Lediglich die Sicht aus einem ganz bestimmten Blickwinkel, nicht wahr? Tritt man bloß ein kleines Stück zur Seite, ändert sich augenblicklich die Perspektive.

Aber Sie und Ihr Holomann wollten mich sicherlich nicht wegen meiner Kunstsammlung besuchen, nicht wahr? Womit kann ich denn behilflich sein?

Ist das wahr? Tatsächlich? Schatzi, komm rasch her! Stell dir vor, ich wurde zum Alteraner des Monats gewählt! Das ist Porcia, meine Frau, meine Herzallerliebste. Ja, ganz genau, meine sechste Herzallerliebste, haha. Sie haben einen köstlichen Humor, Fräulein ... Dingsbums.

Schatzi, da bist du ja. Sag schön brav Guten Tag zu unseren Gästen. Man will ein kleines Filmchen über mich drehen und nächsten Samstag im Hauptabendprogramm zeigen. Ist denn das zu fassen? Nach all den Jahrzehnten ...

Nein, also bitte – aus diesem Blickwinkel mag ich keine Aufnahmen. Da kommen meine Backenknochen ein wenig unvorteilhaft zur Geltung. Ja, so ist's besser.

Ich soll ein wenig über mich erzählen? Über meine Familie, über meine beruflichen Erfolge? Und ein paar persönliche Ansichten zur aktuellen Situation auf Altera möchten Sie auch von mir hören? Wie schmeichelhaft!

Nun, begeben wir uns in den Salon. Schatzi, kümmere dich darum, dass unsere Gäste eine Kleinigkeit zum Essen und zum Trinken bekommen. Bring vom guten Wein aus dem Keller, und ruf beim Feinschmecker an, dass er uns ein paar Longosten-Cocktails herrichtet. Bist ein Schatz, Schatzi.

Wo waren wir stehen geblieben?

Ach ja. Meine Familie. Nun – ich kann meinen Stammbaum zwar direkt bis zur Generation der Gründerväter zurückführen, aber da gibt es nicht allzu viel Rühmliches zu berichten. Es tut mir in der Seele weh, das sagen zu müssen; aber meine Vorfahren waren alle miteinander Taugenichtse, Anarchisten, Querulanten und Störenfriede. Über Jahrhunderte hinweg, so muss ich beschämenderweise sagen, haben sie sich unter Anwendung schmutzigster Mittel in die Politik eingemischt. Stets ging es gegen das Establishment. Nie wollten sie die Dinge so anerkennen, wie sie waren. Quertreiber waren sie, alle miteinander. Pfui!

Egal, ob sie Richard, Charles, Jameel, Syd, Sue oder Pog hießen, immer wieder standen ihre Namen für Widerstand, Chaos und Misslichkeiten. Ach, reden wir nicht mehr über die bösen alten Zeiten. Wie Sie sicher wissen, existieren heute noch Seitenlinien dieser unangenehmen Verwandtschaftsblase. Ich bin sozusagen das einzige weiße Schaf unter lauter schwarzen, haha! Doch genug gescherzt: Dass ich zu dem wurde, was ich heute bin, verdanke ich bloß meinem herzensguten Herrn Papa. Glauben Sie bitte nicht, dass seine Heirat mit meiner Mutter, die einer alten *Han*-Blutlinie der Qins entstammte, eine reine Zweckehe war. Ganz im Gegenteil! Die beiden liebten und verehrten sich bis an ihr leider allzu frühes Lebensende. Ich bin den beiden unendlich dankbar für ihre Güte – und auch für ihre Güter, haha, die sie mir hinterließen. Die finanzielle Freiheit erlaubte es mir, den Mühen des täglichen Arbeitslebens zu entgehen. Innezuhalten, die Dinge von ganz oben zu betrachten. Ich ließ mir jahrelang Zeit, erholte mich gleichsam von den Strapazen meiner Studienzeit und beobachtete, beobachtete, beobachtete.

Es gibt Gerüchte, ich wäre während dieser Zeit in diverse Kalamitäten gerutscht? Drogen, Partys, Orgien ... Sehen Sie, meine Liebe, sobald man Erfolg hat, hacken die Neider auf einen ein. Die Wahrheit wird unter Schichten verleumderischer und bösartiger Gerüchte eingewickelt und weggepackt, so lange, bis sie nicht mehr erkennbar ist.

Ein schöner Satz, nicht wahr? Wäre der nicht großartig als Aufmacher für Ihre Sendung?

Nun, vertrauen Sie mir. Diese Schlechtmacher lügen, alle durch die Bank. Denn nach dem Abschluss meines Architekturstudiums nutzte ich die Zeit Gewinn bringend. Ich überlegte, wie man der großartigen Stadt Neo-Tera ein Gesicht geben könnte, das ihrer Bedeutung zustand. Immerhin wuchsen ringsum weitere Siedlungen heran, wie zum Beispiel Omegosh oder Lookatis, die Neo-Tera den Rang abzulaufen drohten. Verstehen Sie mich nicht falsch, ich bin ein unbedingter Befürworter des Turbokapitalismus. Wir benötigen rasche Expansion genauso dringend wie reichen Kindersegen. Aber ich wollte der Stadt, in der alles begann, jene Bedeutung geben, die ihr zustand. Also setzte ich mich mit dem Bürgerrat, den *Han* und den Militärs zusammen und unterbreitete ihnen meine Vorschläge.

Natürlich mag es hilfreich gewesen sein, dass Onkel Shui und Großtante Zhe ein Wörtchen bei der Entscheidungsfindung mitzureden hatten. Aber Protektion ist ein gar zu hässliches Wort. Überhaupt meine ich, dass Ihre Fragen ziemlich kritisch rüberkommen. Schließlich wollten Sie mich als Alteraner des Monats ehren, nicht wahr? Mäßigen Sie also bitte Ihren Ton, Gnädigste, sonst rufe ich Ihren Sendeleiter an.

Wo war ich stehen geblieben?

Diese – ich möchte fast schon sagen: legendäre – Sitzung des Stadtrates brachte einen Triumph des progressiven Wagemuts und der visionären Weitsichtigkeit der Stadtväter. Meine Idee, Neo-Tera neu zu gestalten, wurde einstimmig angenommen. Umso mehr genoss ich diese Stunden, da mein neu gegründetes Architekturbüro im selben Atemzug mit der Planung der Umgestaltungsarbeiten bedacht wurde.

Eine Opposition, die gegen das Projekt anstürmte? Vorwürfe, ich hätte den Plan von meiner Cousine Phoebe gestohlen?

Sie, Fräulein, jetzt fangen Sie schon wieder an mit Ihrer widerlichen Schlechtmacherei! Das hat doch nichts mehr mit professionellem Journalismus zu tun. Ich hätte gute Lust ... ah, da bist du ja, Schatzi. Das Essen kommt in fünf Minuten? Gut gemacht, Schatzi. Geh, schäl mir doch bitte eine Pomanze. Ich hätte gerade Appetit auf ein wenig Obst. Danke, sehr lieb!

Also gut, Fräulein, weil Sie so ein hübsches Näschen haben, werde ich Ihnen diese Frage ausnahmsweise beantworten. Cousine Phoebe war ein nervöses Wrack, das damals die Psychiatrie beschäftigte und kaum einen geraden Satz zustande brachte. Und ausgerechnet diesem armen Geschöpf hätte ich die Entwürfe für meine Stadtvision wegnehmen sollen? Lachhaft! Ich bin mir sicher, Phoebe hätte mir recht gegeben, wenn sie nicht an dieser unglückseligen Übermedikamentierung gestorben wäre. Friede ihrer armen Seele ...

Nun aber zurück zur Neugründung Neo-Teras.

Anders kann man's ja wirklich nicht nennen. Schließlich galt es, all die alten Baracken abzureißen, die bereits seit der Gründerzeit das Stadtbild verschandelten. War das ein Theater, als die Zwangsumsiedlungen begannen! Viele Alteraner wollten die Notwendigkeiten der Planierungsarbeiten nicht verstehen. Sie pochten auf ihren Grundrechten, beschäftigten die Rechtsanwälte und den Bürgerrat ... brr! Ich möchte gar nicht mehr daran zurückdenken.

Zu unserem Glück hatten wir damals einen ausgezeichneten, durchschlagskräftigen Bürgermeister. Großonkel Zhao. Er minimierte den Widerstand auf unnachahmliche Art. Ein großartiger Mensch, der liebe Herr Onkel!

Im nächsten Bauabschnitt kümmerten wir uns um die Wracks der elf Gründerschiffe ...

Ah, danke, Schatzi! Hm – die riecht aber gut, die Pomanze. Du kannst jetzt wieder stricken oder nähen gehen, was auch immer du gerade vorhast, Schatzi. Ich ruf dich, sobald der Feinschmecker klingelt.

Zehntausende Arbeiter wurden beauftragt, die Skelette der Schiffe, deren nackte Träger damals noch in den Himmel ragten, zu entfernen. Damals war die Arbeitsmoral noch eine ganz andere als heute, das können Sie mir glauben, Fräulein! Da wurde angepackt, geschuftet, geplackt, und jedermann hatte stets ein freundliches Wort auf den Lippen.

Vollbeschäftigung bedeutete das für Neo-Tera. Lassen Sie sich das auf der Zunge zergehen: Voll-be-schäf-ti-gung!

Fünfzehn Jahre lang wurde gefräst, geschleift, gebohrt und geschleppt, mit einfachsten Mitteln gearbeitet – und das zu einer Entlohnung, die jedermann erlaubte, sich und die Familie über Wasser zu halten.

Mag ja sein, dass Investitionen und Forschung ein wenig in den Hintergrund traten. Während dieser glorreichen Epoche benötigten wir keine Eierköpfe, die sich mit Energietechnik, Raumschiffbau oder hyperdimensionaler Grundlagenforschung beschäftigten. *Anpacken* hieß die Devise. Und Historiker, die heutzutage von Zwangsarbeit sprechen, haben nichts von dem verstanden, was damals notwendig war!

Milliarden von Tonnen wurden bewegt. Dank hartnäckiger Verhandlungsarbeit gelang es mir, einen Exklusivvertrag für die Abnahme und Entsorgung der Altlasten zu ergattern, und das zu beiderseitigem Gewinn.

Ja, ich habe auch über diesen Vertrag ein wenig profitiert. Aber ich hatte einfach Glück und war zur richtigen Zeit an der richtigen Stelle.

Nach mehr als achtzehn Jahren gelang die endgültige Schleifung der zehn städtischen Schiffe und des elften auf der Insel Gonda. Nur noch jene Teile, die von der Bevölkerung heutzutage liebevoll *Schüsseln* genannt werden und die sich während der Landung tief ins Erdinnere gegraben hatten, ließen wir bis zur Höhe der alteranischen Erdoberfläche bestehen. Die Schüsseln bildeten ein prachtvolles Fundament, das während der nächsten Jahre abgestützt und stabilisiert wurde und in denen heutzutage die zehn großen Stadtviertel Neo-Teras ruhen.

Fünfundvierzig Jahre steten Aufbaus und Wachstums, den die Stadt mir verdankt, liegen hinter uns. Sehen Sie doch zum Fenster hinaus und betrachten Sie *mein* Werk! Jedes einzelne Teil wurde von mir und meinen Architekten geprägt, überall haben wir unsere Spuren hinterlassen.

Ich will gar nicht verhehlen, dass ich durch all meine Tätigkeiten zu bescheidenem Reichtum gelangt bin. Ja, diese kleine Hütte hier und einige Parzellen fruchtbaren Landes konnte ich mir durch kluge, vorausschauende Investitionen leisten.

Visionen möchten Sie von mir haben? Ideen, wie es mit Neo-Tera und Altera weitergehen sollte? Ich fühle mich geschmeichelt, Fräulein, aber ich denke, dass Sie bei mir wirklich an den Richtigen geraten sind.

Wir sollten wieder mal kräftig in die Hände spucken und mit diesen Träumen einer Rückeroberung des Weltraums aufhören. Technischer Fortschritt ist schön und gut, aber er sollte zielgerichtet erfolgen. Das, was die Gründerväter an Wissen hierher mitgebracht haben, war für die damalige Zeit vielleicht notwendig. Aber die letzten vierhundert Jahre haben uns gelehrt, dass unsere Probleme ganz woanders liegen. Bodenständigkeit ist die Devise. Was sollen hochtrabende Pläne und Ziele? Machen wir uns Altera untertan, schließlich sind nach wie vor erst fünfzehn Prozent der Landoberfläche gut erforscht und gar erst fünf Prozent besiedelt. Da gilt es, weiterzumachen.

Zu diesem Zweck muss unbedingt die Geburtenrate erhöht werden. Es geht nicht an, dass manche Familien meinen, auf Kinder verzichten zu können. Heute leben nicht einmal drei Millionen Menschen auf diesem Planeten. Wir brauchen Pioniere. Junge, kräftige Burschen, die das Land erobern, und gebärfreudige Mädchen, die sich ihrer Pflichten als Mütter besinnen. Manchmal habe ich das Gefühl, dass viel zu viel gefeiert und viel zu wenig auf die Familienplanung geachtet wird. Das sind meine Ideen, Fräulein, und ich werde sie mit all meinem Einfluss im Bürgerrat geltend machen.

Sie wollen schon gehen? Gerade jetzt, wo der Feinschmecker anläutet? Ach, wie schade! Aber ich hoffe doch, dass ich mich einigermaßen vorteilhaft in Szene setzen konnte? Das freut mich aber!

Schatzi wird Sie gern zur Tür bringen.

Im Vertrauen, Gnädigste: Wollen wir nicht in den nächsten Tagen unser kleines Gespräch fortsetzen? Bei einem Nachtmahl? Ich kenne da ein aus-ge-zeich-ne-tes Restaurant unter Hanscher Leitung ... Ich bräuchte ab und an einen Menschen, mit dem ich mich austauschen könnte, mit dem ich mich *richtig* unterhalten könnte. Wenn ich Sie einladen darf ...

Wie bitte? Wie können Sie einen so harmlosen Vorschlag so rigoros ablehnen? Ich habe doch nur ... Raus mit Ihnen! Und ich gebe Ihnen den guten Rat, diesen Bericht über mich möglichst vorteilhaft zu gestalten. Der Sendeleiter ist ein Vetter zweiten Grades von mir ... Und nun verschwinden Sie endlich!

Ach, Schatzi, nichts als Ärger hat man mit diesen einfachen Plebs. Lauter Neider sind das, alle wollen sie etwas von mir haben und nichts, aber auch gar nichts, geben ...

Schälst du mir bitte noch eine Pomanze, Schatzi?

20. Altera: Startacs Sprung

Festwerk.

Legion Alter-X.

Ängste, Panik, Hysterie.

Man benötigte keine ausgeprägte Kombinationsgabe, um zu erraten, wovor sich dieses Mädchen namens Li fürchtete.

Einerlei, ob sie Agenten, Geheimdienstler, Häscher oder Folterknechte hießen, in einer gesunden Gesellschaft wetteiferten diese Herrschaften meist mit Steuerbeamten, Finanzministern und Gleiterpolizisten um den letzten Platz in einer beruflichen Beliebtheitsskala. All diese Gruppen standen für ein notwendiges Übel, das man stillschweigend duldete und dessen Existenz man so weit wie möglich an den Rand der Wahrnehmung schob.

Inwieweit Startac die fast panisch zu nennende Angst der beiden Alteraner vor der Legion Alter-X *interpretieren* sollte, konnte er derzeit nicht einordnen. Neuerlich überkamen ihn fürchterliche Kopfschmerzen und Orientierungsschwierigkeiten.

Was war, wenn sich die hiesige Obrigkeit entschloss, die beiden jungen Leute so rasch wie möglich zum Verhör zu bringen? Wenn man sie gemeinsam mit jenem Gleiter, in dem er sich versteckt hielt, unter einen Schutzschirm packte und in jenes Festwerk Gonda verbrachte, vor dem sie sich so fürchteten?

Startac musste raus aus dieser Falle, und das so schnell wie möglich. Wenn er Perry in irgendeiner Form helfen wollte, musste er sich zuerst selbst in Sicherheit bringen. Jene Hinweise, die er hier gewonnen hatte, mussten in Ruhe verarbeitet werden.

Sobald die Kopfschmerzen nachließen.

Startac spürte ein dumpfes Ziehen und Zerren im Hinterkopf, als er sich gedanklich auf die Teleportation vorbereitete. Sein Atem kam, ohne dass er es verhindern konnte, immer heftiger. Die Sprung-Initiation, die er seit jeher instinktiv anwandte, wollte diesmal nicht so richtig gelingen. Startac war, als schwebte er in einer Blase zähflüssigen Honigs, der ihn festhielt, ihn unter keinen Umständen freilassen wollte. Mit aller Kraft kämpfte er gegen die Schmerzen an, gegen den Widerwillen, die Teleportation tatsächlich durchzuführen, gegen den inneren Schweinehund.

Endlich gelang es. Er verschwand, um anderswo wieder aufzutauchen, durch ein unbegreifliches, eigentlich nichtexistentes Medium dorthin gelangt.

Der Sprung geriet *wackelig* und *falsch.*

Ungezielt, unjustiert, nur noch von widerwillig ansprechenden Instinkten getragen.

In einer Höhe von vielleicht zwei Metern tauchte er auf und wurde vom Schutzanzug sanft zu Boden getragen. Startacs Sinne versagten. Sein geschwächter Metabolismus kapitulierte. Noch während er, von Schmerzen eingehüllt, in eine Ohnmacht glitt, fühlte er den Einstich einer weiteren Injektion.

21. Fort Kanton: Ängste und Hoffnungen

Darius Beng Xiaos Doppelschicht näherte sich ihrem Ende. Acht Stunden Freizeit warteten auf ihn. Er würde sie hauptsächlich im engen Bett seiner engen Kajüte verbringen, dann in aller Hast mehrere Tassen Kaffee herunterschütten, um sich erneut in die Tretmühle zu begeben. Seit Wochen schon tat er endlos aneinander gereihte Dienste, ohne Aussicht auf Änderung.

Darius rief sich zur Ordnung. Die Sehnsucht nach der Heimat, nach Ruhe und Erholung, grub sich in sein Herz, obwohl sie dort nichts zu suchen hatte.

Wenn das Imperium Altera eine Chance gegen die Maschinenteufel haben wollte, mussten die alteranischen Soldaten ihre Gefühlswelt so weit wie möglich zurückstellen.

»Keine Gnade«, verinnerlichte er leise einen der Stehsätze seiner Truppeneinheit, »weder mit den anderen noch mit uns selbst.«

Andere Kantoner mit tief liegenden Augen und hohlen Wangen gingen rings um ihn ihren Geschäften nach. Niemand achtete auf seine in der Erschöpfung gemurmelten Worte. Sie alle wälzten ihre eigenen Probleme und kämpften gegen jene Gefahren an, die aus ihrem Inneren hochstiegen.

Rote Pünktchen umgaben Darius an dem Ortungstank. Viele waren es – und doch zu wenig.

102 Schlachtschiffe. 212 Schwere Kreuzer. Nahezu 900 Leichte Kreuzer. Dazu der *Ring*, bestehend aus 103 TRIANGOLO-Raumforts, die das Kanton-System in einem weitmaschigen Netz umgaben.

Die beeindruckenden Zahlen trogen. Sie gaben keineswegs die Tatsachen wieder. Denn während der letzten Monate hatte Fort Kanton mehr als die Hälfte seiner Schiffe verloren. Jene Einheiten, die übrig geblieben waren, litten großteils an beschränkter Einsatzfähigkeit. An Bord jeden Schiffes war dasselbe Bild zu sehen; rund um die Uhr krochen die Techniker und Mechaniker durch die stählernen Eingeweide. Sie reparierten, improvisierten, rationalisierten und fluchten den lieben Tag lang in die Schwärze des Alls hinaus.

Immerhin: Wer arbeiten und fluchen konnte, glaubte noch an die Sache. Diese Frauen und Männer kamen gar nicht erst auf die Idee, etwas zu hinterfragen. Hier jedoch, in der Zentrale der Zielerfassungsortung, kannte man die nackten Zahlen. Die Schwächen, die sich dahinter verbargen, waren Besorgnis erregend. Ein einziger, mit ausreichendem Nachdruck vorgetragener Angriff der Maschinenteufel mochte das Ende der Wachflotte bedeuten.

Soll ich etwas einwerfen?, fragte sich Darius und entschied sich schließlich dagegen. Nur noch eine halbe Stunde, dann durfte er endlich schlafen. Er wollte seinen Magen nicht noch mehr belasten.

Drei als »Freund« markierte Schiffseinheiten erhoben sich soeben von der Oberfläche Fort Kantons. Darius fühlte sie routinemäßig mit einem »Ping« ab. In Zusammenarbeit mit der Positronik der SHENYANG überprüfte er die energetischen Kennungen der Raumer, spielte in einer kurzen Frage-Antwort-Sequenz Teile der verschlüsselten Losungssequenzen durch und gab den Kreuzern schließlich in einem gebündelten Antwortsignal jene aktualisierten Kennungen mit, die sie an ihrem Zielhafen benötigten.

Routine ist der Feind des alteranischen Soldaten, rief er sich in Erinnerung. Jeder Arbeitsgriff, den er tat, erforderte höchste Aufmerksamkeit. Unsichtbar für menschliche Augen mochten hyperenergetische Virenschauer auf sie niederprasseln, sich an von Schiff zu Schiff eilende Signalimpulse anhängen und sich schließlich in die Eingeweiden der Positroniken fressen, um dort irgendwann ein verhängnisvolles Werk zu beginnen. Auch wenn das offizielle Imperium Altera immer wieder betonte, dass Inflexibilität die größte Schwäche der Maschinenteufel darstellte, wusste man hier, an der Front, sehr wohl um die Raffinesse, mit der die Posbis die Wahl ihrer Waffen variierten. Und die Verseuchung des Funk- und Hyperfunkverkehrs gehörte zu einer der subtilsten, heimtückischsten Varianten ihres Kampfes.

Darius Beng-Xiao »winkte« den kleinen Konvoi schließlich durch. Er trug eine mühsam dem Boden abgerungene Fuhre Hyperkristalle mit sich, und wahrscheinlich mehrere hundert Aussiedler, die Fort Kanton verließen.

»Feiglinge!«, schnaubte er.

»Das sind Menschen mit Familien«, sagte seine Schichtnachbarin, Hauptmann Georghia Firsam, die stets schlampig gekleidete Controllerin. »Sie wollen ihre Kinder nicht hier verrecken sehen.«

Darius mochte die ältliche und allzu schlanke Frau nicht. Eigentlich hatte sie jeden einzelnen seiner Handgriffe zu überprüfen und endverantwortlich für die dezentrale Ortungseinheit zu bestätigen. Aber nur zu gern führte sie während des Dienstes polemisierende Gespräche, die ihn in der notwendigen Konzentration behinderten.

»Sie lassen uns im Stich!«, legte Darius nach. »Wir dürfen nicht zurückweichen. Keine Handbreit. Keinen Millimeter.«

»Das sind schöne Worte für einen Junggesellen, der keine Familienangehörigen mehr hat. Sie wissen wohl nicht, was es bedeutet, wenn man etwas für jemanden empfindet.«

»Wenn ich etwas *empfinde*, gehe ich in den Militärpuff! Dafür sind diese Einrichtungen schließlich da.«

Georghias Gesicht färbte sich schlagartig rot. »Leutnant, manchmal denke ich, dass Sie für den Dienst an Bord der SHENYANG nicht geeignet sind. Ich glaube nicht, dass dieser Perry Rhodan, mit dem Sie sich so gern vergleichen, Ihren Stil schätzen würde. Mit Ihrem emotionalen Defizit wären Sie auf Seiten der Posbis wahrscheinlich besser aufgehoben. Umso bedauerlicher ist es, dass eine ganze Generation Ihres Schlags heranwächst.«

Sie wagte es, sein angehimmeltes Idol in den Schmutz zu ziehen und ihn gleichzeitig zu beleidigen? Ihn darüber hinaus mit den Maschinenteufeln in einen Topf zu schmeißen?! Ihn, der sich abmühte, freiwillige Schichten schob, nichts als die Sicherung und Rettung der Heimat im Kopf hatte? Was erlaubte sich dieser hässliche Besen ...

Mühsam beherrschte er sich. Schlussendlich war Georghia seine Vorgesetzte. Sie zeichnete für das psychologische Profil in seiner Akte mit verantwortlich. Er traute es der Frau zu, dass sie ihn aus purer Bosheit vom Dienst suspendieren ließ oder gar ein Entlassungsverfahren anstrebte.

Was würde ihm dann noch bleiben? 18 Jahre Militärschule, Militärakademie und härteste Praxisausbildung wären umsonst gewesen. Sein Leben hätte jeglichen Sinn verloren. Ohne klar präzisierte Aufgaben und Ziele würde er ... funktionslos werden und müsste irgendwo als Veteran mindere Büroaufgaben im Dienst des Imperiums erledigen.

Darius nickte der Frau mürrisch zu und hoffte, dass sie dies als Entschuldigung akzeptierte. Dann vertiefte er sich erneut in die Betrachtung seines Ortungstanks. Mehrere Schiffspositionen hatten sich zueinander verändert. Die Positronik meldete einige »tote Winkel«, in denen keine überlappende Ortung des Verbunds mehr gegeben war. Es oblag nun ihm, die Schlussfolgerung des Maschinengehirns nachzuvollziehen und gegebenenfalls eine Meldung an die Kommandantur abzusetzen.

Das Schiffsgehirn ... selbst an Bord ihrer eigenen Schiffe waren sie von Denkmaschinen und Robotern umgeben. Einerseits waren sie von deren Rechenleistungen abhängig, andererseits konnte Altera ihnen aufgrund der Virengefahr nicht mehr vollends vertrauen. Jeder Handgriff, jede Funktion musste von Menschen mühselig überprüft werden. Die Gefahr, so wusste man, entwuchs selbst dem Inneren des Reiches.

Noch zehn Minuten, dann endete die Schicht. Er hoffte, mit angenehmen Gedanken in den Schlaf zu sinken. Vielleicht konnte Darius gar die Erinnerung an die angeblich bevorstehende Bekanntgabe einer neuen Geheimwaffe mit hinüber in einen Traum retten.

Im Offizierskasino waren während der letzten Tage Gerüchte hochgekocht. Staatsmarschall Laertes Michou, so hieß es, würde bald TIGER freigeben. TIGER ... wie das schon klang ... Anmutige, wilde Raubkatzen, die auf der mystischen Ursprungswelt Terra gejagt hatten, so wusste Darius mittlerweile, steckten hinter dem Wort.

Die sinnliche Bedeutung hinter diesem Kode war leicht zu verstehen. Sie, die Alteraner, würden vom Gejagten zum Jäger werden, sobald die Geheimwaffe einsatzfähig war. Es konnte sich bei TIGER nur um die Entwicklung der heiß ersehnten Transformkanonen handeln.

Solange sich Darius zurückerinnerte, träumte die Generalität von deren praktischen Anwendung. Es gab keine Transformkanonen, keine Transitionsschiffe, keine Transmitter. Uralte und in der Theorie bekannte Technik war gegen das hyperphysikalische Chaos, in die ihre Heimatgalaxis Ambriador gepackt war, bislang nicht angekommen. Aber jetzt, jetzt war es hoffentlich endlich so weit ...

Dann würde man die Maschinenteufel aus dem Raum bomben, verlorenes Terrain zurückerobern und jeden einzelnen Menschen rächen, der im Laufe dieses Krieges zu Schaden gekommen war.

Die rote Riesensonne über Fort Kanton überschüttete das System einmal mehr mit einem Potpourri aus hinlänglich bekannten Strahlenschauern.

Darius fluchte. Einerseits musste er aufgrund dieses Ausbruchs all seine Instrumentarien justieren und die Positionen der Schiffe und Stationen zueinander ein weiteres Mal berechnen, so knapp vor seiner Ablösung ... Andererseits waren es gerade die natürlichen Emissionen der Sonne, die das Kanton-System strategisch derart wertvoll erscheinen ließen. Sie neutralisierten die Störungen des übergeordneten Kontinuums. Auf Fort Kanton verlief eine Betankung und Wartung alteranischer Schiffseinheiten so reibungslos wie auf keinem anderen Kolonialplaneten des Imperiums.

Ein Grund mehr für die Posbis, das Kanton-System ins Visier zu nehmen ...

Das Signal, das er so sehnlich herbeigesehnt hatte, ertönte. Endlich.

Menschen mit müden und verhärmten Gesichtern strömten in den Raum. Die Schichtablösung. Zodiak Cord humpelte auf ihn zu. Er war einer der wenigen Überlebenden des Schweren Kreuzers ZHAN. Ein ultrahocherhitzter Stahlträger des Schiffsskeletts hatte seine Beine unterhalb der Knie abgetrennt, sich richtiggehend durch das Fleisch geschmolzen. Noch war der Junge angeblich nicht in der Lage, mehr als acht Stunden am Stück Dienst zu tun. Die psychotherapeutische Nachbehandlung und eine ausgewogene Tablettendiät griffen noch nicht.

Was für ein Weichling!, dachte Darius. *Wenn das alles hier vorbei ist, wenn positronisch-elektronische Elementschaltungen wieder ausreichend zur Verfügung stehen, bekommst du deine Prothesen, und alles ist vergessen. Die Frauen werden sich dir an den Hals werfen, weil du ein Kriegsheld bist. Also, was soll das Jammern und dieser ganze Psycho-Dreck?*

»Guten Abend, Sir!«, sagte der Junge leise und salutierte fahrig. »Fähnrich Cord meldet sich zum Dienst.«

»Verstanden, Fähnrich! Ich übergebe ihnen hiermit ...«

Ein Jaulen einer Sirene unterbrach Darius. Es war jener Ton, den er so sehr fürchtete.

Es würde keinen Schichtwechsel geben.

Nicht jetzt, da die Posbis angriffen.

22. Festwerk Gonda: Verhör

»Wie heißen Sie?«

»Perry Rhodan.«

»Dienstrang und Einheit oder Beruf?«

»Terranischer Resident.«

»Wohnort?«

»Terrania.«

»Geburtsdatum und -ort? Identifikationsnummer?«

Rhodan antwortete dem stetig wechselnden, unsichtbaren Verhörpersonal wahrheitsgemäß auf eine Liste von 40 Fragen und bewirkte dabei stets nur eine einzige Reaktion: »Sie lügen!«, sagte man ihm, um den Datenbogen stereotyp von vorn zu beginnen. Er hatte es aufgegeben, mitzuzählen. Stets forderten »sie« seine Aufmerksamkeit. Enervierende Töne, sich überlappende Bildsequenzen, die an die kugelförmige Innenwandung seiner Gefängniszelle projiziert wurden, Temperaturschübe und ätzende Geruchsmischungen hielten ihn wach und dämpften gleichzeitig seine Aufmerksamkeit.

So unangenehm die Behandlung auch war, Rhodan nahm sie möglichst gelassen. Nach außen hin gab er den Anschein allmählicher Erschöpfung, während er insgeheim Eindrücke sammelte und die wenigen Informationen bestmöglich extrapolierte.

Er blieb so ruhig wie möglich. Er wetzte nicht auf dem

hässlichen Stuhl umher, er griff sich nicht an die Nase, er kratzte sich nicht am Kopf. Er wollte niemandem jenseits der abgedunkelten Rundscheiben aus Panzerplast die Chance geben, nervös zu werden. Mehrere aktivierte Abstrahlmündungen von Thermokanonen, die in den Raum hineinragten, waren seit Stunden auf ihn gerichtet und folgten jeder seiner Bewegungen.

»Name?«

»Perry Rhodan ...«

Man hatte ihnen während der Gefangennahme nicht den Hauch einer Chance gelassen, sich zu rechtfertigen. Umgehend waren er, Mondra, die beiden Posbis und der Matten-Willy voneinander getrennt worden. Mondras protestierender Aufschrei, der aus der Ferne zu ihm gedrungen war, hatte ihn veranlasst, kurz an der Energiefesselung zu zerren – selbstverständlich ohne Aussicht auf Erfolg. Männer mit abgedunkelten Helmvisieren hatten ihm die Waffenkolben unsanft gegen Schulter, Rücken und Hinterkopf gedrückt und ihn dabei angebrüllt, er solle keinen Widerstand leisten, sonst ...

Aber diese lautstarken Vertreter einer Soldateska, wie er sie nur zu gut kannte, waren ihm noch immer lieber als jene unsichtbaren Frauen und Männer, denen er seitdem ausgeliefert war.

»Wie sind Sie nach Altera gelangt?«

»Ein Freund hat uns hierher gebracht.«

»Wie heißt dieser Freund? Ist er alteranischer Bürger?«

»Er heißt Lotho Keraete. Er ist weder alteranischer Staatsbürger, noch gehört er der LFT an.«

»Ist die LFT jene Organisation, die Sie beauftragt hat, das Imperium als Fünfte Kolonne zu unterwandern?«

»LFT ist die Abkürzung für Liga Freier Terraner. Meinen Auftrag habe ich von der Superintelligenz ES erhalten.«

»Wie lautet dieser Auftrag?«

»Die Menschen in IC 5152 vor dem Untergang zu bewahren. Lotho Keraete erklärte, dass die Posbis beteiligt sind, und forderte mich auf, zwei Posbis als Helfer mitzunehmen.«

An dieser Stelle trat im Verhör jedes Mal eine kurze Pause ein. Es schien Rhodan, als würde es seinen unsichtbaren Gesprächspartnern immer wieder die Rede verschlagen.

Schließlich setzte die Stimme fort: »In welchem Verhältnis stehen Sie zu den Posbis?«

»Seit dem Jahr 2114 alter Zeitrechnung zählen sie zu den treuesten Verbündeten der Menschheit.«

Plötzlich: erneutes Schweigen.

Rhodan sah irritiert hoch. Normalerweise folgte noch ein gutes Dutzend weiterer Fragen. Wer oder was hatte diese ... Unterbrechung bewirkt?

Die Abstrahlfelder der Waffen erloschen, die Läufe zogen sich aus der Hülle zurück. Die Schwärze der Panzerplasthülle machte einer schmalen Lücke Platz und erlaubte ihm einen eingeschränkten Blick nach draußen.

Ein Mann stand wenige Meter vor ihm.

Rhodan erhob sich von seinem unbequemen Plastikstuhl und trat so weit wie möglich vor zur Wandung. Keine unsichtbaren Stimmen protestierten dagegen.

»Ich bin Staatsmarschall Laertes Michou«, sagte der Uniformierte knapp und seltsam bellend, »ich bin Vize-Administrator und Verteidigungsminister von Altera.«

»Freut mich, dich kennen zu lernen.«

»Sie!« Schwarze Augen, die unter dichten, buschigen Augenbrauen verborgen gewesen waren, lugten plötzlich weit aufgerissen darunter hervor.

»Wie bitte?« Rhodan stellte sich dumm. Er wusste genau, worauf Laertes Michou hinauswollte. Aber es schadete nichts, den Mann, der sich in seiner adretten Operettenuniform so wichtig nahm, ein wenig zu provozieren. Die Tatsache, dass man auf höchster Ebene mit ihm reden wollte, bewies, dass man die Richtigkeit seiner Angaben zumindest in Betracht zog.

»Es heißt: ›Freut mich, *Sie* kennen zu lernen.‹«

»Ich verstehe. Sie halten noch an veralteten Umgangsformen fest.« Rhodan lächelte.

Der Staatsmarschall straffte seinen austrainierten Körper noch mehr – so das überhaupt möglich war. Mit der Rechten fuhr er sich durch das schwarze Haar, das lediglich an den Schläfen weiße Strähnen zeigte. »Sie reden sich immer weiter hinein, Mann«, sagte der Staatsmarschall beherrscht.

Nur anhand winzigster Details wie einem nervösen Fingerschnippen und einem etwas tieferen Atemzug konnte Rhodan erkennen, dass er ihn ein weiteres Mal überrascht hatte.

»Ihre Uniform kommt mir bekannt vor«, fuhr der Unsterbliche fort.« Er musste unbedingt die Initiative an sich reißen – und behalten. »Sie ähnelt sehr stark jener, die auf Terra um das Jahr 2400 in Gebrauch war. Zu jener Zeit, da ich in Andromeda gegen die Meister der Insel kämpfte.«

»Mit Allgemeinwissen können Sie mich nicht beeindrucken«, sagte sein Gegenüber, ohne eine weitere Reaktion zu zeigen. »Unsere Bücher sind voll von der Militärhistorie der alten Heimat und Alteras.«

Laertes Michou drehte sich beiseite, tat ein paar Schritte nach rechts, drehte um, marschierte in die entgegengesetzte Richtung. Der Sichtspalt in Rhodans Panzerplast-Kapsel drehte sich mit und behielt den Staatsmarschall stets im Fokus.

»Sie sollten sich darüber im Klaren sein, dass Ihr Leben und das Ihrer ... Gefährten von meinem Gutdünken abhängt. Sie müssen mich überzeugen, dass Sie tatsächlich derjenige sind, der Sie zu sein vorgeben.«

»Ich habe keinerlei Beweismittel bei mir. Sie müssen mir schon vertrauen. In den positronischen Speichern meines Anzugs befindet sich allerdings ausreichend Material ...«

»... an das wir leider nicht herankommen, ohne das gute Ding zu zerstören.«

»Wenn Sie mir den Anzug überlassen, helfe ich Ihnen gern.«

»Kein Interesse. Dieses Ding bleibt vorerst unter Verschluss.«

Das kann ich mir gut vorstellen, werter Staatsmarschall, dachte der Unsterbliche. *Wahrscheinlich kommen deine Fachleute mit dieser Technik überhaupt nicht zurecht.*

Laertes Michou blieb stehen und sah an Rhodan vorbei ins Nirgendwo. Das breite, energisch vorgereckte Kinn passte ausgezeichnet zu dieser Paradefigur eines Kommissbeißers.

»Wie soll ich Sie denn überzeugen, mein Bester, wenn Sie keine datenaufbereiteten Beweise anerkennen?«

»Ich bin nicht Ihr ›Bester‹! Sarkasmus ist eine weitere Untugend, die ich verachte. Reden Sie mich mit Staatsmarschall Michou an!«

Rhodan erwiderte nichts darauf. Er besaß kein Recht, diesen Vertreter eines bislang unbekannten Zweigvolks des Homo sapiens wegen seiner Verkrampftheit zu verurteilen. Noch kannte er die Geschichte nicht, die hinter den Alteranern steckte.

»Ich werde Ihnen ein paar Fragen stellen«, fuhr Laertes Michou fort. »Solche, die meine ... Kollegen bislang nicht in

Betracht gezogen haben. Ich warne Sie: Eine einzige falsche Antwort, und Sie verschwinden in den tiefsten Kellern des Festwerks. Dort werden Sie Spezialisten so lange ausquetschen, bis Sie uns alles verraten haben und Ihr Gehirn Gemüse ist. Haben Sie mich verstanden?«

»Nur zu gut.« Rhodan blieb weiterhin ruhig. Der Geist, der durch dieses Gebäude wehte, kam ihm nur zu bekannt vor. Er war auf Derartiges vorbereitet gewesen.

Laertes Michou sah ihm nun direkt in die Augen. »Sie behaupten also nach wie vor, Großadministrator Perry Rhodan zu sein?«

»Dieser Titel wurde längst abgeschafft. Ich bin der Terranische Resident Perry Rhodan.«

»Dank Ihrer Unsterblichkeit leben sie noch immer. Im Jahr 4930 nach Christi Geburt.«

»Im Hoheitsgebiet der Liga Freier Terraner wurde bereits vor vielen Jahren eine neue Zeitrechnung eingeführt. Aber es stimmt; 1344 Neuer Galaktischer Zeitrechnung entspricht diesem Jahr.«

Unvermittelt wechselte Laertes Michou das Thema. »Sie verdanken die Unsterblichkeit einem ... Geschenk, das Ihnen die Superintelligenz ES gemacht hat?«

»Ja.« Perry Rhodan konnte sich vorstellen, worauf Laertes Michou abzielte. Die Frage, die er als nächste erwartete, barg einige Brisanz.

»ES ließ Ihnen einen Zellaktivator zukommen?« Die Stimme klang lauernd.

»Ich ... erhielt ihn von meinem Sohn, Thomas Cardif, im Jahr 2103 Ihrer Zeitrechnung. Aber ...«

»Wo ist das Zellaktivator-Ei dann abgeblieben? Sie stehen vor mir in Gefangenen-Bekleidung, die Ihnen von meinen Mitarbeitern zugeteilt wurde. Sie wurden gründlichst untersucht. Selbst Ihr Magen wurde geröntgt. Nirgendwo ist eine Spur dieses ominösen Spielzeugs zu finden, das relative Unsterblichkeit verspricht.«

»ES forderte das Gerät vor hundertsiebzig Jahren zurück. Einige Zeit darauf wurden meinen engsten Vertrauten und mir Zellaktivatorchips unterhalb des linken Schlüsselbeins eingesetzt.« Auch wenn dieses Wissen mittlerweile Allgemeingut war, sprach Rhodan nur ungern darüber. Es gab genügend Verrückte, die nur allzu gern an das kleine, flache Blättchen in seiner Schulter herankommen wollten. Das Thema »Unsterblichkeit« ließ bei vielen Menschen und den Vertretern anderer Völker die Vernunft aussetzen. Denn dass der Aktivator auf seine Zellschwingungen ausgerichtet war, konnte man glauben oder auch nicht. Seufzend fügte er hinzu: »Es sollte Ihren Medikern ein Leichtes sein, den Chip bei einer Durchleuchtung hier zu finden.« Er deutete auf die Stelle, nicht weit über dem Herzen, von der aus er ununterbrochen belebende Impulse zugeführt erhielt.

»Man müsste Ihnen das Ding entfernen, um festzustellen, ob es sich tatsächlich um einen Zellaktivatorchip handelt.« Laertes Michou bleckte die Zähne zu einem humorlosen Lächeln.

»Bei einer gründlichen Untersuchung würde man sicherlich seine fünfdimensionalen Schwingungen anmessen.«

»Stellen Sie sich so dumm, oder wissen Sie tatsächlich nicht, wo Sie sich befinden? Fünfdimensionalität ist in Ambriador ...« Unvermittelt brach der Staatsmarschall ab. Er drehte sich beiseite und hantierte an einem Schaltfeld. Augenblicklich wurde die Tonübertragung unterbrochen. Rhodan sah, wie Laertes Michou in ein Mikrofon sprach, konnte aber keinen Ton hören.

Was hatte der Mann vor? Würde er seiner Anregung etwa doch Folge leisten?

Eine hagere Frau betrat in Gesellschaft mehrerer Uniformierter den Raum, unterhielt sich kurz mit dem Staatsmarschall und verschwand schließlich gemeinsam mit ihren Schatten aus dem Gesichtsfeld des Unsterblichen.

Erleichtert atmete Rhodan durch. Es musste sich um eine Ärztin handeln. Natürlich fühlte er sich nicht wohl dabei, sich einer intensiveren Untersuchung zu unterziehen. Das übertriebene militärische Gehabe des Staatsmarschalls ließ ihn Übles ahnen, was die gesellschaftlichen Strukturen des so genannten Imperium Altera betraf. Aber seine Möglichkeiten, so sagte er sich mit einem müden Lächeln, waren derzeit ziemlich eingeschränkt. Er musste in den sauren Apfel beißen.

Ein leises Knacksen ertönte. Laertes Michou blickte wieder in seine Richtung.

»Ein fünfdimensional strahlender Fremdkörper in der Schulter ist für mich noch lange kein Beweis dafür, dass Sie tatsächlich Perry Rhodan sind.« Der Staatsmarschall atmete tief durch. So etwas wie Bedauern funkelte in seinen Augen. »Wir sind von Feinden umgeben, die uns mit allen Mitteln zu vernichten suchen. Die Posbis – unterbrechen Sie mich bitte nicht! – sind mehr als tumbe Maschinen, wie Sie sicherlich wissen. Ihre Raffinesse ist in mancherlei Beziehung unübertroffen. Ihre Physiognomie? Die Narbe an der Nase? Fingerabdrücke? Alles Dinge, die mit zur Verfügung stehenden Mitteln ... erzeugt werden könnten.«

»Warum sollten die Posbis das tun? Ich verstehe nicht ...«

Laertes lachte kurz auf. Es klang hell und passte überhaupt nicht zu der sonst so tiefen und ruppigen Stimme. »Sie sind einfach zu gut, um wahr zu sein. Ein Perry Rhodan würde hier wie der Messias empfangen werden.« Er blickte zur Seite, dorthin, wo der Unsterbliche die Ärztin vermutete. »Sollten Sie den ... Test überstehen, werde ich Sie gern über alles aufklären.«

»Welchen Test?« Dieser Wahnsinnige würde doch nicht ...

»Es gibt einen unwiderlegbaren Beweis dafür, dass Sie tatsächlich die Unsterblichkeit in sich tragen. Verzeihen Sie mir, was ich Ihnen nun antun muss.«

Ventile öffneten sich ringsum in der Kapsel. Gelbliches Gas strömte ein, verteilte sich allmählich.

»Sychilton ist ein Hautgift. Eine hochsiedende Flüssigkeit, die soeben in Ihre Isokapsel in Dampfform eingesprüht wird«, sagte der Staatsmarschall mit kühler Stimme. »Es zeigt durchaus unangenehme Nebenwirkungen. Es beginnt mit Kopfschmerzen, habe ich mir sagen lassen. Sie steigern sich ins beinahe Unerträgliche. Das Opfer hyperventiliert, hat Schweißausbrüche, erbricht und verliert letztendlich die Kontrolle über seine Körpersäfte. Man verkrampft vor Schmerz, begibt sich in eine Fötusstellung. Das Toxin sickert richtiggehend durch den Körper, erreicht schließlich über die Blutbahnen die inneren Organe und setzt dort sein zerstörendes Werk in der Regel bis zum Exitus fort. Meines Wissens haben erst drei Menschen den Einsatz Sychiltons überlebt. Sie alle mussten bis zu ihrem Lebensende in Kliniken rund um die Uhr betreut werden. Ich betrachte diesen Test als den einzig möglichen, um die Wahrheit festzustellen. Sollten Sie morgen noch leben, werde ich mich selbstverständlich bei Ihnen entschuldigen. Ich wünsche Ihnen viel Glück, wer auch immer Sie sein mögen.«

Unbändige Wut packte Rhodan. Er stürzte nach vorn, hieb gegen die Wandung der sich neuerlich verdunkelnden Kapsel, schrie Laertes Michou, der unbeeindruckt stehen blieb, seinen Zorn entgegen.

Dann erreichte ihn das Sychilton, und der Unsterbliche stürzte haltlos zu Boden.

23. Chronik der Familie Donning: Der Umschwung

Ich habe fürchterliche Verbrechen begangen.

Mein Ziel ist erreicht, aber der Weg dorthin war schrecklich. Erst heute, am Ende meiner Tage, erlaube ich mir, über die moralischen Aspekte meines Lebenswerks nachzudenken.

Mir graut vor mir selbst.

Es begann vor mehr als 80 Jahren.

Jemand klopfte an die Tür meiner kleinen Wohnung im 46. Stock des Mayang-Gebäudes in der ALEXA-Schüssel. Mein erschöpfend langer Arbeitstag im *Ministerium für Wiederherstellung* war eben erst zu Ende gegangen. Ich hatte gehofft, die Beine hochlegen und einen ruhigen Abend verbringen zu können.

Ich öffnete also widerwillig. Ein Offizieller in mausgrauem Anzug stand vor mir. Er wirkte adrett und höflich, hielt Augen und Nase allerdings hinter einer typischen Beamtenmaske verborgen, die nur zu deutlich darauf hinwies, welchem Job er nachging. Er forderte mich freundlich, aber unmissverständlich auf, mitzukommen.

Ich musste an das oft genutzte Präfix »quasi« denken, das damals in Bezug auf Altera gern vor das Wort »Demokratie« gesetzt wurde. Ebenso kamen mir ein paar ungeklärte ... Unfälle in Erinnerung, die während der letzten

Monate passiert waren. Also beschloss ich, dem freundlichen Herrn ohne weiteres Aufsehen zu folgen.

Er brachte mich auf Umwegen in den Regierungssitz. In jenen von meinem Uronkel geplanten blauweißen Glasturm von 280 Metern Höhe, im Volksmund *Administurm* genannt, der neben den fast so hohen Bauten des *Ministeriums für Wirtschaft* und des *Ministeriums für Verteidigung* den Solaren Platz im Zentrum Neo-Teras beherrschte.

Wir nahmen einen unbewachten Nebeneingang und gelangten ohne weitere Kontrollen über einen unscheinbaren Aufzug hinauf zur Spitze des Gebäudes. Jedermann grüßte meinen neuen Freund freundlich – und ein wenig ängstlich –, ohne uns aufzuhalten oder nach einer Legitimation zu fragen.

Wir verließen den Aufzug und standen inmitten eines Raums, dessen beeindruckende Fensterfront einen Rundumblick auf die Stadt erlaubte.

Ungewohnte Ruhe herrschte hier oben. Ab und zu wuselte ein serviler Roboter vorbei. Einer fragte mich nach meinen Wünschen, während er mit seinem Vakuumbein nervös umherfuhr und den blitzeblanken Fußboden nachpolierte. Ich hatte von den Dingern gehört, aber noch niemals eins zu Gesicht bekommen. Auch wenn die technischen Voraussetzungen für derlei Spielereien seit der Gründung Alteras niemals in Vergessenheit geraten waren, hatte man selten ausreichend Geld in die Robotik-Forschung gesteckt.

»Darf ich vorstellen?«, sagte mein Begleiter und führte mich zu einer alten, gebückt dastehenden Frau, deren Gesicht ich nur zu gut kannte.

Malaika Mkombo. Die Präsidentin Alteras.

Verdutzt schüttelte ich ihr die Hand.

»Francis hat mir von Ihrem Auftritt vor drei Tagen bei der

Bürgerversammlung in der ALEXA-Schüssel erzählt«, sagte sie ohne Umschweife. »Sie wirkten sehr überzeugend.«

Auftritt? Bei der monatlichen Bürgerversammlung?

Ich überlegte, worauf die Präsidentin hinauswollte.

Ich hatte meinem Unmut über die resignative Stimmung in unserer Heimat Luft gemacht. Mithilfe einiger *Tricks*, die ich mir dank eines uralten Buchs angeeignet hatte, war es mir gelungen, ein paar Lacher zu erzielen und die Bürger aus ihrer Lethargie zu rütteln. Die ewige Miesmacherei, wie zum Beispiel: »Früher war alles besser!« oder »Da kann man eben nichts machen!«, war mir so sehr auf den Geist gegangen, dass ich mich eingemischt hatte.

Und deswegen stand ich heute hier, in der Präsidentensuite?

»Ich habe nicht viel Zeit«, fuhr die dunkelhäutige Frau ungeduldig fort, »und werde mich möglichst kurz fassen. Ich biete Ihnen hier und jetzt eine einmalige Chance. Es handelt sich um ein unmoralisches Angebot. Ich werde Sie mit Geld, Reichtum und Macht überschütten. Was auch immer Sie wollen, Sie sollen es haben.«

»Wie ... wie soll ich das verstehen?«

»Unterbrechen Sie mich bitte nicht. Sie heißen Gwenda Donning, nicht wahr? Ich nenne Sie Gwendy, wie es auch Ihre wenigen Freunde tun. Ja, ich habe mich genau über Sie und Ihre Lebensumstände informiert. Sie sind dreiunddreißig Jahre alt und stehen mit Herz und Leidenschaft hinter den Dingen, die Sie tun. Beruflich stecken Sie in einer Sackgasse im Ministerium für Wiederherstellung. Sie erstellen Gutachten, in denen die Wiederverwendungsmöglichkeiten uralter Rechnerteile bewertet werden.« Malaika Mkombo dachte angestrengt nach. »Was gibt es noch zu sagen? Familienstand ledig, einmal geschieden, keine Kinder. Ihre Hobbys sind die Genealogie, alte Bücher, terranische Geschichte. Sie sind begeisterte Sportlerin. Unsere Psychologen meinen darüber hinaus, dass Sie sich in Ihrer Wohnung wie in einem Schneckenhäuschen verkriechen und darauf warten, vom Traumprinzen wach geküsst zu werden. Wollen Sie noch mehr hören?«

Mir wurde heiß, und ich spürte Scham und Wut. Ich schüttelte den Kopf, als könne ich dadurch meine natürliche Gesichtsfarbe wiedererlangen. Man hatte mich beobachtet und analysiert, und man tat mir weh.

Warum?

Die Präsidentin goss Sprudelwasser in einen metallenen Becher und reichte ihn mir. »Wo war ich stehen geblieben?«, fuhr sie scheinbar zerstreut fort. »Ach ja, Ihre Ansprache. Sie war überzeugend. Sie hätte einem Lehrbuch über Soldatenführung entstammen können, das ich vor langer Zeit einmal durchgeblättert habe. Nur wirkten Ihre Argumente griffiger und überzeugender. Sie kamen nicht offen und direkt, sondern funktionierten hinterrücks, fast manipulativ. Wo haben Sie das gelernt?«

Ich kam nicht einmal auf die Idee, zu lügen. »Ich habe ein altes Buch gelesen ...«

»Ein *Buch.* Dachte ich es mir.« Malaika Mkombo fuhr sich durchs graue Haar und blickte gleichzeitig auf ihre Armbanduhr. »Aber angelerntes Wissen allein macht es nicht aus. Ich wurde von meinen Scouts auf Sie aufmerksam gemacht, Gwendy. Sie haben eine besondere Begabung. Ich kann das spüren. Und ich sammle Menschen mit besonderen Begabungen.«

»Es tut mir leid, aber ich weiß noch immer nicht, worauf Sie hinauswollen ...«

»Na schön.« Malaika Mkombo seufzte. »Francis – Sie können gehen.«

Mein Begleiter drehte sich um und verließ im Stechschritt das riesige Panoramazimmer durch den Aufzug in der Mitte.

»Wie alt schätzen Sie mich?«, fuhr die Präsidentin schließlich fort, als der Mann gegangen war. »Sie haben keine Ahnung? Also: Ich werde dieses Jahr dreiundsechzig. Und ich gedenke, mindestens bis zu meinem hundertsten Lebensjahr durchzuhalten – und so lange wie möglich Präsidentin zu bleiben.« Sie lachte meckernd. »Ja, Sie haben recht – ich bin ein machtgieriges, altes Weib. Aber gleichzeitig bin ich davon überzeugt, die einzig richtige Antwort auf die Herausforderungen der Zukunft auf Altera zu sein. Ich werde alles tun, um im Amt zu bleiben. Notfalls setze ich die Verfassung außer Kraft und installiere eine Diktatur. Sehen Sie mich bloß nicht so entsetzt an, Mädchen! Hören Sie mir doch weiter zu!« Sie drehte sich um und trippelte zum Rand ihres Arbeitsraumes. Dort blieb sie still stehen, als hätte sie meine Gegenwart vergessen.

Zögernd stellte ich mich neben die Präsidentin. Bis zu diesem Zeitpunkt war sie eine ferne und formlose Gestalt gewesen, die meist die Nachrichten der Trivideo-Sendungen beherrscht, aber darüber hinaus für mich keine besondere Bedeutung gehabt hatte. Ihre Blicke waren hinab auf die nächtliche Stadt gerichtet, die von tausenden glühwürmchengroßen Lichtern erhellt wurde.

»Altera steht derzeit an einem Scheideweg«, sagte sie. »Viele Wege, die wir beschreiten könnten, führen in den Abgrund. In technischen Rückschritt, in Degeneration, in die Vergessenheit. Andere Volksvertreter würden an meiner Stelle danach trachten, das System, wie wir es haben, für wenige Jahre zu sichern und nur ihre Macht zu erhalten.«

Ruckartig bewegte sie den Kopf, sah mich plötzlich an. Die Pupillen ihrer hellblauen Augen waren erschreckend groß.

»Ich bin der Überzeugung, dass es einen einzigen gangbaren Weg in eine Zukunft gibt. Einen, der von Fortschritt und Prosperität gekennzeichnet ist und der viele Opfer verlangen wird. Aber ich werde Sie vorerst vor den Details meines Plans verschonen, Gwendy.«

Woher stammte dieses Feuer, das diese alte Frau versprühte? War sie etwa wahnsinnig? Sie redete und tat so, als wäre die hohe Politik ein Spiel, in dem sie Figuren beliebig hin und her schieben konnte.

»Sie brauchen sich nicht vor mir fürchten, Kleines. Ich bin durchaus bei Verstand.«

So sah sie mir aber keineswegs aus!

»Ich möchte meine verbliebenen Jahre nutzen, um Altera neue Ziele zu geben. Es geht nicht an, dass wir uns auf alterworbenen Lorbeeren ausruhen und lediglich das bestehende System verwalten. Die Urbarmachung Alteras dauert nun schon sechshundert Jahre an und ist noch immer nicht zur Gänze abgeschlossen. Von einer geschlossenen gesellschaftliche Entwicklung ist keine Rede. Da stimmt etwas nicht! Sie selbst spüren dieses Unbehagen ebenfalls, Gwendy. Nicht umsonst haben Sie es bei dieser Bürgerversammlung angesprochen.«

Malaika Mkombo trippelte davon, marschierte quer durch den Raum und ließ sich in einen massiven Stuhl hinter einem noch massiveren Schreibtisch fallen. Mir schien, als könnte sie keinen Moment ruhig bleiben; also wollte sie jeden Moment ihres Daseins aktiv gestalten.

»Teilweise greifen wir noch immer auf das Kriegsrecht unserer Gründerväter zurück«. Mit ihrer Rechten zählte sie die Themen mit, die sie ansprach. »Das Bevölkerungswachstum, das wir so dringend benötigten, ist eingefroren. Fortschritt auf forschungstechnischer Ebene? Gibt es nicht! Die Entwicklung von Werten, die unserer Heimat und unseren Bedürfnissen angepasst ist? Hat niemals stattgefunden. Nach wie vor benehmen wir uns wie Terraner, nicht wie Alteraner. Versuche, von hier aus erneut das Weltall zu erobern? Keine Zeit, keine Mittel.« Sie lachte bitter. »Angeblich zumindest.« Mit der dünnen, zittrig wirkenden Hand hieb sie nun auf die raue Oberfläche des Tischs. »Ich habe Visionen, von denen ich überzeugt bin, dass sie *richtig* sind. Sie stecken da drin« – sie deutete an ihre Schläfe – »und müssen so rasch wie möglich raus. Die Zeit läuft mir davon. Ich bin großteils mit verwaltungstechnischen Aufgaben ausgelastet. Ich brauche ein Team praktisch veranlagter und verantwortungsbewusster Alteraner, das bereit ist, sich mir mit Körper und Seele zu verkaufen und meine Ideen an den Mann zu bringen. Verstehen Sie, was ich meine?«

»Allmählich.« Ich begriff gar nichts. Entweder war Malaika Mkombo wirklich so genial, wie sie tat, oder ein Fall für die Klapsmühle.

»Ich will Sie haben. Ihre Talente. Ihr Potenzial, das hinter Frust und Ärger verborgen liegt. Ihre Leidenschaft. Geben Sie mir alles, und Sie bekommen genauso viel von mir zurück. Ruhm und Reichtum, Macht und Einfluss. Was auch immer Sie wollen. Wenn Sie mir Ihre unbedingte Loyalität schenken.«

»Es tut mir leid ... ich weiß nicht, was Sie von mir als Gegenleistung für all diese verlockenden Dinge verlangen.«

»Sie sollen einen Beruf neu erfinden, Gwendy.« Ihr makelloses Gebiss war das eines Raubtieres, das soeben seine Beute packte, um sie zu vernaschen. »Sie werden Dinge für mich hübsch verpacken und zum bestmöglichen Preis verkaufen.«

»Was für Dinge?«

»Liegt das nicht auf der Hand? Es handelt sich um meine Ideen.«

Ich ging auf den Handel ein. Es war nicht nur die Furcht, wie einige Kontrahenten der Präsidentin einfach zu verschwinden; nein, der Gedanke, etwas vollkommen Neues aufzuziehen, reizte mich ungemein.

Genealogie war, wie die Präsidentin in Erfahrung gebracht hatte, eine meiner Hobbys. Schon vor Jahren hatte ich begonnen, mich mit meinen Vorfahren und deren Hinterlassenschaften auseinanderzusetzen. Ich suchte, wann immer es mir Zeit und finanzielle Mittel gestatteten, die über den halben Planeten verteilte Verwandtschaft auf und bettelte um Bild- sowie Tondokumente. Man glaubt gar nicht, auf was man da alles stößt. Handschriftliche Hinweise, Zeichnungen und Karikaturen, Ausweise und Dokumente, Bild- und Filmmaterial. Zudem versorgte mich die liebe Familie mit mündlich überlieferten Anekdoten über ihre Vorväter.

Ich brachte in Erfahrung, dass mein Familienname *Donning* immer wieder in Zusammenhang mit bedeutsamen Änderungen unserer Gesellschaft auftauchte. Auch wenn die Informationen, die mir mittlerweile zur Verfügung standen, maßlos übertrieben sein mochten, durften meine Urahnen während der Gründerzeit eine bedeutsame Rolle gespielt haben. Richard und Charles Donning sowie deren Ehefrauen hatten mit typischem Pioniergeist Neo-Tera geformt. Selbst mein Uronkel Jacorima, um dessen überdimensioniertes Denkmal sich heutzutage nur noch altersschwache Silvo-Tauben kümmern und es allmählich zukacken, trug das Seine dazu bei, die Stadt zu dem zu machen, was sie nach wie vor nach außen hin präsentiert. Seine Rolle mochte zwielichtig gewesen sein, wenn ich die Texte und Bilder richtig interpretiere. Aber wen kümmerte das schon? Neben dem *Imperialen Trident*, den drei verglasten Gebäuden auf dem Solaren Platz, prägen die Zehn Schüsseln seit 200 Jahren das Straßenbild. Man meint, Geschichte zu atmen, wenn man in die Eingeweiden der Hohlschalen hinabsteigt. Vor mehr als 600 Jahren waren sie Teile jener Siedlerschiffe gewesen, mit denen unsere Vorfahren auf Altera landeten.

Dünne, stabförmige Gebäude ließ Jacorima in die Halbschalen bauen. Stolz und filigran ragen sie daraus hervor und werden von externen korkenzieherförmigen Bändern umkränzt, in denen die notwendige Technik der Wolkenkratzer gebündelt liegt. Belüftungsschächte werden von hier aus an die Gebäude angedockt, genauso wie die Strom- und Wasserversorgung oder auch die Zubringerlifte. Diese Türme, zwischen acht und zwölf Stück je Schüssel, sind schlichtweg *schön*.

Was die Regierung, namentlich Malaika Mkombo, mit den pagodenförmigen Gebäuden auf der elften Schale der Gonda-Insel vorhat, bleibt allerdings nach wie vor ein Rätsel.

Ich merke, dass ich abschweife. Aber was soll's? Schließlich geht es *auch* um meine Familie, vielleicht sogar in erster Linie um sie.

Denn das Buch, mit dem alles begonnen hatte, dank dem ich vor der Bürgerversammlung meinen Auftritt hatte und damit die Präsidentin auf mich aufmerksam machte, gehörte einstmals meinem Urahn Charles Donning. Sein Titel lautet: »Von der Reklame zum universumweiten Marketing«, und ich hüte es selbst heute noch wie meinen wertvollsten Schatz.

Werbung, Marketing, Public Relations und vielen anderen Begriffen begegnete ich erstmals in dieser zerfledderten und von Altersflecken geschädigten Ausgabe eines Werks, das gut und gerne 650 Jahre auf dem Buckel hatte. Es stammte im wahrsten Sinne des Wortes aus einer anderen Welt und kündete in seiner verwirrenden Wortwahl von Dingen, die so kompliziert und dann auch wieder einfach erschienen.

Es ging, wenn man die Essenz des Buchs in wenige Worte fasste, um die *Beeinflussung anderer Menschen.* Dahingehend, dass sie bestimmte Produkte kauften oder das taten, was man von ihnen wollte. Natürlich wurde das beschönigt und möglichst verklausuliert dargestellt. Vieles war in einer seltsamen Sprache verfasst, die ich kaum verstand und die mich gehörig verwirrte. Andere Dinge erfasste ich instinktiv.

Ich quälte mich durch den Wälzer und zog so viele Lehren wie möglich daraus. Dann machte ich mich auf die Suche nach weiteren Materialien, die ich schließlich in der *Alten Bibliothek* fand.

Malaika Mkombo bewies ausreichend Geduld. Sie war, wie ich bald feststellen durfte, eine harte und halsstarrige Frau, aber auch eine unendlich weise, die ihrer Zeit weit voraus zu denken und zu planen vermochte.

Ab und zu verlangte sie nach Zwischenberichten in meiner Forschungstätigkeit; dann fasste ich in möglichst wenigen Worten zusammen, was ich in Erfahrung gebracht hatte. Sie war keine Freundin langer Ausführungen. Dafür war ihr die Zeit zu wertvoll.

Eines Tages fühlte ich mich bereit, mich ihren Ansprüchen zu stellen. Also marschierte ich in den Administurm, wurde von meinem alten Freund Francis empfangen und augenblicklich zur Präsidentin vorgelassen.

»Und?«, fragte sie mich. Ihre Augen wirkten geschwollen, sie selbst übermüdet, aber nach wie vor von unbändiger Willenskraft und Disziplin getragen.

»Sie hatten recht, Mkombo«, sagte ich. »Wir haben es schlichtweg vergessen, uns mit Werbung abzugeben. Lediglich ihre ursprünglichste Form ist mit der Soldatenanwerbung übrig geblieben. Interessant, nicht wahr?«

Die Präsidentin starrte mich an, blinzelte nicht einmal mit den Augen. Nein, sie fand meine Ausführungen keineswegs interessant.

»Wir hatten nach dem Absturz auf Altera keine Zeit für Werbung. Es *gab* keine vergleichbaren Produkte. Entweder existierte ein Ding, meist in rationalisierter Form, oder nicht. Das Konkurrenzdenken zwischen verschiedenen Herstellern ging verloren, da alles von oben gelenkt werden musste, um die Grundversorgung sicherzustellen. Die Siedler lernten, diese Verknappung als Teil ihrer Existenz anzusehen. Sie akzeptierten jegliche Einschränkung ihrer Lebensumstände. Es hätte keinen Sinn gemacht, irgendein Manko zu bejammern. Die Not war so groß, dass man froh war zu überleben. Und diese Einstellung hat sich tatsächlich bis zum heutigen Tag gehalten. Neuentwicklungen wurden stets auf Gebieten getan, die den Alteranern halfen, ihr Leben ein kleines bisschen besser zu gestalten, aber nie, um in Konkurrenz zu ähnlichen Produkten zu treten.«

»Haben Sie ausreichend aus den alten Büchern gelernt, um das zu tun, was ich von Ihnen verlange?« Wiederum holte sie mich auf den Boden der Tatsachen zurück. Wiederum war ich zu weitschweifig geworden.

»Was Sie von mir verlangen, ist zutiefst unmoralisch«, sagte ich leise.

»Aber es ist richtig, verdammt noch mal!«

Ich wollte Malaika Mkombo nicht widersprechen. Die Zahlen und Daten, die sie mir zur Verfügung gestellt hatte, sprachen eine eindeutige Sprache. Wir mussten die Alteraner zu ihrem Glück zwingen. Und meine Rolle in diesem bitterbösen Spiel war die einer Zeremonienmeisterin.

»Ich habe Pläne ausgearbeitet, wie wir die gewünschte Kampagne bewerben können. Ich habe im Kleinen ein paar Versuche anstellen lassen. Die Alteraner saugten die Informationen, die ich ... verkaufen wollte, wie Schwämme auf. Ich bin überzeugt davon, dass wir unser Vorhaben innerhalb einer Generation erreichen werden.«

»Sie sind mir ein wenig zu enthusiastisch, Gwendy«, sagte die Präsidentin. »Ich gehe davon aus, dass es länger dauern wird und ich die Auswirkungen nicht mehr erleben werde. Wir müssen Sorge tragen, dass ich einen würdigen Nachfolger finde, der meine Ideen unter allen Umstände weiterträgt.«

Sie sollte recht behalten, wie so oft. Die Kampagne wurde über alle Maße erfolgreich. *Ich* war erfolgreich. Mit einem ständig anwachsenden Beraterstab und einem nahezu unbegrenzten Budget ließ ich Zeitungen gründen, neue Trivid-Formate erfinden, führte den politischen Lobbyismus in neue Höhen, pflasterte Altera mit Bild- und Tonbotschaften zu und bombardierte die Bevölkerung rund um die Uhr mit den Anliegen der Regierung. Teils tat ich es subtil, teils mit dem Dampfhammer. Ich beachtete psychologische und soziologische Elemente, arbeitete mit Tachistoskopie sowie subliminalen Botschaften und schreckte auch vor übelster Propaganda nicht zurück.

Meine Arbeit zeigte Wirkung. Das, was auf Terra über Jahrhunderte hinweg allmählich zum Bestandteil modernen Lebens geworden war, ließ ich binnen weniger Jahre über die Bevölkerung Alteras hereinbrechen. Meine Landsleute hatten schlichtweg keine Chance und wurden von einer neu geschaffenen Medienmaschinerie überrollt.

Malaika Mkombo sollte trotzdem recht behalten. Es dauerte unerwartet lange, bis sich die Essenz, die subtile Grundbotschaft, über den ganzen Planeten ausgebreitet hatte.

Wie diese denn nun lautete? Ist das in meinem Bericht nicht deutlich genug geworden?

Altera musste wachsen. Altera brauchte mehr Menschen. *Es wurde zur bürgerlichen Pflicht erklärt, Kinder in die Welt zu setzen.*

Nun, da ich auf meine alten Tage diese Zeilen zu Folie bringe, kann ich sagen, dass ich auf allen Linien Erfolg hatte. Malaika Mkombo schaffte tatsächlich sechs Legislaturperioden, selbstverständlich unter heftigem Einsatz geeigneter Propagandamittel. Die Geburtenraten sind speziell während der letzten beiden Jahrzehnte explodiert und liegen derzeit bei über vier Kinder pro Jungfamilie.

Wie dieses Wachstum zustande kommt – nun, darauf habe ich keinen Einfluss genommen. In manchen Gegenden Alteras gilt es für Frauen als schicklich und als konventionell, sich einen offiziellen Hausfreund zu halten, um eine bessere Durchmischung des Genmaterials zu erreichen. Seltsam, nicht wahr? In mehreren Außenbezirken Neo-Teras machen sich Ansätze einer matriarchalischen Gesellschaftsstruktur breit. In den südlichen Vororten gibt es allmonatlich »weiße Nächte«, während derer jedermann und -frau alles erlaubt ist. Auf den Serlat-Inseln beschäftigt man sich ausgiebig mit dem Klonen und Mehrfachgeburten, in der Inneren Zyntay sind zurzeit seltsame Fruchtbarkeitsriten en vogue. Ich unterstützte diese Vielfalt an Methoden, die Geburtenraten hoch zu halten. Nur mit einem gesunden Mix konnte das Scheitern eines oder mehrerer *Fertilitätssysteme* aufgefangen werden.

Malaika Mkombo hat schlussendlich das geschafft, was sie tatsächlich wollte: Kinder sind immer ein Zeichen des Aufschwungs und der Hoffnung. Natur- und Geisteswissenschaften, Forschung und Technik erhielten unglaubliche Impulse. Der demoskopische Wachstumsschub scheint nicht mehr umkehrbar. Und wenn der Bevölkerungsdruck zu groß wird, wird man sich gezwungenermaßen wieder der Wurzeln unserer Vorväter besinnen.

Der Weg zurück ins All ist uns vorherbestimmt.

Ruhm, Ehre und unendlichen Reichtum hatte mir die Präsidentin versprochen. Welch ein Luder war sie gewesen! Sie wusste schon damals ganz genau, dass diese Werte schlussendlich keine Bedeutung besitzen würden. Ich hatte Dinge getan, die viel größer gewesen waren und die gesamte alteranische Menschheit für alle Zeiten änderten.

Mein Gewissen ist nicht rein, kann es nicht sein. Ich schlafe schlecht, träume von Beeinflussung, Perfidie und Gemeinheiten, die ich begangen habe.

Ich muss mit der Hoffnung leben, das Richtige auf Kosten jeglicher Moralvorstellungen getan zu haben.

Mein Märchenprinz ließ sich übrigens niemals blicken.

24. Laertes Michou: Zweifel-Haft

Hatte er das Richtige getan?

Augenblicklich verdrängte er den Gedanken. Es gab kein Richtig, es gab kein Falsch. Er traf Entscheidungen und schaffte damit Tatsachen. Das war seine Aufgabe.

Der vorgebliche Perry Rhodan wand sich schmerzerfüllt am Boden der Isokapsel und murmelte Sinnloses. Laertes Michou wandte sich ab und begab sich in die nahe gelegene Zentrale. Das Ärzteteam würde sich währenddessen um den Mann kümmern. In drei bis vier Stunden kannten sie alle die Wahrheit.

Was war mittlerweile mit den anderen Gefangenen geschehen? Er rief die Verhörprotokolle auf die Bildschirme und brachte sich auf den neuesten Stand.

Die Frau war eine starke Persönlichkeit und benahm sich renitent. Ihr Widerstand blieb zwar stets passiv, aber sie war zu keiner vernünftigen Zusammenarbeit bereit. Interessant blieb die Diskrepanz zwischen ihrem jugendlichen Aussehen und dem Alter, das sie angab.

Dem Matten-Willy hatte man keinerlei sinnvolle Aussagen entlocken können. Das überaus seltsame Lebewesen reagierte auf jedwede Annäherung höchst panisch, bohrte sich dann vermittels diamantharter Pseudobeinchen in die Stahllegierung der Isokapseln und verhedderte dabei seinen Körper derart, dass er vermittels Zugstrahlen wieder in einen entwirrten Zustand gebracht werden musste.

Li und Lester Soundso, die Soldaten aus Imperium-Omega, waren harmlos. Sie hatten richtig reagiert, man konnte ihnen keinerlei Vorwurf machen. Dennoch würde Laertes sie nicht freisetzen, solange die Situation nicht zufrieden stellend geklärt war. Auch wollte Laertes ihre Aussagen über die seltsame Silberkugel, in der die Fremden nach Altera gereist waren, persönlich überprüfen.

Die beiden Maschinenteufel lagen unter verschärften Sicherheitsbedingungen in Hochsicherheitstrakten des Festwerks in Energiefeldern gefangen. Noch hatten sich die Techniker und Wissenschaftler der Legion Alter-X nicht an die Maschinenwesen herangetraut. Sie warteten auf seinen Befehl.

Warum zögerte er die Anweisung hinaus? Empfand er etwa Angst, er könnte den Mann, das Wrack, das sich nebenan in seinen Schmerzen wand, vor den Kopf stoßen, wenn sich herausstellte, dass er tatsächlich Perry Rhodan war?

Nein. Selbst ein Großadministrator – oder Terranischer Resident, wie er sich nannte – würde die Notwendigkeiten der Alteraner einsehen. Sie *mussten* mehr über das Innenleben der Posbis erfahren.

Nicht die Angst ließ Laertes zögern. Es war *Respekt*, den er unterschwellig empfand. Dies musste sich der Staatsmarschall unwillig eingestehen. Perry Rhodan – nein: der Mann! – hatte etwas Besonderes an sich. Es äußerte sich in Stimme, Bewegung und Worten. Laertes musste höllisch auf der Hut sein, wollte er weiterhin frei entscheiden und nicht vollends in den Bann des anderen geraten.

Er war ein Kämpfer. Stets hatte er Stärkere und Mächtigere vor sich gehabt – Demagogen, Populisten oder den altgedienten Militäradel –, und alle hatte er auf dem Weg nach oben beiseite geräumt. Parteipolitik war sein heimatliches Parkett, auf dem er die schmutzigsten Tricks gelernt und zur Perfektion gebracht hatte. Da konnte ihn selbst ein Geist aus tiefster Vergangenheit nicht mehr beeindrucken.

Oder?

Mühsam brachte er seine Gedanken zurück auf ein weiteres ... Problem, das an ihm nagte.

Sechs Wesen waren auf Altera gelandet. Fünf saßen im Festwerk ein. Ein Mensch wurde nach wie vor vermisst. Die Truppen der Legion Alter-X drehten das Marschgelände des Teragonda-Nationalparks bis auf den letzten Stein um, ohne bislang einen Hinweis auf den Flüchtigen gefunden zu haben.

Laertes Michou aktivierte einen Direktkontakt über seinen Ohrwurm. »Koblenz?«, fragte er.

»Ja, Sir?« Die Stimme des Majors, der auf Gonda die Rolle seines Stellvertreters zur größten Zufriedenheit ausfüllte, klang gefühllos wie eh und je.

»Sind Sie mit Ihren Ermittlungen schon weitergekommen?«

»Nein, Sir. Das Subjekt scheint wie vom Erdboden verschluckt, obwohl wir das Suchgebiet auf eine Fläche von mehr als einhundert Quadratkilometer ausgedehnt haben.« Er machte eine kurze Pause und fragte dann: »Haben Sie sich mit meiner Theorie schon angefreundet?«

»Nein. Lassen Sie weitersuchen.« Laertes unterbrach die Verbindung mit einem Zungenschnalzen.

Koblenz war längst davon überzeugt, dass die einzelnen Aussagen dieses so seltsam durchmischten Trupps stimmten. Dass sie tatsächlich von Perry Rhodan angeführt wurden. Wenn dem so war, würde der Großadministrator sicherlich fähigstes Menschenmaterial mit sich hierher gebracht haben. Und die Bedeutung des so genannten »Mutantenkorps«, das ihn vor und während der Zeit des Großen Krieges in Andromeda umgeben hatte, war Legende. Gucky, Ras Tschubai, Iwan Iwanowitsch Goratschin, John Marshall oder die Woolver-Zwillinge waren jedem Pennäler geläufig, der »Alteranische Vorgeschichte« im Unterricht genossen hatte.

Was, wenn es sich bei dem ominösen sechsten Mann um einen Mutanten handelte?

Noch nie hatte es in Ambriador Berichte über Alteraner mit besonderen Fähigkeiten gegeben, trotz der seltsamen hyperphysikalischen Bedingungen, die hier herrschten und eigentlich den idealen Katalysator für die Entwicklung einer hoch begabten ... Abart des Homo sapiens darstellten. Selbst geheime »Zuchtversuche«, über die Laertes in verschlossen gehaltenen Protokollen früherer alteranischer Regierungen gelesen hatte, waren erfolglos geblieben. In Ambriador waren keine Teleporter, Telekineten, Telepathen oder Zünder bekannt.

Er seufzte. Seine Gedanken drehten sich im Kreis. Vieles deutete darauf hin, dass er den unsterblichen Großadministrator gefangen gesetzt hatte. Dennoch war er nicht bereit, den entscheidenden Test abzubrechen. Er brauchte unumstößliche Beweise.

»Koblenz?«

»Sir?«

»Wir legen das Festwerk unter 5-D-Schirme. Mehrfache Redundanz. Alarmstufe Gelb. Ich möchte in diesem Fall keinen Fehler machen.« Die Worte kamen ihm schwer über die Lippen. Er hasste es, Schwäche zu zeigen. Und einem Untergebenen recht zu geben, *war* eine Schwäche. »Legen Sie den beiden inhaftierten Leutnants Bildmaterial der bekannten Persönlichkeiten aus dem so genannten Mutantenkorps vor, so vorhanden. Die beiden sollen sich besonders genau die Teleporter ansehen. Auch sie trugen schließlich Zellaktivatoren und könnten noch leben.«

»Ja, Sir. Und, Sir ...«

»Ist noch etwas?« Unwillig runzelte Laertes Michou die Stirn.

»Unser Untersuchungstrupp haben mir soeben ein ... ein Objekt übergeben. Es wurde von den Fremden ganz in der Nähe des Ortes versteckt, an dem wir sie aufgegriffen haben.«

»Worum handelt es sich?«

»Um eine Art Rückentornister. Im Inneren befindet sich ein einziger Gegenstand, eine Art silberne Kugel, in etwa kopfgroß.«

»Eine Waffe?«

»Negativ, Sir. Nach einer ersten Untersuchung ist der Körper energetisch tot. Es sind auch keine Schalt- oder Bedienungselemente zu sehen. Eine Materialanalyse scheiterte, die Geräte zeigen keine vernünftigen Werte an. Es gelang ihnen nicht einmal, ein einziges Molekül der Oberfläche abzukratzen. Die Techniker *vermuten*, dass die Kugel nicht mineralischen Ursprungs ist.«

»Das ist herzlich wenig. Bleiben Sie dran, Koblenz.«

Laertes Michou stoppelte sich kurzzeitig aus der Ohrwurmverbindung aus und ließ seinen Adjutanten warten. In seinen Überlegungen ergab sich eine vage Assoziation.

Hier eine kleine, silberne Kugel. Geheimnisvoll und ganz offensichtlich das Produkt einer Hochtechnologie.

Dort eine große, mehr als sechs Meter im Durchmesser. Das seltsame Transportmittel, von dessen Aussehen die beiden Leutnants berichtet hatten.

Die Zusammenhänge waren da, ergaben aber noch kein rundes Bild.

Einerlei.

»Koblenz?«

»Sir?«

»Sie bringen den Tornister wieder dorthin zurück, wo er gefunden wurde. Achten Sie darauf, dass Sie keine Spuren hinterlassen. Verminen Sie den Ort mit einer Paralysefalle. Es muss einen besonderen Grund geben, warum Tornister und Kugel versteckt wurden. Wenn sie einen Wert besitzen, wird unser ominöser sechste Mann zum Versteck zurückkehren und sie zu bergen versuchen. Danach machen Sie und Ihre Truppen weiter nach Plan. Verstanden?«

»Jawohl, Sir!«

Die Verbindung erstarb.

Laertes Michou atmete erleichtert durch. Die Zügel waren ihm fast durch die Hände geglitten. Nun hielt er sie wieder eisern fest. Er gewann Oberwasser. Und nun musste er sich auf alle Eventualitäten vorbereiten.

In erster Linie auf die Begegnung mit Anton Ismael.

25. Perry Rhodan: So gleich, und doch so anders

Es gab kein Erwachen, weil es auch kein Einschlafen gegeben hatte.

Er konnte nicht sagen, wie lange die Zeitspanne gewesen war, während der er gegen das Gift in seinem Körper angekämpft hatte. Jegliches Zeitgefühl war ihm abhanden gekommen.

Die Bein- und Bauchmuskulatur schmerzte nachhaltig, die Oberarme fühlten sich wie Pudding an. Der widerliche Geschmack von fauligen Eiern lag in seinem Mundraum. Und dann diese Kopfschmerzen ...

Rhodan erhob sich mühselig, musste sich an einem Stuhlbein hochziehen.

»Sie besitzen in der Tat eine bemerkenswerte Konstitution«, sagte jemand neben ihm.

»Sie können mich mal!«, brachte Rhodan hervor. Er litt unter Fehlsichtigkeit. Das wenige, das er in seinem eingeschränkten Gesichtsfeld erkennen konnte, wirkte fehlfarben und seltsam verwischt.

Mit zitternden Händen griff er nach dem Glas, das plötzlich vor ihm auftauchte. Herrliches, kühles Wasser rann ihm durch die Kehle und beseitigte den üblen Geschmack im Mund.

»Meine Mediker haben den Fremdkörper in Ihrer Schulter untersucht«, fuhr die verhasste Stimme fort. »Er hat keinerlei erkennbare Funktion. Die geringe hyperphysikalische Emission, die wir anmessen, können wir uns mit unseren Mitteln nicht erklären.«

Warum sprach Laertes Michou plötzlich mit einem derart fürchterlichen Akzent?

Rhodan wusste es nicht. Seine Gedanken klärten sich nur allmählich. Der Zellaktivator mochte ihm einmal mehr das Leben gerettet haben und unvergleichlich rasch die schädlichen Nachwirkungen des Gifts aus seinem Körper vertreiben, doch gegen die Nervenzerrüttung, die er während der Tortur erlitten hatte, musste er selbst angehen.

»Sie haben mich überzeugt«, sagte der Staatsmarschall. »Ich möchte mich für die Unannehmlichkeiten entschuldigen, die Sie hinnehmen mussten. Wenn ich Ihnen die Situation, in der wir stecken, erklären darf? Sie werden mich sicherlich verstehen ...«

»Den Teufel werde ich tun!« Allmählich ließ diese grässliche Verwirrung in seinem Kopf nach. Wenn Laertes doch nur ein wenig deutlicher spräche ... »Was Sie mir angetan haben, bleibt unentschuldbar. An Ihrer Stelle wären mir hunderte andere Möglichkeiten eingefallen, um meine Identität zu überprüfen.«

Er spürte eine kurze Berührung an seiner Schulter.

»Wir verabreichen Ihnen soeben die zweite Dosis des Gegenmittels vermittels subkutaner Injektion«, sagte Laertes Michou, ohne auf Rhodans Anschuldigungen einzugehen. »Ihre Verwirrung wird sich bald legen. Im Übrigen erholen Sie sich bemerkenswert schnell ...«

Der drückende Schatten, der über seinem Geist lag, löste sich auf wie Nebel in der Hitze. Plötzlich sah Rhodan wieder so scharf und klar, wie er es gewohnt war.

Und im selben Moment durchschaute er den Staatsmarschall.

Was für eine Perfidie ...

Laertes Michou hatte ihm nicht einmal vertraut, nachdem er die Wirkung des Sychiltons überlebt hatte. Dem Unsterblichen wurde plötzlich klar, warum er die Worte seines Gegenübers kaum verstanden hatte. Denn diese so genannte »Entschuldigung« war ein letzter Test gewesen.

Der Alteraner lächelte humorlos. »Möglicherweise hätten uns die Posbis mit einem perfekt vorbereiteten Infiltranten überlisten können, der ausreichend Antitoxika in seinem Körper gespeichert hielt. Auch mit dieser Möglichkeit mussten wir rechnen.« Laertes Michou hielt eine dicht beschriebene Folie in die Höhe. »Ich habe Sie im Englischen angesprochen. Wir wussten, in welchem Zustand Sie sich kurz nach dem Erwachen befinden würden. Verzeihen Sie bitte, sollte ich Worte falsch betont oder Silben verschluckt haben. Ich habe mir den Text von einem Fachmann für ausgestorbene Sprachen übersetzen lassen. Sie haben mir in derselben Sprache geantwortet. Seltsam, nicht wahr? Soll ich es Instinkt nennen? Oder eine Prägung, die Sie selbst jetzt, nach mehrtausendjährigem Leben, nicht ablegen können? Muttersprache bleibt Muttersprache. Einen besseren Beweis für die Richtigkcit Ihrcr Angaben gibt es nicht, Großadministrator.« Der Staatsmarschall reichte ihm die kalte Hand und schenkte ihm einen schwachen, bedeutungslosen Händedruck. »Altera heißt Sie herzlich willkommen.«

Laertes Michou ließ Rhodan nur wenig Zeit, zu sich zu kommen.

In einer spartanisch eingerichteten Kabine sollte er sich frisch machen. Schlecht geschnittene und kratzige Freizeitbekleidung lag für ihn bereit. Sein Schutzanzug blieb weiterhin unter Verschluss, wie ihm von einem einsilbigen

Begleiter spröde mitgeteilt wurde. »Zu gegebener Zeit« würde er seine persönlichen Habseligkeiten zurückerhalten.

In einer halben Stunde sollte eine hastig anberaumte Konferenz mit den prominentesten Entscheidungsträgern Alteras stattfinden. Nach wie vor wurde er allerdings von jeglichem Informationsfluss ferngehalten. Niemand war bereit, ihm Auskünfte zu geben. Rhodan erfuhr weder etwas über seinen derzeitigen Aufenthaltsort, der einfach nur »Festwerk« genannt wurde, noch über die hiesigen Gesellschaftsstrukturen oder die Identität jener Menschen, denen er in wenigen Minuten vorgestellt werden sollte.

Der Unsterbliche lächelte, während er ein Stückchen halbgaren Fleisches einer sich selbst erwärmenden Soldatenration zerkaute.

Laertes Michou bemühte sich mit allen Mitteln, ihn spüren zu lassen, wer hier das Zepter in der Hand hielt. Doch gegen die Wirkung des Namens »Perry Rhodan« kam er nicht an, wie der Unsterbliche bereits feststellen durfte.

Kurze, verstohlene Blicke waren ihm von Frauen und Männern zugeworfen worden, denen er in den schmalen Gängen der Bunkeranlage begegnet war. Dem hochgewachsenen Begleiter, der nunmehr vor der Tür wartete – besser gesagt: Wache stand –, drückte es bei jedem seiner Worte den Schweiß auf die Stirn. Seinem babyhaft jungen Gesicht war der Respekt deutlich abzulesen. Rhodan musste hier noch mehr als in der Milchstraße der Nimbus einer Sagengestalt anhaften. Wenn die alteranische Gesellschaft derart militarisiert war, wie es bislang den Anschein hatte, brauchte sie Heldengestalten wie einen Bissen Brot. Möglicherweise erhielt er in den hiesigen Überlieferungen dieselbe uneingeschränkte Bewunderung wie weiland Odysseus oder Achilles in der terranischen Mythologie.

Und er würde vorerst nichts unternehmen, um diesen Eindruck abzuschwächen.

Es klopfte laut und drängend.

»Komm herein, Mondra!«

Seine Begleiterin riss die Tür auf, bedachte den verdatterten Soldaten am Gang mit zornigen Blicken und stürmte herein.

»Hunger?«, fragte Rhodan.

»Wie kannst du in diesem Moment ans Essen denken?«, fuhr sie ihn an. Sie trug wie er sackähnliche Kleidung, sah aber selbst in diesem unvorteilhaft geschnittenen Gewand ungeheuer gut aus. »Weißt du, wie ich während der letzten Stunden behandelt wurde?«

»Ich kann es mir ungefähr vorstellen.«

»Nackt haben sie mich in eine Isolierkapsel gesetzt und mit blöden Fragen bombardiert, immer und immer wieder ...«

»Beruhige dich, es ist ja vorbei. Du musst dir keine Sorgen mehr machen ...«

»Sag bloß, du stehst diesem Irrsinn hier völlig gleichgültig gegenüber?« Sie starrte ihn mit großen Augen an und blinzelte heftig.

»Keinesfalls. Es ist erschreckend, wenn man mit Menschen konfrontiert wird, die sich ganz anders verhalten, als man es gewohnt ist, nicht wahr?« Er legte die Gabel mit dem mundgerecht zugeschnittenen Stück Fleisch beiseite und stand auf.

»So ist es. Ach, Perry ...«

Mondra stürzte auf ihn zu, umarmte ihn heftig zitternd, schmiegte sich eng an seinen Körper, hielt das Wasser in ihren Augen nicht weiter zurück. »Ich hatte solche Angst! Ich bin so froh, dass du noch am Leben bist ...«

Rhodan unterdrückte ein Grinsen. Die ehemalige Zirkuskünstlerin besaß in der Tat ein gerüttelt Maß an theatralischem Talent. Sie spielte die Rolle eines verzweifelten und etwas zickigen Weibchens ausgezeichnet. Er tätschelte ihr besänftigend – und ganz nebenbei im Morsetakt – den wohl geformten Hintern.

»B-r-a-v-o!«, teilte er ihr mit.

Diese Scharade war einzig und allein für jene unsichtbaren Beobachter bestimmt, die die Bilder der zweifellos vorhandenen Spionkameras auswerteten. Man würde die TLD-Agentin von nun an unterschätzen, dessen war er sich sicher. Wer wusste schon, wofür diese kleine Szene gut war ...?

Schließlich schob er sie sanft von sich. »Setz dich zu mir und nimm ein paar Bissen. In zehn Minuten müssen wir zu einer Konferenz. Hat man dir davon erzählt?«

»Ja.« Sie wischte die Krokodilstränen aus den Augenwinkeln und begann, voll Appetit zu essen. In seiner Nähe schienen Angst und Unsicherheit im Nu vergessen. »Was ist mit Nano, Drover und Mauerblum?«

»Ich konnte lediglich erreichen, dass *du* freigelassen wurdest. Weil du ein Mensch bist. Die Alteraner entwickeln den Posbis gegenüber unglaubliche Phobien. Ich hoffe, dass wir bald erfahren, warum dem so ist. Und Mauerblum dürfte ihnen aufgrund seiner Fremdartigkeit nicht ganz geheuer sein.«

In aller Eile tauschten sie ihre Erfahrungen aus. Rhodan gab eine beschönigte Darstellung seiner Erlebnisse zum Besten, fügte allerdings ein paar Schwellenworte hinzu, die der TLD-Agentin insgeheim den Ernst der Lage verdeutlichten. Darüber hinaus verstanden sich Mondra und er beinahe blind. Ein Achselzucken oder ein Blinzeln zur rechten Zeit, und das jeweilige Gegenüber wusste, was es von den Worten des anderen halten musste. Diese Unterhaltung, die auf einer zweiten, unterschwelligen Ebene ablief, musste jedermann täuschen, der nicht die fundierte Schulung des Terranischen Liga-Dienstes genossen hatte. Rhodan hatte während der letzten Jahrzehnte stets darauf geachtet, bei den streng geheim gehandelten Kodes à jour zu bleiben. Sie halfen ihm nicht nur bei Außendiensteinsätzen, sondern auch auf dem glatten Parkett der Diplomatie.

Rasch beendete er das Essen und deutete Mondra, es ihm gleichzutun. Man wartete auf sie. Er musste sich staatsmännisch geben und durfte sich keinesfalls die Schneid abkaufen lassen. Laertes Michou, so wusste er mittlerweile, war der zweite Mann in der alteranischen Rang- und Hackordnung. Es stand zu befürchten, dass Anton Ismael ein ungleich schwererer Verhandlungspartner sein würde. Er musste sich also auf einiges gefasst machen.

Die niedrige Decke des kleinen Saals drückte aufs Gemüt. Im Hintergrund lief leise, ungewohnt sanfte Musik, die dem Rahmen des Treffens überhaupt nicht gerecht wurde. Sieben stocksteife Militärs, unter ihnen Laertes Michou, saßen Perry Rhodan am runden Tisch gegenüber. Links und rechts von ihnen hatten jeweils zwei Zivilisten in Allerweltskleidung Platz genommen, die überhaupt nicht hierher zu passen schienen. Sie zeigten verkniffene Gesichter, als wäre ihnen dieses seltsame Aufeinandertreffen gar nicht recht. Wahrscheinlich handelte es sich um Berater, um Rechtsverdreher, Wissenschaftler oder Vertreter der hiesigen Thinktanks, denen man trotz des militärischen Hintergrunds ein gewisses Maß an Individualität zugestand.

»Im Namen der alteranischen Regierung möchte ich Ihnen nochmals mein tiefstes Bedauern über unser kleines Missverständnis ausdrücken«, sagte Laertes Michou aalglatt. »Bitte nehmen Sie meine Entschuldigung an.«

Rhodan nickte knapp. Er hielt die Erinnerungen an die qualvollen Stunden zurück. Mondra wollte ihrer Rolle gemäß aufbegehren, und in einer ebenso gelungenen schauspielerischen Leistung hielt sie der Unsterbliche davon ab.

»Ich nehme an, dass Sie mittlerweile alle Anwesenden gebrieft haben, Staatsmarschall?«, fragte er. »Sie wissen, dass ich von ES gebeten wurde, Ihrem Volk zu helfen?« Der Unsterbliche wartete keine Antwort ab. »Offen gestanden wäre ich Ihnen allen sehr verbunden, wenn Sie mich einweihen würden, was hier auf Altera eigentlich vor sich geht. Außerdem möchte ich gern endlich Ihrem Obersten Befehlshaber vorgestellt werden ...« Nirgendwo an den Allerweltsuniformen der Soldaten waren Rangabzeichen angebracht. Rhodan blickte den Mann rechts von Laertes Michou an. Er wirkte düster und beherrscht, fast wie ein Ebenbild des Staatsmarschalls, nur wesentlich asketischer und von einem unheiligen Feuer in den Augen geprägt. War er ...

»Es würde mich freuen, Ihnen zu helfen«, sagte einer der Zivilisten links von Rhodan. Sein Adamsapfel gluckerte aufgeregt auf und ab. Mit einer behäbigen Bewegung seiner Linken fuhr er sich durchs schwarze Haar und schob dabei ein paar widerborstige Strähnen über die ausgeprägten Geheimratsecken.

»Darf ich vorstellen?«, fragte Laertes Michou. »Anton Ismael, Regierungschef von Altera und Parteichef der Menschdemokraten.«

»Sehr angenehm«, sagte der kleine Mann, nickte freundlich und reichte Rhodan die Hand. »Es ist wohl hoch an der Zeit, ein paar Missverständnisse aufzuklären ...«

»Sie haben Ihre Kompetenzen eindeutig überschritten, Staatsmarschall«, sagte der Regierungschef mit brummiger Stimme. »Es gibt keine Worte für das, was Sie unserem Gast angetan haben.« Er sprach und bewegte sich zermürbend langsam. Doch kraft einer aus dem Inneren kommenden Autorität, die sich ebenfalls langsam entfaltete, zwang er die Zuhörer in seinen Bann. »Das alles wird ein Nachspiel haben, umso mehr, als Sie mich erst jetzt, nach vierundzwanzig Stunden, eingeweiht haben.«

»Sie waren nicht verfügbar.« Laertes Michou zeigte sein billiges Lächeln. »Ich wurde von den Ereignissen überrollt und musste selbstständig handeln.«

»Sie wurden noch niemals von irgendwelchen Geschehnissen überfordert«, erwiderte Anton Ismael. »Sparen Sie sich diese Lügen für Ihre parteipolitischen Propaganda-Veranstaltungen.«

Rhodan hielt sich aus der Diskussion heraus. Hier am Tisch entwickelte sich ein Duell auf überhöhter Ebene, in der Mondra und er lediglich Staffage waren, genauso wie die anderen anwesenden Militärs und Zivilisten.

»Wenn Sie Klartext reden wollen, bitte sehr.« Laertes Michou sah den Regierungschef unverwandt an. Wie eine Schlange, die das Kaninchen zu hypnotisieren versuchte. Wobei dieses Kaninchen allerdings von einem Kaliber war, an dem man sich durchaus verschlucken konnte. »Ich sah es als meine Pflicht an, alles zu tun, um das Gefahrenpotenzial möglicher Infiltranten auszuloten. Es handelte sich um eine rein militärische Angelegenheit, die lediglich mit militärischen Mitteln zu lösen schien. Geheimhaltung war mir oberste Pflicht ...«

»Auch das Militär untersteht dem Regierungschef, soweit ich mich erinnere.«

»Ich möchte keine Paragrafen zitieren, doch bei Gefahr

in Verzug steht es mir durchaus zu, diverse Verordnungen außer Kraft zu setzen und selbstständig zu handeln.«

»Sie bewegen sich auf dünnem Eis, Laertes.« Die spitze, mehrfach gebrochene Nase lief allmählich rot an, während der Rest des teigigen Gesichtes Ismaels seltsam blass blieb. »Sie haben Ihre Kompetenzen mehrfach überschritten. Das ist Fakt. Ich könnte Sie wegen Hochverrats anklagen ...«

»Ach ja?« Der Staatsmarschall schüttelte den Kopf. »Sie wissen, dass wir die Öffentlichkeit nicht noch weiter verunsichern dürfen. Eine Staatskrise in dieser Situation ...«

»Sie unterschätzen die Bürger und ihren gesunden Menschenverstand, Laertes. Für Sie sind die Alteraner lediglich Stimmvieh oder namenlose Soldaten, die Sie für Ihre Planspiele verwenden können. Irgendwann werden Sie zu weit gehen und die Rechnung präsentiert bekommen. Jetzt aber fordere ich Sie auf, den Saal zu verlassen.«

»*Wie* bitte?«

»Sie haben mich richtig verstanden. Meine Parteifreunde werden Sie ebenfalls nach draußen begleiten. Sie pochten auf Ihrem Recht, ich tue es Ihnen nunmehr gleich. Als oberster Vertreter der alteranischen Regierung möchte ich mit dem Großadministrator Perry Rhodan unter vier – beziehungsweise sechs – Augen verhandeln.« Er zwinkerte Mondra freundlich zu.

»Sie können nicht ...«

»Sollen wir uns denn tatsächlich auf einen Rechtsstreit einlassen? Oder wollen Sie mich gleich hier im Festwerk festsetzen, weil ich nicht so spure, wie sie es gern hätten?«

Anton Ismael blieb kühl und gelassen, während er seine Forderungen erhob. Lediglich die Hände, die er ineinander faltete, verrieten seine Nervosität.

Laertes Michou erhob sich, stützte sich auf dem Tisch

ab, atmete schwer. Im Saal war es ruhig geworden, so ruhig, dass selbst die hektischen Atemzüge der Anwesenden in Rhodans Ohren laut dröhnten.

Diese beiden Männer waren keine Freunde und würden auch nie welche werden. Hier standen sich Vertreter zweier Weltanschauungen gegenüber, die kaum miteinander vereinbar waren.

»Na schön«, sagte der Staatsmarschall schließlich. »Sie sollen Ihren Willen haben, Präsident. Wer weiß, wie lange Sie noch die Gelegenheit haben, irgendwelche Forderungen zu stellen.« Er räusperte sich, stand auf, breitete die Arme weit aus und deutete seinen Parteigängern, den Saal zu verlassen.

Anton Ismael nickte »seinen« Zivilisten zu.

»Gut gemacht, Toni«, murmelte einer von ihnen, ein bärtiger Riese, und drückte ihm seine Pranke auf die Schulter.

Der alteranische Regierungschef zwinkerte kurzsichtig. »War mir ein Vergnügen, den alten Schleifbock in die Schranken zu verweisen.«

Der Bärtige verließ als Letzter den Raum. Sanft drückte er die Tür zu. Schritte und Gemurmel verklangen leise. Sie waren allein.

»Ich befürchte, Sie haben einen völlig falschen Eindruck von Altera erhalten«, sagte Anton Ishmael schließlich. In aller Gemütsruhe zog er einen eigroßen Gegenstand aus dem Inneren seiner Weste und drückte ihn vor sich auf den Tisch. In der Tat klang es so, als zerbreche der Unterteil der »Eischale«. Metallene Fühler schoben sich aus dem Körper hervor, tasteten wie suchend vorwärts, wurden immer länger und deuteten schließlich in verschiedene Richtungen.

Der Regierungschef grinste breit. Er bedeutete Mondra und Rhodan, ruhig zu bleiben.

Mehr als zwei Dutzend der Fühler umpackten den Tisch schließlich wie Wurzeln. Eine Spitze nach der anderen leuchtete hellblau und in gleichmäßigem Takt. Ein Brummton ertönte aus dem Ei, als wäre es nunmehr weich gekocht.

Endlich brach Ismael das Schweigen: »Auch der allseits beliebte Parteichef der Menschdemokraten ist, wenn's drauf ankommt, kleineren Schweinereien nicht abgeneigt«, sagte er. »Das Wurzel-Ei lokalisiert jegliche energetischen Tätigkeiten, die über herkömmliche Strom- und Lichtquellen hinausgehen, und neutralisiert sie. Das betrifft versteckte Mikros genauso wie Spionkameras oder Akustik-Transmissionsfelder.«

»Wie sieht es mit den guten alten Methoden der Geheimdienstarbeit aus?«, fragte Rhodan, dem Anton Ismael immer sympathischer wurde. »Ich bin mir sicher, dass hinter diesem Spiegel« – er deutete auf eine verglaste Fläche zwischen zwei langweiligen Klecksbildern – »einige Herrschaften jede unserer Bewegungen verfolgen. Ich könnte mir vorstellen, dass auch ein oder zwei Lippenleser engagiert wurden.«

»Sie werden von uns nichts hören und nichts sehen. Ein winziger Disvisuator im Wurzel-Ei hüllt uns in ein blickdichtes Sichtfeld und spielt stattdessen an der Außenhülle den Bericht von der Generalversammlung eines lokalen Radicci-Züchtervereins ab. Eine durchaus fade und ermüdende Angelegenheit, wie ich mir habe sagen lassen.« Ismael grinste breit.

»Der Staatsmarschall wird nicht sehr erfreut darüber sein.« Rhodan erwiderte das Lächeln.

»Der Staatsmarschall ist über nichts erfreut, das mit mir zu tun hat.« Übergangslos wurde der Regierungschef ernst. »Sie werden mir einiges zu erzählen haben«, fuhr er fort.

»Um ehrlich zu sein, weiß ich nicht einmal, wie ich Ihre bloße Existenz einordnen soll. Die Geschichten Terras und Alteras trennten sich im Jahr 2409. Wenn ich daran denke, dass Sie bereits damals knapp fünfhundert Jahre alt waren ...«

»Die Unsterblichkeit ist nicht nur ein Geschenk des Himmels«, sagte Rhodan vorsichtig.

»Das kann ich mir durchaus vorstellen«. Ismael fuhr sich neuerlich durch das licht werdende Haar. »Es ist nur ... erschreckend. Schließlich machten wir auf Altera eine eigenständige Entwicklung über eine Zeitspanne von zweitausendfünfhundert Jahren durch. Sie *durchlebten* diese Zeitspanne! Ich fürchte mich davor, zu erfahren, wie weit sich die Menschheit in der Milchstraße und wir auseinanderentwickelt haben. Wenn ich nur an den seltsamen Akzent und diese grauenhafte Satzstellung denke, die Sie verwenden ...«

Rhodan nickte. Er verstand die Ängste des Staatsmannes nur zu gut. »Menschen bleiben immer Menschen«, sagte er vorsichtig. »Egal, wo sie leben und in welche Richtungen Sie sich entwickeln. Ertruser und Siganesen, von denen Sie möglicherweise in alten Aufzeichnungen gehört haben, sind Terra heute genau so verbunden, als hätten ihre Vorväter die Heimat niemals verlassen. Soweit es meine bescheidenen Möglichkeiten zulassen, sorge ich dafür, dass ein möglichst großer Zusammenhalt unter den einzelnen Völkern herrscht.«

Anton Ismael wusste nichts über den großen Zusammenbruch des Solaren Imperiums. Über OLD MAN, Cappins, Verdummungsstrahlung, über Dabrifa und andere kollabierte Sternenreiche sowie all die anderen Plagen, die seitdem in scheinbar immer knapper werdenden Abständen über die Milchstraße gekommen waren. Selbst wenn er es gewollt hätte – er hätte nicht gewusst, wo er in seiner

Erzählung über das von kosmischen Mächten bestimmte Schicksal der Menschheit anfangen sollte.

Es war, als würde Anton Ismael seine Ratlosigkeit erkennen. »Die Zeit reicht nicht, um uns über Geschichte auszutauschen«, sagte er. »Die alteranischen Historiker werden mich zwar in die siebte Hölle verdammen, aber ich denke, wir sollten uns auf die Gegenwart konzentrieren.«

»Ein guter Vorschlag.« Rhodan nickte dankbar. »Wenn Sie es allerdings schafften, von Michou unsere Schutzanzüge zurückzubekommen, können wir Ihnen zusammenfassende Dateien über die Milchstraßengeschichte erstellen.«

»Gemacht!« Gelassen wischte Ismael die Probleme beiseite, die ihm die Streitigkeiten mit seinem Widersacher einbringen würden. Er wirkte selbstsicher und souverän.

Wie der richtige Mann am richtigen Platz.

»Sie haben, wenn ich den spärlichen Informationen des Staatsmarschalls trauen darf, noch nicht viel von Altera gesehen?«

»Außer einen Fluss, der von riesigen Wiederkäuern und ungefähr drei Milliarden stechwütiger Mücken bevölkert war, eigentlich noch gar nichts«, sagte Mondra an Rhodans Stelle. »Wobei es uns natürlich vergönnt war, die Gastfreundschaft, die ausgezeichnete Küche und die prachtvoll ausgestatteten Quartiere des Festwerks kennen zu lernen.«

»Ich verstehe Ihren Sarkasmus vollauf.« Ismael blickte finster drein. »Ich werde mein Bestes geben, Ihren Blickwinkel ein wenig zu erweitern. Es klingt wie ein Hohn, wenn ausgerechnet *ich* das sage, aber wir sind auf Menschen wie Michou dringend angewiesen.«

26. Anton Ismael: Alteranischer Geschichtsunterricht

Wir sind Nachkommen eines Siedlerkonvois, dessen kleine Flotte von zwölf Schiffen im Jahr 2409 mit unwiderstehlicher Gewalt in einen Hypersturm gezwungen wurde. Die Arkoniden, konnten wir Jahrhunderte nach der Landung recherchieren, sagten »Tryortan-Schlund« zu jenem Phänomen, das unsere Vorväter erfasste und einer Zwangstransition unterwarf. Gibt es die Arkoniden als Volk eigentlich noch, Rhodan? Ja? Gemäß unseren Überlieferungen war es fraglich, ob sie selbstständig in der Lage sein würden, ihr riesiges Reich zusammenzuhalten. Hat es nicht geheißen, dass sie es nicht schaffen würden, einer endgültigen Degeneration zu entgehen? Ich freue mich schon auf Ihr Datenmaterial, um meine bescheidenen Geschichtskenntnisse aufpolieren zu können.

Zurück zu meiner Erzählung.

Elf der zwölf Schiffe überstanden diesen Transport. Die Menschen fanden sich allerdings in einer völlig fremden und unbekannten Umgebung wieder. Der Absturz auf einem namenlosen Planeten konnte angesichts der Umstände nur durch mehrere Bravourstücke der Schiffsbesatzungen vermieden werden. Unsere Vorväter landeten und, um ein großes Wort gelassen auszusprechen, machten sich den Planeten untertan. Das Wie und Warum tut momentan nichts zur Sache; das können Sie in den Berichten nachlesen, die ich Ihnen später zur Verfügung stellen werde. Bedeutsam wird Ihnen erscheinen, dass wir nicht die Einzigen waren, die einer derartigen Zwangstransition unterlagen. Wir begegneten in Ambriador – so die Bezeichnung für unsere ›heimische‹ Galaxie – den Angehörigen weiterer Völker, die ein ähnliches Schicksal hierher verschlagen hatte. In einer Grobeinteilung ergibt sich eine Viertelung Ambriadors in unterschiedlichste Einflusssphären. Wir, die Alteraner, haben uns während des letzten Jahrtausends über die Westside der Galaxie ausgebreitet. Als Bezugspunkt für diese Angabe dient uns die vermutliche Lage der Milchstraße, die wir dem ›Süden‹ in einem universenumfassenden Maßstab zugeordnet haben. Ja, wir wissen, wo die Heimat unserer Vorväter liegt. Aber die besonderen Verhältnisse in Ambriador erlaubten es uns nie, den Kontakt zu suchen. Dazu später vielleicht mehr ...

Die Posbis beherrschen die Northside. Nein, sie sind nicht nach uns hierher gelangt; bereits vor *elftausend Jahren*, so brachten wir in Erfahrung, verschlug es sie ähnlich wie uns durch ein hyperphysikalisches Phänomen hierher. Die Hass-Schaltung? Ja, die hätte noch aktiviert sein müssen. War sie aber nicht! Seltsam, wie?

Ich weiß sehr wohl, dass Sie, Mr. Rhodan, großen Anteil an der Deaktivierung dieser Programmierung hatten. Die Posbis der Milchstraße wurden danach zu Freunden der Menschheit. Uns Alteranern ist das bekannt. Schließlich grübeln unsere Wissenschaftler seit Jahrzehnten darüber, wie die »Phase«, in die die Maschinenwesen vor sechsunddreißig Jahren eintraten, passieren konnte.

»Unsere« Posbis verhielten sich lange Zeit neutral, um nicht zu sagen, gleichgültig allem Leben gegenüber. Sie taten nichts. Gar nichts. Möglicherweise suchten sie mit maschinenhaftem Langmut nach einem Weg, um in die Milchstraße zurückkehren zu können, beziehungsweise zur Hundertsonnenwelt. Uns ließen sie in Ruhe, genauso wie die anderen Völker Ambriadors.

Ich möchte die galaktopolitische Aufteilung unserer Heimatgalaxie abschließen, bevor ich zu den Posbis zurückkomme.

Die Eastside wird von einem äußerst dünnen Völkergemisch durchzogen. Das einzig uns bekannte Volk ist jenes der Maahks. Sie leben auf Methanplaneten. Parallel zu ihnen siedeln die so genannten Screews und Moefonen, mit denen wir allerdings bislang nur wenige Berührungspunkte hatten. Seit nicht allzu langer Zeit machen sich entfernt menschenähnliche Wesen mit felidem Einschlag breit, die sich Kartanin nennen. Sie kennen die Katzenwesen? Interessant. Vielleicht können Sie mir auch über sie ein Dossier erstellen? Danke! Im Allgemeinen ist zu sagen, dass wir mit diesen Völkern, die gerade erst beginnen, sich auszubreiten, nur wenig Kontakt halten. Wir gehen einander aus dem Weg. Handels- und Kulturaustausch findet nicht statt, was ich persönlich sehr bedauere. Eine gemeinsame Anstrengung, die Probleme in Ambriador zu beseitigen, wäre sicherlich im Sinn der Sache.

Nun ein paar Worte zur Southside.

Dort gibt es in der Tat ein beherrschendes Volk, dessen Sitz auf einem Planeten namens Caligo zu finden ist. Auch diese Wesen sind entfernt menschenähnlich. Mit denen ist nicht leicht Kreschen essen. Sie sind überheblich, betrachten uns ganz offensichtlich als Untermenschen und benehmen sich wie die Herrscher der Galaxis. Sie nennen ihr weitmaschiges Reich ein Trovent und sich selbst Laren. Sie werden blass, Mr. Rhodan? Sagen Sie bloß, Sie kennen diese Herrschaften?

Wenn Sie erlauben, sprechen wir zu einem anderen Zeitpunkt über Ihre Erfahrungen mit den Laren. Die Zeit wird knapp. Michous Geduld ist begrenzt, wie Sie sich vorstellen können. Bevor er mit seinen ... wackeren Parteigenossen hereingestürmt kommt, möchte ich Sie weiter über die aktuelle Lage informieren.

Die Posbis ...

Wie ich bereits erwähnte, verhielten sie sich über all die Jahrhunderte hinweg, da wir von ihnen wussten, unauffällig oder neutral. Fast könnte man sagen: gleichgültig.

Es gab wenige Gelegenheiten zum Wissensaustausch. Die Maschinenwesen hielten es gemäß ihrer Logik nicht für notwendig, Kontakte mit anderen herzustellen, und wir waren zufrieden damit, wie es war. Handelsbeziehungen erfolgten, wenn überhaupt, auf einem äußerst bescheidenen Niveau.

Die Chroniken berichten von einer einzigen Konferenz, an der Posbis, Laren und Alteraner zugleich teilnahmen. Dies geschah lange vor meiner Geburt.

»Konferenz« ist vielleicht nicht das richtige Wort. Man wollte Erfahrungen über diese Tryortan-Schlünde austauschen, die man selten genug in Ambriador orten und vermessen konnte. Der Grundgedanke aller Beteiligten war selbstverständlich, einen Rückweg in die jeweilige Heimat zu suchen.

Man kam nicht weit. Die Eitelkeit der Laren einerseits und die maschinelle Sturheit der Posbis andererseits verhinderten weitere Zusammenkünfte. So sagen zumindest die alteranischen Berichte. Ich bin mir allerdings sicher, dass auch meine Vorfahren nicht ganz unschuldig am mageren Ergebnis der Zusammenkunft waren. Alteraner sind mitunter bekannt für ihre Sturheit und Rechthaberei.

Terraner haben sich schon immer so verhalten, sagen Sie? Nun, das überrascht mich nicht.

Zurück zur Konferenz: Man stellte also fest, dass die in Ambriador angemessenen Tryortan-Schlunde in den meisten Fällen Materie ausspuckten; die Anzahl jener, die etwas schluckten und woanders hintransferierten, ließ sich an einer Hand abzählen. Unsere Fachleute sprachen lapidar von einem fünfdimensionalen Phänomen. Zwischen den Zeilen konnte man lesen, dass sie schlichtweg keine Ahnung hatten, was in IC 5152 eigentlich geschah. *Etwas* zog Fremdsubstanzen aus allen möglichen Galaxien ab und brachte es hierher. Ich rede übrigens von Substanztransporten, die die gesamte Lokale Galaxiengruppe umfasst.

Die Wissenschaftler faseln von einem scheinbar magnetisch wirkenden Effekt, der auch Namensgeber für den Zweitnamen Ambriadors wurde: Bald darauf wurde der Begriff »Magnet-Galaxis« geprägt. Das ist griffig und einprägsam, nicht wahr?

Entfernungen scheinen bei den Materieversetzungen keine Rolle zu spielen. Manchmal kommen undefinierbare Klumpen organischer und anorganischer Struktur hier an, denen man nicht mehr ansehen kann, was sie einmal darstellten. Lebewesen in Schiffen? Gesteinsschichten fremdartiger Planeten? Ablagerungen irgendwelcher Art aus der fünften Dimension?

Doch wenn das Schicksal es gut meint, überstehen ... *Strukturen* den Transport hierher. Ich bleibe absichtlich vage, weil es schon mehrmals vorkam, dass Planetenscheiben unversehrt den Transport durch einen Tryortan-Schlund überstanden, um dann irgendwo im interstellaren Leerraum zu kollabieren. Raumschiffe oder Konvois, deren Besatzungen unverletzt in Ambriador landen, sind die Ausnahme von der Regel.

Der Hyperimpedanz-Schock?

Selbstverständlich hat er uns getroffen! Zwölf Jahre ist es nun her; seitdem ist übrigens kein Fall eines Materietransports nach Ambriador mehr bekannt geworden. Es mag Zufall sein oder auch nur ein statistischer Ausrutscher. Wir beobachten dieses Phänomen selbstverständlich genau, soweit es unsere Kapazitäten zulassen.

Es mag zu weit führen, Ihnen die Auswirkungen der Hyperimpedanz detailliert zu schildern. Wir wurden davon in Mitleidenschaft gezogen, ganz klar. Aufgrund der besonderen Verhältnisse in Ambriador aber nicht so sehr wie in anderen Teilen des Universums, wie wir annehmen können. Denn wir legten stets besonderen Wert auf einfache und robuste Technik.

Warum?

Weil Altera seit jeher darauf angewiesen war, einfach und möglichst konventionell zu bauen. Lassen Sie mich kurz ausholen; ich hoffe, dass unsere Zeit noch reicht.

Es gab vor dreihundert Jahren theoretische Versuche, komplexe Rechenvorgänge über fünfdimensionale Felder zu legen. Der Hyperraum erwies sich als formidable Spielwiese für unsere Forscher und Techniker.

Syntronische Rechner nennen Sie das? Seltsamer Begriff ...

Doch weiter: Von einem evolutionären Quantensprung war damals die Rede, sollten wir unsere Erkenntnisse in die Praxis umsetzen können.

Ha!

Es gelang uns nie, für eine ausreichende Abschirmung der Rechenprozesse im fünfdimensionalen Raum zu sorgen. Zu unberechenbar sind die hyperphysikalischen Verhältnisse in Ambriador. Können Sie sich vorstellen, wie niederschmetternd es ist, Fertigkeiten auf theoretischer

Basis zu entwickeln und zu perfektionieren – aber in dem Wissen, dass man sie nie einsetzen werden kann? Nach all unseren schlechten Erfahrungen mit Transmittern, Transformwaffen und Transitionsschiffen war das ein weiterer Rückschlag.

Ich muss das Thema abkürzen; glauben Sie mir bitte, dass manche Dinge in Ambriador anders verlaufen *mussten* als in der Milchstraße.

Es gibt übrigens keinen Zusammenhang zwischen der Erhöhung der Hyperimpedanz und der plötzlichen ... Gemütsänderung der Posbis. Das eine geschah vor zwölf, das andere vor sechsunddreißig Jahren. Bereits im Jahr 4894 spitzten sich die Ereignisse zu.

Ja, wir haben die terranische Zeitrechnung stets behalten. Es ergab für die Gründerväter anno 2409 keinen Sinn, eine neue Epoche einzuläuten. Sie kannten die menschliche Mentalität nur zu gut. In diesem Augenblick, in dem Elend in jeglicher Form über die Siedler hereinbrach, konnten sie es sich nicht leisten, sich sozusagen offiziell vom Solaren Imperium abzunabeln. Die Alteraner sollten sich stets als wichtiger Bestandteil eines Größeren fühlen. Machen Sie sich also darauf gefasst, dass Ihnen allerorts heldenhafte Verehrung zuteil wird. Terra ist zum mythischen Ort geworden, einem fernen und unerreichbar wirkenden Elysium. Man wird Sie auf einen Sockel stellen und anbeten. Selbst ich habe so meine Schwierigkeiten, in Ihnen, Mr. Rhodan, einen einfachen Mann zu sehen.

Sie wollen Informationen über die Laren?

Was für ein Volk, was für eine Plage!

Seit unserem Erstkontakt vor vielen hundert Jahren machen sie uns den kleinsten Brocken Hyperkristalle streitig, provozieren immer und überall Zwischenfälle, behandeln uns mit unglaublicher Arroganz, sorgen für außenpolitische Unruhe. Die Auswirkungen ihrer Einschüchterungsversuche reichen bis in die heutige Zeit und sind wohl schuld daran, dass es niemals eine gemeinsame Front aller Bewohner Ambriadors gegen die Posbis gegeben hat. Sie erklären auch zum Teil, warum es Politiker wie Michou gibt. Er ist das Produkt all der Not und der Demütigungen, die wir hinnehmen mussten. Die Alteraner wollten einen starken Mann – und bekamen ihn.

Nein, wir befinden uns nicht im Krieg mit den Laren; zumindest wurde dieses Wort niemals offen ausgesprochen. Es ist aber so, als läge über unserer Beziehung eine Art Schatten, der jedes Wort und jede Tat falsch erscheinen lässt.

Die Laren sehen uns so ähnlich, verdammt noch mal! Man könnte annehmen, dass sie ähnlich reagierten und dächten wie wir. Dem ist aber nicht so. Die Mentalitätsunterschiede sind scheinbar unüberbrückbar. Da hilft kein Translator und auch keine Xeno-Psychologie. Ich befürchte, wir werden niemals erfassen können, was die Laren treibt.

Ob fledermausähnliche Wesen in der Nähe der Laren gesichtet wurden? So genannte Hyptons? Ich kann mich nicht erinnern, um ehrlich zu sein. Mein Beraterstab wird sich mit dieser Frage befassen.

Die Krise mit den Laren erreichte im Spätherbst 4894 einen veritablen Höhepunkt. In Randbezirken unserer Einflusssphäre war es immer wieder zu blutigen Auseinandersetzungen gekommen, meist provoziert von den Laren. Ich war damals ein junger und ehrgeiziger Politiker. Bürgermeister von Neo-Tera, um genau zu sagen. Ich kann mich nur allzu gut an die hysterischen Schreie meiner Landsleute und eine Vielzahl von Demonstrationen erinnern. Radaubrüder forderten, die Laren mit allen zur Verfügung stehenden Mitteln in die Schranken zu verweisen.

Nein, Michou war in diese Aktionen noch nicht eingebunden. Der hatte ... anderwärtig zu tun. Mehr dazu später.

Wie aus heiterem Mittel passierte etwas, das die Beziehungen des Trovents und Alteras zueinander nebensächlich erscheinen ließ.

Die Posbis brachen über Ambriador herein. Mit ihren riesigen Würfelschiffen tauchten sie über mehreren bewohnten Planeten auf, fragten auf allen möglichen Funkfrequenzen, ob die Bewohner »Wahres Leben« seien – und schossen schließlich aus allen Rohren. Es kümmerte sie nicht, ob sie Maahks, Laren, Screews, Kartanin oder Alteraner bombardierten. Sie begingen ihre schrecklichen Taten mit seelenlosem Gleichmut. Vor diesen unbarmherzigen Richtern erschienen wir alle gleich.

Vom ersten Moment an drückten die Posbis Altera in die Defensive. Es gab für sie nichts zu verhandeln – und auch keine Kompromissbereitschaft. Sie waren auf Vernichtung aus. Sie erkoren alle nicht-positronisch-biologischen Zivilisationen zum Ziel.

Wer kann es den Alteranern verdenken, dass sie sich in ohnmächtiger Wut dem stärksten Mann zuwandten? Jawohl, Laertes Michou, dessen Handwerk der Krieg ist. Für das einfache Volk ist er ein Kriegsheld. Als ehemaliger Geschwaderkommandant kann er von sich behaupten, die höchste Zahl abgeschossener Fragmentraumer auf seiner Liste zu haben. Die Leute verdrängen leider nur zu gern, dass unter seiner Führung mehr Menschen starben und mehr Material vernichtet wurde als unter jedem anderen Militär.

In meiner Funktion als Parteichef der Menschdemokraten predige ich seit Jahrzehnten die Doktrin einer potenziellen Verständigung zwischen Posbis und Alteranern. Mal geschieht das mit größerem, dann wiederum mit geringerem Erfolg. Je nachdem, wie heftig die Angriffe der Posbis sind, oder wie gut ich die Erfolge meiner Robotpsychologen verkaufen kann. Um ehrlich zu sein, Mr. Rhodan, sind wir mit unserer Weisheit seit einiger Zeit ziemlich am Ende. Wir haben alles versucht, um die Motivation der Maschinenwesen zu hinterfragen. Es ist uns noch nicht einmal gelungen, ihren »Heimatplaneten« ausfindig zu machen, um vielleicht mit dem Bioplasma selbst in ein Gespräch zu treten. Stattdessen werden unsere Schiffe, unsere Flottenbasen, unsere Kolonialplaneten reihenweise Opfer dieser ... Maschinenteufel.

Verzeihen Sie mir. Ich gebrauche dieses Wort nicht gern. Es lässt sich aber aus unserer Sprachkultur nicht mehr wegdenken.

Der Schwarze Posbi erschreckt die kleinen Kinder, wenn sie nicht brav zur Schule gehen. Der heilige Nikolaus wird vom Kramposbi begleitet. Ein schwer Betrunkener befindet sich »in der Ölung«. Ist man erschöpft, pfeift man »aus dem letzten Ventil«. Besonderes Stehvermögen im Bett wird als »den Posbi machen« bezeichnet.

Ich möchte Ihnen nur verdeutlichen, wie weit das Alltagsleben bereits vom Kampf gegen die Maschinenwesen beeinflusst wird. Unser Leben und unser Denken wird beherrscht von Angst, von Frust, von ohnmächtigem Zorn.

Gegen einen überlegenen, aber physisch ebenbürtigen Widersacher kann man angehen und seine Hoffnungen darauf projizieren, Schwächen beim anderen zu finden.

Aber Posbis? Sie leiden und jammern nicht, sie kennen keinen Schmerz. Sie *erdulden* und *ertragen* nicht, sie beantworten unsere wütende Gegenwehr mit Gleichgültigkeit. Schieß hunderte, tausende oder Millionen von ihnen weg, es ändert nichts an der Situation. Genau so schnell, wie sie »sterben«, werden sie produziert.

Verstehen Sie nun, welchen Aufruhr Sie erzeugten, als Sie mit zwei Posbis auf Altera landeten? Mir ist klar, dass beide so wie Sie aus der Milchstraße stammen. Das ändert allerdings nichts an meinen Ressentiments. Wesen, deren »Brüder« seit sechsunddreißig Jahren nur Tod und Verzweiflung über Altera bringen, wird man hier niemals vertrauen.

Aber still jetzt, wie ich höre, kommen unsere ... Freunde zurück. Es ist sicherlich besser, wenn ich mein Wurzel-Ei deaktiviere und wegpacke. Michou weiß sicherlich, dass ich eins bei mir habe. Er müsste die Überwachungsversuche allerdings zugeben, und das wird er nicht wagen.

Ja, so stehen wir derzeit zueinander. Das sind keine schönen Aussichten, nicht wahr?

27. Fort Kanton: Schlacht und Schlächter

Georghia Firsam gab ihm gewissermaßen Rückendeckung, während Darius Beng-Xiao hastig die wichtigsten Ortungsergebnisse kontrollierte. Grüne Pünktchen sonder Zahl erschienen in seinem Ortungstank und näherten sich aus allen Richtungen dem Planeten. 10 000 Impulse oder mehr waren es. Sie glitzerten und leuchteten und führten verrückte Manöver aus, wie Glühkäferchen, die honigtrunken um einen Blütenkelch tanzten.

Tanzende Maschinenteufel ...

Nur die Ruhe, rief sich Darius zur Ordnung, *das können niemals so viele Fragmentraumer sein. Selbst die Kapazitäten der Posbi-Werften sind gewissen Einschränkungen unterworfen ...*

Zodiak Cord reichte ihm einen Wasserbecher und mehrere Tabletten. Er schluckte sie ungesehen, ohne in seiner Konzentration nachzulassen, und kümmerte sich nicht weiter um den invaliden Jungen.

Die Positroniken spielten verrückt. Die SHENYANG und die anderen Schiffe der kantonschen Verteidigungsflotte wurden gleichsam von einem energetischen Schauer überschüttet. Fehlmeldungen erreichten ihn. Virenbomben versuchten, sich durch die mehrfach gestaffelten Schutzwälle zu bohren und Schleichwege in die bordinternen Datenverarbeitungsanlagen zu finden.

Der Funkverkehr zu den anderen Schiffen der Heimatflotte wurde zum unkalkulierbaren Risiko. Selbst ultrageraffte und von Schutzprogrammen ummantelte Datenpakete, die präzise auf Empfänger *abgefeuert* wurden, bargen Risiken. Die »kleinen Brüder der Posbis«, wie die Virengeschosse im Jargon genannt wurden, stellten eine von vielen Waffen der Maschinenteufel dar.

Darius' Positronik-Batterie, hinter eine Unzahl von Prüffiltern »geschaltet« kam endlich zu einem Ergebnis. Stichprobenartig kontrollierte er, übermittelte Georghia Firsam schließlich seine Erkenntnisse und bat um Freigabe der Resultate. Sie zögerte nicht lange und winkte nach zwei weiteren Zufallskontrollen das Paket an die Kommandantur der SHENYANG durch.

Wertvolle Zeit war verloren gegangen, mehr als fünfzig Sekunden!

Die Abwehrschlacht gegen die Posbis erforderte immer mehr Handarbeit. Man konnte nichts und niemandem mehr trauen, musste sich vielmehr auf Intuition, Gespür und einfachste Rechenprozessoren verlassen. Die bordinterne Virenabwehr kam mit den Anforderungen, die an sie gestellt wurde, nicht mehr mit. Eine Erhöhung des Personalstocks machte schon jetzt keinen Sinn mehr, da es hauptsächlich auf Erfahrung und das Auge für die Situation ankam.

Und die Soldaten, die von Fort Kanton hier heraufgeschickt wurden, besaßen weder das eine noch das andere. Junge, unbedarfte Burschen waren es, mit Flaum auf den Wangen und den Blicken von frühzeitig gealterten Jugendlichen, denen die Kindheit gestohlen worden war ...

»Wir haben neuntausendfünfhundert *Spiegelreflexe*«, fasste Georghia Firsam für die Ortungszentrale zusammen. Ohren und Augen aller waren auf sie gerichtet. »In

Wirklichkeit stehen wir also *nur* fünfhundert Fragmenträumern gegenüber. Derzeit sind dreiundsechzig Prozent der gegnerischen Schiffe identifiziert, Tendenz steigend. Darius wird unsere Ergebnisse defragmentieren und den einzelnen Arbeitsplätzen zuordnen. Jeder von Ihnen bekommt sechs oder sieben Posbi-Einheiten, die er zu überwachen hat ...«

Ringsum stöhnten Frauen und Männer auf. Darius registrierte es mit Missmut. Sie mussten sich der Situation so rasch wie möglich anpassen. Wer nicht mehr als fünf Schiffe gleichzeitig im Auge behalten konnte, hatte an Bord des Kommandoschiffs SHENYANG nichts verloren.

Er teilte die Pakete auf und sortierte sie, so gut es ging, nach Können und Vermögen. Eine Frau sah ihn mit weit aufgerissenen und tränennassen Augen an. Sie war sichtlich überfordert. Wie hieß sie doch gleich? Irgendwann einmal hatte er bedeutungslosen Sex mit ihr gehabt, sie sogar kurz auf den Mund geküsst.

Heute verabscheute sich Darius dafür. Was für ein dummes Gör!

»Übernehmen!«, befahl er Zodiak Cord, winkte das Mädchen beiseite und kümmerte sich nicht weiter um das ... Problem.

Noch dreißig Sekunden, dann waren die Feindeinheiten heran.

Vierpunktmessungen liefen an. Zäh tröpfelten die Daten von anderen Schiffen herein; von Schutzprogrammen gesiebt, mehrfach geprüft und gereinigt, wurden sie endlich in ultrageschützte Ortungs- und Logistiktanks geladen.

20 Sekunden bis zur Kernschussweite. Erste Zielvorgaben ratterten über die Bildschirme. Hastig leitete Darius die Ergebnisse an die Hauptzentrale weiter. Es oblag dem Kommandanten Severin Kombone, in Zusammenarbeit

mit dem Piloten ein Ziel zu definieren und die Schussbefehle mit den anderen Einheiten der Wachflotte zu koordinieren.

Alles lief so enervierend träge, so erschöpfend langsam ab! Die Techniken, die sie im Abwehrkampf gegen die Posbis entwickelt hatten, schienen der Steinzeit der Weltraumfahrt entsprungen ...

Zehn Sekunden.

Der Kommandant hatte eine Entscheidung getroffen. Der Punkt, an dem sich der anvisierte Fragmentraumer in Kürze befinden musste, war festgelegt.

Keine gute Entscheidung, dachte Darius, *unser Schusswinkel ist zu flach, und wir behindern den Delta-Flügel der Dritten Flotte.*

Fünf Sekunden.

Darius vermittelte den Schussbefehl an alle unmittelbar betroffenen Einheiten in einer einzigen Schaltung weiter. Die Synchronizität musste unbedingt beibehalten werden. Flugvektor, Schuss, Abwehrverhalten, Schutzschirmverstärkung, Berücksichtigung kreuzender Freund- und Feindeinheiten, Rückraumverstärkung durch TRIANGOLO-Raumforts – das alles und viel mehr oblag den mehr als tausend Kantonern, die soeben an Bord der SHENYANG Dienst taten. Sie mussten nun wie ein organischer Körper funktionieren. Besser gesagt: wie eine gut geölte Maschine. Wie ein Maschinenteufel.

Die Kernschussweite war erreicht.

Die Hölle brach aus.

28. Startac Schroeder: Retten, was zu retten ist

Das Erwachen kam plötzlich, und es kam überaus unangenehm. Trotz medikamentöser Unterstützung durch den Schutzanzug spürte er grausame Kopf- und Nackenschmerzen.

Über Jahrzehnte hinweg antrainierte Automatismen griffen. Er versenkte sich in sein meditatives Inneres und schloss alle Empfindungen weg. Mehrere Minuten lang blieb er in dieser »Kapselstellung«, wie er sie nannte. Routine hatte ihn gelehrt, dass Belastungen, die auf seine parapsychische Empfindlichkeit zurückzuführen waren, besonders rasch abklangen, wenn er sich die Zeit für ein paar Gedankenübungen nahm.

So geschah es auch diesmal. Bereits nach wenigen Minuten kam er völlig schmerzfrei wieder auf die Beine.

Startac sah sich um.

Er befand sich in unübersichtlichem Gelände. Riesige Luftwurzeln und silberne Würgeranken formten ein bizarres Durcheinander, in dem Wanderblumen auf dünnen Pflanzenbeinchen dahinstaksten. Ein mächtiger Wasserstrom, der in Katarakten über Felsgeröll glitt, war zu seiner Linken zu sehen. Seltsam schillernde Insekten krochen in Hundertschaften über seinen geschlossenen Anzug. Achtlos streifte er sie ab.

Elf Stunden waren vergangen. Es ging auf Mittag zu.

Wo waren Perry und die anderen?

Ein ultrageraffter Suchimpuls brachte keine Antwort. Entweder hatte man die gemischte Gruppe von Terra gefangen gesetzt oder ... oder ...

Vorerst schob der Mutant alle Denkarten über mögliche Konsequenzen beiseite. Er war nun auf sich allein gestellt und musste dementsprechend handeln.

Die Worte der beiden jungen alteranischen Soldaten über die »Maschinenteufel« wollten ihm nicht aus dem Sinn gehen. Diese Menschen hier standen im Krieg mit den Posbis.

Sie hatten zwei der positronisch-biologischen Maschinenwesen mit sich geführt und damit für jene Aufregung gesorgt, die in einer Hetzjagd auf sie gipfelte. Startac hatte keine Lust, über die Konsequenzen seiner Vermutung nachzudenken. Vorderhand galt es zu retten, was zu retten war.

Er überprüfte die Aufzeichnungen der Anzugsysteme. Während seiner Bewusstlosigkeit hatte die Positronik mehrere tausend Bewegungsimpulse und Funksprüche angemessen. Die Gesprächskodes konnten allerdings nicht entschlüsselt werden.

Egal.

Die Vielzahl der Impulse machte deutlich, dass das Flussgebiet großflächig abgesucht worden war. Vor zwei Stunden erst hatte man damit aufgehört.

»Die Silberkugel ...« Der Mutant erinnerte sich dumpf daran, dass Perry das seltsame Ding in einem hohlen Ast versteckt hatte. Was auch immer ihn dazu bewogen hatte – Startac musste überprüfen, ob der Tornister entdeckt worden war. Ein unbedachter Handgriff eines alteranischen Soldaten – und die Silberkugel war möglicherweise unwiderruflich geschädigt. Der Heimweg wäre ihnen allen damit für immer verwehrt.

Der Teleporter schaltete den Deflektorschirm ein und konzentrierte sich. Er erfasste das Zielgebiet, wie es ihm in Erinnerung geblieben war, und sprang.

Das Ziehen im Nacken. Der Wechsel von Schatten zu Licht. Der geringfügige Temperaturunterschied. Andere Grautöne, andere Gerüche.

Die übliche Desorientierung machte sich breit, dauerte aber nur ein paar Momente. Sie *durfte* nicht länger anhalten; Startac war darauf hingeschult, sich von nichts und niemandem irritieren zu lassen.

Passt!, dachte er zufrieden, während er sich rasch im Kreis drehte. Punktgenau war er auf der kleinen Lichtung gelandet, direkt neben seinem Ziel.

Der Kadaver eines jener Tiere, die sie gestern belästigt hatten, lag an die Rückseite des Apfelbaums gelehnt. Ein Strahlschuss hatte es getötet. Mehrere keifende Aasfresser, die wie gehörnte Eichhörnchen mit Saurüsseln aussahen, teilten sich die – im wahrsten Sinne des Wortes – fette Beute mit Würmern und Fliegen. Die brütende Hitze der Mittagsstunden tat ihre Wirkung. Der Gestank des Kadavers war sinnesbetäubend.

Startac schloss den Schutzanzug und atmete erleichtert die gefilterte Luft. Gleichzeitig machte er sich an die Überprüfung des Standorts. Er ließ sich Zeit, während er das Umfeld auf unterschiedlichste Energie- und Strahlungsemissionen ab*horchte.*

Es gab nichts Aufsehen Erregendes. Ein Magazin unbekannter Bauart, das unweit von hier achtlos weggeschmissen worden war, war das einzig Bemerkenswerte, das ihm die Positronik des Schutzanzugs meldete.

Sorgfältig achtete er auf die Fußspuren, die sich in den feuchten Boden gedrückt hatten. Er ging ihnen nach, stellte fest, ob sie rund um den Apfelbaum vermehrt vorkamen oder frischer wirkten. Manchmal führten einfachste Beobachtungen zu überraschenden Ergebnissen.

Mehrfach schon hatte man ihm vorgeworfen, in Einsätzen zu bedacht – und damit zu langsam – zu agieren. Dennoch war er nie von seiner Linie abgewichen. Seiner Meinung nach war es nicht sinnvoll, für ein paar gewonnene Augenblicke die Sicherheit zu riskieren.

Nichts. Der Baum und sein Umfeld waren sauber.

Zu sauber.

Hätte nicht Wach- und Suchpersonal zurückbleiben müssen? Schließlich wussten die Alteraner, wo sie aufgetaucht waren – und höchstwahrscheinlich auch um seine Existenz.

Startac konzentrierte sich auf seine Orterfähigkeiten. Sie erlaubten ihm, bei optimalen Bedingungen Gedankenwellen von Intelligenzwesen in einem Umkreis von 50 Kilometer anzumessen. Er spürte sie, vermochte ihre Gefühlszustände einzuordnen und ihre ungefähre Richtung festzustellen. Gestern war er durch den unheimlichen Transfer hierher entscheidend beeinträchtigt gewesen. Heute fühlte er sich wesentlich besser in Form.

Nein. Auch auf dieser Ebene gab es nichts Beunruhigendes. Da und dort spürte er einsame Gedankenbilder, die mit Liebe, Sex, Wut oder Erschöpfung gefüllt waren. Jene Mischung, die er von einem alteranischen Wachkommando erwarten konnte – Spannung, Angst, sehnsüchtige Erwartung – befand sich nicht darunter.

Der Mutant atmete erleichtert durch. Der Platz war so sauber, wie er nur sein konnte.

Vorsichtig griff er in das Astloch, schaufelte Blätter und Borkenreste vorsichtig beiseite. Da! Die Kugel, von der Tornisterhaut umwickelt, strahlte eine ungewisse Wärme aus, die die Handschuhrezeptoren seltsamerweise nicht in Werten ausdrücken konnten. Startac umfasste das Produkt uralter Hochtechnologie, schob es hoch, zog es aus dem Baum.

Der Paralyseschock durchfuhr ihn, schickte unglaubliche Schmerzblitze durch sein Nervensystem, warf ihn wie ein Stück Holz zu Boden. Selbst die Sicherheitsfunktionen des Anzugs versagten. In einem Energienetz gefangen, lag er da, unter den Nachwirkungen des Nervenschocks leidend und zappelnd wie ein Fisch auf dem Trockenen.

Trotz aller Vorsichtsmaßnahmen hatte er verloren.

29. Perry Rhodan: Ergänzungen, Richtigstellungen und eine Rede

Der Staatsmarschall betrat den Raum allein. Trotz wütender Proteste der Parteigänger Ismaels schloss er die Tür hinter sich, sicherte sie mit einem Energiefeld und setzte sich ungefragt zu Rhodan und dem Regierungschef.

»Ich mag keine Spielchen«, sagte er mit monotoner Stimme.

»Sie zwingen mich dazu«, erwiderte Ismael gelassen.

»Ich nehme Ihnen die Abschirmung nicht übel, Anton. Wahrscheinlich hätte ich an Ihrer Stelle genauso gehandelt.« Michou räusperte sich und schnipste ein Staubfusselchen vom Kragen seiner lindgrünen Uniform. »Auch wenn ich Ihre Worte nicht hören konnte, kann ich mir doch vorstellen, was Sie unserem Gast erzählt haben.« Er wandte sich Rhodan zu. »Sie wissen nun, um was es in Ambriador geht, Großadministrator?«

»Ich habe einen ungefähren Eindruck vermittelt bekommen.« Der Unsterbliche betrachtete sein Gegenüber eindringlich. Dieser Mann hatte ihn Qualen unterworfen, hatte ihn, ohne mit einer Wimper zu zucken, der Gefahr eines möglichen Todes ausgesetzt. Laertes Michou schien keinerlei schlechtes Gewissen zu empfinden. »Altera führt einen Kampf an vielerlei Fronten. Es geht einerseits um Rohstoffe, namentlich Hyperkristalle. Andererseits stellen sich die Laren gegen Menschen und gleichzeitig die Posbis gegen alles Leben in dieser Galaxis.« Rhodan zögerte kurz. »Und hier, in der Heimat, geht es um zwei verschiedene Ideologien, denen Sie beide als deren höchste Vertreter ein Gesicht geben.«

»Ganz richtig, Großadministrator.« Michou hüstelte. »Ideologie ist das richtige Stichwort. Hat unser Regierungschef Sie bereits über die Ziele und Methoden meiner Partei *Heimatkampf* informiert?«

»Das war nicht notwendig«, sagte Rhodan. »Die Art und Weise, wie Sie mit mir und meine Leute umgingen und es noch immer tun, spricht für sich.«

»Ich habe mich ausgiebig mit terranischer Geschichte beschäftigt.« Michou blieb ruhig, ließ sich keinesfalls aus dem Konzept bringen. »Die Eroberung des Weltalls von der Erde aus ist eine einzige Geschichte des Kampfes. Von jenem Moment an, da die STARDUST den Mond erreichte und den Arkoniden begegnete, mussten Sie sich gegen die Umstände wehren. Umstände, die Sie von vorneherein auf der Seite der Verlierer sahen. Sie haben gekämpft und gewonnen. Gekämpft und gewonnen. Immer wieder. Ohne militärische Erfolge, ohne den unbedingten Einsatz der Terraner und ihrer Bereitschaft, für die Heimat *alles* zu geben, hätten Sie es nie geschafft. Der Weg der Menschen ins Weltall ist mit Blut geschrieben, Perry Rhodan!« Mit spitzen Fingern deutete er auf den Unsterblichen. »*Sie* zeichneten stets verantwortlich. *Sie* haben Millionen Tote zu verantworten. *Sie allein* haben die Menschheit mit Ihrem Willen vorangetrieben und zu dem gemacht, was sie geworden ist ...«

»Seitdem hat sich in der Milchstraße einiges getan«, unterbrach Rhodan ihn. »Die Wahl unserer Mittel und auch unsere Einstellung ist eine andere geworden.«

»Das glaube ich Ihnen sogar, Großadministrator.«

Michou zeigte ein flüchtiges Lächeln. »Die gesellschaftlichen Entwicklungen auf Altera und auf der Erde klaffen heutzutage sicherlich auseinander. Aber versetzen Sie sich einmal in unsere Lage. Wie würden Sie die Situation beurteilen? Würden Sie versuchen, wie unser verehrter Regierungschef, die Posbis zu Tode zu quatschen? Oder würden Sie den Kampf aufnehmen?«

»Heben Sie sich diese Polemik für Ihre Hetzreden im Parlament auf!«, fuhr Ismael auf. »Hier kann ich darauf verzichten.«

»Sehen Sie, Anton, das ist genau Ihr Problem!« Michou zuckte mit den Achseln. »Sie wollen der Konfrontation unter allen Umständen aus dem Weg gehen. Schon damals, als sich abzeichnete, dass ich für Ihre Politik eine Gefahr darstellte, haben Sie mich aus dem Blickpunkt der Öffentlichkeit wegbefördert. Sie haben mir nach Beendigung meiner Laufbahn in der Generalität die Leitung der Legion Alter-X übertragen. Sie haben mich nach Gonda abgeschoben, in der Hoffnung, dass ich hier meine Spielwiese finden und Sie mit meiner Auffassung von Politik nicht mehr belästigen würde.«

»Zugegeben, das war eine meiner weniger guten Entscheidungen.« Ismael lächelte müde. »Nicht nur, dass ich Sie sträflich unterschätzt habe, ich gab Ihnen auch noch ein willfähriges Instrument in die Hand. Sie haben die Legion Alter-X in eine gut geölte Maschinerie verwandelt. Heutzutage stellt sie wohl eines der bedeutendsten Machtinstrumente auf Altera dar.«

»Ihre Anspielungen nerven, Anton! Selbstverständlich habe ich mich auf Gonda mit Leuten umgeben, die meiner Auffassung sind. Aber glauben Sie, dass ich irgendwen dazu hätte zwingen müssen? Nein! Scharenweise sind mir frustrierte Alteraner zugelaufen, wollten von mir Mittel in die Hand bekommen, um gegen die Maschinenteufel angehen zu können. Die Menschen suchen keine schönen Worte mehr, mit denen Sie noch vor wenigen Jahren haben punkten können. Sie wollen etwas tun, etwas gegen die Gefahr unternehmen!« Michou seufzte. »Heute nähern sich die Posbis dem Herzen unseres Reiches, dringen immer weiter in jene Gefilde vor, die wir als unser Kerngebiet ansehen. Von überallher erreichen uns Schreckensmeldungen. Flüchtlingskonvois bringen Nachricht von schrecklichen Gräueln, von unbarmherzigen Schlächtern, die auf jedes einzelne Lebewesen in Ambriador Hetzjagden veranstalten!« Michou redete sich in Rage. Seine Stimme wurde höher und schriller, ungeahnte Emotionen brachen aus dem Soldaten hervor.

Emotionen, die, wie Rhodan feststellte, nicht vorgetäuscht waren, sondern seinem Innersten entsprangen.

»Kommen Sie endlich aus Ihrem Schneckenhaus gekrochen, Anton!«, fuhr der Staatsmarschall fort. »Stellen Sie sich an meine Seite! Lassen wir die politischen Meinungsverschiedenheiten außer Acht und rufen wir den Kampfgeist, den Einfallsreichtum und den Widerstandswillen der Alteraner in all seinen Qualitäten ab!«

Anton Ismael schüttelte den Kopf. Seine teigigen Gesichtszüge drückten seine Angewidertheit aus. »*Ich* bin legitimierter Regierungschef, Laertes, nicht Sie! *Noch* gelten meine Entscheidungen. Und die sind unumstößlich: Wir wehren uns mit allen Mitteln gegen die Posbis, werden aber gleichzeitig versuchen, einen Dialog zu entwickeln. Die Maschinenwesen sind fehlgeleitet, das sieht man doch mit ausgeschaltetem Ortungsgerät! Einfach dreinzuhauen und alle Kapazitäten in ein sinnloses Wettrüsten zu stecken ... solch ein Verhalten kann nur in die Niederlage führen. Parallel zu unseren Abwehrmaßnahmen müssen wir das Warum und das Wie des Konflikts ergründen und eine vernünftige Lösung finden.«

»Sie sind entweder armselig feige oder ein hoffnungsloser Träumer!«, sagte Michou mit hasserfülltem Blick. »Und ich weiß nicht, welche Variante ich als die gefährlichere ansehen soll.«

»Und Sie sind ein Blender, ein Narr, ein Menschenverächter und Kriegshetzer. Wahrscheinlich sind Sie auf jeden einzelnen dieser Punkte auch noch stolz ...«

»Auszeit!« Rhodan streckte die Hände nach beiden Richtungen aus, brachte die beiden Politiker damit zum Schweigen. »An diesem Tisch haben Ideologie und politische Querelen wirklich nichts verloren. Reißen Sie sich also gefälligst zusammen!«

Seine harschen Worte zeigten augenblicklich Wirkung. Die beiden Staatsmänner entspannten sich, richteten ihre Augen auf ihn. Beide zeigten sich beeindruckt; sein Bonus als »wiedergeborener Messias« tat nun, da seine Identität zweifelsfrei feststand, endlich Wirkung.

»Ich kann Ihre brachialen Methoden, die ich am eigenen Leib spüren musste, keinesfalls gutheißen«, fuhr Rhodan an den Staatsmarschall gerichtet fort. »Aber ich will diese ... Episode so rasch wie möglich vergessen. Schließlich bin hier, um einen Auftrag zu erfüllen und Ihnen zu helfen. Mit all meiner Erfahrung und meinem Wissen. Dazu wünsche ich mir die Unterstützung beider politischer Lager. Sonst sehe ich, ehrlich gesagt, rabenschwarz.« Rhodan sah die beiden Männer nacheinander an, forderte mit Blicken ihre Entscheidung ein.

Anton Ismael hatte Charisma und war im besten Sinne des Wortes ein Mann des Volkes. Er vermittelte Ruhe und innere Ausgeglichenheit, aber auch Charme und ein gewisses Maß an Bauernschläue. Er war ein Typ Mensch, mit dem man gern in die nächste Taverne gehen wollte, um bei einem Gläschen Wein über Gott und die Welt zu diskutieren. Rhodan sah kein Falsch in seinen Augen. Er spürte, dass er sich auf den Regierungschef hundertprozentig verlassen konnte.

Der andere: ein Kommisskopf durch und durch. Ein Mann, der kein Weichen und Wanken kannte, der seine Ziele kompromisslos verfolgte und dabei zweifellos über ein gerütteltes Maß an Intelligenz als Rüstzeug verfügte.

Laertes Michou wägte ab. Er hatte sichtlich Schwierigkeiten, den unsterblichen Perry Rhodan in sein starres Denkraster einzuordnen und seinen Respekt vor ihm, einer mythisch beladenen Sagenfigur aus alten Zeiten, beiseite zu schieben.

»Einverstanden«, sagte er schließlich mit ungewohnt schleppend klingender Stimme. »Definieren Sie die Rolle, die Sie im Imperium Altera einnehmen wollen.«

Aha, daher wehte also der Wind!

»Keine Sorge, ich bin weder befugt, noch habe ich die Absicht, Altera in die Liga Freier Terraner einzuverleiben. Es reicht, wenn Sie mich als Ihren ... Berater mit weit reichenden Vollmachten anerkennen.«

Michou lehnte sich aufatmend zurück. Der Staatsmarschall hatte tatsächlich angenommen, Rhodan würde auf irgendein statutarisches Recht pochen und das Imperium Altera sozusagen zur tributpflichtigen Provinz machen!

»Hätten Sie mir vor meiner Folterung besser zugehört«, fuhr der Unsterbliche fort, »wüssten Sie, dass die Spielregeln in der Galaxis heutzutage anders gewichtet sind als nach der Krise um die Meister der Insel.«

»Geben Sie uns einen Überblick über die Geschehnisse seit dem Jahr, da unsere Gründerväter in Ambriador landeten?« Unvermutet klang Sehnsucht in Michous sonst so nüchterner Stimme durch.

»Gern, allerdings vor einem größeren Forum und in einer netteren Umgebung. Mein Auftreten könnte wohl einiges bewirken. Aber gönnen Sie uns bitte ein paar Stunden Pause.« Plötzlich spürte er trotz der beruhigenden Impulse des Zellaktivators die Anstrengungen der Anreise, Landung und des ... Verhörs über sich hereinbrechen. Neben ihm verfolgte Mondra die Gespräche nur noch mit halbem Interesse. Sie kämpfte sichtlich gegen ihr Schlafverlangen an.

Die beiden mächtigsten Männer Alteras sahen sich an und fanden zu stillschweigendem Einverständnis.

»Morgen also«, sagte Anton Ismael. »Ich bereite zur Mittagszeit einen Empfang in der Administration von Neo-Tera vor. Das Kabinett, die höchstrangigen Staatsbeamten und Vertreter der wichtigsten Siedlerwelten werden geladen sein. Bis dahin bewahren alle Eingeweihten Stillschweigen; dafür sorge ich.« Energisch schob er das Kinn vor. Weg war dieser gemütliche Gesichtsausdruck, und das Antlitz einer Kämpfernatur trat zum Vorschein.

»Würden Sie dafür sorgen, dass wir unsere Schutzanzüge zurückerhalten?«, fragte Mondra. »Und könnte man auch unsere Begleiter freisetzen?«

»Ja zum Ersten«, sagte Laertes Michou, »und nein zum Zweiten.«

Anton Ismael nickte zustimmend. Die beiden Männer waren sich endlich einmal einig. Die Angst vor den Posbis hatte sich in der Tat tief in die Seelen der Alteraner gegraben.

»Noch immer kein Kontakt mit Startac?«, fragte Mondra zum wiederholten Mal. Mit bedauerndem Seufzer zog sie die seidene Freizeitwäsche aus, die man ihnen im isoliert gehaltenen letzten Stockwerk eines Luxushotels zur Verfügung gestellt hatte.

Perry tat es ihr gleich und schlüpfte ebenso in seine »Arbeitskleidung«, jenen terranischen Schutzanzug, dessen Kragen am Hals ein wenig scheuerte, dessen Inneres von vielerlei Gerüchen geprägt war und der mit all seinen Funktionen unentwegt ihre volle Aufmerksamkeit erheischte. »Nein. Unser Freund rührt sich nicht. Ich kann ihn auch nicht orten. Die Schutzschirme über der Stadt lassen anscheinend keinen Impuls durch. Ich möchte auch kein großes Tamtam daraus machen, zumindest vorerst nicht. Irgendwie haben wir auch eine Bringschuld. Immerhin haben wir verschwiegen, dass uns ein Teleporter begleitet.«

Mondra klappte routiniert die verstärkten Elastomer-Fassungen über ihre Brüste und schloss den Oberteil des Anzugs mit einer Hitzeversiegelung. »Glaubst du ernsthaft, dass Michou nichts von der Existenz Startacs weiß? Es muss Bildmaterial von dem Moment unserer Gefangennahme geben. Ich wette um eine Stunde Fußreflexzonen-Massage, dass der Staatsmarschall längst nach unserem Freund suchen lässt.«

»Ich wette nicht mehr mit dir. Das letzte Mal habe ich vor dreieinhalb Jahren gegen dich gewonnen.« Perry drehte die Beinschienen zurecht, passte sie geübt an den Rumpfteil an. Der Funktions-Check des Anzugs lief an. »Es ist ein Katz-und-Maus-Spiel. Der Staatsmarschall weiß, dass ich es weiß – und umgekehrt. Auch wenn er Startac suchen lässt, um mit ihm weitere dreckige Spielchen zu veranstalten ... Er kennt dessen besondere Fähigkeiten nicht. Zudem verfügt Startac über ausreichend Erfahrung. Den setzt man nicht so leicht fest.«

»Glaubst du?« Mondra überprüfte vermittels Knopfdruck die Funktionstüchtigkeit ihres Rundhelms. Augenblicklich verformten sich durch einen extremen Hitzeschub Myriaden dünnster, im Helmwulst verborgener Glasfaserbänder zu einer nanodünnen Kugel, die sich den Umrissen ihres Kopfes anpasste und ihn umschloss. »Als wir ihn das letzte Mal sahen, wirkte er vom Transportvorgang ziemlich geschwächt.«

»Ich kenne ihn, ich vertraue ihm.« Perry schloss den Sicherheits-Check ab und aktivierte die wichtigsten Funktionen des Anzugs. Augenblicklich fiel die Last der mehr als 20 Kilogramm von ihm ab. »Es würde mich nicht wundern, wenn er sich bereits in unserer unmittelbaren Nähe befindet und die Lage sondiert.«

»Wir sind uns also einig, dass man Michou keinesfalls über dem Weg trauen darf?« Auch Mondra war zufrieden. Die Glaskugel zerfiel im Kälteschock wiederum zu Nanofusseln und wurde von einer Saugfunktion zurück in den Halswulst befördert.

»Selbstverständlich. Der Bursche macht doch lediglich gute Miene zum bösen Spiel. Ich unterstelle ihm nicht einmal ehrenrührige Motive, sondern lediglich den Wunsch nach Macht. Er sieht sich schon als den starken Mann im alteranischen Imperium und leitet über die Legion Alter-X nach seinem Gutdünken eine Schattenregierung. Wir tun gut daran, Anton Ismael so weit wie möglich zu unterstützen.«

»Altera ist immerhin eine Demokratie mit funktionierenden Mechanismen«, sagte Mondra. Mit unnachahmlich sanften, weichen Bewegungen schwebte sie förmlich über die flauschig weichen Teppiche des weitläufigen Appartements. »Wenn Laertes vom Volk die Macht übertragen bekommt, können wir nichts dagegen tun.«

»Selbstverständlich nicht. Die Parlamentswahl findet ohnehin erst im kommenden Frühjahr statt. Bis dahin will ich schon längst wieder zu Hause sein und mich ... äh ... mit anderen problematischen Kleinigkeiten beschäftigen. Zum Beispiel mit Hangay.«

»Vorerst befinden wir uns in Ambriador. Läppische fünf Komma drei Millionen Lichtjahre von deinem Schreibtisch entfernt. Also konzentrier dich gefälligst, damit wir möglichst rasch unser Rückflugticket lösen können.«

Perry Rhodan war es gewöhnt, öffentliche Auftritte vor großem Publikum zu absolvieren, doch noch immer plagte ihn Lampenfieber. Diesmal umso mehr, als die Blicke, die sich auf ihn richteten, von Ungläubigkeit, ja von Verärgerung geprägt waren.

»Das glaube ich einfach nicht ...«

»Was bildet Ismael sich ein! Uns derart hereinzulegen ...«

»Aber Michou steht an seiner Seite ...«

»Ist es schon so weit gekommen, dass man uns ein mieses Double vorsetzen muss, um uns bei Laune zu halten ...«

»Dabei sieht er Rhodan nicht einmal ähnlich, und ein miserabler Schauspieler scheint er auch noch zu sein. Seht nur, wie blass er ist ...«

Der Unsterbliche blies in das transparentgelb eingefärbte Akustikfeld vor seinem Gesicht. Das Geräusch wurde lautstark über den Plenarsaal des alteranischen Parlaments übertragen. Manche Menschen zuckten erschrocken zusammen, andere verzogen schmerzerfüllt die Gesichter.

»Mein Name ist Perry Rhodan«, sagte er schlicht. »Ich freue mich, auf Altera zu sein. Terra sendet durch mich

Grüße. Ich bin hier, um verloren gegangenen Kindern der Erde Hilfe zu bringen und dafür zu sorgen, dass Altera nie wieder in Vergessenheit gerät.«

Schweigen.

Alle starrten sie ihn an. Jeder hielt den Atem an, wollte begreifen, was da vor sich ging.

Es war ein mystischer, Angst erregender Moment. Jener Augenblick, in dem sich letztendlich *alles* entschied.

»Ich bin kein Gott, der von seinem Sockel steigt«, fuhr Rhodan fort. »Ich bin auch kein Heiland, der in Momenten höchster Not die Lösung für alle Probleme bringt. Ich bin schlichtweg ein Terraner, dem es durch Zufall vergönnt ist, die Geschichte seines Volkes über einen sehr langen Zeitraum hinweg zu beobachten und in bescheidenem Ausmaß zu beeinflussen. Ich komme als Freund. Ich bitte euch, nehmt meine Freundschaft an.«

Neuerlich entstand eine Pause. Eine ältere Frau in Schwebstuhl begann zögernd zu klatschen. Die Alteraner um sie fielen ein, rissen andere mit, bis plötzlich der gesamte Saal mit mehreren hundert Menschen vor lauten, fast ekstatisch klingenden Jubelrufen hallte.

Rhodan unterdrückte das Zittern der Erleichterung. Er hatte auf die richtige Karte gesetzt. Keine Beweisführung anhand der in seinem Anzug gespeicherten Daten hätte die Alteraner überzeugen können, wenn er es nicht kraft seiner Persönlichkeit geschafft hätte. Sie vertrauten seinen Worten, glaubten an ihn.

Die Klimaanlage seines Anzugs hatte gehörig zu tun. Batterien mächtiger Scheinwerfer waren auf ihn gerichtet und erzeugten höllische Hitze, während er über Terra und die Entwicklungen seit dem Jahr 2409 berichtete und Holobilder aus dem Datenspeicher des Anzugs zeigte.

Von den Dolans und OLD MAN war die Rede, vom Schwarm und den Cynos. Die bewusst kurz gehaltene Erzählung über die schleichende Invasion der Laren wurde mit besonderem Interesse aufgenommen, ebenso die Worte über das Ende des Solaren Imperiums.

Die Kosmische Hanse. Die Endlose Armada. Die Gänger des Netzes. Seth-Apophis ...

Persönliche Dinge wie der Tod vieler Weggefährten belasteten ihn über alle Maßen. Immer blasser wurden die Gesichter, als der Unsterbliche auf das Zwiebelschalenmodell, miteinander ringende Superintelligenzen, Kosmokraten und Chaotarchen zu sprechen kam. Erinnerungen an die abgeschottete Milchstraße und die Regentschaft der Cantaro wogten hoch. Die Verwirrung von ES, der Wechsel ins Arresum, die Brücke der Unendlichkeit, das Erste Thoregon.

Wie in Trance fuhr er fort, warf der völlig eingeschüchterten Menge weitere Brocken terranischer Geschichte zu. Ihm war, als unterliege er in diesen Minuten und Stunden einem ähnlichen Redezwang wie mitunter sein treuer Weggefährte Atlan.

Hatte er dies alles tatsächlich erlebt? Passten so viel Geschichte und so viele Geschichten in das Leben eines Einzelnen?

Rhodan endete.

Die Menge reagierte, wie er es erwartet – und befürchtet – hatte. Die Alteraner schwiegen, sahen ihn betreten an. Bei all den Entwicklungssprüngen, die die Menschheit während der vergangenen zweieinhalbtausend Jahre durchgemacht hatte, schienen die negativen Seiten, Schmerz und Leid zu überwiegen.

»Und dennoch geht jeden Tag über der Erde die Sonne auf«, fügte er schließlich zögernd hinzu. »Wir stehen auf, wir essen, wir arbeiten, wir leben. Wir lassen uns nicht unterkriegen. Wir kämpfen mit allen Mitteln gegen unsere Schwächen an. Denn der Terraner *ist* schwach. In Körper und auch Geist sind wir vielen Mitbewohnern, Begleitern und Freunden in der Milchstraße unterlegen.

Was macht uns also aus? Warum haben wir es geschafft, nicht unterzugehen, uns durchzuschwindeln, uns in all den Schlachten, die wir für andere schlagen mussten, nicht aufzureiben?« Rhodan lächelte. »Es sind die unbändige Willenskraft und eine nicht zu unterdrückende Neugierde. Nicht mehr und nicht weniger.« Er setzte eine weitere Pause, ließ die Worte einwirken. »Alteraner sind Menschen. Sie haben unter schwierigsten Bedingungen den Kampf gegen ihre eigenen Schwächen aufgenommen. Gegen jeglichen Widerstand habt ihr auf diesem Planeten überlebt und euch erneut im All ausgebreitet. Stets neugierig, was sich hinter dem nächsten Baum, dem nächsten Berg, der nächsten Sonne befindet – und bereit, die Konsequenzen eures Tuns zu akzeptieren.« Er hob beschwörend die Arme. »Die Zeiten sind hart. Aber Altera wird nicht fallen! Und ich werde an eurer Seite bleiben, bis das Problem mit den Posbis gelöst ist.«

Er drehte sich um, ging ab, verschwand hinter einem undurchsichtigen Energievorhang.

Tosender Applaus folgte ihm.

»Du warst sehr pathetisch«, sagte Mondra. »Das bin ich von dir gar nicht gewöhnt.«

Perry wischte sich imaginären Schweiß von der Stirn. Das Gebläse des Schutzanzugs funktionierte zwar einwandfrei, doch es tat ihm gut, sich selbst zu *fühlen.* »Ich gab den Alteranern, was sie hören wollten«, rechtfertigte er sich.

»Deine letzten Worte klangen reichlich martialisch«,

hakte sie nach. »Man könnte sie auch so interpretieren, dass du zu vermehrtem Widerstand gegen die Posbis aufrufst.«

»Könnte man.« Er gähnte und reckte sich, eine Reaktion auf die Anstrengung seiner Ansprache. »Wir wissen nach wie vor viel zu wenig über die Kulturgeschichte der Alteraner. Wenn wir allerdings Laertes Michou als Beispiel nehmen, verlangt man nach starken Führerfiguren, die einem den Weg weisen. Also blieb ich vage und sagte Worte, die man in alle Richtungen interpretieren kann.«

»Und wie soll es nun weitergehen?« Mondra wischte sich eine widerspenstige Haarsträhne aus dem Gesicht.

Rhodan spannte die Backenknochen an. »Erstens sorgen wir dafür, dass die Posbis und Mauerblum endlich freikommen. Zweitens kümmern wir uns um Startac. Drittens bemühen wir uns um historisches Material über Altera. Viertens will ich an die Front. Meine Rede über ›Die Lage des Imperiums‹ habe ich geschwungen; jetzt will ich handeln.«

30. Chronik der Familie Donning: Verbündete Feinde

»... und bewahre uns vor dem Bösen, Amen!«

Ich schlug das Kreuz, gedachte in einer weiteren gemurmelten Litanei all der Opfer der vergangenen Wochen und schloss den Gottesdienst.

Die Menschen verließen das Gebetshaus. Sie alle wirkten müde und erschöpft, von den Anstrengungen des täglichen Kampfes gegen die Unbilden der Zeit gezeichnet.

Ich faltete meinen von buddhistischen Stickereien bedeckten Talar und den Tullit zusammen und packte sie gemeinsam mit den übrigen Insignien beiseite.

Wusste die Regierung denn, was sie anrichtete, indem sie derartigen Druck auf die Alteraner ausübte?

Das Raumfahrtprogramm unter dem bezeichnenden Namen »Ikarus« war vor einem knappen Jahrzehnt lanciert worden. Eine Propaganda-Maschinerie, wie sie der Planet noch niemals erlebt hatte, fuhr seitdem über die Alteraner hinweg, bearbeitete sie, zwang sie in ein exzessiv leistungsorientiertes, entmenschlichtes Gesellschaftssystem.

»Zu den Sternen!«, leuchtete es von schwebenden Werbeflächen, die jederzeit und über allen menschlichen Ansiedlungen des Planeten präsent waren. »Bewerben Sie sich bei Ikarus!«, schrien die Sprecher der verstaatlichten Radio- und Trividsender in Zehn-Minuten-Abständen über den Äther. »Jetzt zeichnen! Raum-Aktienkurse heben ab!«, verkündeten die auflagenstärksten Tagesblätter wenig subtil.

Wozu, fragte ich mich immer wieder, wozu dieses große Geschrei um neue Technologien, die unter größten Mühen entwickelt werden mussten? Tausende Tote pflasterten bereits den langen Weg ins Weltall. Dutzende Raumschiffe primitiver Bauart waren beim Start oder danach verglüht; Wissen, das man aus uralten Skripten gezogen hatte und noch von Terra herstammte, erwies sich als grundlegend falsch. Viele technische Grundlagen musste man aufgrund der besonderen Bedingungen in unserer Heimat neu entwickeln. Nur wenig funktionierte so, wie man es sich erhoffte. Und alle Rückschläge, die alteraweit erlitten wurden, gingen zu Lasten jener Menschen, die sich von bunten Schlagzeilen und bombastischen Versprechungen blenden ließen.

Andererseits war der Zustrom in den Bethäusern noch nie so groß gewesen wie in den letzten Monaten. In ihrer Verzweiflung suchten viele Schäfchen nach einem Hirten oder nach Trost, der in den philosophischen Schriften eines Konfuzius zu finden war. Die Ökumene, der ich als einer ihrer Großen Freipriester vorstand, sah in der gesamtgesellschaftlichen Entwicklung auf Altera auch durchaus Chancen.

»Gottkünder Alexis Donning?«

»Ja?« Ich drehte mich um – und zuckte zusammen.

Da stand einer der Büttel der planetenumfassenden Zentralregierung, leicht erkennbar an seiner lindgrünen Uniform, die von elf Streifen über der Brust gekreuzt wurde. Und damit man ja nicht auf die Idee kam, jemand anderen als einen »Anwerber« vor sich zu haben, trug er trotz der abgedunkelten Bethalle eine grün verspiegelte Sonnenbrille.

»Man will mit Ihnen sprechen!«, sagte er. Seine Stimme hatte diesen unmissverständlichen Befehlston, der auf den Straßen immer häufiger zu hören war. »Im Innenministerium ist man über Ihre ... Arbeit unzufrieden.«

»Dies ist ein Haus des Glaubens!«, rief ich mit einer Mischung aus Zorn und – berechtigter – Angst. »Senk die Stimme und nimm gefälligst Hut sowie die Brille ab.«

Der Anwerber wirkte irritiert. Widerrede war er offensichtlich nicht gewöhnt. Doch er gehorchte.

Plötzlich wirkte er kleiner und unbedeutender. Der modische Spitzhut hatte einen Kahlkopf verdeckt, der von einem Halbkranz blonder, dünner Haare eingefasst war. Die von tiefen Falten eingekränzte Augenpartie hingegen offenbarte Schwäche. Der Büttel wich meinen Blicken beständig aus.

»Was willst du also, Sohn?«, fragte ich ein wenig beruhigt.

»Man ... will Ihnen ein Angebot unterbreiten. Sie sollen mit mir kommen.«

»Bitte.«

»Wie?«

»Die Gesetze der Höflichkeit gelten auch für dich. Ich bin gern bereit mitzukommen, wenn du mich in aller Form darum ersuchst.«

Er schwieg lange, setzte mehrmals zum Sprechen an, flüsterte schließlich: »Würden Sie mich bitte begleiten, Gottkünder?«

»Mit dem größten Vergnügen«, antwortete ich.

Ich stand Qui Weixang gegenüber, einem der mächtigen, von düsteren Geheimnissen umgebenen Sektionsräte der alteranischen Regierung. Er galt als einer der Initiatoren des Weltraumprogramms – und als jener Mann, der es als *Rekrutierungsleiter* mit brachialer Gewalt forcierte.

»Sie behindern unsere Arbeit«, sagte er statt einer Begrüßung.

»Ich verstehe nicht«, antwortete ich, obwohl ich ganz genau wusste, worauf er hinauswollte.

»Stellen Sie sich nicht dümmer an, als Sie sind.« Er stand auf, kam näher, fixierte mich mit Blicken. »Die Bethäuser der Geordneten Kirchen stehen uns im Weg.«

Weixang war ein Mann von größeren Qualitäten als sein Laufbursche. Getriebenheit, intellektuelle Kühle und ungeheures Selbstbewusstsein waren aus Physiognomie und Gestik abzulesen.

»Die Religionen halten sich seit Jahrtausenden aus dem politischen Tagesgeschehen heraus.« Die Lüge kam mir glatt über die Zunge. »Die Dienste, die wir unseren Schäfchen anbieten, betreffen andere Bereiche des Menschseins.«

»Blödsinn, Mann!« Seine Worte wirkten schmerzlich intensiv wie Peitschenschläge, während sich der Gesichtsausdruck nicht änderte. »Wir haben Sie und viele Ihrer Kollegen beobachten lassen. Sie werfen uns Stöcke zwischen die Beine. Zugegebenermaßen gehen Sie geschickt und subtil vor, und dennoch äußerst wirksam.«

»Ich verstehe noch immer nicht, worauf Sie hinauswollen. Wir tun unsere Arbeit und schenken den Alteranern jene Aufmerksamkeit und jenes Verständnis, das ihnen anderswo entzogen wird. Als konfessioneller Freipriester für alle anerkannten Religionen gebe ich den Menschen den Trost ihres Gottes oder philosophiere mit ihnen nach taoistischen oder laoistischen Maßstäben. Würde der Staat seine Hausaufgaben besser erledigen, wären meine Dienste nicht so sehr begehrt.«

»Allein für diese subversiven Worte, die gegen den alteranischen Staat gerichtet sind, könnte ich Sie für eine halbe Ewigkeit nach Gonda versetzen lassen.«

»Wollen Sie das denn?« Ich bemühte mich um ruhige Atmung und eine selbstbewusste Haltung. Jene Tricks und Schliche, die ich am Freipriesterseminar gelernt hatte, kamen nunmehr zur Anwendung. Qui Weixang durfte keinesfalls bemerken, dass die Freien Kirchen – und ich als deren »Speerspitze« – seit langer Zeit auf diesen einen Moment hingearbeitet hatten.

Plötzlich lachte mein Gegenüber. Kurz, abgehackt und keineswegs glaubwürdig. »Die Rolle als Unschuldslamm steht Ihnen schlecht, Freipriester! Wir beide wissen doch, was gespielt wird.« Gelassen rückte er den Sitz seines einfach geschnittenen Anzugs zurecht. »Nach all den Jahrzehnten überbordender Freiheit, sexueller Befreiung, uneingeschränkten Konsumverhaltens und wachsender Orientierungslosigkeit schlägt das Pendel nun in die entgegengesetzte Richtung aus. Wollen Sie etwas trinken, Mann der Kirchen?«

»Einen Schluck Wasser, bitte.« Seine Versuche, mich durch rasche Themenwechsel zu irritieren, kamen plump. Problemlos hielt ich meine Konzentration.

Er schenkte mir aus einer marmornen Karaffe ein. »Also gut, spielen wir mit offenen Karten.«

»Ich dachte, dass wir das ohnehin tun?« Ich gab mir den Anschein der Verwunderung.

Weixang verzog unwillig das Gesicht. »Sie wissen, *was* ich meine – und *wie* ich es meine.«

Ich tat so, als müsste ich einen Moment nachdenken. »Einverstanden.«

»Gut.« Der Politiker, der im Verdacht stand, einer jahrhundertealten Han-Sekte anzugehören, machte es sich hinter seinem Schreibtisch bequem und faltete die Hände. »Unsere Demografen und Sozialforscher haben diese Entwicklung vorhergesehen. All diese Zügellosigkeit musste einmal ein Ende haben. Meine Vorgänger haben sich als ausreichend weise erwiesen, die Zügel schleifen zu lassen – um sie im richtigen Moment wieder anzuziehen. Die strenge Hand, nach der sich das Volk sehnte, wurde ihm geboten. Wir verordneten den Alteranern ein definiertes Zielprogramm, dem eine atemberaubende Vision zugrunde liegt. Die Rückkehr in den Weltraum schafft ein Gefühl der Aufregung und der Sensation, dem sich kaum ein Mensch entziehen kann. Dieses Manöver hat in den letzten Jahren zu unserer größten Zufriedenheit gewirkt ...«

»... und einer straffen, militärisch strukturierten Führungselite Vorschub geleistet«, vollendete ich.

»So ist es.« Qui Weixang bestätigte meine Worte nüchtern und ohne schlechtes Gewissen. »Leider sind wir trotz aller Vorsicht über unser Ziel hinausgeschossen. Wir haben die Leidensbereitschaft des Volkes sichtlich überschätzt.« Er sah mich wieder direkt an. »Womit wir bei den Freien Kirchen und den Freipriestern angelangt wären. Bei Ihnen, einem der profiliertesten Männern des Glaubens. Sie nennen sich wahlweise Scherif, Yogi, Bischof, Swami, Panchen Rinpoche oder Großrabbiner. Subversive Provokation ist jenes Gebiet, auf dem sie sich zu Hause fühlen. Sie eröffnen den Alteranern Fluchtwege und erstellen Modelle, die unseren Vorstellungen entgegenlaufen. Auch wenn die Freien Kirchen es niemals aussprechen würden: Ihr ... Verein behindert uns!«

»Wir beharken lediglich jene Wiese, die Sie unbeackert lassen.«

»Und bringen damit die alteranische Regierung in eine unmögliche Situation! Verdachtsmomente werden laut, das Weltraumprogramm sei doch nicht das Gelbe vom Ei. Eine so genannte Freie Presse etabliert sich.« Er drückte mir einen Packen dicht beschriebener Schreibfolien in die

Hand. »Das hier ist Ihr Werk, Donning! Intellektuellenzirkel. Streikversammlungen. Gewerkschaften. Arbeitsverweigerung. Passiver Ungehorsam.« Er spuckte die Worte mit sichtlicher Verachtung aus.

»*Das alles* wollen Sie Mutter und Vater Kirche anlasten?«

»Nein. Nur deren Vertreter, die, wie ich insgeheim vermute, besondere Ziele verfolgen.«

»Sie werfen uns vor, eigene Interessen über jene des alteranischen Volkes zu stellen?«

»Genau.«

Ich schwieg, drehte mich um und betrachtete die nackten Wände des einfachen, schmucklosen Büros. Ein paar Sekunden benötigte ich, um mir die richtigen Worte zurechtzulegen.

»Na schön, Qui Weixang«, sagte ich dann, »Sie haben recht. Uns stört selbstverständlich, wie Sie mit den Alteranern umgehen. Das Leid der Menschen lässt uns nicht unberührt. Und dennoch sehen die Freien Kirchen auch eine große Chance ...«

Der Beamte unterbrach mich. »Also darf ich Ihre derzeitige Arbeit als Kampfansage an den Staat sehen?«

»Keineswegs, Rekrutierungsleiter!« Ich lächelte. »Es ist ein *Angebot*, das mit dem notwendigen Nachdruck vermittelt wird.«

»Sie und Ihre schönen, verklausulierten Worte!« Verächtlich blies er Luft aus. »Die Freien Kirchen wollen einen Anteil an der Macht. Unser Staat, der, von breiten Bevölkerungsschichten unbemerkt, umfassender Änderungen unterzogen wird, soll sich die Beute mit religiösen Führern teilen?«

»Wie definieren Sie ›Beute‹?« Nun, da die Katze aus dem Sack war und es in den Verhandlungen nur noch um eine Art Verteilungsschlüssel ging, machte es durchaus Spaß, den Mann ein wenig zu reizen.

»Macht, die über Jahrhunderte hinweg einzementiert und halten wird«, gab er kühl zur Antwort. »Strukturen, die die Essenz unserer Analyse der alteranischen und terranischen Geschichte berücksichtigen werden. Eine Vision, die dem Menschen den Weg ins All ebnen soll – und in ihm gleichzeitig den Glauben an eine allumfassende Staatskraft aufrechterhält. Seit zehn Jahren arbeiten wir darauf hin. Irgendwann werden sich die ersten Raumschiffe erheben, das alteranische System erforschen und sich tiefer in unsere heimatliche Galaxis Ambriador wagen. Das ist so sicher wie das Amen im Gebet, wie Sie wohl sagen würden. Die alteranische Regierung wird die eigene Großartigkeit feiern und sich selbst über den grünen Klee loben – und weitere Ziele abstecken, neue Forderungen stellen. Der Mensch darf keine Ruhepause bekommen, niemals die Zeit erhalten, um über Vernunft und Unsinnigkeit dieses Wegs nachzudenken.«

»Die Kirchen hätten die Möglichkeiten, frei fliegende Gedanken des einfachen Volks möglichst ... einzuschränken.«, sagte ich bescheiden. Ich wusste, dass wir am Ziel unserer Wünsche waren. »Der Staat bekommt den Menschen, wir erhalten deren Seelen. Habe ich das richtig verstanden?«

»Jawohl.« Qui Weixang entblößte ein makelloses Gebiss und grinste mich an. »Wir würden uns geehrt fühlen, mit Ihnen zusammenarbeiten zu dürfen.« Er verbeugte sich knapp.

»Die Freude ist ganz auf unserer Seite. Streiks, Diskussionsrunden, passiver Widerstand und so weiter sind somit Geschichte. Die Freien Kirchen stellen sich ab nun an die Seite der Regierung und erhoffen sich eine gedeihliche, reibungslose Zusammenarbeit.«

»Einverstanden.« Er verabschiedete mich mit einem

widerlich weichen Händedruck. »Unsere Fachgremien und Ihr zweifellos hervorragend vorbereitetes Verhandlungsteam sollten sich in den nächsten Tagen zusammensetzen, um erste Schritte dieser ... Synergiearbeit zu besprechen.«

Ich nickte ihm zu, deutete eine knappe Verbeugung an, drehte mich um und öffnete die einzige Tür seines Büros.

»Eine Frage noch!«, rief mir Qui Weixang hinterher.

»Bitte?«

»Inwieweit ist unser ... Deal mit Ihrem Seelenheil vereinbar?« Er grinste mich spöttisch an, wollte wohl, dass ich mich irgendwie schlecht fühlte.

»Ich bin Priester, Rabbi, Imam und Lebensberater in jeglicher Hinsicht«, gab ich wahrheitsgemäß zur Antwort. »Es erfordert enorme Kraft und Wille, diese Funktionen in ihrer Gesamtheit erfassen und ausfüllen zu können. Doch bis man es endlich einmal geschafft hat, so können Sie mir glauben, ist einem jeglicher Glaube längst abhanden gekommen.«

31. Perry Rhodan: Ein Höflichkeitsbesuch

»Du wirkst so nachdenklich«, sagte Mondra.

»Ich musste an den ganzen Schreibkram denken, der sich bei uns zu Hause anhäuft.«

»Wie kann man mit so wenig Talent zur Lüge derart alt werden?« Verschmitzt lächelte sie ihn an. »Was ist los?«

»Würden meine Gegner mich nur halb so gut kennen wie du, wäre ich von der ersten Minute an verloren gewesen«, wich er aus.

Er wollte nicht darüber sprechen, was ihn beschäftigt. Visionen eines zusammenhängenden Bildes, die ihn quälten. Nur ungern dachte er daran. Im Lauf der letzten Jahrzehnte und all der Erkenntnisse, die der Terraner während dieser Zeitspanne gewonnen hatte, war es ihm fast zuwider geworden, die Größe der drohenden Ereignisse zu akzeptieren.

Hatte Lotho Keraete sie *nur* hierher geschickt, damit Rhodan eine Kriegssituation aufklärte und beseitigte? Sicher, die existenzielle Gefahr durch die Posbis war offenbar, die Laren verkomplizierten die Lage. Reichte das nicht aus? Doch Rhodan kannte ES viel zu gut. In die Niederungen herkömmlichen Lebens begaben sich die höheren Entitäten nur selten. Schließlich bestimmten sie über eine Vielzahl an Figuren, die sie beliebig über ein kosmisches Schachbrett verschoben. Was der Bauer tat, hatte Auswirkungen auf das Stellungsspiel des Springers oder die Dame, und umgekehrt.

Rhodan wurde den Verdacht nicht los, dass auch bei diesem Auftrag, den er enthalten hatte, die entstehende Negasphäre in Hangay eine Rolle spielte, ein Gebilde, in dem Chaos herrschte, die Gesetze von Raum und Zeit keine Gültigkeit mehr hatten. Sie galt nach allgemeingültiger Definition zumindest bei den Terranern als *das* schicksalsträchtige Ereignis, zu dem sich alles hinentwickelte.

Anfänglich waren da Andeutungen gewesen, Hinweise und Warnungen. Dann kleine Zeichen, zufällige Begegnungen und Vorahnungen Beteiligter. Und nun ... ja, was nun? Wann würde der große Schlag erfolgen? Der Hieb in die Magengrube, den eine geschwächte Menschheit verkraften und kontern musste?

In den seltensten Fällen galaktischer Geschichtsschreibung war es um die Terraner selbst gegangen. Aber sie hatten so oft im Weg gestanden, dass Rhodan nicht mehr an Zufälle glaubte. Die Negasphäre in Hangay war möglicherweise ein weiteres Streiflicht auf dem Weg zur Erfüllung ihres kosmischen Schicksals – oder aber die Endstation. Nichts und niemand würde ihm Antworten geben. Er, der Unsterbliche, musste erst einmal die richtigen Fragen definieren, um die Situation richtig beurteilen zu können.

Er schwieg, und Mondra spürte, dass er nichts dazu sagen würde.

»Gehen wir!« Sie zog den Unsterblichen mit sich. »Der Weg zu Anton Ismaels Büro ist ausreichend weit. Ich möchte währenddessen darüber grübeln, ob du mich beleidigen oder mir schmeicheln wolltest.«

»Ausgeschlossen!«, sagte der Regierungschef. Er wirkte nervös und ungeduldig. »Wir werden die Posbis unter keinen Umständen freilassen.«

»Aber ...«

»Es gibt keinen Einwand, den ich gelten lasse!« Ismael ließ Rhodan nicht einmal zu Wort kommen. »Vielleicht könnte ich mich persönlich mit der Existenz eines ... befreundeten Maschinenwesens in unserer Stadt abfinden. Aber die Wirkung auf die breite Öffentlichkeit wäre schrecklich. Das Thema ›Künstliche Intelligenz‹ unterliegt einer Belastung, die Sie sich nicht vorstellen können. Es ist nicht nur ihre Existenz schlechthin, auch nicht ihr Aussehen, ihre Skrupellosigkeit oder all das Blut, das sie vergossen haben. Die Angst vor den Posbis hat längst das Leben der Alteraner in all seinen Facetten durchdrungen. Heutzutage unterliegen wir beschämenden Einschränkungen, trauen uns kaum noch, Gleiter, automatisierte Küchengeräte oder Trivid-Geräte zu benutzen. Immer haben wir die Angst im Hinterkopf, uns den weitläufigen ›Verwandten‹ der Maschinenwesen auszuliefern. Führende psychiatrische Kliniken bieten vermehrt Kurse gegen Kyberphobie an, um hysterischen Alteranern die Angst vor ihrem Haushalt zu nehmen. Schutzmaßnahmen gegen Virenprogramme und Schutzschirmtechnologien nehmen heutzutage mehr als dreißig Prozent unseres Budgets in Anspruch. Von vielen Forschungsteilbereichen müssen wir die Finger lassen, weil die Entwicklungsstrukturen zu komplex werden und weitere potenzielle Gefahrenherde bei Begegnungen mit den Posbis darstellen. Können Sie sich die Dimensionen all dieser Dinge vorstellen?«

»Ich versuche es«, antwortete Rhodan nachdenklich.

»Können Sie uns wenigstens garantieren, dass Nano, Drover und Mauerblum im Festwerk in Ruhe gelassen werden?« Mondra legte den Kopf bedächtig zur Seite. »Ihr Staatsmarschall hätte sicherlich großes Interesse daran, an die Speicher und Rechner unserer Begleiter zu kommen. Und das dürfen wir unter keinen Umständen gestatten. Die beiden Posbis und der Matten-Willy genießen in der heimatlichen Milchstraße einen ganz anderen Status als hierzulande. Wenn Sie so wollen, kann man die drei als außeralteranische Diplomaten ansehen.«

»Ich werde sehen, was sich machen lässt.« Ismael nickte knapp. »Michou hat noch lange nicht die Macht und Kompetenz, meine Anweisungen zu umgehen. Auch wenn es in mancher Hinsicht erbärmlich um Altera bestellt ist, leben wir noch immer in einer Demokratie.«

»Vielleicht könnten wir die Posbis besuchen?«, hakte Rhodan nach. »Ich muss einiges mit ihnen besprechen.«

»Besprechen?« Der Regierungschef riss die Augen weit auf. »Aber es handelt sich doch um Maschinenteu...« Er verstummte, schüttelte, um Verzeihung bittend, das Gesicht. »Um ehrlich zu sein, möchte ich Sie bitten, mich auf einer kleinen Reise zu begleiten, zu der ich so rasch wie möglich aufbrechen möchte.«

»Wohin? Auf einen anderen Kontinent?« Rhodan lächelte müde. »Ich hätte gute Lust, Altera näher kennen zu lernen, aber mich juckt es zwischen den Zehen. Das ist ein untrügliches Zeichen dafür, dass mir die Decke auf den Kopf fällt.«

»Das freut mich zu hören.« Ismael atmete tief durch. Seine Stimme verlor an Kraft, während er fortfuhr: »Denn ich wollte an die Front reisen, um nach dem Rechten zu sehen. Ins Kanton-System. Die Posbis fliegen derzeit ihre Attacken gegen Fort Kanton, einen der strategisch wichtigsten Planeten des Imperium Altera.«

Mondra und Rhodan sahen sich erschrocken an.

»Vor wenigen Minuten erst habe ich die Funknachricht über den Angriff bekommen. Ich möchte Ihnen gern mehr über die Bedeutung Fort Kantons erzählen, aber wir sollten das unterwegs tun. Die Zeit drängt.«

»Einverstanden.« Da gab es nicht viel zu überlegen für

Rhodan. So zynisch es angesichts von Tod, Schlacht und Kriegsgeschehen auch klingen mochte, für ihn galt, sich möglichst vor Ort einen persönlichen Eindruck von den ambriadoranischen Posbis zu machen. Vielsagend sah er Mondra an.

»Du solltest nicht einmal daran denken, mich hier zurückzulassen, damit ich mich um Startacs Schicksal kümmere!« Stocksteif stand die ehemalige TLD-Agentin da, atmete ruhig und beherrscht. »Das wird kein Solo-Abenteuer eines gelangweilten Terranischen Residenten. Du wirst dich damit abfinden müssen, dass dein Kindermädchen dich begleitet.«

»Das habe ich befürchtet.« Rhodan lächelte.

»Wer zum Teufel ist dieser Startac?« Ismael wirkte verärgert darüber, aus dem Gespräch ausgeschlossen worden zu sein.

»Warum wundert es mich nicht, dass Ihnen der Name Startac Schroeder unbekannt ist?« Der Unsterbliche wandte sich dem alteranischen Regierungschef zu. »Offensichtlich hat Ihnen Ihr Stellvertreter ein paar Informationen verschwiegen, die er unzweifelhaft besitzt. Was mich umso mehr davon überzeugt, dass Michou nicht zu vertrauen ist.« Mit wenigen Worten erzählte er Ismael von dem als vermisst geltenden Teleporter.

»Und Sie haben es nicht der Mühe wert gefunden, mich bereits früher von Ihrem Begleiter zu informieren?« Das Gesicht des Regierungschefs lief rot an. »Bei allem Respekt, das ist ein eindeutiger Vertrauensbruch.«

»Versetzen Sie sich in unsere Situation, Ismael.« Mondra übernahm es, ihr Gegenüber zu besänftigen. »Wir wussten nicht, was uns auf Altera erwartet. Die Gefangenschaft im Festwerk auf Gonda hat nicht gerade dazu beigetragen, dass wir uns unter Freunden fühlten. Also dachten sowohl

Perry als auch ich, dass es wohl besser wäre, noch einen Pfeil im Köcher zu haben.«

»Mittlerweile machen wir uns allerdings Sorgen um unseren Freund«, ergänzte der Unsterbliche.

»Sie verdächtigen den Staatsmarschall, eine kleine Schweinerei mit Ihrem Begleiter vorzuhaben?«

»Ein Mutant, der noch dazu über die Erfahrung von fünfzig Jahren im Dienst der terranischen Regierung besitzt, ist ein verlockendes Ziel für einen Mann wie Michou. Warum sollte er bei Startac anders reagieren als bei uns?«

»Nun gut.« Ismael seufzte. »Dann werden wir seine Existenz unseren Einsatzkräften gegenüber bekannt geben und nach ihm suchen lassen. Der Befehl wird an die Legion Alter-X ergehen. Mal sehen, wie mein hochverehrter Stellvertreter darauf reagiert. Aber nun bitte ich Sie, mich zu begleiten. Unser Schiff wartet bereits. Ich kann diese Angelegenheit auch während des Transfers koordinieren.«

Auf ein Signal hin öffnete sich eine getarnte Tür im schlicht gehaltenen Büro des alteranischen Regierungschefs. Zwei Ordonnanzen, groß, muskulös und schweigsam, nahmen sie in Empfang und geleiteten sie in raschem Stechschritt durch schmale Gänge und über einen unscheinbaren Aufzug aus dem obersten Stockwerk der Administration hinab in den unterirdischen Teil des Gebäudes. Ein Gefährt, das Rhodan mit einem »Rohrgeschoss« assoziierte, setzte sich in Bewegung, als sie die Glastüre hinter sich geschlossen und in engen Sitzen Platz genommen hatten. Die Reise führte durch einen Tunnel aus grob behauenem Mauerwerk. Schlieren und Streifen von vereinzelten Lichtern zogen mit rasender Geschwindigkeit an ihnen vorbei. Das Tempo war dank des Einsatzes von Prallfeldern nicht zu spüren, wirkte aber dennoch Angst erregend, selbst für einen Perry Rhodan.

Anton Ismael hingegen schien den Hochgeschwindigkeitstransport gewöhnt zu sein. Über eine dünne Hör-/Sprecheinheit, die er sich mit erschreckender Brutalität in Hals und Ohren rammte, kommunizierte er während der Reise mit Mitarbeitern.

»Leider nichts«, sagte er, nachdem sie dem Rohrgeschoss entstiegen. »Michou schwört Stein und Bein, dass er von diesem Startac Schroeder noch nie etwas gehört und ihn demnach auch nicht in seinem Gewahrsam hat. Auch sonst gibt es kein Lebenszeichen von Ihrem Begleiter. Die Legion Alter-X ist jedenfalls angehalten, nach ihm zu suchen und ihn als Verbündeten zu behandeln.«

»Ist es ratsam, mit der Suchaktion ausgerechnet die Hausmacht Ihres Intimfeindes zu betrauen?«

Ismael lächelte bitter. »Wem auch immer ich diese Aufgabe übertrüge, Laertes bekäme davon Wind. Also ist es nur vernünftig, ihm die Sache offiziell zu übertragen. Zumal die Agenten der Legion die besten auf ihrem Gebiet sind. Außerdem sind wir übereingekommen, Ihre gestrige Rede heute über alle Nachrichtenkanäle verlautbaren zu lassen. Ich kann mir vorstellen, dass ein Ruck durch die Alteraner geht, wenn man Sie sprechen hört. Sie waren wirklich beeindruckend.«

»Danke sehr.«

Sie schwiegen lange, während sie auf einem Fließband dahinglitten, das in einer sanften Kurve durchs Gestein aufwärts führte. »Ich beneide Sie nicht um Ihre Position«, sagte Rhodan schließlich.

»Ich habe gehört, dass Sie es auch nicht immer leicht hatten«, erwiderte Ismael. Er zeigte ein strahlendes Lächeln, das nicht zu diesem ernsthaften Gesprächsthema passte. »Aber haben Sie jemals aufgegeben?«

32. Startac Schroeder: Kurzes Erwachen

Die Paralyse ließ allmählich nach, und irgendwie hatte er das Gefühl, dass der Prozess des körperlichen Erwachens mit Absicht in die Länge gezogen wurde, als wolle man ihn durch eine zusätzliche Dosis Schmerz weiter schwächen.

»Ich habe Ihretwegen gelogen«, sagte eine unangenehm schneidende Stimme, deren Besitzer sich unablässig von links nach rechts bewegte.

Startac hielt die Augenlider, die sich trocken und seltsam schwer anfühlten, vorerst geschlossen.

»Ich habe mich über Konventionen hinweggesetzt, an die ich mich bislang stets gehalten habe.« Erneut marschierte der Kerl, den Schroeder *ungesehen* hasste, von einer zur anderen Seite. »Ich tat es, weil ich der Überzeugung bin, dass Sie das Risiko wert sind.«

Eine Pause folgte, während der sich der Mutant bemühte, möglichst ruhig und regelmäßig zu atmen. Der andere sollte ruhig glauben, dass er die Wirkung der Paralyse noch nicht überwunden hatte.

»Sparen Sie sich die Scharade, Startac Schroeder. Wir wissen längst, dass Sie wach sind.«

Nun gut, er musste sich der Wirklichkeit stellen. Trotz der Klebrigkeit und des Juckreizes in den verkrusteten Winkeln öffnete er die Augen.

Gleißendes Licht brach über ihn herein. Eine verschwommene Gestalt, grau in grau, huschte an ihm vorbei. »Machen Sie sich keine Sorgen«, sagte der Mann, »Sie werden bald wieder ausgezeichnet sehen. Man hat Ihnen nach Einsetzen der Wirkung der Paralyse die Augen zu spät geschlossen. Wir mussten mit einem Spray dafür sorgen, dass Ihre Netzhaut keine bleibenden Schäden zurückbehält.«

»...rrr sind Sie?« Diese Stimme, krächzend und knarrend wie eine abgetretene Holzbohle, war seine eigene.

»Das tut momentan nichts zur Sache. Viel wichtiger ist die Frage, wer *Sie* sind – und was Sie für mich tun werden.«

»...chch verstehe nicht.«

»Das habe ich auch nicht erwartet. Ich habe keine Lust, Sie mit Details über Ihre Gefangennahme und über die besonderen Umstände zu verwöhnen, unter denen ich Sie hierher bringen ließ.« Der Soldat, dessen hageres Gesicht Startac immer deutlicher sehen konnte, atmete tief durch. »Ich werde Ihnen sagen, was ich von Ihnen verlange. Sie sind ein so genannter Mutant. Ein Teleporter, wie ich feststellen durfte. Mit dieser Fähigkeit können Sie sich rühmen, ein einzigartiges Talent auf Altera zu besitzen. Nie zuvor in unserer Geschichte wurde eine derartige Psi-Fähigkeit an einem Menschen in Ambriador festgestellt. Ich habe den Wunsch, dieses Talent für meine Zwecke zu nutzen.«

»...ächcherlich!«

»Mein Geduldsfaden, bekanntermaßen kurz und nicht besonders strapazierfähig, wurde in den letzten Stunden und Tagen mehrmals bis aufs Äußerste gespannt. Ihr Begleiter Perry Rhodan und ich verkehren nicht gerade freundschaftlich miteinander. Sein Verständnis von Humanismus und Menschenwürde deckt sich nicht unbedingt mit dem meinen.«

»Ich glaube auch nicht, dass *wir* uns besonders gut verstehen werden.« Kribbeln machte sich in den Gliedern breit. Es ähnelte diesem seltsamen Effekt, mit dem Blut durch eingeschlafene Beine und Arme zu zirkulieren beginnt.

»Ich spreche auch nicht von Freundschaft.« Der Mann blieb stehen. »Ich fordere Sie auf, mir zu gehorchen und zu Diensten zu sein. In meinem Kampf gegen Posbis und Laren und ... gegen andere wären Sie mir von großer Hilfe.«

»Ich bin Bürger der LFT und unterstehe während meiner Mission niemand anderem als Perry Rhodan.«

»Sie befinden sich auf alteranischem Staatsgebiet. Diese Liga Freier Terraner kann mich, offen gesagt, kreuzweise.« Der Mann deutete mit spitzem Finger auf den Mutanten. »Mir fehlt die Zeit, um mich in endlosen Frage- und Antwortspielen zu ergehen. Ich möchte nur eins wissen. Werden Sie für mich arbeiten?«

Ein Größenwahnsinniger! Wie konnte der Soldat erwarten, dass er ihm allein aufgrund seiner hässlichen Visage die Treue schwören würde? Was für eine Vermessenheit!

»Ich muss Ihr Angebot höflich, aber energisch ablehnen«, sagte Schroeder. »Ich bin bereit, die letzten paar Stunden aus meinem Gedächtnis zu streichen, wenn Sie mich nun zu Perry Rhodan bringen ...«

»Koblenz!«, rief der Mann über seine Schulter, »kümmern Sie sich um unseren Gast! Er möchte gern mit uns argumentieren ...«

Und während der Schmerz kam, sich langsam, schleichend, wie zunehmende Hitze durch seinen Körper bewegte, verstand Startac: Dieser Bastard hatte ihm niemals eine Chance, eine Wahl gelassen. Er hatte lediglich nach einem billigen Vorwand gesucht, um ihn der Folter auszusetzen. Um ihn zu quälen und gefügig zu machen.

Startac streifte das äußere Ich ab, vergaß seine Körperlichkeit, konzentrierte sich auf den Sprung. Er *musste* es probieren. Allein, um die Gewissheit zu haben, dass er nichts unversucht gelassen hatte.

Der Sprung, ins Unbekannte gezielt, gelang.

Eine Mikrosekunde lang.

Dann brandete Startac wie eine Wasserperle gegen feurig heißes Gestein, verging in alles verzehrender Hitze, zerschmolz, zergarte. Sein Körper rematerialisierte in einem Kochtopf aus Pein, der augenblicklich jeglichen Bewusstseinsfunken erlöschen ließ.

33. Fort Kanton: Die Geheimwaffe

Alles an Darius war Müdigkeit und Schwäche. Seine Willenskraft, auf die er sich stets verlassen hatte können, war dahin. Die Sensation, dem Angriff der Posbis einmal mehr widerstanden zu haben, erzeugte keinen weiteren Motivationsschub in ihm. 500 Fragmentraumer aus Blech und gefüllt mit seelenlosem Blech trudelten zwar, zu bizarr verbogenen Klumpen zerschmolzen, durch die Schwärze des Alls; aber wo lag der Sinn darin, verdammt noch mal, wenn zugleich mehrere Tausend seiner Kameraden ihr Leben gelassen hatten?

Zwei Stunden Schlaf, während derer ihn ein bibbernder Zodiak Cord vertreten hatte, reichten bei weitem nicht, um das Gefühl der Lethargie aus seinem Kopf zu vertreiben. Auch der Medikamenten-Cocktail, den ihm eine Bordpsychologin verschrieben hatte, erzielte keinerlei Wirkung.

»Status der Flotte?«, fragte er über den bordinternen Ohrwurm leise einen Neben-Operator. Seine Gesprächs partnerin saß links von ihm drei Reihen von ihm entfernt.

»Zweiundfünfzig Schlachtschiffe. Hundertdrei Schwere Kreuzer. Zweihundertachtundvierzig Leichte Kreuzer. Dreiunddreißig TRIANGOLO-Raumforts«, antwortete die junge Frau.

Die Heimatflotte von Fort Kanton war auf ein Drittel reduziert. Der Blutzoll war zu hoch. Das nächste Aufeinandertreffen mit den Posbis würde unzweifelhaft ihr letztes sein.

»Es gibt auch eine gute Nachricht«, sagte das Mädchen.

Er hatte es noch nie zuvor an Bord gesehen. Es war vielleicht siebzehn oder achtzehn Jahre alt. Möglicherweise noch Jungfrau, möglicherweise noch nie verliebt gewesen, höchstwahrscheinlich zum Tode verurteilt, bevor sie erfuhr, was *Leben* bedeutete.

Was für defätistische Gedanken! Nicht einmal die Medikamente sprachen mehr an. Emotionale Bilder, die in dieser Lage außerordentlich behindernd wirkten, schwappten hoch, wurden kräftiger, beeinflussten sein Urteilsvermögen.

»Was für gute Nachrichten?«, fragte er schließlich. Er starrte ihr unverhüllt auf den knospenden Busen, kümmerte sich nicht um irgendwelche Konventionen.

»Eine ... eine Entsatzflotte von Altera ist hierher unterwegs«, sagte das Mädchen. Es errötete, kreuzte instinktiv die Arme vor dem Oberkörper.

»Tatsächlich?« Darius kicherte. »Wie viel Kanonenfutter schicken sie uns denn?«

Er wusste ganz genau, dass die Kapazitäten des Imperiums Altera auch auf dem Zentralplaneten nicht mehr ausreichten, um die Reihen derer, die gestorben waren, adäquat zu füllen.

»Fünfzig Schlachtschiffe und hundertzehn Leichte Kreuzer.«

Lachhaft! Die Posbis würden über sie hinwegfahren, mit oder ohne Beteiligung dieses Nachschubkonvois.

»Man hat uns per Funk eine Überraschung versprochen, die eine Wende bewirken könnte.«

»Tatsächlich?« Darius spürte einen Hauch von Erregung, klammerte sich verzweifelt daran fest. War es endlich so weit? Würde die Geheimwaffe TIGER zum Einsatz kommen?

»Anton Ismael höchstpersönlich soll an Bord des Leitschiffes sein«, fuhr das Mädchen schüchtern fort.

Der alteranische Regierungschef! Der Feigling höchstpersönlich traute sich endlich einmal aus seinem Rattenloch.

Aber wieso kam er, und nicht der für TIGER zuständige Staatsmarschall Laertes Michou? Darius wäre wesentlich wohler in seiner Haut gewesen, hätte er »den Kommandeur«, wie er nach wie vor im Flottenjargon genannt wurde, an der Spitze der Reserveschiffe gewusst.

Egal.

Er spürte das Adrenalin, fühlte, wie sein Herzschlag beschleunigte. Kraft und Wille kehrten zurück, füllten ihn einmal mehr aus. Zwar nicht in jenem Ausmaß, wie er es sich gern gewünscht hätte, aber immerhin. Er lief wieder zu »Betriebstemperatur« auf.

»Das ist gut«, brachte Darius hervor. »Und jetzt möchte ich umgehend die Statusmeldungen aller kantonschen Einheiten. Und schalte sie mir gefälligst in meinen Ortertank, Mädchen. Du bist zwar ein hübscher Anblick, aber von deiner Arbeit verstehst du nichts.«

Darius Beng-Xiao befand sich wieder in seinem Element.

Die Entsatzflotte benötigte für die Strecke von 616 Lichtjahren einen ganzen Tag. 24 Stunden endlosen Wartens, die Fort Kanton in steter Alarmbereitschaft verbrachte. Immerhin schaffte es Darius, eine weitere kurze Ruheschicht einzulegen und unruhigen Schlaf zu finden. Die Angst verfolgte ihn selbst in seinen Träumen. Die Posbi-Armada konnte jederzeit zum entscheidenden Schlag ausholen, wie er nur zu gut wusste.

Nach einem hastig eingenommen Frühstück kehrte er

zurück an seinen Arbeitsplatz, in diesen heißen, unangenehm düster beleuchteten, stets schlecht durchlüfteten Raum. Er vertrieb seinen Vertreter und tat seine Arbeit.

Die Schiffe, auf denen ihrer aller Hoffnungen beruhten, mussten jeden Moment hier eintreffen. Und mit ihnen hoffentlich TIGER ...

Der Überlichtfaktor alteranischer Einheiten lag im Normalfall zwischen 200 000 und 250 000. Die Spitzenwerte von 750 000 ergaben nur bei Noteinsätzen über eine Distanz von weniger als 500 Lichtjahren Sinn. Andernfalls riskierte man mit hoher Wahrscheinlichkeit ausgebrannte Triebwerke und Manövrierunfähigkeit.

Die Normgeschwindigkeit musste zudem an die chaotischen Rahmenbedingungen angepasst werden, die ihnen seit Beginn der alteranischen Weltraumfahrt die Improvisation als allerhöchste Maxime aufzwang. Nie kehrte Routine ein. Jede Reise wurde unter neuen, anderen, ungewohnten Voraussetzungen geflogen. Seit einigen Jahren galt es, einem weiteren Erschwernisfaktor Rechnung zu tragen: Der so genannte Hyperimpedanz-Schock erforderte es, möglichst triebwerksschonend zu arbeiten. Hyperkristalle waren rar.

Und damit kehrten Darius' Gedanken in die Gegenwart zurück. Fiel Fort Kanton mit seinen gewaltigen Hyperkristall-Reichtümern den Posbis in die Hände, würden nicht nur Milliarden Alteraner ihr Leben verlieren, sondern auch die restlichen Schiffseinheiten des Imperiums à la longue ihre Bewegungsfreiheit verlieren.

160 Impulse erschienen am Rande seines Ortungstanks.

Das Entsatzkontingent hatte es geschafft! Die Schiffe waren knapp außerhalb des Kanton-Systems in den Normalraum zurückgekehrt!

Darius atmete erleichtert durch und sandte nach Abschluss der üblichen Prüfroutinen das vereinbarte Signal an die Kommandantur. Verhaltener Jubel brach in der Ortung aus, verbreitete sich rasch von Abteilung zu Abteilung.

Funksprüche auf höchster Ebene wurden ausgetauscht, wie Darius anhand seiner Beobachtungswerkzeuge verfolgen konnte. Leider besaß er weder Kompetenz noch Autorität, sich in die Unterhaltungen einzuschalten. Also musste er warten, endlos lange warten ...

Endlich hallte das sehnsüchtig erwartete Knacken durch den Raum. Kommandant Severin Kombone meldete sich in einer Generalschaltung, die im letzten Winkel der SHENYANG zu hören war, zu Wort.

»Kameraden«, sagte er mit seiner tiefen Stimme, »es ist etwas ganz Besonderes geschehen.« Pause. »Es lässt mich hoffen, dass sich das Imperium Altera doch noch aus dieser schier ausweglosen Situation befreien und die Maschinenteufel besiegen kann.« Er klang so aufgekratzt wie ein Leutnant, der soeben sein erstes eigenes Kommando übertragen bekam. »Unser Regierungschef Anton Ismael setzt in wenigen Minuten auf die SHENYANG über. Ihn begleitet eine Person ... eine Persönlichkeit ...« Eine neuerliche Pause. Das tiefe Atmen, das Schnappen nach Luft, war selbst über die schlechte Bordverbindung deutlich zu hören. »Ich möchte die frohe Botschaft nicht vorwegnehmen. Eigentlich kann ich es selbst nicht glauben, dass ...« Die Botschaft brach ab.

Seine letzten Worte waren hysterisch gefärbt gewesen und kaum mehr verständlich. Hatte der Kommandant etwa *geweint*?

Atemlose Stille breitete sich im Schlachtschiff aus. Darius sah, wie nach und nach jegliche Aktivität erlosch.

Die Alteraner standen an ihren Wirkungsstätten umher, starrten ratlos vor sich hin, warteten auf diesen mysteriöse Begleiter Anton Ismaels.

Wer konnte es sein? Wer galt mehr als der Regierungschef oder Laertes Michou?

Wer?

34. Perry Rhodan: Heldenhafte Verehrung

Die Alteraner an Bord des Flottenschiffs gafften ihn an, verloren in seiner Gegenwart ihre Stimme, brachen in Hysterie aus.

Viele der Soldaten brachten ihm grenzenlose Hochachtung entgegen, die durch nichts erklärbar schien. Kaum einer wagte es, ihm in die Augen zu sehen.

Rhodan war es gewohnt, bewundert, gehasst oder beneidet zu werden. Aufgrund seiner Unsterblichkeit begafften ihn viele Menschen der Milchstraße wie ein seltenes Tier im Zoo. Aber als er die SHENYANG betrat und einer Vielzahl todmüder, verzweifelter Frontsoldaten begegnete, stellte er fest, dass die Verehrung seiner Person im Imperium Altera eine Dimension erreichte, die alles in den Schatten stellte.

»Das ist Major Severin Kombone«, stellte ihm Anton Ismael den Kommandanten des Schlachtschiffs vor.

Der klein gewachsene Soldat brachte kein Wort hervor. Die Hand, die er zum Gruß reichte, zitterte wie die eines Schwerkranken.

»Stehen Sie bequem«, sagte Rhodan möglichst entspannt. »Es gibt keinen Grund, vor Ehrfurcht in den Boden zu sinken.«

»Jawohl, Sir, ja!«, sagte der Major reflexartig und nahm neuerlich eine verkrampfte Habtacht-Stellung ein.

»Ich halte es für vernünftig, wenn meine Anwesenheit an Bord aller Schiffe der kantonschen Flotte bekannt gegeben wird. Können Sie das gemeinsam mit Regierungschef Ismael für mich arrangieren?«

»Ja, Sir, ja!«

»Dann möchten meine Begleiterin und ich einen Rundgang durch die SHENYANG absolvieren. Sie wissen schon: Die Besatzung und das Schiff kennen lernen ...«

»Ja, Sir, ja!«

»Würden Sie uns einen Begleiter zur Seite stellen, der sich ausreichend auskennt?«

»Ja, Sir, ja!«

Severin Kombone blieb stehen, rührte sich nicht, während vom Haaransatz unterhalb seiner Dienstmütze Schweißtropfen auf den Kragen perlten. Dem Major wurde wohl nicht einmal bewusst, dass seine Zähne laut knirschten und klapperten, sodass man sie noch aus einer Entfernung von gut und gern zehn Metern hören konnte.

Rhodan schüttelte den Kopf. Er nahm Mondra und Ismael beiseite und zog sie mit in einen Nebenraum, in dem Ersatzteile und Räummaschinen gelagert waren. »Ich verstehe nun, warum Sie mich während des Flugs nicht der Besatzung Ihres Leitschiffs vorstellen wollten. Aber das ist nicht mehr normal! Die Alteraner hyperventilieren, fallen in Ohnmacht, bekommen sich nicht mehr in den Griff, sobald sie mich sehen.«

»Das wollte ich Ihnen die ganze Zeit begreiflich machen, Mr. Rhodan.« Ismael zuckte mit den Achseln. »Große Teile unserer Gesellschaft wuchsen in Ihrem Schatten auf. Es ist nicht vollständig geklärt, warum diese Entwicklung vor mehreren hundert Jahren ihren Beginn nahm. Sie müssen akzeptieren, dass Ihnen gerade hier in den Grenzgebieten kultische Verehrung entgegengebracht wird. Für die Kantoner sind Sie ein Gott, der unter die Menschen gekommen ist und sie ins Licht führen wird.«

»Schön und gut, aber was erwarten Sie von mir, wenn ich sie nicht einmal ansprechen kann, ohne dass sie sich ins Hosenbein pinkeln?«

Anton Ismael schwieg.

»Ist dir das nicht klar, Perry?«, sagte Mondra. »Er will, dass du die Kantoner so führst, wie sie es wünschen.« Sie lächelte müde. »Er möchte, dass du tatsächlich die Rolle des Gottes spielst.«

Ein junger Mann namens Darius Beng-Xiao begleitete sie durch die SHENYANG. Er hielt dabei gebührlichen Abstand, sah stets zu Boden und wagte es nicht, Rhodan direkt anzusprechen.

»Die Reparaturarbeiten in den Triebwerksbereichen werden innerhalb der nächsten vierundzwanzig Stunden abgeschlossen sein«, sagt er leise. »Wenn man nach rechts sieht, kann man die Reste eines beschädigten Linearkonverters erkennen, der soeben der Wiederverwertung zugeführt wird.«

Man.

Der Junge mit dem frühzeitig gealterten Gesicht und den grauen Haarsträhnen wagte es nicht einmal, ihn mit *Sie* anzusprechen.

»Wenn man nun in den zentralen Antigrav-Lift sieht, erkennt man oberhalb die Lagerdecks dreizehn, vierzehn und fünfzehn. Auch dort mussten wir Wirkungstreffer hinnehmen. Wir benutzen die Antigravs übrigens nicht im Einsatzfall. Das Risiko eines Totalausfalls der Leistungsaggregate durch Virenbeschuss ist zu groß ...«

»Warum wurden ausgerechnet Sie mir zugeteilt, Darius?«, unterbrach Rhodan den Vortrag des Leutnants.

»Ich ... habe darum gebeten.« Der Soldat warf einen gierigen Blick auf Mondras ausgeprägte Hüftrundungen und wandte sich dann ab.

»Weil Sie Ihr Vorbild kennen lernen wollten? Eine Sagengestalt, die lebendig geworden ist?«

Darius schwieg.

»Was unterscheidet Sie von all den anderen Kantonern an Bord dieses Raumschiffs, die unter keinen Umständen mit mir in Berührung kommen wollen? Spucken Sie's endlich aus, Mann!« Wenn die sanfte Tour nichts half, sprach er vielleicht auf einen befehlshaberischen Ton an.

Darius flüsterte etwas, so leise, dass Rhodan es nicht verstehen konnte. »Reden Sie lauter!«, forderte er.

»Ich genieße an Bord der SHENYANG den Ruf, besonders kühl und berechnend zu sein.« Er griff in die Hosentasche seiner Uniform, zog zwei winzige Kügelchen hervor und schluckte sie ungesehen. »Außerdem mache ich schon länger als jeder anderer hier an Bord Dienst.«

»Wie lange?«

»Acht Jahre. Die durchschnittliche Lebenserwartung an Bord eines Schlachtschiffs beträgt nur drei Komma zwei Jahre. Die Besatzungsmitglieder bleiben im Normalfall nie länger als sechs Monate im Raum und werden dann durch frische Kräfte ersetzt. In letzter Zeit konnte dieser Rhythmus allerdings nicht mehr beibehalten werden ...«

»Sie hingegen haben darauf bestanden, hier durchgehend Dienst zu tun? Warum? Haben Sie denn keine Achtung vor dem eigenen Leben?« Rhodan hätte ihm gern eine Hand auf die Schulter gelegt, eine persönliche Brücke geschaffen, um das Vertrauen des Mannes zu gewinnen. Aber es hatte wohl keinen Sinn. Möglicherweise fiel der

Leutnant dann vor Ehrfurcht in eine katatonische Starre oder erlitt einen Herzinfarkt.

»Man ist auch nie einer Gefahr aus dem Weg gegangen ...«

»›Man‹ hat sehr wohl immer den Weg des kleinsten Risikos genommen«, widersprach der Unsterbliche heftiger als gewollt. »Die alteranische Geschichtsschreibung hat, was meine Person betrifft, anscheinend einige Schwächen.« Er atmete tief durch. »Ich bin mir der Wirkung des Zellaktivators in mir sehr wohl bewusst. Die biologische Unsterblichkeit, die ich atme und lebe, birgt nicht viel weniger Unwägbarkeiten als Ihre eigene Existenz. Ich könnte durch einen der Landstriche Ihres Heimatplaneten Fort Kanton wandern und von einem Blitz getroffen werden, der mich in ein Häufchen Staub verwandelt. Das wäre ein Ende, das mich nicht gerade glücklich macht, aber ich bin davor nicht gefeit. Verstehen Sie?«

»N... nein.«

»Ich nehme das Risiko dort, wo es mir sinnvoll erscheint. Dann stehe ich an vorderster Front, versuche, ein Vorbild zu sein und zu zeigen, was es bedeutet, ein *Mensch* zu sein. Aber ich würde niemals auf die Idee kommen, über meine Möglichkeiten hinauszugehen. Sie hingegen, Darius Beng-Xiao, überreizen Ihr Blatt. Ich würde dies fast als Todessehnsucht bezeichnen.«

»Sie sind kein Mensch!«, fuhr ihn der Leutnant mit plötzlicher Heftigkeit an.

Rhodan hatte gar keine Zeit, überrascht darüber zu sein, dass ihn der Junge das erste Mal direkt ansprach, da lief er auch schon davon.

»Sie sind viel mehr als das!«, rief ihm der Soldat über seine Schulter zu, bevor er hinter der nächsten Biegung des Gangs verschwand.

»Die Unterschiede zwischen Terranern und Alteranern sind größer, als ich gedacht hätte«, sinnierte Rhodan, während sie über das ungewohnte Farbleitsystem den Weg zurück in die Zentrale der SHENYANG suchten. Darius Beng-Xiao ließ sich nicht mehr blicken.

»Hast du ernsthaft geglaubt, dass nahezu dreitausend Jahre eigenständiger Entwicklung spurlos an diesen Menschen vorübergehen?« Mondra bedeutete dem Unsterblichen, dass sie die unterbrochene gelbe Leitlinie, die sie für ihren Rückweg benötigten, wieder entdeckt hatte. »Äußerlich mögen sie uns gleichen, aber die Isolation in Ambriador muss sie bis ins Innerste geprägt haben. Es ist schon ein Wunder, dass sie ähnliche technisch-zivilisatorische Prozesse durchgemacht haben.«

»Im Jahr 2409, als sich unsere die Linien sozusagen trennten, war der Kurs schon vorgegeben. Der kalupsche Kompensationskonverter und Positroniken zum Beispiel waren damals bereits standardisierte Pfeiler unserer Zivilisation. Wenn ich in diese Aggregatblöcke hier sehen könnte« – Rhodan deutete auf mannshohe Kästen, die neben mehreren in Magnetfeldern fixierten Energiebehältern standen – »könnte ich die Grundzüge der Bauweise und der Logik, die dahinterstehen, problemlos zuordnen.«

»Technik ist etwas anderes als eine kulturelle beziehungsweise soziologische Weiterentwicklung. Machen wir uns nichts vor, Perry: Es ist nicht nur das Interkosmo, das in einer abgeänderten Form gesprochen wird. Es sind die Wertbegriffe und Ethik, die uns unbegreiflich bleiben werden.«

»Umso mehr müssen wir uns mit den Menschen selbst beschäftigen.« Der Unsterbliche griff in einen Antigravschacht und beäugte misstrauisch die Funktionsanzeigen. »Ich frage mich allerdings, wie ich das schaffen soll, wenn die Alteraner in Ehrfurcht erstarren, sobald sie mich sehen.«

»... oder derart schockiert reagieren wie dieser Darius, als du ihm deutlich machen wolltest, dass du kein Gott bist. Vielleicht sollten wir ...«

Ein auf- und abschwellender Ton, unangenehm hoch und verteufelt laut, gellte durch die Gänge. Plötzlich wimmelte es um sie herum vor Alteranern. Sie schossen kreuz und quer, nahmen keinerlei Rücksicht mehr auf die beiden Gäste, während der Antigravlift durch ein rot leuchtendes Energiesperrfeld geschlossen wurde.

»Vollalarm!«, sagte Rhodan. »Wir müssen in die Zentrale zurückfinden!«

35. Laertes Michou: Kontrolle über alles

Das Psi-Potenzial des terranischen Mutanten konnte zweifelsfrei angemessen, aber mangels Vergleichsmöglichkeiten nicht eingeordnet werden. Der Staatsmarschall betrachtete die Aufzeichnungen. Willkürliche ultrahochfrequente Ausschläge waren da verzeichnet. Sie sagten ihm nichts. Auch seine Fachleute wirkten ratlos. Es gab keinerlei wissenschaftlichen Dokumentationen über die unterschiedlichen Fähigkeiten der Mitglieder des so genannten Mutantenkorps. Bevor es ihre Vorfahren nach Ambriador verschlagen hatte, hatte man sich auf Terra nicht allzu viele Gedanken über das Wie und Warum der besonderen Fähigkeiten mancher Menschen gemacht.

»Weitermachen!«, befahl er Koblenz. »Gehirnwäsche, Wahrheitsserum, physische Folter, was auch immer Ihnen einfällt. Ich möchte, dass dieser Kerl gebrochen wird – und zwar möglichst rasch.«

Schweigsam wie immer bestätigte Koblenz mit einem Nicken und gab die Befehle an sein »Behandlungsteam« weiter, das sich nahe einer Batterie von Aufzeichnungsgeräten versammelt hatte.

»Gibt es etwas Neues über Schroeders Schutzanzug?«

»Negativ.« Koblenz sah auf ein Holofeld. »Als wir ihn entkleideten, muss einer unserer Agenten eine Selbstschutzvorrichtung der Datenpositronik aktiviert haben.

Dem Ding ist nicht beizukommen. Wenn wir mit Brachialgewalt vorgehen, könnte der Anzug die Selbstvernichtung initiieren.«

»Wir brauchen die gespeicherten Datensätze wie einen Bissen Brot.« Michou ballte beide Hände zu Fäusten. »Verdammt! Wie kann man nur so nachlässig sein!«

»Ich habe die Agentin bereits gemaßregelt.«

»Gut so.« Michou wandte sich grußlos ab und marschierte davon.

Es ging schier endlose graue Gänge entlang. Seine Schritte hallten hohl von den metallenen Wänden wider, während er eine Sicherheitskontrolle nach der anderen passierte. Der Staatsmarschall gelangte immer tiefer hinab in die Eingeweide des Festwerks. Nach einem letzten Kontrollpunkt begegnete er keinem Menschen mehr.

Das hier war sein Reich.

An vielen Stellen des Labyrinths blätterte die schlampig aufgespritzte Kunstplexfassade ab. Ab und zu flackerte das Licht einer Leuchtröhre in stroboskopischem Rhythmus.

Hierher verirrten sich nur selten Besucher. Lediglich Koblenz und ein paar Adjutanten besuchten ihn, wenn es die Notwendigkeit erforderte.

Langsam stieg er die letzte Rampe hinab, ließ die ersten Zimmerfluchten hinter sich und betrat schließlich sein Büro mit der Nummer V.

Der Raum war kahl und leer. Ein sperriger Schreibtisch, in dem die notwendige technische Ausrüstung integriert war, bildete das einzige Möbelstück und seine einzige Verbindung zur Außenwelt. Außer einem lederbesetzten Stuhl gab es keine Sitzgelegenheit. Wer ihn hier besuchte, hatte zu stehen.

Michou ließ sich langsam nieder, griff nach dem einzigen Schreibstift auf dem sonst leeren Tisch und aktivierte das Anwesenheitssignal. Seine Sekretärin würde ihm bald zugeschaltet werden und ihn über die jüngsten Entwicklungen auf Altera informieren. Bis es so weit war, blieb ihm ein wenig Zeit.

Zeit ohne Beschäftigung, mit der er nichts anzufangen wusste. Unrhythmisch klopfte er mit der Spitze des Schreibstifts auf den Tisch.

Er sah sich um.

Zimmer V wirkte nicht nur kahl und kalt, es vermittelte auch einen beliebigen Eindruck. Genauso gut hätte es sich in einem der Geschäftstürme Neo-Teras befinden können.

Hier, am tiefsten Punkt der Rundung des ehemals abgestürzten Siedlerschiffs, fühlte sich Michou am wohlsten. Er bewegte sich über dezimeterstarken Terkonitstahl. Gleich darunter lag die Erde Alteras.

Die historische Bedeutung dieses Orts war ihm gleichgültig. Für ihn stellte Sicherheit den wesentlichen Faktor in seinen Überlegungen dar. Sein Leben war mehr wert als das der anderen Soldaten. Auf seinen Geist, auf seine Überlegungen kam es an.

Der Schwachkopf Anton Ismael – der in der Tat einen schwachen Kopf besaß –, spielte keinerlei Rolle in jenen Überlegungen, die sich über Jahrzehnte in die Zukunft erstreckten.

Nein, er benötigte Frauen und Männer wie Koblenz, die Befehle ausführten, ohne darüber nachzudenken. Die Emotionen beiseite schoben und eine Hierarchie bedenkenlos akzeptierten.

Demokratie ... was für ein schwachsinniges Gedankenkonstrukt! Aber er musste sich anpassen und nach den Spielregeln seiner politischen Gegner agieren.

Nachdenklich lehnte er sich nach hinten und zündete ein Krautröhrchen an.

Man sagte ihm nach, ein skrupelloser Machtmensch zu sein. Vielleicht hatten diese Mahner recht, vielleicht zog er mit zu viel Gewalt an den Strippen. Aber bei allem Kalkül, das er aufbrachte, stellte er doch immer Altera in den Vordergrund und keinesfalls seine Person.

Die Posbis ...

War die Lage denn wirklich so aussichtslos, wie sie sich momentan darstellte? Würde ein Ruck durch die Menschen gehen, sobald sie des Unsterblichen Perry Rhodan ansichtig wurden?

Michou wusste es nicht, und noch weniger wagte er es, Prognosen zu stellen. Er benötigte Fakten, um Voraussagen treffen zu können.

Ein schrilles Signal, das aus der Senkkonsole seines Schreibtischs drang, riss den Staatsmarschall aus seinen Überlegungen.

Cuthy war dran. War es denn schon wieder Nacht? Er hatte die Zeit einmal mehr außer Acht gelassen. Das hagere Gesicht seiner Sekretärin zeigte Angst, wie immer, wenn sie mit ihm sprechen musste.

»Was gibt es?«, fragte er.

»Laszlo Hu lässt ausrichten, dass die Arbeiten mit TIGER gut fortschreiten«, piepste sie. »Bis jetzt wurden acht TRIANGOLO-Forts damit ausgerüstet. In den nächsten Tagen wird ...«

»Er hat seinen Zeitplan neuerlich überzogen.«

»Ich ... ich weiß«. Cuthy verhaspelte sich und zog den Kopf zwischen den Hals. »Er bittet um ein wenig Geduld. Die technischen Adaptierungsschwierigkeiten ...«

»Cuthy«, sagte Laertes mit ruhiger, monotoner Stimme, »Hu schiebt seit mehr als einem Monat diese technischen Adaptierungsschwierigkeiten vor. Richten Sie ihm aus, dass ich keine weiteren Ausflüchte dulde. Er und seine

Eierköpfe sehen das Projekt TIGER als Planspiel an, während nicht weit von hier entfernt unsere Soldaten ihre Köpfe hinhalten müssen. Sie sterben wegen seiner Unfähigkeit, zugesagte Termine zu halten. Morgen um Achtnullnull werde ich mit ihm Kontakt aufnehmen. Sollte ich dann neuerliches Geseiere über Schwierigkeiten hören, wie kompliziert es doch ist, Statik, Hypertechnik, jahrgangsunterschiedliche Bajonettverschlüsse oder sonstigen Mist aufeinander abzustimmen, kann er damit rechnen, sein Mittagessen bereits auf einem Schlachtschiff einzunehmen, das sich nach Fort Kanton bewegt. Dort wird er Severin Kombone über seine Problem Meldung machen.«

»Jawohl, Sir!«

Er beugte sich vor, wollte den Kontakt in die Administration unterbrechen, überlegte es dann aber anders. »Oder nein, richten Sie ihm stattdessen aus, dass ich ihn hinrichten lassen werde. Hochverrat ist ein schweres Delikt.« Er wartete die Reaktion der Sekretärin nicht ab, schaltete die Holoübertragung aus und lehnte sich erneut zurück.

Laszlo Hu war ein fähiger Mann. Ein Genie, wenn man es so wollte. Die Entwicklung TIGERs ging zu einem Gutteil auf seine Initiative zurück. Aber er benahm sich undiszipliniert und war nur unter Mühe in der Lage, theoretische Gedankengebilde in praktikable Lösungen umzusetzen. Ab und zu benötigte er ein wenig ... Aufmunterung.

Michou zog an der porösen Spitze seines Krautröhrchens.

Er würde noch ein paar Unterlagen durchsehen und dann ein bis zwei Stunden schlafen. Selbst er, der unter Asomnie litt, musste ab und zu die Augen schließen. Einerseits tat es gut, den Geist zu entspannen und die Dunkelheit zu suchen, andererseits ging der Schlaf stets mit Kontrollverlust einher, der ihn nach kurzer Zeit schwitzend und desorientiert zurück in die Wirklichkeit brachte. Er durfte nicht zu lange ruhen, unter keinen Umständen den Überblick verlieren ...

Drei Holofelder rechts vom Schreibtisch begannen unvermittelt grellrot zu blinken.

Alarm.

Das Altera-System wurde angegriffen.

36. Perry Rhodan: Die Maschinenteufel

Severin Kombone stand hoch aufgerichtet inmitten der Zentrale und erteilte im Stakkatotempo Befehle. Rings um ihn wurde gebrüllt und geflucht. Ordonnanzen liefen kreuz und quer, Auswertungslisten wurden herumgereicht, Kommandos durch den Raum gebrüllt.

»Was für ein Chaos!« Rhodan schüttelte den Kopf und bahnte sich und Mondra einen Weg durch die Menschenmassen. Auf seine Wirkung als Heilsbringer konnte er sich in diesem Augenblick nicht verlassen. Niemand machte ihm Platz, kaum jemand kümmerte sich um ihn.

Ein Ruck ging durchs Schiff, schleuderte die Menschen durcheinander. Ein groß gewachsener Mann schrie erschrocken auf, alle anderen nahmen den Schreckensmoment gelassen hin.

»Schutzschirm stabilisiert!«, meldete jemand lautstark.

»Kommunikationsprobleme mit dem Beta-Flügel der Zweiten Flotte!«, rief ein anderer.

»Vakuumeinbruch und erhebliche Materialschäden im Lagerdeck sechzehn, drei Verletzte.«

»Brand im Belüftungsschacht achtundvierzig!«

»Wirkungsgrad im Positronik-Cluster bei sechsundsechzig Prozent.«

»Virenabwehr stabilisiert! Gehen zum Aktivangriff über.«

Ein flackerndes Holobild dicht neben dem Kommandanten zeigte das schlachtenübliche Kreuz und Quer verschieden eingefärbter Kampfeinheiten. Kombone hielt sich eine Platzwunde am Kopf. Zwischen seinen Fingern tropfte zähes Blut zu Boden, während er sich abmühte, dem Durcheinander beizukommen.

»Da draußen herrscht zu allem Überdruss ein Krieg auf einer unsichtbaren Ebene«, rief der Unsterbliche Mondra ins Ohr. »Du erinnerst dich an KorraVir?«

Sie nickte ihm zu.

Die Korrago, ein Androiden-Hilfsvolk im Gefolge Shabazzas, hatten über Modulationen der Hyperfelder terranischer Syntroniken ein Zeitalter des Chaos über die Menschen hereinbrechen lassen. Die unberechenbaren Viren waren einer der Gründe gewesen, warum in der Milchstraße wieder vermehrt auf Positroniken zurückgegriffen werden musste.

In Ambriador schienen die Positroniken bei Freund und Feind ähnlich gelagerten Attacken ausgesetzt zu sein. Höchstwahrscheinlich prasselte soeben ein positronisches Gewitter auf die Schutzschirme der kantonschen Schiffe nieder, während in deren Eingeweiden ganze Abteilungen müder Alteraner mit Abwehrmaßnahmen beschäftigt waren.

Anton Ismael drängte sich neben den Unsterblichen. Er wirkte nervös. Es war ihm anzusehen, dass er sich hier, im Zentrum des Geschehens, unwohl fühlte. »Wie sieht es aus?«, fragte er.

»Das sollten *Sie* mir sagen«, entgegnete Rhodan. »Es wird noch ein wenig dauern, bis ich mich mit den Gegebenheiten hier an Bord angefreundet habe.«

»Achthundert Posbi-Raumer im Zielanflug auf Fort Kanton!«, rief ihnen Kombone zu. »Die alteranische Flotte geht keilmäßig dazwischen ...« Er erteilte neue Anweisungen, ließ der Zentralebesatzung keinen Moment der Ruhe.

»Es wäre der passende Moment für ein Wunder«, sagte er in einem Augenblick der Ruhe. Er drehte sich um und sah Rhodan verlangend in die Augen. »Wenn Sie etwas bewirken können, tun Sie's jetzt.«

Der Unsterbliche ließ sich nicht ein zweites Mal bitten. Er sprang auf das winzige Podest und verschaffte sich mit einem Blick auf den projizierten Ortungstank des Kommandanten einen raschen Überblick. Die Posbis standen den Kantonern im Verhältnis zwei zu eins gegenüber. Etwas mehr als 30 stationäre Einheiten bestanden aus jeweils drei aneinandergeketteten Kugelzellen, allerdings ohne die im Imperium Altera üblichen Ringwülste. Augenscheinlich handelte es sich um die so genannten TRIANGOLO-Einheiten. Sie lagen in besonders heftigem Sperrfeuer der Fragmentraumer. Ein Raumforts explodierte, während sich die Posbi-Schiffe ein Stückchen weiter ins Kanton-System vorschoben.

Wie viele Menschen waren in diesem Moment gestorben? Hundert? Tausend?

Rhodan verdrängte den Gedanken, konzentrierte sich auf seine Aufgabe.

»Ich muss mit den Posbis reden!«, sagte er. »Ich benötige eine Direktverbindung zu einer ihrer Einheiten.«

Plötzlich herrschte Stille im Raum.

»Das ... das ist alles?«, stotterte Kombone. »Sie meinen, Sie kommen hierher und plaudern ein wenig mit den Maschinenteufeln, und die Gefahr ist gebannt?«

»Ich muss es zumindest *versuchen.* Wann haben Sie es denn das letzte Mal probiert?«

»Mit den Posbis kann man nicht verhandeln.« Der Kommandant verschränkte die Arme vor der Brust, während rings um sie neuerlich hektische Betriebsamkeit einsetzte. »Aber versuchen Sie Ihr Glück.«

Zwei gelbe Einheiten verschwanden aus der Ortung. Ein Schlachtschiff, ein Schwerer Kreuzer. Weitere hunderte von Menschen verloren ihr Leben.

»Frequenz freigeschaltet«, meldete ein Funker. »Sie wird von den Maschinenteufeln für den internen Funk verwendet ...«

»Perry Rhodan ruft den Plasmakommandanten der Posbi-Raumer«, sagte der Unsterbliche so nüchtern wie möglich in ein gelb gekennzeichnetes Sprachfeld. »Ich spreche im Namen der alteranischen Verteidigungsflotte über Fort Kanton. Ich habe ein Verhandlungsangebot zu unterbreiten.«

Es war ihm in diesem Fall einerlei, ob er die Befugnis für eine derartige Behauptung besaß oder nicht, wichtig war in erster Linie die erfolgreiche Kontaktaufnahme.

Es knackte und rauschte im Empfänger, während ein weiteres gelbes Lichtpünktchen im Ortungstank erlosch.

»Das Imperium Altera ist bereit, den Planeten Fort Kanton so rasch wie möglich zu räumen, wenn ...«

»Seid ihr Wahres Leben?«, drang eine durch keinerlei Emotionen gefärbte Stimme aus dem Empfänger.

»Hier spricht Perry Rhodan«, wiederholte der Unsterbliche. »Ich möchte mit dem Plasmakommandanten verhandeln, der diese Flotte anführt. In meiner Heimat, der Milchstraße, sind die Terraner mit dem auf der Hundertsonnenwelt stationierten Zentralplasma zu einer gütlichen Einigung gelangt. Wir haben ...«

»Seid ihr Wahres Leben?«, wiederholte die Stimme stereotyp.

»Ja, das sind wir.« Perry atmete tief durch. »Die Hass-Schaltung besitzt keine Gültigkeit mehr. Stellt augenblicklich die Kampfhandlungen ein und ...«

»Seid ihr Wahres Leben?«

»Die Alteraner sind das Wahre Leben. Ich kann es jederzeit beweisen, wenn ihr die Kampfhandlungen einstellt und mich an Bord eines eurer Schiffe holt.«

»Bist du wahnsinnig, Perry?«, zischte ihm Mondra zu. »Du hast keine Ahnung, worauf du dich da einlässt.«

»Ich will lediglich die biologischen Komponenten verwirren«, antwortete er, während er die Sprachverbindung weggeschaltet hielt. »Ich möchte *irgendeine* Reaktion bewirken.«

»Seid ihr Wahres Leben?«

»Mechanica existiert nicht mehr«, zitierte der Unsterbliche aus der Geschichte der Robotwesen. Er bemühte sich um eine möglichst klare, einfache Sprache. »Eure Erzeuger, die echsenhaften Robotiker, sind ausgestorben. Die Laurins, denen sie verpflichtet waren, wurden vernichtet. Ich besitze unwiderlegbare Beweise für meine Aussagen. Die Gesetze der Logik befehlen es, dass ihr euch vom Wahrheitsgehalt meiner Worte überzeugt. Ich fordere euch auf, mich an Bord eines Fragmentraumers kommen zu lassen.«

Ein TRIANGOLO-Fort verging. Ebenso ein Schlachtschiff und zwei Schwere Kreuzer.

»Seid ihr Wahres Leben?«

Ein Pulk abstrus verformter Fragmentraumer nahm Kurs auf den Punkt im Zentrum des Ortungstanks, auf die SHENYANG zu, in deren Zentrale sie sich befanden. Zwölf 2000-Meter-Schiffe der Posbis drängten näher, schossen sich den Weg frei, visierten die Kommandoeinheit des löchrigen kantonschen Abwehrriegels.

»Wir sind das Wahre Leben!«, rief Rhodan, während die Hektik rings um ihn ein neues Niveau erreichte. »Stoppt augenblicklich eure Angriffe. Lasst mich mit dem Plasmakommandanten verhandeln ...«

Ein Schlag erschütterte das Schiff. Lichter fielen aus, elektrische Überschlagsblitze durchzuckten das Halbdunkel. Wasser spritzte aus versteckten Düsen, benetzte die Frauen und Männer.

»Punktuelle Schäden durch phasenverschobene Thermosalven an den Konvertern eins und drei!«, rief ein Offizier der Defensivabteilung. »Schutzschirme nach Überbelastung kurzfristig auf neunzehn Prozent, werden neu gestaffelt. Status derzeit dreiundvierzig Prozent.«

»Seid ihr Wahres Leben?« Immer wieder tönte die Stimme des unbekannten Posbi durch den Raum. Es war, als wollte er sie verhöhnen, während die Besatzung des Schlachtschiffs verzweifelt gegen den Untergang kämpfte.

»Gegenfeuer eröffnet, ein Fragmentraumer vernichtet. Die KRONE DES FEUERS und die LILIBETH kommen zur Unterstützung.«

»Neuerliche Treffer, Schutzschirme halten. Ausweichmanöver initiiert.«

»Wir lassen Sie augenblicklich von Bord schaffen«, sagte Kombone hastig. »Nun, da die Maschinenteufel wissen, dass die SHENYANG die Kommandoeinheit der Verteidigungsflotte ist, werden sie ihr Feuer auf uns konzentrieren.« Er bedachte Rhodan mit einem verzweifelten und vorwurfsvollen Blick.

»Ich möchte noch einmal eine Kontaktaufnahme versuchen«, sagte der Unsterbliche.

»Abgelehnt. Ich lehne jede weitere Verantwortung für Ihre Sicherheit ab, Sir.« Ein Ausdruck in seinen Augen erlaubte keinen weiteren Widerspruch. »Sie, Ihre Begleiterin und Regierungschef Ismael werden augenblicklich von Bord gebracht. Leutnant Beng-Xiao wird diese Aufgabe übernehmen.« Er stieß den Unsterblichen vor sich her zu zwei wartenden Soldatinnen. »Zu Deck sechs!«, befahl er, salutierte kurz, drehte sich um und trat wieder auf das Podest.

Die beiden Frauen starrten ohne die an Bord übliche Ehrfurcht auf ihre drei prominenten Begleiter. Gleichgültig schoben sie sie vor sich her. Ihre Pupillen waren erweitert, als stünden sie unter Drogeneinfluss.

»Wir können jetzt nicht aufgeben!«, flüsterte Rhodan Mondra zu. »Wir dürfen nicht von Bord.«

»Es ist vorbei, sieh es endlich ein! Die SHENYANG steht kurz vor dem Untergang.« Mondra zog und zerrte an ihm.

Ein schwerer Schlag ließ die metallene Hülle der SHENYANG erzittern. Bedrohliches Knirschen wurde laut, während ihnen durch den Gang eine Feuerlohe entgegenkam und nur wenige Meter vor ihnen erstickte. Sie stürzten durcheinander, schnitten sich an scharfkantigen Metallplatten, die durch Stauchungen der Raumschiffstruktur aus den Wänden gepresst wurden. Heiße, ätzende Luft brannte sich in Rhodans Lunge, ließ ihn erbärmlich husten.

»Weiter!«, sagte schließlich jene alteranische Soldatin, die noch lebte. Die Hirnschale der anderen war von einem meterlangen Plastiksplitter durchtrennt worden.

Die Schiffshülle stöhnte und ächzte. Die Verbundstruktur fühlte sich seltsam weich und nachgiebig an. Die metallene Treppe, über die sie vorbei an bleichen Menschen nach unten hetzten, löste sich in ihre Bestandteile auf.

Sie erreichten Ebene sechs und hetzten einen der konzentrisch verlaufenden Zentralgänge entlang.

»Seid ihr Wahres Leben?«, höhnte eine Stimme über den Bordfunk. Offensichtlich ließ sich die Verbindung mit dem Posbi nicht mehr kappen.

Graue Lichtsignale liefen den Gang entlang. Mehrere Alarmsignale übertönten einander und ergaben einen grässlichen Misston.

»Das Schiff wird aufgegeben!«, keuchte die Soldatin. Mit einem Ruck riss sie eine verklemmte Schleusentür aus der Halterung und schob den alteranischen Regierungschef und die beiden Terraner vor sich her in einen Hangar.

Leutnant Darius Beng-Xiao erwartete sie ungeduldig. Er sah Rhodan nicht in die Augen, während er ihn und seine Begleiter nacheinander in eine Raumlinse schob.

Vier Menschen hatten in dem Fluggefährt Platz. Die Soldatin blieb unschlüssig davor stehen, als wüsste sie nicht, wie sie sich verhalten sollte.

Mit geübten Griffen verschloss der Leutnant das kleine, spartanisch eingerichtete Raumgefährt.

»Was ist mit ihr?«, fragte Rhodan und deutete auf ihre bisherige Begleiterin. Massen von Alteranern schwappten unterdessen in den Hangar und fluteten in die Vielzahl baugleicher Rettungsschiffe.

»Ihr ist eine Einheit auf einem anderen Deck zugeteilt«, gab Darius Beng-Xiao einsilbig zur Antwort. »Wenn sie Glück hat, bleibt hier irgendwo ein Platz frei. Kümmern Sie sich nicht weiter um die Frau.«

Die Sichtluke verdunkelte und nahm ihnen den Blick auf das Durcheinander im Hangar. Darius Beng-Xiao initiierte die Startsequenz. Rau arbeitende Aggregate unter ihren Sitzen erwachten zu Leben.

»Ich steuere das Ding«, sagte der alteranische Soldat. Er sprach nüchtern und kalt. Enttäuschung und Ehrfurcht, die er vormals gezeigt hatte, waren verschwunden. »Sie übernehmen Funk und Ortung. Die Bedienung ist sehr einfach gehalten.«

»Und die Bewaffnung?«, fragte der Unsterbliche.

»Vergessen Sie's, Sir. Am Bug befindet sich lediglich eine Thermokanone mit äußerst geringem Leistungsvermögen. Wenn Sie auf einen Fragmentraumer feuern, könnten Sie auch einen Parsena-Kern gegen einen Baum spucken. Sie verstehen, Sir?«

Rhodan nickte. Er entzifferte mühselig die alteranischen Schriftzeichen über den Schub- und Drehreglern. Ein winziges Holo wurde über einen Teil der abgedunkelten Sichtluke gelegt. Darius Beng-Xiao nahm sich eine halbe Minute Zeit, ihm die wichtigsten Funktionen zu erklären, bevor er sich wieder dem Startvorgang widmete.

»Jetzt!«, rief er.

Drei oder vier Gravo schlugen durch, als die Raumlinse hinter einem abgesprengten Außenschott ins All beschleunigte. Es drückte Rhodan die Luft aus den Lungen. Zeitverzögert folgten ihnen hunderte oder gar tausende weitere der kleinen, flinken Linsen. Die Evakuierung des waidwund geschossenen Schlachtraumers war in vollem Gang. Kombone und eine Rumpfbesatzung blieben an Bord, wie er dem übergeordneten Funkverkehr entnehmen konnte. Der Schiffskommandant würde die SHENYANG auf einen Kollisionskurs mit einem willkürlich ausgewählten Fragmentraumer bringen.

Irgendwann erlosch der Funkkontakt. Die Fernortungsgeräte der Raumlinse maßen einen gewaltigen vier- und fünfdimensionalen Explosionsschauer an. Beng-Xiao nickte zufrieden, als hätten die Kantoner einen wertvollen Etappensieg errungen und nicht soeben ihr Kommandoschiff verloren.

Aus der Schwärze des Raums kamen plötzlich schwere Thermosalven. Sie strichen über die winzigen Schiffseinheiten hinweg und verbrannten sie mühelos wie Insekten. Die Posbis machten unbarmherzig Jagd auf die Alteraner. Beng-Xiao flog einen scheinbar unmotivierten Kurs. Er steuerte von Fort Kanton weg, zog eine weite Schleife und ließ sich im Schutz einer eiförmigen TRIANGOLO-Raumbasis wieder »hinab« fallen.

Rhodan musste zusehen, wie die kleinen Lichter anderer Raumlinsen rings um sie verbrannten. Zwei Minuten dauerte es, bis sie in steilem Winkel in die Atmosphäre eintauchten, der schwache Schutzschirm sich von Gelb zu Rot zu Blau verfärbte und sie endlich die dicke Stratosphären-Wolkenschicht durchtaucht hatten.

Sie befanden sich in einer äußerst fragwürdigen Sicherheit.

»Seid ihr Wahres Leben?«, fragte weiterhin die gleichgültige Stimme über Funk.

Rhodan begann, den Hass auf die Posbis zu verstehen.

37. Startac Schroeder: Hilfe vom Feind

Etwas änderte sich.

Der alles überdeckende Schmerzteppich zerriss, gab einen Blick nach *außen* frei. Er spürte sich wieder.

Blut tropfte aus seiner Nase, die verschwollenen Augen ließen sich kaum öffnen. Ein schrilles Kreischen belastete sein Gehör und wollte nicht enden. Vom Nacken aufwärts zog sich ein Schmerzstich, als hätte man ihm einen Nagel quer durch den Schädel getrieben.

Vielleicht war es ja auch so.

Seine Folterknechte hielten sich, wie er in den kurzen Wachphasen hatte feststellen müssen, nicht mit subtilen Arbeitsweisen auf, sondern bevorzugten die harte Methode.

Nur mühsam gewann Startac den Einfluss auf seinen Körper zurück. Er zwang sich zu einer ruhigen Atmung. Einmal mehr griff er auf jene uralten Beruhigungstechniken zurück, die aus grauer terranischer Vorzeit stammten und ihm stets halfen.

Hatte er versagt? Hatte er der Legion Alter-X seine Mitarbeit versprochen? War er etwa gar nicht mehr Herr seiner Sinne, auch wenn er es zurzeit glaubte?

Allmählich beruhigte er sich. Bloß das Sirren in seinen Ohren wollte nicht nachlassen ...

Kein Wunder; das sind Alarmsirenen!

Er öffnete die Augen und sah sich um. Schatten huschten an ihm vorbei. Die Alteraner kümmerten sich nicht weiter um ihn.

Er befand sich in einem Saal, dessen Decke nur zu erahnen war. Grelle Scheinwerfer waren auf ihn gerichtet. Energetische Fesseln hielten ihn auf einer hart gepolsterten Liege.

»Die Posbis!«, hörte er einen Mann seiner Partnerin zurufen, während sie im Eilschritt an ihm vorbeihasteten.

»Jetzt trauen sie sich bereits bis hierher?«

»Ist bloß ein kleiner Verband von elf Schiffen. Sie wollen wohl unsere Verteidigungsbereitschaft testen.«

»Da werden sie sich die Zähne ausbeißen ...«

Wider besseres Wissen spannte Startac die Muskeln an. Er testete die Fesselung. Sie gab um keinen Millimeter nach. Ein weiteres Alarmsignal schrillte rechts vom Teleporter. Ein bunt leuchtendes Signal zeigte seinen Befreiungsversuch an. Niemand kümmerte sich darum.

Ein unheimliches Grollen hallte durch den Saal. Startac spürte leichte Erschütterungen unter seinem Körper. Er konnte lediglich mutmaßen, dass mit einem Geschütz des so genannten Festwerks, in dem er sich wohl nach wie vor befand, auf angreifende Posbi-Raumer gefeuert wurde.

Er warf sich hin und her, prüfte seine Bewegungsfreiheit, ignorierte die nach wie vor rasenden Kopfschmerzen.

Nein. Seine Handgelenke und Knöchel waren ohne Spielraum auf der Liege fixiert.

Konnte er ... springen?

Vorsichtig tastete er mit seinen Orterfähigkeiten die nähere Umgebung ab und stieß auf eine schmerzhaft prickelnde Energiemauer.

»Die sind bald erledigt ...«, hörte er aus weiter Ferne.

Selbst aus großer Entfernung spürte Startac all den Hass, der in der Stimme mitschwang.

»Einer ist durch!«, rief ein anderer Mann aufgeregt.

Erneut grollte es tief in der Erde, als der Energiespeicher geflutet und der Inhalt Augenblicke später auf sein Ziel »geschleudert« wurde.

»Treffer!«, jubelte die erste Stimme. »Der Fragmentraumer löst sich auf ...«

»Die Trümmerstücke ...« Der andere Mann reagierte ängstlich, fast panisch. »Eins rast auf uns zu ...«

Startac konnte den Kopf nicht weit genug heben, um die beiden zu sehen. Er hörte lediglich angstvolles Gurgeln und Geräusche, als würden Gerätschaften umgeworfen. Bildlich stellte er sich vor, wie sie hinter Schränken oder unter einem Tisch Deckung nahmen.

Kaum jemand blieb stehen und erwartete sein Schicksal sehenden Auges, auch wenn einem die Logik sagte, dass es vor dem abstürzenden Teilbrocken eines Raumschiffs kein Entkommen gab. Entweder hielt der Schutzschirm, in den sich das Festwerk zweifellos gehüllt hatte, oder er gab nach. Ducken und Verstecken gehörte zu den Urinstinkten des Menschen, vererbt aus grauer Vorzeit.

Startac entspannte sich und schloss die Augen. Er hatte keinerlei Einfluss auf die Dinge.

Ein Becher, der auf dem steril weißen Tisch bei Startac stand, bewegte sich. Das Sezierbesteck daneben klirrte, während irgendwo im Hintergrund der Halle ein Entladungsblitz durch das Dämmerlicht zuckte. Ein leises Donnern rollte durch den Raum. Die Beleuchtung erlosch, Notaggregate sprangen an.

»Geschafft!«, brüllte der erste Mann begeistert und klatschte lautstark in die Hände. »Der HÜ-Schirm hat das verdammte Ding in den Halbraum abgestrahlt!«

Startac konnte die Alteraner spüren! Er fühlte die Erleichterung, ihren Hass auf die Posbis, die riesengroße Verwirrung, die jeden Menschen angesichts der Todesnähe befiel.

Er ortete! Also würde er ... würde er ...

Der Mutant konzentrierte sich auf den Sprung. Und verschwand.

38. Darius Beng-Xiao: Ein glückliches Ende

Die Raumlinse landete abseits mehrerer Schwerer Kreuzer, die im Dock lagen. Der Raumhafen füllte den Horizont von einem zum anderen Ende aus. Die Hauptgebäude standen in Flammen. Sie würden den Flüchtenden keine Sicherheit bieten. Ungleichmäßig verteilte Bodenforts schwenkten ihre gewaltigen Waffenarme über das Firmament. Von Zeit zu Zeit entluden sie irgendwohin ihre Gewalten.

Zwei riesige Feuerblumen entstanden im Nachthimmel.

»TRIANGOLO-Forts«, sagte Beng-Xiao. Er war müde, so unglaublich müde. »Es geht zu Ende.«

Eine dritte Explosion folgte.

Gelbe Strahlenbahnen zuckten allerorts durch die Schwärze, irrlichterten auf unsichtbare Ziele zu. Es roch nach Ozon, nach Metall, nach Schwefel.

Zehn oder zwölf Kilometer entfernt stach eine Feuerlohe hoch in den Himmel. Irgendein Lager mit leicht entzündbarem Material war von einem verirrten Strahlschuss getroffen worden. Sekunden später erfolgte ohrenbetäubender Krach.

»Ich habe ein Notsignal an die Flotte abgesetzt«, rief Darius, während er seine Schutzbefohlenen vor sich herhetzte. »Man wird dafür sorgen, dass Sie in den nächsten Minuten abgeholt werden. Wir müssen uns abseits des

Geschehens halten. Nur dann haben wir eine Chance, den Maschinenteufeln zu entgehen.«

»Ich muss unbedingt an die Posbis herankommen«, sagte der Großadministrator. Er behielt den Helmteil seines seltsamen blauen Schutzanzugs geöffnet. »Sie sind der Logik verpflichtet«, fuhr er wie im Selbstgespräch fort. »Es ist mir schon einmal gelungen, die Hass-Schaltung zu deaktivieren ...«

Darius hatte genug. Dieses blödsinnige Gewäsch war eines Perry Rhodans einfach unwürdig. Er konnte nicht mehr an sich halten, er musste ...

Er stieß Rhodan mit beiden Händen in den Rücken, sodass er vornüberstolperte, stürzte ihm hinterher, wollte auf ihn einprügeln, ihn zu Fall bringen, ihn ...

In einer blitzschnellen Drehbewegung wich der Unsterbliche aus, ließ ihn ins Leere rennen, stellte ihm dabei ein Bein. Darius ging mit den Händen voran zu Boden.

Eine rasche Drehung beiseite, den Gegner nur nicht nahe an sich heranlassen, immer in Bewegung bleiben ...

Ein gezielter Fußtritt gegen seinen Solarplexus raubte ihm die Luft. Darius sah nur noch Sterne vor den Augen, während sich etwas bleischwer auf seine Brust legte.

»Was sollte das, Leutnant?«, fragte Rhodan kaum außer Atem. »Welche Probleme haben Sie mit mir?«

Darius fühlte, wie er vom Boden hochgezogen und auf die Beine gestellt wurde. Wie ein kleiner Junge, wie ein Anfänger. Die Tabletten ... sie mussten seine Reaktionsgeschwindigkeit gemindert haben. Oder hatte der Unsterbliche tatsächlich so gute Reflexe?

»Ich verweigere die Aussage, Sir!«, murmelte er.

»Wir sind nicht bei einer Anhörung, Leutnant!« Graublaue Augen richteten sich auf ihn. Augen, die keinen weiteren Widerspruch duldeten. »Rings um uns sterben Menschen. Und damit nicht genug, fallen Sie mir in den Rücken! Die alteranische Gerichtsbarkeit würde Ihr Verhalten wohl als Hochverrat bezeichnen.«

Darius fühlte sich von zwei kräftigen Armen durchgebeutelt.

Mondra Diamond, die terranische Frau, stand links hinter dem Unsterblichen und sah ihn konzentriert an. Anton Ismael hatte sich ein paar Schritte zurückgezogen. Er schüttelte den Kopf hin und her, hin und her, als verstünde er nichts von dem, das sich um ihn herum tat. Hinter ihnen glühte der Horizont in Rot.

»Warum haben Sie die Posbis nicht aufhalten können?!«, brach es schluchzend aus Darius hervor. Kraftlos ließ er sich mit seinem gesamten Körpergewicht nach vorn fallen, auf den Unsterblichen zu. »Sie sind Perry Rhodan. Der Großadministrator.« Tränen des Zorns und der Verzweiflung bahnten sich ihren Weg. »Seit Jahrtausenden warten wir darauf, dass Sie uns ins Solare Imperium heimbringen. Uns helfen. Uns führen.« Er weinte hemmungslos. »Dann tauchen Sie tatsächlich auf und tun gar nichts! Sie *reden* mit den Posbis, mit diesen Ungeheuern. Als verstünden Sie gar nicht, worum es hier geht ...«

»Ich versuche zu verstehen«, antwortete der Unsterbliche und stellte ihn schließlich wieder aufrecht hin.

Dieses Gesicht, das ihn sein Leben lang begleitet hatte, dem er auf dem Nachttisch seiner Kindheit, in der Schule, während der Ausbildungszeit auf Bildern, Büsten, Holos, Filmen immer wieder begegnet war ... Perry Rhodan stand ihm so nah, und gleichzeitig wirkte er, als würde ein Universum sie voneinander trennen.

»Ich bin kein ... Gott«, sagte der Unsterbliche schließlich. »Ich habe wie jeder Mensch Fehler und Schwächen. Ich versuche, den Posbis mit Argumenten beizukommen. Ich will ihre Logik durchschauen und testen, wie sie reagieren. Anton Ismael hatte mich darauf vorbereitet, dass die Maschinenmenschen keinen Argumenten zugänglich sind.« Rhodan senkte den Kopf, als fühlte er eine schwere Last auf seinen Schultern. »Aber ich wollte ihm nicht glauben. Das war mein Fehler, und dafür werde ich ... in meinen Träumen büßen.«

»Sie hatten von vorneherein keine Chance, Mr. Rhodan«, mischte sich der alteranische Regierungschef in das Gespräch ein. »Ob mit Ihnen oder ohne Sie – Fort Kanton wäre in jedem Fall verloren gewesen. Wir Menschen sind einfach zu schwach, um den Posbis auf Dauer Widerstand leisten zu können.«

»Nein, das sind wir nicht!«, widersprach Perry Rhodan heftig, ohne sich umzudrehen. Es war, als spreche er zu ihm, Darius, und nicht zu Anton Ismael. »Unsere Gegner sind in der Überzahl und können sich beliebig duplizieren. Aber trotz ihrer Bioplasma-Zusätze werden sie niemals an das Genie menschlichen Geistes herankommen.« Er deutete auf seine Stirn. »Da drin steckt jene Waffe, mit der wir den Posbis beikommen werden.«

Donner und Feuer fuhren über sie hinweg. Ein Fragmentraumer tauchte plötzlich über ihnen auf, so niedrig, dass die Unterseite seines zerklüfteten Leibs die Sterne verdunkelte.

»Weg hier!«, rief Perry Rhodan, »zurück zur Raumlinse. Wir müssen fliehen.«

Sie rannten los, kamen aber nicht weit. Ein breiter Desintegrator-Strahl zog eine Furche quer über den terkonitgehärteten Stahl des kantonschen Raumhafens. Ihr kleines Schiff verging ebenso im Nichts wie Teile der beiden Schweren Kreuzer, in deren Nähe sie gelandet waren. Nadeldünne Strahlen stachen aus dem Fragmentraumer hervor. Scheinbar willkürlich beackerten sie das Landefeld, konzentrierten sich schließlich auf mehrere Bodenforts. Eins explodierte. Ein heißer Luftschwall schleuderte Darius und seine Begleiter zurück. Meterweit flogen sie durch die Luft, bevor die Sicherheitsmechanismen ihrer Anzüge reagierten.

Die Atmosphäre kochte. Darius maß mehr als einhundert Grad Celsius. Elektrische Überschläge fuhren vom Fragmentraumer aus in die Erde seines Heimatplaneten. Das waren lediglich Begleiterscheinungen jener unglaublichen Gewalten, die das Schiff der Maschinenteufel auslöste. Thermosalven, Desintegrator- und Impulsstrahlen leckten über das Gelände und vernichteten buchstäblich alles.

Darius fühlte sich gepackt und hochgerissen. Perry Rhodan hatte die vier Anzugpositroniken in Synchronsteuerung übernommen und raste in einem atemberaubenden Zick-Zack-Kurs im Schatten des Feindschiffs dahin. Er gewann dabei an Höhe, zischte hinauf bis auf mehr als 1000 Meter. Darius verstand die Logik dahinter nicht, ließ sich einfach mitreißen. Fasziniert hörte er dem Terraner über Funk zu, der in aller Ruhe mit seiner Positronik kommunizierte. Er gab scheinbar völlig zusammenhanglose Befehle, ließ einen Kurs steuern, der aus Loopings, engsten Kurven, Gegensteuermanövern und steilen Abstürzen bestand. Aber er brachte sie in kleinen Etappen aus dem Schatten des Fragmentraumers.

Mondra Diamond, diese wunderschöne Frau an der Seite des Unsterblichen, sandte währenddessen ein breit gefächertes Notrufsignal an die Reste der kantonschen Flotte aus. Sie tat dies ebenso ruhig und abgeklärt wie der Unsterbliche. Als hätten sie beide dutzendweise Comz und Ampatrin eingeworfen.

Die Kommandanten mehrerer Schiffe reagierten auf das Signal und versprachen Hilfe.

Seltsam ... Darius fühlte sich auf einmal so leicht, so unbeschwert. In der Nähe Perry Rhodans war er in Sicherheit. Ihm konnte nichts passieren. Er schaltete die Außenmikrofone aus. Alles war so ruhig, so friedlich. Die Worte der beiden Terraner wurden zu einer Hintergrundmusik, zu der sie nun tanzten. Von links nach rechts ging es, dann wieder zurück, eine Drehung, dasselbe Manöver wieder von vorn ...

»Sie kommen!«, rief Mondra Diamond.

Unwillig wandte sich Darius der Wirklichkeit zu.

Ja, da nahten sie aus der Richtung der soeben aufgehenden Sonne. Drei Leichte Kreuzer und zwei Schlachtschiffe. Sie spien Sperrfeuer gegen den Fragmentraumer, trieben ihn kilometerweise beiseite. Große Teile der Energiefluten wurden von den HÜ-Schirmen in den Überraum abgeleitet, doch punktuelles Feuer der fünf alteranischen Raumer fraß sich durch eine instabil werdende Lücke und in das Posbi-Schiff.

Perry Rhodan sorgte währenddessen dafür, dass sie so rasch wie möglich Distanz zum Kampfort gewannen. Pfeifend durchschnitten sie die dünne Luft, rasten mit mehreren hundert Stundenkilometern dahin. Die Posbis kümmerten sich nicht mehr um sie.

Die noch nicht zerstörten Bodenforts schossen sich nun auf den verhassten Feind ein. Sie überlasteten den Schirm des Fragmentraumers, bis das Schiff in einer irrwitzig grellen Explosion verging.

Eine breite Schall- und Luftwelle trieb sie, die vier Menschen, vor sich her. Trümmerstücke, zerfetzte und abstrus verbogene Metallteile lösten sich aus dem Zentrum der Entladung und flogen in alle Richtungen davon. Darius'

Schutzanzug maß zudem eine fünfdimensionale Schockwellenfront an, die sich linear über die Planetenoberfläche fortpflanzte. Ein fein gezackter Riss tat sich im Einsteinuniversum auf, verbreiterte sich, verschluckte einen Teil der Schiffsreste und verflüchtigte sich rasch wieder.

Darius hatte längst jegliche Angst verloren. Dennoch erzeugte der Gedanke an die unbegreiflichen Gewalten des Hyperraums eine Gänsehaut. Die Grenze zu jenem Reich, das die Menschen nutzten und *be*nutzten, ohne seine Gesetzmäßigkeiten zu begreifen, war wieder verschlossen.

Perry Rhodan zog die kleine Gruppe nach wie vor mit sich. Sie ritten auf der Sturmwoge der Explosion dahin und wichen Trümmerstücken und gleißenden Energiestrahlen kleinerer Posbi-Einheiten aus. Die alteranischen Kreuzer feuerten unentwegt, nahmen auch auf die Gegebenheiten auf der Planetenoberfläche keine Rücksicht mehr.

»Sie ziehen uns mit Antigravs in eines der Schlachtschiffe«, sagte der Unsterbliche über Funk. »Wir haben es überstanden.«

Beng-Xiao spürte ein leichtes Ziehen. Die Mikropositronik des Schutzanzugs zeigte die Fremdübernahme seiner Funktionen durch die Rechner eines Schiffes namens STERNENBLÜTE an.

Ja, sie hatten es geschafft.

Natürlich.

Wie hatte er nur am Großadministrator zweifeln können? Perry Rhodan würde sie vor den Posbis retten; so, wie er seit Jahrtausenden das Schicksal aller Menschenvölker lenkte, wusste er auch dieses Mal das Richtige zu tun. Das Imperium Altera steuerte einer glorreichen Zukunft entgegen, die jetzt, in diesem Augenblick, ihren Anfang nahm. Er war so froh, so unendlich zufrieden ...

Die Wandung des Leichten Kreuzers STERNENBLÜTE kam rasch näher. Eine letzte Kurskorrektur wurde notwendig, bevor sie endgültig eingeholt wurden. Der Strahl einer Thermokanone kreuzte ihren Weg, konnte ihnen aber nichts mehr anhaben. Freude und Erleichterung tobten durch Darius' Brust, wurden so stark, dass sie schmerzten.

Perry Rhodan und Mondra Diamond landeten vor ihm im Inneren eines kleinen Hangars, während Anton Ismael zu Boden taumelte. Seltsam, er schien eine Verletzung davongetragen zu haben.

Wann und wo?

Darius konnte es nicht sagen; es war auch einerlei. Er fühlte sich so glücklich wie nie zuvor. Würde er jemals Kinder haben und deren Kinder aufwachsen sehen, konnte er ihnen von diesem Tag erzählen, da er und der Großadministrator gemeinsam durch die rot glühende Atmosphäre eines sterbenden Planeten geflüchtet waren und dem Schicksal ein Schnippchen geschlagen hatten.

Oh verdammt – es war so schön, frei denken zu können, zu atmen, zu *leben*.

Wenn nur diese Schmerzen in der Brust nachlassen würden; wenn er nur verstünde, was die beiden Terraner neben ihm riefen, während sie ihn langsam zu Boden betteten; wenn doch nur die Müdigkeit, die er verspürte, wieder verging. Er hatte sein Leben so lange mit Nichtigkeiten verschwendet und nicht zugelassen, dass irgendwelche Gefühle in ihm aufkeimten. Er wollte dies alles nachholen. Er wollte ... wollte ...

39. Startac Schroeder: Drüber oder drunter

Die Reise nach Altera hatte für ihn von Anfang an unter keinem guten Stern gestanden. Doch wenn man kein Glück hatte, musste man es eben erzwingen.

Er lehnte sich erschöpft gegen die kahle Wand eines Korridors, der sich scheinbar endlos nach rechts und links erstreckte. Türen sonder Zahl zweigten davon ab.

Startac ortete.

Die Verwirrung unter den Alteranern, die er spüren konnte, war nicht sonderlich groß. Viele von ihnen beherrschten sich mustergültig und hatten ihre Sinne binnen kürzester Zeit wieder unter Kontrolle. Die meisten Milizionäre der Legion Alter-X waren abgebrüht und ließen sich von dem Absturz des posbischen Trümmerstücks nicht verwirren. Sie verließen ihre Sicherheitsbunker und kehrten ruhig an ihre Wirkungsstätten zurück. Wahrscheinlich hatte man bereits in diesen Sekunden seine Flucht bemerkt und ...

Ein auf- und abschwellendes Signal gab ihm recht.

Von nun an war er ein Gehetzter; die kurzzeitige Energieschwankung, die er zur Flucht genutzt hatte und die ironischerweise von feindlichen Posbis verursacht worden war, gab ihm lediglich etwas Bewegungsfreiheit innerhalb des Festwerks. Die Chance war da; nun musste er sie nutzen.

Er fühlte, dass er sich in unmittelbarer Nähe seines ... Folterkerkers befand. Die Bewusstseine der beiden Alteraner, die sich unweit seines Fesselbetts unterhalten hatten, waren besonders stark zu spüren. Offensichtlich hatte man sie abgestellt, um ihn trotz des Alarms zu überwachen. Wenn er den hiesigen Befehlshaber richtig einschätzte, würde dieser die beiden Männer für ihre Nachlässigkeit büßen lassen.

Startac grinste müde. Irgendwie gefiel ihm dieser Gedanke.

Wahllos riss er die Türen links und rechts von ihm auf, suchte nach Waffen oder einem Versteck, in dem er sich sammeln und zur Ruhe kommen konnte. Wenn er Glück hatte, nahmen seine Häscher an, dass er entkommen war, und würden nicht unbedingt im Festwerk nach ihm suchen.

Ein Labor. Ein Lagerraum. Ein Raum mit einem positronischen Rechenknoten, der durch zusätzlich geschaltete Schutzschirme gesichert war. Ein weiteres Labor, ein riesiges Ersatzteillager, eine Kühlkammer, eine Garderobe ...

Sein Anzug!

Da hing er, hinter einer Glaswand frei in der Luft schwebend. Die Selbstschutzvorrichtung war aktiviert. Ein eng anliegender Schutzschirm hatte sich wie ein Film um die Außenhaut des Bekleidungsstücks gelegt. Also war er nach wie vor funktionsfähig und würde sich von ihm aktivieren lassen.

Startacs Herz schlug schneller. Die Agenten der Legion Alter-X hatten sich weitgehend auf ihn selbst konzentriert und dem Anzug keine große Beachtung geschenkt.

Natürlich, sobald sie ihn »umgedreht« hatten, erledigte sich das Problem mit dem terranischen Spitzenerzeugnis von selbst.

Er schloss leise die Tür hinter sich. Hastige Schritte näherten sich. Das durchdringend gellende Alarmsignal trieb die Alteraner vor sich her.

Startac trat an die transparente Wand und klopfte leicht dagegen. Das war kein Schutzglas; die Abtrennung sorgte wohl lediglich für eine keimfreie Aufbewahrung des Anzugs.

Er sah sich um. Eine Art Metallkolben lag in der Ecke, mehr als einen Meter lang. Was auch immer das Ding normalerweise für eine Funktion erfüllte, Startac würde es zweckentfremden.

Mit aller Kraft, die noch in ihm steckte, schlug er gegen das Glas und sprang zurück. Splitter schossen durch den Raum, bohrten sich durch die dünne Unterwäsche, die er trug, stachen in seine Arme und Beine.

»Ramihyn!«, nannte Startac dessen ungeachtet das Kodewort.

Der Schutzschirm des Anzugs erlosch.

Der Mutant stieg vorsichtig über die Glasscherben hinweg. Er riss und zerrte an dem Kleidungsstück, kämpfte gegen die Zugstrahlen an und bekam den Anzug schließlich frei.

Hastig schlüpfte er hinein, achtete nicht weiter auf die vielen kleinen blutigen Wunden, die er davongetragen hatte. Es wurde ihm bereits wieder schwarz vor den Augen, er musste ... musste ...

Verloren gegangene Kraft kehrte augenblicklich zurück. Seine Gedanken, die bislang träge dahin geflossen waren, wurden plötzlich zu einer Flut, die ihn fast zu übermannen drohte. Die Cybermed-Einheit des Anzugs hatte die Schwächung seines Metabolismus erkannt und intravenös ein Stärkungs- und Stabilisierungsmittel injiziert. Er folgte einer Empfehlung der Positronik und ließ sich über eine weitere Kanüle dringend benötigte Nährstoffe zuführen. Er benötigte schlichtweg alles, das ihn irgendwie kräftigen konnte.

Startac ortete erneut. Wie trippelnde Ameisen waren die Alteraner. Scheinbar ziellos irrten sie hin und her, hinterließen Reflektionen, die er kaum auseinanderhalten konnte. Wie immer gelang es ihm nicht, die Gedanken deutlich und sauber voneinander zu unterscheiden und etwas anderes als grundlegende Emotionen zu erkennen. Er war leider kein Telepath. Irgendwie schien es ihm, als wäre er in seiner Entwicklung dorthin stecken geblieben ...

Der Mutant hackte sich in die interne Kommunikation ein. Noch verlief sie unverschlüsselt.

»Ebene acht sicher, kein Zeichen vom Terraner«, hörte er die im zackigen Tonfall vorgetragene Meldung eines Agenten.

»... nur mit Paralysestrahlen auf ihn feuern«, befahl ein anderer.

»... allerhöchste Vorsicht ist geboten.«

»... er kann hier überall sein; die Insel dürfte er noch nicht verlassen haben ...«

»... ein Teleporter, möglicherweise weitere, unbekannte Fähigkeiten. Kann eventuell Glas zerspringen lassen.«

»... sollten einen zusätzlichen HÜ-Schirm über das Festwerk legen ...«

Das war die Meldung, die Startac benötigte. Er konzentrierte sich; allerdings nicht auf einen bestimmten Punkt, sondern auf eine gewisse Distanz, die er springen wollte. Er schaltete den Deflektorschirm zu und konzentrierte sich.

Es folgte das obligatorische Ziehen im Nacken und jenes Kopfweh, das in ein Schmerzgewitter übergehen würde, sobald die Wirkung der Medikamente nachließ.

Er materialisierte irgendwo, knapp über dem Erdboden.

Grelles Licht stach in seine Augen, träge Insekten umschwärmten ihn. Da war eine Gebüschgruppe, die einen natürlichen Sichtschutz gegen alle Richtung erlaubte. Startac schob sich zwischen die dornenbewehrten Äste, hockte sich nieder und atmete durch.

Seine Intrarot-Ortung zeigte mehrere Gruppen von Lebewesen. Eine Patrouille befand sich links von ihm, nicht einmal 50 Meter entfernt, nahm aber eine andere Richtung. Er lugte zwischen dem Blattwerk hindurch, sah hinab auf einen Fluss, wahrscheinlich den Teragonda. Die Männer marschierten an dessen Ufer entlang und schauten aufs Wasser hinaus. Sie waren bewaffnet und trugen lediglich dünne Schutzkleidung. Scheinbar besaßen sie keine Möglichkeit, ihn aufgrund seiner Wärmeemissionen anzumessen.

Startac richtete sich auf und sah sich genauer um. Hinter ihm, vielleicht zwei Kilometer entfernt, ragte das Festwerk in die Höhe. Es war von einer beeindruckenden, metallen glänzenden Mauer umgeben, die nach außen krängte. Der Mutant hatte das Gefühl, als würde das Fundament dieses seltsamen Bauwerks tief in den Boden reichen.

Im Inneren der Schüsselform stachen zwölf spitze Türme weit nach oben. Sie waren in Pagodenform errichtet und entsprachen einer Architektur, die man in Retro-Kolonien in manchen Teilen des asiatischen Kontinents vorfand. Links und rechts des Festwerks flossen scheinbar gemächlich die breiten Wasser des Teragonda vorbei.

Ein kuppelförmiger HÜ-Schirm umspannte das Bauwerk samt seinem Umfeld. Dünne Schlieren, die farbsichtigen Menschen vielleicht gelb erschienen, zogen sich über die Innenseite.

Ein Schwarm Zugvögel näherte sich, wahrscheinlich vom saftigen Pflanzenwerk hier auf der Insel angelockt.

Die entenähnlichen Geschöpfe flogen in V-Formation und vergingen geräuschlos im Schirm.

Startac behielt seine vielfältigen Anzeigen weiterhin im Auge. Über kurz oder lang würde man an den Ortungsgeräten im Festwerk bemerken, dass sich hier im Gestrüpp jemand befand, der über seine Emissionen erkennbar, aber optisch nicht erfassbar war.

Links und rechts war niemand zu sehen. Also schob er sich hinter dem Gestrüpp hervor und marschierte in raschem Tempo zur Spitze der Insel. Den Antigrav benutzte er wohl besser nicht. Niemand sonst hier schien damit ausgestattet zu sein. Das ungewöhnliche Energiebild des terranischen Erzeugnisses würde nur seine Verfolger auf ihn aufmerksam machen. Er musste Zeit gewinnen und überlegen, wie er von hier flüchten konnte.

Zwei Gleiter drifteten scheinbar gemächlich herab zum Festwerk. Sie näherten sich von der Rückseite des Bauwerks. Von seiner Position aus kaum einsichtig, rauchte und qualmte es dort gewaltig. Wahrscheinlich hatten sich unweit der Insel weitere Trümmer jenes abgeschossenen Fragmenträumers in den Boden gebohrt, dem er seine zweifelhafte Freiheit verdankte.

Einen Lidschlag lang erlosch der HÜ-Schirm im Umkreis von ein paar dutzend Metern und ließ die beiden Gleiter passieren. Sie fädelten sich zwischen den Pagodenbauwerken ein und verschwanden aus Startacs Sicht.

Ein weiteres Fahrzeug gleicher Bauweise näherte sich.

Ein Gedanke schoss ihm durch den Kopf. Sollte er versuchen, den einen, kurzen Moment zu erwischen, um den Schutzschirm zu durchqueren? Es musste zu schaffen sein ...

Startac behielt die Idee im Hinterkopf. Sie war wahnwitzig, aber wenn er keine andere Möglichkeit mehr sah, würde er sie wohl wählen.

Eine kleine Gruppe Soldaten mit Waffen im Anschlag kam auf ihn zu. Sie konnten ihn nicht sehen, hielten allerdings Messgeräte unbestimmter Bauart in der Hand, die sie stets in alle Himmelsrichtungen schwenkten. Startac eilte zum Fluss, watete ins flache Wasser und begab sich damit außerhalb ihrer Sichtweite. Ein vorgezogener Hügel und mehrere Baumgruppen verdeckten ihn nun.

Ein zweiter HÜ-Schirm legte sich wie eine Haut über das Festwerk. Der Mutant atmete tief durch. Die Geier kreisten ihn allmählich ein. Ihm musste etwas einfallen, so schnell wie möglich.

Eine ganze Armada von Personengleitern kam nun über den Fluss heran. Möglicherweise brachten sie weiteres Personal, um gezielter nach ihm zu suchen. Startac schüttelte den Kopf, um die plötzlich eintretende Müdigkeit zu verdrängen. Die Pharmaka verloren rascher an Wirkung, als ihm lieb war.

Sollte er tatsächlich die Teleportation durch eine der Strukturlücken riskieren? Das Wagnis erforderte genaues Timing und erschien nahezu unkalkulierbar. Er wollte gar nicht daran denken, was ihm drohte, sollte sich die hyperdimensionale Abschirmung während seines Sprunges schließen ...

Zwei Gleiter kamen durch, dann drei weitere. Sie wurden offensichtlich von Leitstrahlen gelenkt, die ein geringstmögliches Öffnungsfenster erlaubten.

Zweimal wollte er springen, zweimal überlegte er es sich anders. Immer wäre er zu spät dran gewesen, vermutete er. Verdammt!

Hier am Flussufer war er der Unterkante des HÜ-Schirms so nahe, dass er ihn mit wenigen Schwimmzügen erreicht hätte. Dahinter wartete die Freiheit. So nah, und doch so fern ...

Moment! Warum war ihm das nicht längst aufgefallen? Der Energievorhang musste an der Oberfläche des Teragonda enden; das Wasser floss ruhig und unbehindert dahin. Nichts davon wurde in den überdimensionalen Raum abgeleitet!

Startac watete tiefer ins Wasser, schloss den Anzug und tauchte unter.

Die Sicht reichte nur ein oder zwei Meter weit. Das schlammige Flusswasser packte ihn augenblicklich und trieb ihn ab.

Tatsächlich! Der Schutzschirm reichte nicht bis hierher hinab. Seine Ortungsgeräte zeigten lediglich Stahlnetze und Schockbomben an, aber nichts, das ihn an einer Flucht hindern konnte.

Er wollte nicht mehr nachdenken, keine Gefahren mehr abwägen. Er sprang auf ein anvisiertes Ziel zu. Es war lediglich 20 oder 30 Meter entfernt auf der anderen Seite dieser energetischen Mauer.

Es gelang.

Er hatte es geschafft, die Flucht aus diesem fürchterlichen Foltergefängnis war gelungen. Startac tauchte auf, orientierte sich, tat einen weiteren Sprung zum anderen Ufer hin.

Aber er war so schwach. Er konnte kaum noch die Augen offen halten. Doch er musste Distanz zwischen sich und das Festwerk bringen ...

Der Mutant beschloss, in der Anonymität der Stadt Neo-Tera Sicherheit zu suchen. Ein paar Stunden Schlaf in irgendeinem Winkel musste genügen, dann würde er sich auf die Suche nach den anderen machen. Der Terranische Resident sollte erfahren, welch Geistes Kind dieser Mann war, der auf der Insel Gonda herrschte.

40. Perry Rhodan: Die Rückkehr nach Altera

69 mehr oder weniger unversehrte Schiffseinheiten kehrten ins Altera-System zurück. Wie geprügelte Hunde schlichen sich deren Kommandanten an den TERAGONDA-Wachforts vorbei und hielten Kurs auf den Militärhafen der Hauptstadt Neo-Tera.

Die Besatzungen standen sichtlich unter Schock. Niemand fand große Worte für das, was geschehen war. Fort Kantons Schicksal lag nun in den Greifern der Posbis.

Immer wieder hallte der Funkruf der Maschinenwesen in Rhodan nach: »Seid ihr Wahres Leben? Seid ihr Wahres Leben?« Er hatte diese Gefahr durch die Hassschaltung längst überwunden geglaubt und nie damit gerechnet, ihr erneut und unter gänzlich anderen Voraussetzungen begegnen zu müssen.

War es denn überhaupt die Hassschaltung, die die Posbis in Ambriador vor 36 Jahren »umgepolt« hatte? *Warum* war sie in Kraft getreten, nachdem die Maschinenwesen über Jahrtausende hinweg friedlich ihren ureigensten Zielen nachgegangen waren? War ein Unfall passiert? Hatte eine unbekannte Macht die Maschinen übernommen?

Gemeinsam mit Mondra verließ er die STERNENBLÜTE. Der Regenerationstank, in dem Anton Ismael um sein Leben kämpfte, schwebte neben ihnen her. Der rechte Arm des alteranischen Regierungschefs war zur Gänze abgeschmort, der Brustbereich von diesem letzten Streifschuss aus einer posbischen Thermokanone zerfetzt. Eine Niere war ebenso weggebrannt wie Teile des Magens und der Milz. Ein neues Herz schlug schwach und unregelmäßig. Der Körper des Regierungschefs stieß trotz aller Hilfsmaßnahmen durch ein Ärzteteam, das Ismael rund um die Uhr betreute, das frisch transplantierte Lungengewebe ab und produzierte einen Fieberschub nach dem anderen.

»Er will nicht mehr«, sagte Mondra, als hätte sie seine Gedanken erraten.

»Er *kann* nicht mehr«, widersprach Rhodan heftig. »Das ist ein Unterschied. Ich bin mir sicher, dass tief in diesem Leib ein Kämpfer schläft. Wir müssen ihm lediglich die Chance geben, seinen Körper zurückzuerobern. Er benötigt dringend eine Stabilisierungsphase ... und viel Zeit.«

»Wozu? Damit er mit ansehen darf, wie das alteranische Reich von den Posbis in den Abfluss der Geschichte gespült wird?«

Rhodan streckte sich. »Wir sind noch lange nicht am Ende.«

»Wir?« Mondra lächelte müde. »Siehst du dich bereits selbst als Alteraner?«

»Ich sehe mich als Mensch. Als Terraner.«

Schweigend beobachteten sie, wie die Särge von mehr als 300 getöteten Soldaten aus einem Hangardeck schwebten. Unter ihnen war ein junger Leutnant namens Darius Beng-Xiao, der ihn abgöttisch verehrt hatte. Rhodan würde niemals erfahren, wie er gelebt, was ihn angetrieben hatte. Unter anderen Umständen wäre Darius ein lebenslustiger junger Mann geworden, der sich mit einer Frau und ein paar Kindern umgeben hätte. Diese schrecklichen Zeiten hatten ihn jedoch zu einem paranoiden und verbitterten

Soldaten ohne persönlicher Zielsetzung gemacht, der nun in fremder Erde bestattet werden musste.

Ein hagerer Mann, dem Rhodan in diesen Momenten keinesfalls begegnen wollte, kam näher.

»Ihr erster Auftritt in Ambriador war also nicht von Erfolg gekrönt?«, fragte Laertes Michou.

»Sie ... sie ...« Mondra funkelte ihn böse an. »Wie können Sie angesichts dieser Toten derart zynisch sein!«

»Zynismus ist das Einzige, das uns noch geblieben ist, meine Liebe. Aber ich habe meine wertvolle Zeit nicht geopfert, um hier und jetzt Nettigkeiten auszutauschen. Vielmehr muss ich sehen, ob unser Regierungschef tatsächlich handlungsunfähig ist.« Er drehte sich zur Seite, sprach kurz mit einem weiß bekittelten Arzt und wandte sich dann wieder dem Unsterblichen und seiner Begleiterin zu. »Die Chancen, dass sich Anton von den Verletzungen erholt, sind denkbar gering. Zumindest während der nächsten Wochen werde ich also die Regierungsverantwortung übernehmen müssen.«

»Müssen?« Rhodan lächelte bitter.

»Wir brauchen uns nichts vormachen, Großadministrator. Ich hatte stets das Ziel vor Augen, eines Tages das Imperium Altera alleinverantwortlich mit meiner Handschrift zu prägen. Aber ich wollte es niemals unter diesen Umständen erreichen.«

»Das sollen wir Ihnen glauben?«

»Sie können glauben, was Sie wollen.« Michou wechselte abrupt das Thema. »Darf ich Sie nun in die Administration einladen? Ich werde eine Pressekonferenz abhalten und möchte Sie an meiner Seite wissen.«

»Um mich als Messias zu präsentieren?«

»So ist es.« Michou lächelte knapp und bat die beiden Terraner zu seinem Gleiter.

Vor dem prismatischen Glitzern und Glänzen einer prachtvollen Wand mit ineinander verschweißten Glasplatten vor dem zentralen Verwaltungsgebäude gab der Staatsmarschall die erste Ansprache als »provisorischer Regierungschef«. Er blieb sachlich und kühl. Selbst sein Bedauern über die Schwere der Verletzung Anton Ismaels, das er zum Ausdruck brachte, klang holprig und uninspiriert.

»Wie hat ein derartiger Holzkopf jemals so viel politische Macht erobern können?«, fragte Mondra flüsternd.

»Das wirst du noch sehen«, antwortete Rhodan. Er sah dem Chef der »Partei Heimatkampf« genau auf die Finger und beobachtete gleichzeitig die Reaktionen der versammelten Presse. Er und seine Begleiterin standen hinter einer holografischen Werbetafel verborgen, für die mehr als 200 Versammelten unsichtbar.

Michous Auftritt zeigte auf die Reporter durchaus Wirkung. Manch einer geriet in Versuchung, ihm bei den plumpesten demagogischen Äußerungen zu applaudieren. Möglicherweise waren die Alteraner naiver. Vielleicht kannten sie jene politische Streitkultur nicht, die auf Terra seit Jahrtausenden mit Inbrunst gepflegt wurde.

»... und ist es mir eine Ehre, Ihnen allen, verehrte Zuhörer und Zuschauer, einen ganz besonderen Menschen zu präsentieren.« Michou hob die Arme ein wenig. »Möglicherweise haben Sie gerüchteweise schon von seiner Ankunft gehört. Es ist wahr, ein Unsterblicher befindet sich unter uns! Ein unglaubliches Schicksal hat ihn aus der alten Heimat, von *Terra*, hierher verschlagen. Er war bereits bei der Schlacht um Fort Kanton vor Ort und musste an der Seite Anton Ismaels die Grausamkeit der Maschinenteufel miterleben. Es ist mir eine große Ehre, Ihnen Grußworte des Großadministrators Perry Rhodan übermitteln zu können.«

Eine holografische Zuschaltung stabilisierte sich überlebensgroß neben Michou. Sie brachte Ausschnitte der Rede des Unsterblichen, die er drei Tage zuvor vor der versammelten Administration gehalten hatte.

»Dieser Schweinehund«, murmelte Rhodan Mondra zu. »Er hat die Aufzeichnung zurückgehalten und auf den perfekten Moment für eine Präsentation gewartet. Um sich dann selbst darin sonnen zu können.«

»Dein Pathos und Schmalz passen perfekt zu Laertes Auftritt«, erwiderte Mondra flüsternd. »Deine Ansprache vermittelt den Eindruck, als wäret ihr die besten Freunde. Es wundert mich übrigens, dass die Administration tatsächlich Stillschweigen gehalten hat.«

Das Holo erlosch. Bevor die Reporter sich von dem Schock erholen konnten, fuhr Michou fort: »Und nun ist es mir eine umso größere Freude, Ihnen den Großadministrator höchstpersönlich zu präsentieren. Ich bitte Perry Rhodan zu mir auf die Bühne!«

Es blieb ruhig, als der Unsterbliche und Mondra hinter ihrer Wand hervortraten. Kein Reporter wagte es, ein Wort zu sagen. Man konnte jedes einzelne erschrockene Atemholen der Anwesenden hören. Alle Blicke richteten sich auf die Terraner. Mikrokameras umschwirrten sie wie lästige Insekten und filmten sie aus allen Perspektiven.

Rhodan nickte den Reportern kurz zu und trat Laertes, von der Menge unbemerkt, hinter dem Stehpodium mit vollem Gewicht auf den rechten Fuß. Der Staatsmarschall zuckte zusammen und wurde blass. Der Unsterbliche lächelte freundlich in die Menge. Manchmal entschädigten die kleinsten Freuden für all den Ärger seines Lebens.

Ein Tag verging. Auf Terra schrieb man mittlerweile den 9. April 1343 NGZ.

Laertes Michou agierte mit einem Geschick, das Rhodan dem Militär nicht zugetraut hätte. Er verkaufte seine Anwesenheit als persönlichen Erfolg und verstand es, den Verlust des Kanton-Systems als »zwischenzeitlichen Rückschlag« zu verniedlichen.

Die Geheimwaffe TIGER war in aller Munde. Gezielt gestreute Gerüchte fachten neue Hoffnung in der Bevölkerung an. Von einem waffentechnischen Quantensprung, der die Posbis in die Defensive drängen würde, war die Rede, doch niemand wusste Genaueres. Aus Gründen der Sicherheit, so Michou, durfte nichts darüber verlautbart werden.

»... Sie vertrauen zu sehr darauf, dass die Posbis Altera während der nächsten Wochen in Ruhe lassen«, sagte Rhodan über die Holoverbindung. »Die Psychologie der Maschinenwesen ist bedrückend einfach. Zermürbe und schwäche deinen Gegner, beraube ihn seiner wichtigsten Rohstoffe – also der Hyperkristalle – und gib ihm keine Zeit zum Atemholen. Bald werden die Fragmentraumer über Altera stehen.«

»Nach meiner Ansicht und der meiner Militärexperten haben wir ausreichend Zeit, um unsere Verteidigung zu stabilisieren. Auch Posbis benötigen Zeit, um sich im gewonnenen Terrain zu orientieren und konsolidieren.«

»Das sehen Sie falsch ...«

»Ich habe keine Lust, in sechsunddreißig Jahren Kampf gewonnene Erfahrungswerte in eine Schale zu werfen und gegen Ihre Einzelmeinung abzuwägen«, sagte der Staatsmarschall kühl. »Ich danke Ihnen trotzdem für Ihren gut gemeinten Rat, Großadministrator.«

»Zum letzten Mal: Ich habe diesen Titel längst abgelegt!«

»Die Alteraner sehen das anders, Rhodan. Ich will das Volk nicht durch irgendwelche verbalen Spitzfindigkeiten zusätzlich irritieren. Halten Sie sich bitte weiterhin zu meiner Verfügung.«

»Was sollte ich auch anders tun, Laertes? Sie haben uns in diesem Appartement, diesem goldenen Käfig, mehr oder weniger festgesetzt. Sie benutzen uns, wo, wann und wie Sie wollen.«

»Als wichtigste Persönlichkeit des Imperiums Altera müssen wir Sie zu Ihrer eigenen Sicherheit schützen. Es gibt Hinweise auf ein Attentat, das fehlgeleitete Alteraner planen könnten.«

»Und deswegen lassen uns die Leute der Legion Alter-X gerade mal zum Luftschnappen vor die Tür?«

»So ist es.« Michou wollte die Verbindung kurzerhand kappen.

»Warten Sie, Staatsmarschall!«, sagte Rhodan hastig.

»Bitte?«

»Haben Sie Nachricht von unserem verschwundenen Begleiter Startac Schroeder?«

Michous Wangenknochen traten noch deutlicher vor als sonst. »Nein«, antwortete er.

»Er lügt«, flüsterte Mondra Rhodan zu.

»Und was ist mit den Posbis und den Matten-Willy, die Sie in Gewahrsam haben?«

»Sie kennen meine Einstellung, Großadministrator. Kein Maschinenteufel wird auf Altera frei umherlaufen. Wenn Sie mich nun entschuldigen würden, dringende Geschäfte warten auf mich.«

Das dreidimensionale Bild erlosch.

»Ich wünsche ihm ein Furunkel an die Nase, erbsengroße Hämorrhoiden dorthin, wo die Sonne niemals scheint, und Fußpilz zwischen die Zehen«, sagte Rhodan.

»Was seinen rechten Fuß betrifft, würde er den Juckreiz zurzeit nicht einmal spüren«, sagte Mondra grinsend.

»Das hoffe ich aber!« Rhodan stapfte wütend durch den Raum. Von links nach rechts, von rechts nach links.

Er war von diesem Bastard vor einen Karren gespannt worden und konnte nicht einmal laut seine Meinung kundtun. Nach den Geschehnissen der letzten Tage konnte die alteranische Öffentlichkeit am wenigsten Querelen innerhalb der politischen Führungsschicht brauchen. Horrorgeschichten, wie die Posbis mit den auf Fort Kanton zurückgebliebenen Alteranern verfahren waren, machten bereits die Runde.

Ein Signal ertönte.

»Besuch?« Mondra sah ihn fragend an und gab der Hauspositronik schließlich Befehl, die Tür zu öffnen. Gefahr drohte ihnen sicherlich keine. Dafür sorgten die Mitarbeiter der Legion Alter-X, die in der näheren Umgebung des Hauses Dienst taten.

Zwei junge Leute betraten das Wohnzimmer. Schüchtern blickten sie sich um. Einmal mehr begegnete Rhodan jener unterwürfigen Zuneigung, die besonders in Militärkreisen weit verbreitet schien.

»Ich kenne euch«, sagte der Unsterbliche. »Wart ihr nicht die beiden, die ...« Unvermittelt brach er ab und schüttelte den Kopf.

»Ja, Sir«, hauchte der Bursche. Er besaß die Statur eines Athleten und wirkte dennoch wie eine Mimose, die ein einziges harsches Wort zu Boden strecken konnte. In den sehnigen Armen hielt er eine große Plastmetall-Schachtel. »Wir konnten damals nicht ahnen, welche Lawine wir lostreten würden, als wir unser Militärkommando von Ihrer Landung informierten.« Er sah sich vorsichtig um. »Werden wir hier abgehört?«

»Das Haus ist sauber, dafür haben wir gesorgt. Zumindest in diesem Zimmer schützt uns ein leichter Energieschirm meines Anzugs vor Lauschangriffen.«

Der junge Soldat seufzte erleichtert. »Wir sind gekommen, um uns bei Ihnen zu entschuldigen, Sir«, sagte er hastig, als befürchtete er trotz Rhodans Beteuerungen, jeden Moment unterbrochen zu werden. »Die Dinge, die wir im Festwerk über uns ergehen lassen mussten, waren schrecklich. Sie verhafteten uns und eine Hundertschaft anderer Milizionäre, um Ihre Ankunft geheim zu halten. Zwei Tage lang verhörten uns die Männer der Legion Alter-X, wollten uns irgendwelche Sachen entlocken, von denen wir überhaupt nichts wussten ...«

»Wie habt ihr es geschafft, unbemerkt an unseren Wachhunden vorbeizukommen?«, fragte Mondra misstrauisch. Sie hatte sich auf ein Sofa gefläzt und überschlug scheinbar entspannt die Beine.

Rhodan wusste es besser. Wenn es darauf ankam, wurde sie übergangslos zur kompromisslosen Kampfmaschine.

Der Bursche grinste schwach. »Gestern wurden wir entlassen und rehabilitiert. Es gibt auf Altera nach wie vor einen gewissen Standesdünkel. Erstmals bin ich froh darüber, dass ich einen Namen trage, der in meiner Heimat eine gewisse Bedeutung besitzt. Er hat mir überdies geholfen, hierher Zutritt zu bekommen. Und da auch bei Alter-X wie in vielen Organisationen die rechte Hand nicht weiß, was die linke tut, zogen die Männer da draußen nicht die richtigen Schlüsse. Sie wissen nicht, dass wir im Festwerk einsaßen.«

»Wie sind eure Namen?«, fragte Rhodan.

»Das hier ist meine Freundin Li Yuang. Und ich heiße Lester Donning.«

»Warum habt ihr das Risiko auf euch genommen, uns zu besuchen? Was trägst du da unter dem Arm?«

»Ich möchte etwas wiedergutmachen ...«

»Es gibt nichts zu entschuldigen. Unter den besonderen Umständen auf Altera hätte wohl jeder so reagiert wie ihr.«

»Dennoch ...« Lester Donning zögerte kurz und stellte die Schachtel schließlich vor sich auf den Boden. »Wir haben keine Möglichkeit, Ihnen Ihre Situation zu erleichtern. Michou ist nicht leicht beizukommen. Wir beide sind Anhänger von Ismaels Menschdemokraten. Das ist selten genug im Militärkorps ... aber lassen wir das. Wir sind sicherlich nicht die Einzigen, die zwei und zwei zusammenzählen können, und wissen, dass Sie hier gegen Ihren Willen festsitzen und vom Staatsmarschall für seine Zwecke benutzt werden. Die Dinge in dieser Box helfen Ihnen hoffentlich zu erfahren, wie die Alteraner zu dem wurden, was sie heute sind. Die Unterlagen beinhalten eine fast lückenlose Familienchronik der Donnings vom Moment der Absturzes über Altera bis in die Gegenwart. Zweieinhalbtausend Jahre Geschichte, aus der subjektiven Sicht meiner jeweiligen Vorväter ... Ich möchte Ihnen raten, die Dateien und Schriften zumindest durchzublättern, um uns Alteraner wenigstens ansatzweise zu verstehen.«

»Das ist endlich mal eine gute Nachricht.« Mondra richtete sich auf, streckte sich wie eine Katze und machte sich schließlich mit Feuereifer über die Dokumente her.

»Wie lange können Sie bleiben?«, fragte Rhodan, dem der Junge immer sympathischer wurde, je mehr der den Respekt vor ihm, dem Unsterblichen, verlor.

»Ein bis zwei Stunden, schätze ich«, gab Lester Donning zur Antwort. »Wenn ich Ihnen weitere Fragen beantworten darf?«

»Sie müssen.« Rhodan leistete sich den Luxus, das erste Mal an diesem Morgen zu lächeln. »Es scheint mir, als brächte dieser Tag doch mehr, als ich von ihm erwartet hatte.«

Erstmals seit seiner Ankunft erhielt Rhodan wirklich einen Einblick in die Lebenskultur der Alteraner. Er nahm sich die Zeit, Teile der Berichte gemeinsam mit Mondra durchzuarbeiten, und stieß auf erstaunliche Abweichungen von jener Entwicklung, die die Terraner der Milchstraße durchgemacht hatten. Mochten es auch nur Kleinigkeiten sein, über die Jahrhunderte hinweg war ein ganz eigener Menschenschlag entstanden. Geprägt und geformt von der Umwelt Alteras, seiner Kolonien und der besonderen Umstände in Ambriador im Allgemeinen.

»Ich kann mich an Ihren Urahn Richard erinnern, Lester.« Der Unsterbliche lächelte. Gedanken schwappten hoch. »Sergeant Brazos Surfat, der in den Berichten erwähnt wird, war ein Hansdampf in allen Gassen. Ein Betrüger und Draufgänger, der Menschen seines Schlags wie magisch anzog und um sich scharte. Stets stand er an vorderster Front. Mit seinem ungestümen Draufgängertum richtete er viel Schaden an. Andererseits verdankten wir es Männern wie ihm, dass wir die Meister der Insel in Andromeda in derart kurzer Zeit besiegen konnten.« Rhodan holte tief Luft. »Richard Donning war einige Zeit an seiner Seite zu finden. Meist hielt er sich im Hintergrund und wirkte unscheinbar, aber alles, was er schlussendlich während seiner Einsätze beim Landekommando der CREST II tat, hatte Hand und Fuß. Er steckte voller Überraschungen. Bei einer Gelegenheit – ich erinnere mich nicht mehr, bei welcher – packte er eine alte, verstimmte

Gitarre aus und begann zu spielen. Dazu sang er mit seinem kaum verständlichen Akzent gälische Volkslieder. Mann, was hatte der für eine Stimme ... Zwei Stunden später stürmte er an der Seite von Brazos Surfat ein tefrodisches Raumschiff. Sie brachten es auf und mussten die wie entfesselt kämpfenden Besatzungsmitglieder töten. Ihr Urahn kämpfte weinend, mit tränenden Augen. Und dennoch tat er es, in Erfüllung seiner Pflicht. Bald darauf suchte er um Versetzung an.«

»Das wissen Sie noch, Sir?«

»Mir ist, als hätte ich es erst gestern erlebt, Lester. Manche Dinge bleiben unvergessen.« Rhodan schüttelte die Erinnerungen ab. »Es freut mich, dass er seinem Leben einen neuen Sinn geben konnte. Die Gründung der ersten alteranischen Kolonie war sicherlich genau nach seinem Geschmack ...«

Ein Hauch von Wind zog durch den geschlossenen Raum, ein leises Knallgeräusch ertönte im Nebenzimmer.

Rhodan sprang auf, war ein wenig langsamer als Mondra. Die beiden alteranischen Soldaten hingegen wussten nicht, was hier geschah.

Der Unsterbliche *schaltete um.* Lester Donning und Li Yuang waren vergessen. Hier im Raum hatte sich etwas verändert. Und es gab nicht viele Ursachen für die Assoziationen, die plötzlich in seinem Kopf zusammenfanden.

»Startac, bist du das?«, fragte er ins Leere.

»Ja, Perry.«

Das Deflektorfeld erlosch. Der Mutant trat an sie heran. Er wirkte schwach, seine Gesichtshaut war blass und ungesund, aber er lebte.

Offensichtlich.

»... und das ist das Ende meiner Geschichte«, sagte der Teleporter und Orter. Gierig trank er vom Fruchtsaft und legte seinen Schutzanzug zufrieden seufzend beiseite. »Michou hat die Silberkugel, unser Rückflugticket. Wahrscheinlich wird er sie als Druckmittel gegen uns einsetzen.«

Rhodan ging nicht weiter darauf ein. Um die Kugel würde er sich zu gegebener Zeit kümmern. »Was hast du nach deiner Flucht getan?«, fragte er den Mutanten.

»Die letzten sechsunddreißig Stunden trieb ich mich in Neo-Tera herum. Anfänglich auf der Flucht vor allem und jedem. Erst, als deine Ankunft auf Altera offiziell gemacht wurde, wagte ich es, nach dir zu suchen, hielt mich aber auch dann noch zurück. Irgendwann übermannte mich die Erschöpfung. In einer leeren Wohnung schlief ich mehr als vierzehn Stunden am Stück. All die Medikamente und Aufputschmittel, die ich nehmen musste, forderten ihren Tribut.«

»Wie geht es dir jetzt?«

»Die Schmerzen sind weg, Perry. Ich bin bereit, mich den Herausforderungen zu stellen ...«

»Ich sehe da ein bestimmtes Glitzern in deinen Augen.«

»Ich habe eine Rechnung mit Laertes und einigen seiner Mitarbeiter zu begleichen.«

»Du wirst die Gelegenheit dazu erhalten, mein Freund. Aber nicht sofort. Wir brauchen den Schweinehund, so wie er uns braucht. Darüber hinaus wird er nun leiser bellen, nachdem wir wissen, was er mit dir vorhatte.«

»Wie kann ein Mensch seiner Intelligenz nur glauben, mit Startacs Entführung durchzukommen?« Mondra schüttelte den Kopf.

»Er wollte mich gefügig machen. Mit Psychopharmaka zu einem seiner Leute umformen.«

»Wenn wir das an die Öffentlichkeit bringen, ist er erledigt«, fuhr Mondra fort.

»Und dann?« Rhodan leckte sich nachdenkend über die Lippen. »Wir haben in den Donning-Chroniken gesehen und gehört, wie stark die Alteraner auf Führungsfiguren fixiert sind. *Ich* kann diese Rolle nicht ausfüllen. Dazu sind mir die Gegebenheiten nach wie vor viel zu fremd. Nein, wir sollten uns nach wie vor mit Michou arrangieren. Dass Startac zu uns gestoßen ist, werden wir vorerst geheim halten.« Er warf einen Seitenblick auf die beiden jungen Soldaten. Beide beeilten sich, ergeben zu nicken. »Startac wird unser Trumpf sein, sobald wir ihn benötigen. Kannst du damit leben, dass du deine Rachegelüste ein wenig später austoben wirst?«

»Aufgeschoben ist nicht aufgehoben«, sagte der Mutant kühl.

Ein Emotionsbündel war der Mann noch nie gewesen, wie Rhodan wusste.

»Dann sind wir uns einig.« Der Unsterbliche wandte sich den alteranischen Gästen zu. »Es ist wohl besser, wenn ihr nun geht. Ich kann mich auf euch verlassen? Sehr gut. Vielleicht werde ich eure Hilfe zu einem späteren Zeitpunkt benötigen. Startac wird sich dann bei euch melden.« Er verabschiedete sie hastig. Sanft, aber bestimmt drängte Mondra Li Yuang und Lester Donning zur Tür.

Nun ging ihnen alles nicht mehr schnell genug. Das Auftauchen des Mutanten schaffte völlig neue Perspektiven. Sie benötigten einen Plan, der zur geänderten Situation passte.

Das Holovid sprach an.

»Das ist Michou«, sagte Rhodan. »Er allein hat unsere Kennung. Zur Seite, Startac! Er darf dich nicht sehen.«

Der Mutant tat wie geheißen. Rhodan aktivierte die Verbindung.

»Benötigen Sie mich wieder einmal dafür, dass ich der Öffentlichkeit ein freundliches Gesicht zeige?«

Michou ging nicht darauf ein. Er wirkte verkrampft, seine Unterlippe zitterte. »Sie hatten recht«, sagte er schließlich. »Die Posbis greifen an. Der Kampf um Altera hat soeben begonnen.«

41. Laertes Michou: Geheimwaffen und Statistiken

Er hatte seinen Aufbruch in die alteranische Gefechtszentrale, nach TRIANGOLO 001 im Orbit hoch über dem Heimatplaneten, zu einer öffentlichen Angelegenheit gemacht. In diesen schweren Stunden musste er ein Zeichen setzen. Die Bürger des Imperiums waren es gewohnt, dass er stets an vorderster Front stand. Nur durch seinen Wagemut hatte er den Nimbus der starken Führerpersönlichkeit gewonnen.

Er fürchtete die Maschinenteufel nicht. Der Tod kam ohnehin früher oder später.

Sofern man nicht die Unsterblichkeit besaß ...

Perry Rhodan betrat die Kommandozentrale. Es war schon bemerkenswert, dass der Terraner seiner Einladung ohne weiteres gefolgt war. Auch wenn er den Unsterblichen wegen seiner allzu liberalen Geisteshaltung nicht ausstehen mochte, er war jedenfalls ein tapferer Mann.

Er kam allein. Die hübsche Frau an seiner Seite hatte es vorgezogen, in Neo-Tera zu bleiben. Aus welchen Gründen auch immer, es kümmerte ihn nicht. Wichtig war allein die Präsenz des Unsterblichen, in der er sich einmal mehr medial sonnen konnte.

Kameras zeichneten jeden ihrer Schritte auf. Ein Team würde die Aufnahmen in seinem Sinne aufbereiten und zeitversetzt in die großen Holovid-Netzwerke abstrahlen.

»Es handelt sich um eintausend Fragmentraumer«, sagte Laertes. »Wir werden sie gebührend empfangen.«

»Wie stark ist die Heimatflotte?«, fragte Rhodan.

»Vierhundertzwanzig Schlachtschiffe, vierhundertzwölf Schwere Kreuzer, eintausendzweihundert Leichte Kreuzer sowie knapp zweihundert TRIANGOLO-Raumforts, von denen zweiunddreißig mit den TIGER-Waffensystemen ausgerüstet sind.«

»Sie wollen mir nach wie vor nichts über diese Geheimwaffe verraten?«

Michou lächelte. »Lassen Sie sich überraschen.«

»Sie wirken verdammt siegessicher.«

»Unsere Statistiker haben eine hohe Wahrscheinlichkeit errechnet, dass wir die Maschinenteufel besiegen.«

»Statistiken sagen nichts über das Leid jener aus, die gemäß ihrer Rechnung sterben werden.«

»Der Tod gehört zum Soldatengeschäft. Das sollten Sie besser wissen als ich!«

Michou ärgerte sich, dass der Unsterbliche es einmal mehr schaffte, ihn aus der Reserve zu locken. Er gab einem der Regisseure ein Zeichen. Dieser Teil ihres Dialogs durfte keinesfalls an die Öffentlichkeit übertragen werden. Die Menschen, die nun in den ausgedehnten Schutzbunkern auf Altera um ihr Leben bangten, brauchten starke, aufmunternde Sprüche.

»Die Maschinenteufel rücken näher«, sagte der Kommandant von TRIANGOLO 001, General Valdas Denk, um sich wenige Sekunden später selbst zu korrigieren: »Der Verband hat erneut gestoppt. Die Posbis scheinen auf etwas zu warten ...«

»Da stimmt etwas nicht«, murmelte Perry Rhodan, der neben ihn getreten war. »Warum zögern sie? Warum treiben sie sich seit mehr als fünf Stunden nahe des Altera-

Systems herum? Wäre ich an Stelle des Plasmakommandanten, hätte ich das Überraschungsmoment genutzt.«

»Ich habe Ihnen schon mehrmals gesagt, dass die Maschinenteufel unberechenbarer als Geisteskranke sind.« Michou setzte sich und starrte wütend auf den Ortungstank.

Perry Rhodan hatte bereits einmal recht behalten und den Zeitpunkt der Ankunft der Posbis richtig vorausgesehen. Sollte sich seine Vorahnung auch diesmal bewahrheiten?

»Hyperschock!«, rief der Kommandant der Ortungszentrale mit hysterischer Stimme. »Wir messen mehrere hundert Übertritte aus dem Linearraum an. Ach du ... das müssen um die tausend sein ...«

Damit waren es zweitausend Fragmentraumer. Die Maschinenteufel erreichten eine zahlenmäßige Gleichstellung.

Was bedeutete das schon? Er konnte sich auf die Wirkung von TIGER verlassen. Nach wie vor standen ihre Chancen gut.

»Ein weiteres Kontingent rematerialisiert!«, plärrte ein Orter. »Dreißig Lichtsekunden vom Hauptpulk entfernt.«

»Und noch einmal so viele Schiffe, eine weitere Lichtminute entfernt!« Der Leiter der Ortungsabteilung schluchzte fast.

»Wie viele sind es nun insgesamt?« Michou schlug unbeherrscht mit der Faust auf den Tisch vor ihm. Auch diese Szene würde man vor der Holovid-Ausstrahlung zensieren müssen ...

»Drei... dreitausendfünfhundert.«

Der Staatsmarschall schluckte schwer. Hoffentlich konnte man ihm nicht ansehen, was in diesem Moment in ihm vorging.

Er *wusste*, dass sie verloren hatten. Alle Tapferkeit, aller Wagemut und alles Geschick würden gegen diese Übermacht nicht ankommen. Die Schlacht würde hier im Raum entschieden, die alteranischen Kräfte bis auf das letzte Beiboot aufgerieben werden. Danach würden sich die Fragmentraumer auf seinen Heimatplaneten hinabstürzen und eine erbarmungslose Jagd auf die Menschen veranstalten. »Seid ihr Wahres Leben?«, würden sie fragen, immer und immer wieder, ohne eine Antwort zu akzeptieren. Vielleicht sprengten sie den Planeten durch gezielten Beschuss und Überhitzung des Kerns, vielleicht machten sie sich den *Spaß* und verfolgten die Alteraner einzeln, über Jahre hinweg.

Michou wusste es nicht. Er würde das bittere Ende dieser Auseinandersetzung ohnehin nicht mehr erleben.

»Staatsmarschall, ich weiß, wie man den Posbis beikommen kann!«, drängte Perry Rhodan dicht neben ihm.

»Sie *wissen* es?« Michou lachte kurz auf. »So, wie sie es bei Fort Kanton wussten? Lassen Sie mich gefälligst in Ruhe mit Ihren schönen, wohl gesetzten Worten.« Er nickte General Valdas Denk zu, dessen Finger über ein paar Schaltreglern schwebten und vor Nervosität zitterten. »Wir gehen wie besprochen vor. Umgruppierung gemäß der voraussichtlichen Stoßrichtung der Posbi-Einheiten. Wir werden unsere Haut so teuer wie möglich verkaufen.«

Diese Worte wirkten salbungsvoll und klischeebehaftet. Und gerade deshalb konnte man sie ungeschnitten ins Holovid-Netz übertragen.

Es blieb allerdings fraglich, ob sich noch jemand finden würde, der die Botschaft hören würde.

42. Perry Rhodan: Der Plan

Michou war mit Argumenten nicht mehr beizukommen. Er hatte beschlossen, bis zum bitteren Ende die Rolle des Märtyrers auszufüllen, und würde davon nicht mehr abgehen.

Die moralische Integrität des Staatsmarschalls kam Rhodan mehr als zweifelhaft vor. Doch er klang überzeugend, wenn er versicherte, alles in seiner Macht Stehende zum Wohl seiner Heimat und der Menschen dort zu tun.

In letzter Konsequenz würde sich Michou also opfern, gemeinsam mit den Resten der alteranischen Flotte.

Der Unsterbliche zog sich langsam und unbemerkt aus der unmittelbaren Nähe der Kommandoecke zurück. Er hatte in der Tat einen Plan. Mondra würde ihn verrückt, anmaßend und größenwahnsinnig nennen. Dennoch existierte seiner Meinung nach eine größere Wahrscheinlichkeit, dass er Erfolg hatte, als dieses offensichtliche Selbstmordmanöver, das Laertes Michou vorhatte.

Er verließ die Kommandozentrale und begab sich in einen der engen und miefigen Nebenräume. Dutzende Funker waren hier untergebracht. Sie hielten permanenten Kontakt zu anderen TRIANGOLO-Raumforts, den Schlachtschiffen und den auf Altera stationierten Bodeneinheiten.

Rhodan benötigte ein paar Sekunden, um sich zu orientieren und ein geeignetes Opfer zu finden. Eine junge Frau, vielleicht zwanzig Jahre alt, mit weit aufgerissenen Augen, die ein wenig abseits saß und der der Schweiß auf der Stirn stand.

Niemand achtete auf ihn, als er zu ihr trat und ihr zuzwinkerte.

Sie zuckte zusammen, erkannte ihn offensichtlich.

»Ich möchte eine Funkverbindung nach Neo-Tera. Es handelt sich um einen zivilen Trivid-Anschluss, den ich unbedingt erreichen muss.«

»Das ... geht nicht«, stotterte sie, während sie ihren *Ohrwurm* ein wenig lockerte. »Ich stehe in permanentem Funkkontakt mit den Raumforts nullnullsechs bis nullzehn. Ich gerate in größte Schwierigkeiten, wenn ich unterbreche.«

»Sie geraten in noch größere Schwierigkeiten, wenn Sie es nicht tun, meine Liebe. Sie erkennen mich?«

»J... ja, Großadministrator.«

»Dann gehorchen Sie gefälligst.«

»Ich ... muss mit der Zentrale Rücksprache halten. Sie werden verstehen, dass ...«

»Ich verstehe gar nichts!« Er runzelte die Stirn und blickte so böse, wie er es angesichts der Situation nur konnte. »Wer könnte hier an Bord mehr Kompetenzen als ich haben?«

Das Mädchen wirkte schlichtweg überfordert. Es blickte sich um, suchte den Blickkontakt mit einem Kollegen. Geschickt versperrte Rhodan ihr den Blickwinkel und blieb dabei selbst im Halbschatten.

»Geben Sie mir bitte die Kennung«, forderte die junge Alteranerin schließlich. Sie wirkte wie ein Häufchen Elend, als hinge ihre Karriere von diesem einen Kontakt ab. Sie wusste nicht, dass ihr der Tod ohnehin im Nacken saß.

Eine Minute später sah sich Rhodan einer völlig überraschten Mondra gegenüber. Er scheuchte die Funkerin mit einer Handbewegung beiseite. Es blieb ihm nicht viel Zeit, dieses wichtige Gespräch zu führen. Er ließ seine Begleiterin gar nicht erst zu Atem kommen und erklärte ihr die prekäre Situation mit wenigen Worten. Und auch, was er zu tun gedachte.

Beziehungsweise, was Mondra zu tun hatte.

»Du bist verrückt, anmaßend und größenwahnsinnig«, sagte sie. »Und das auch noch auf meine Kosten.«

»Ich weiß. Wirst du es trotzdem tun?«

»Bleibt mir etwas anderes übrig?«

»Du kannst ruhig sitzen bleiben und darauf warten, dass dir die Posbis Feuer unter deinem bezaubernden Hintern machen.«

»Das sind nicht gerade schöne Aussichten.«

»Dein Hintern oder die Posbis?«

»Lass die Albernheiten!« Sie starrte ihn böse an.

»Entschuldige, Mondra. Tut, was ihr könnt. Laertes lässt nicht mit sich reden. Ich sehe keinen anderen Ausweg als diese ... Verrücktheit.«

»Ich verstehe.« Sie nickte. »Wir sehen uns.«

Das Holovid erlosch.

»Ja, wir sehen uns«, echote Rhodan und verließ unter den verwirrten Blicken der jungen Funkerin den Raum.

43. Laertes Michou: Gegen den Untergang

Die Posbis stürzten sich mit bereits gewohntem Gleichmut auf die Verteidigungsstellungen. In Keilformationen gingen sie gegen die TRIANGOLO-Stationen an. Alteranische Flottenteile stellten sich so rasch wie möglich auf die Strategien ihrer Gegner ein. Es war wie ein komplizierter Tanz, beinahe schön, ein Ballett mit tödlichem Ausgang.

Die Posbis sind wie Ameisen!, dachte der Staatsmarschall, während er Anweisungen gab. *Die schiere Masse erlaubt es ihnen, jedes Hindernis zu überwinden. Schießen wir zwei Fragmentraumer weg, rücken drei weitere nach. Vernichten wir auch diese, schließen fünf Schiffe die Lücken. Es wirkt so ... demoralisierend.*

Er sah sich in der Zentrale um. *Wir verzweifeln, noch bevor die Auseinandersetzung begonnen hat.* »TIGER einsatzbereit machen«, sagte er. »Es wird erst auf meinen Befehl hin gefeuert.«

Valdas Denk bestätigte.

Die Posbi-Raumer rasten durch die vorgelagerten Abwehrwälle, die hauptsächlich von kleineren Einheiten gebildet wurden. Sie hatten die Aufgabe, die Feindestruppen in Einzelkämpfe zu verwickeln, zu verwirren, die konzentrierten Kräfte aufzusplitten.

Die Posbis kümmerten sich nicht um die Leichten Kreuzer. Todbringende Strahlbahnen schnitten durchs All und knackten praktisch im Vorbeiflug die Schutzschirme der alteranischen Einheiten. Wie Wirbelwinde waren sie, die sich durch keine Macht des Universums stoppen ließen.

Michou ballte die Hände. Zahllose Menschen starben in diesen Augenblicken. Als Kanonenfutter, um den Verteidigern einen gewissen strategischen Vorteil zu erarbeiten.

»Feuerbereit?«, fragte er.

»Ja«, antwortete Valdas Denk. Seine zitternde Hand ruhte auf einem einzelnen Schalthebel, der die Synchronisationsschaltung aller TRIANGOLO-Abwehrforts bewirken würde.

Noch ein paar Sekunden, dachte Michou. *Nochmals müssen tausende Menschen sterben, damit wir die posbischen Flottenteile in optimaler Kernschussweite haben.*

Nebenan in der Ortungszentrale wurde fleißig gerechnet. Je genauer die Zielkoordinaten, desto größer der Wirkungsgrad TIGERs.

Michou wusste, dass sich die Alteraner etwas ganz Besonderes von der geheim gehaltenen Waffentechnik aus der Ideenschmiede des Laszlo Hu erhofften. Die Soldaten wollten hören, dass eine Transformkanone entgegen der überaus seltsamen Bedingungen in Ambriador einsatzbereit gemacht werden konnte.

Er musste sie enttäuschen. Gewisse hyperphysikalische Grenzen ließen sich nicht überschreiten.

»Jetzt!«, sagte er.

Valdas Denk gab den Befehl weiter.

Ein Fragmentraumer explodierte. Ein weiterer, dann ein ganzes Dutzend.

Jubel brach in der Zentrale aus. Viel zu früh, wie Michou wusste. »Es handelt sich um so genannte Röhrenfokusgeschütze«, erklärte er, als sich der Wirbel wieder gelegt hatte. 42 Posbi-Raumer waren mittlerweile vernichtet. »Ein überlichtschnelles Röhrenfeld mit geringstmöglichem Durchmesser schwächt den HÜ-Schirm, kratzt ihn sozusagen an. Der es durchlaufende Thermostrahl wird während des ›Transports‹ derart umgewandelt, dass er fast ohne Streuverlust das Ziel erreicht und den Schirm durchschlägt.« Mehr sagte er nicht, dazu fehlte die Zeit.

68 abgeschossene Feindeinheiten zählte die Positronik.

Sein Herz klopfte laut. Vielleicht waren die Posbis begriffsstutziger, als er es angenommen hatte. Vielleicht durchschauten sie nicht, dass ...

Nein.

Die Hoffnung schwand so schnell, wie sie aufgeflackert war.

Die Fragmentraumer änderten ihre Taktik. Mit geringfügiger Verzögerung erkannten sie, welche Forts für sie gefährlich waren und welche nicht.

458 Posbi-Schiffe waren erst vernichtet, als TRIANGOLO 097 dem Dauerbeschuss der Gegner nicht mehr standhalten konnte. 497, als das Fort 176 explodierte. Und je mehr der mit TIGER ausgestatteten Stationen vergingen, desto langsamer bewegte sich das Zählwerk mit den vernichteten Feindeinheiten nach oben.

Eine Zeit lang wogte der Kampf hin und her, schien sich ihrer aller Schicksal auf zwei gleich schwer belasteten Waagschalen zu entscheiden. Aber der Eindruck trog. Der Kampf war längst vorbei. Statistiken logen nicht.

Wo war eigentlich Rhodan geblieben? Da hinten stand er, zwischen Funkleitzentrale und der Hauptschleuse. Würde er flüchten, sich mit einer kleinen Schiffseinheit dem unweigerlichen Ende seines langen Lebens entziehen, oder würde er mit ihm hier untergehen?

Er lehnte sich gegen die Wand. Die Arme waren überkreuzt, er wirkte völlig in sich gekehrt, als ginge ihn das alles nichts an, als wartete er auf etwas ...

TRIANGOLO 001 geriet in den Fokus mehrerer Fragmentraumer. Nun waren sie selbst an der Reihe.

Michou schloss die Augen und überlegte, ob er in diesem Moment nicht doch zum Glauben der Freien Kirchen finden sollte.

44. Perry Rhodan: Der Posbi-Faktor

Man konnte dem Tod noch so oft entronnen sein, die Angst vor dem Augenblick, da alles endete, schwand niemals. Was *danach* kam, sah Rhodan durchaus gelassen. Schlimm mochte lediglich der *Übergang*, die Schnittstelle zwischen Existenz und Nicht-Existenz sein.

Zwei Stunden wogte der Kampf bereits hin und her. Der Ausgang war längst entschieden. Laertes und seine Alteraner gaben ihr Bestes, aber es würde nicht reichen.

Da!

Unruhe entstand an der Funkleitzentrale neben ihm. Er hatte diesen Platz nicht umsonst gewählt. Eine unerwartete Botschaft traf von Altera ein, wie der Unsterbliche den durcheinanderschwirrenden Stimmen entnahm. Rhodan atmete tief durch. Die beiden Dienst tuenden Offiziere sahen sich irritiert an.

»... noch nie gehört ...«, sagte der eine.

»... könnte ein Posbi-Kode sein ...«, murmelte der andere. »Wir sollten es Laertes Michou melden.«

Mehrere riesige Anzeigefelder der Defensivabteilung wechselten unvermittelt, für die gesamte Zentralbesatzung gut sichtbar, ihre Farbe zu Rot. Die Schutzschirme von TRIANGOLO 001 wurden überlastet, erste Fehlermeldungen trafen ein.

Mehr als 50 Fragmentraumer schossen sich auf das zentrale Abwehrfort ein.

Unterschiedlichste Waffenformen wie ultrahochgebündelte Thermokanonen, Desintegratorgeschütze, Impulsstrahler und Raumtorpedos brandeten gegen die alteranischen Schutzschirme, bohrten sich durch die Staffelungen, suchten sich ihren Weg. Risse taten sich in der Wirklichkeit der Raumzeit auf, erlaubten einen schrecklichen, für menschliche Augen nicht geeigneten Blick in höhere Dimensionen.

Rhodan wandte sich ab, wollte es einfach nicht hinnehmen. Wenn er den Tod einfach ignorierte, schlichtweg nicht akzeptierte – würde er dann nicht kommen?

»SeidihrwahresLeben, SeidihrwahresLeben, SeidihrwahresLeben«, gellte es über den Posbi-Funk herein, immer rascher, immer drängender, immer ... immer ...

... verzweifelter?

Plötzlich kehrte Ruhe ein. Eine Stille, die in der Zentrale einer Raumstation nichts zu suchen hatte.

Auch die endlose Frageschleife über das Wahre Leben endete.

Rhodan sah sich um. Die Menschen standen herum, bleich, verschwitzt, manch einer mit nasser Hose. Sie begriffen nicht, was geschah.

Der Beschuss hörte auf. Die Schutzschilder hatten gehalten. Vor ihrer Augen spielte sich Unglaubliches ab. Die Fragmentraumer ließen von den alteranischen Einheiten ab und feuerten völlig unmotiviert umher.

»Sie sind verwirrt und leisten kaum noch Gegenwehr«, hörte sich der Unsterbliche in die Stille sagen. »Sie schießen sogar aufeinander. Jetzt wäre der richtige Moment für einen Gegenschlag.«

Fünf Sekunden dauerte es, bis die Menschen rings um

ihn in die Wirklichkeit zurückfanden. Dann taten sie wie geheißen. Mit grimmiger Entschlossenheit gingen sie an ihr Werk, mit einer Konsequenz, die ihresgleichen suchte. Mit Wut und Leidenschaft, die all das Leid der letzten Stunden vergessen ließen.

45. Perry Rhodan: Aufräumarbeiten

Selbst ein Tag später fiel es schwer, die Fakten gesammelt und in einer logisch verständlichen Kette zu präsentieren. Zumal sich die in der Administration anwesenden Alteraner schwer taten, ihre Konzentration zu behalten.

»Sie haben also diese Verwirrung unter den Posbis ausgelöst, Rhodan?«, fragte Michou.

»Ja, ich habe den Anstoß dazu gegeben.«

»Sie haben mich und damit die alteranische Regierung in Ihren Aktionen links liegen lassen und damit einen schweren Vertrauensmissbrauch begangen.«

»Wenn Sie wollen, können Sie es so sehen.« Rhodan blieb gelassen. Derzeit besaß er sehr, sehr gute Karten. Was war schon gekränkte Eitelkeit gegen einen geretteten Planeten?

»Dann erzählen Sie uns bitte nochmals in kurzen Worten, was da genau vor sich gegangen ist.« Mit einer beiläufigen Bewegung seiner Rechten deutete er auf Rhodans Begleiter.

»Mit dem größten Vergnügen«, sagte der Unsterbliche. Er sah sich im Saal um. Die höchstrangigen Vertreter der »Menschdemokraten« und der »Partei Heimatkampf« waren ebenso anwesend wie ein bunt gemischter Haufen hochdekorierter Militärs und Vertreter der Legion Alter-X. »Ich hatte keinen unmittelbaren Einfluss auf die Situation an Bord von TRIANGOLO 001. Meine Idee wurde von keinem Alteraner gutgeheißen. Mir blieb angesichts der geringen Zeit nichts anderes übrig, als den Dampfhammer auszupacken. Also in Eigenregie jene Wesen herbeizuschaffen, die die Posbis stoppen konnten. Ich tat das, was mir seit meiner Ankunft auf Altera verwehrt geblieben war.« Rhodan vermied es tunlichst, die Schuld auf Michou zu schieben. Der Staatsmarschall war nach wie vor ihr offizieller Ansprechpartner, dem die Menschen dieses Planeten mehr vertrauten als irgendeinem anderen, zumindest, seit Anton Ismael im künstlichen Koma gehalten wurde.

»Bitte weiter!«, forderte ihn der provisorische Staatschef mit rauer Stimme auf.

»Ich habe Mondra Diamond und den kurz vorher auf ... wundersame Weise wieder aufgetauchten Startac Schroeder angehalten, sich ins Festwerk auf der Insel Gonda zu begeben.«

»An einen der strengst bewachten Orte unseres Planeten!«, warf Michou ein. Der Gedanke, dass die beiden Terraner dort problemlos hinein- und hinausspaziert waren, bereitete ihm einige Sorgen.

»Wir hatten Unterstützung«, warf Mondra ein. »Alteraner, die sich bereits einige Zeit im Festwerk aufgehalten hatten und aufmerksam genug gewesen waren, uns wichtige Details über Schwachstellen mitteilen zu können.«

»... über die ich mich noch in kleinerer Runde mit Ihnen unterhalten möchte«, sagte der Staatsmarschall. »Ich bitte Sie, bei dieser Anhörung aus Gründen der Staatssicherheit nicht zu sehr ins Detail zu gehen.«

»Gern.« Rhodan grinste. »Startac Schroeder ist Teleporter, wie mittlerweile bekannt sein dürfte. Über die Fähigkeiten der Frau an meiner Seite möchte ich schweigen. Auch die terranische Staatssicherheit bedarf ihres Schutzes. Sie müssen nur wissen, dass sie ausreichend ausgebildet war, um die Hauptenergieversorgung des Festwerks auszuschalten, die Zentralpositronik für sich einzunehmen und unsere drei Freunde hier« – er deutete über Drover, Nano Aluminiumgärtner und den Matten-Willy Mauerblum – »aus der Gewahrschaft der Legion Alter-X zu befreien.«

Ein Mann, der dicht neben ihnen saß, schüttelte den Kopf und murmelte ständig vor sich hin. »Ich verstehe es einfach nicht, ich verstehe es einfach nicht ...«

Startac sah ihn kurz an, tat aber so, als hätte er kein gesteigertes Interesse am Leiter des Festwerks, dem Mann namens Koblenz. Rhodan war sich sicher, dass zwischen den beiden noch längst nicht alles gesagt und getan war. Aber persönliche Dinge hatten in diesen Stunden keine Bedeutung. Der Teleporter beherrschte sich mustergültig. Er würde den geeigneten Moment abwarten, um ...

»Es gelang Ihrem kleinen Team also, diese Maschinenteufel und das seltsame Lappenwesen zu befreien, mit ihnen aus dem Festwerk zu entkommen und darüber hinaus trotz Alarmstufe Rot in die Großfunkstation von Neo-Tera vorzudringen.«

»So ist es. Drover, den Sie auch hier unter schweren Schutzschildern begraben, war dabei von großem Nutzen. Seine Paralysatoren schafften Mondra und Startac freie Bahn. Sein Anblick wirkte ausreichend erschreckend, um die meisten Alteraner in die Flucht zu schlagen. Die verantwortlichen Sendungsbeauftragen waren viel zu verängstigt, um ernsthaften Widerstand zu leisten. Ich denke, dass der Zweck die Mittel heiligt. Nicht wahr, Staatsmarschall?«

»So ist es, in der Tat.« Michou krächzte die Worte widerwillig. »Und was geschah dann?«

»Ich muss gestehen, dass mir die richtige Idee erst selbst sehr spät gekommen ist.« Rhodan verzog traurig das Gesicht. »Wahrscheinlich hätte ich vielen zehntausend Alteranern bei Fort Kanton das Leben retten können.« Er wusste, dass dem nicht so war. Niemals hätte man ihm erlaubt, die beiden Posbis in das heiß umkämpfte Sonnensystem mitzunehmen. Er sagte dies, um ein wenig den Druck von Michou zu nehmen. Er brauchte diesen Bastard noch – so wie dieser ihn benötigte. »Wir wurden von ES hierher versetzt, um den Alteranern zu helfen. Ich konnte nicht verstehen, warum sein Bote Lotho Keraete darauf bestand, ausgerechnet diesen etwas linkischen Posbi namens Nano Aluminiumgärtner hierher mitzunehmen. Bis ich mich daran erinnerte, dass er auf einem gewissen Gebiet hoch spezialisiert ausgebildet ist: Er ist Posbi-Historiker und kennt als solcher eine Unzahl alter Befehlskodes. Wenn Sie so wollen, lag es an mir, im entscheidenden Moment die richtigen *Schlüsse* zu ziehen.«

Der Unsterbliche hielt kurz inne. Hatte Lotho Keraete nicht von einem *Schlüssel* gesprochen? Konnte es sein, dass dies bereits des Rätsels Lösung war?

Nein. Gestern hatten sie bestenfalls eine vorläufige Pattsituation herbeigeführt, aber kein Ergebnis geschaffen, das den Alteranern auf Dauer half zu überleben.

»Dieser Maschinenteufel strahlte also wahllos Sequenzen alter Befehlskodes aus, berieselte die Angreifer damit und lähmte sie gewissermaßen.«

»Ja. Es dauerte zwar seine Zeit, und die Wirkung war nicht ganz jene, die ich herbeiführen wollte, aber ...«

»Was wollten Sie denn erreichen?«, hakte Michou nach.

»Nano sollte Befehle einer Höheren Instanz vorgaukeln, um die Posbis zur Teilnahmslosigkeit und Übergabe ihrer Schiffseinheiten zu zwingen. Ich bin mir sicher, dass dieser

Plan auch funktioniert hätte, wären da nicht die Plasmakomponenten gewesen. Ich stelle mir vor, dass sie teilweise im Widerstreit zu den Positroniken standen. Deswegen kam es zu Kämpfen der Posbi-Schiffseinheiten untereinander, zu den Torkelflügen und all den anderen beobachteten Phänomenen am Ende der Schlacht.«

»Glauben Sie, dass wir die Kodes Ihres persönlichen Maschinenteufels auch in Zukunft verwenden können, um die Posbis gänzlich zu vernichten?« Gier und Hass lagen gleichzeitig im Blick des Staatsmarschalls.

»Ich zweifle daran«, gab Rhodan zurück. »Sie sind nun mal keine reinen Maschinenwesen. Sie lernen möglicherweise, sich dagegen zu wehren. Der gestrige Sieg war lediglich der Beginn von etwas. Nicht mehr, aber auch nicht weniger.«

»Ich danke Ihnen für Ihre Ausführungen«, schloss Michou. »Und ich danke Ihnen für das, was Sie für Altera getan haben.«

»Meine Worte waren ernst gemeint«, sagte der provisorische Regierungschef, nachdem er es sich zur Nachbesprechung in einer kleinen Besprechungskammer bequem gemacht hatte. Außer ihm waren lediglich Rhodan samt Begleitung sowie der Leiter der Legion Alter-X anwesend. »Ich habe vielleicht eine andere Weltanschauung als Sie, aber mir geht es nicht um meine persönliche Eitelkeit, sondern um Altera.«

»Ich weiß.« Rhodan leckte sich über die Lippen. Der Wind stand günstig. »Wir müssen wohl oder übel zusammenarbeiten, Laertes. Und ich möchte, dass gewisse Dinge zwischen uns ausgeräumt werden.«

»Wenn Sie die beiden Leutnants meinen, die Mondra Diamond und Startac Schroeder geholfen haben, ins Festwerk vorzudringen, gebe ich Ihnen mein Wort, dass sie dafür nicht zur Verantwortung gezogen werden. Im Gegenteil: Sie bekommen jeweils einen gewichtigen Orden umgehängt und werden frühestmöglich befördert. Schauen Sie nur nicht so überrascht! Ich kann zwei und zwei zusammenzählen. Der Hausbesuch ihrer neuen Freunde war auch nicht ganz so unbemerkt geblieben, wie Sie vielleicht erhofften. Und der Name Donning« – unwillig verzog er das Gesicht – »bürgt ohnehin seit langer Zeit für Schwierigkeiten und Änderungen.«

»Ich danke Ihnen«, sagte Rhodan. »Das wird die beiden sicherlich freuen. Aber eigentlich wollte ich auf etwas anderes hinaus.«

»Geht es um diese beiden Maschinenteufel?«

»Ja. Sie sind meine Begleiter und gehören zum Team. Wie ich bereits erklärt habe, erfüllen wir alle einen bestimmten Teil unseres Auftrags. Darüber hinaus bin ich für Nano Aluminiumgärtner, Drover und Mauerblum verantwortlich.«

»Es w-war schrecklich in der G-gefangenschaft!«, warf Nano ein und ließ den Kopf rotieren. »Man wollte mich f-foltern, um an meine Erinnerungsspeicher heranzukommen.«

»Und mich wollten diese Unmenschen alkoholabhängig machen. Ha!«, piepste der Matten-Willy. Gleich darauf rülpste er mehrere Blubberblasen mit hohem Äthylgehalt und fiel in den Tiefschlaf zurück, den er seit seiner Befreiung pflegte.

Drover sagte nichts, wie so oft. Er hielt die »Beine« eingefahren und schwebte auf seinem körpereigenen Prallfeld.

»Unsere Öffentlichkeitsabteilung wird die Alteraner schonend darauf vorbereiten, dass sich zwei Maschinenteufel in Ihrer Gesellschaft befinden. Die ... Quarantäne ist damit aufgehoben. Sie werden nach wie vor auf Ressentiments stoßen. Aber ich muss zugeben, dass Ihre Begleiter von großem Nutzen waren.«

Rhodan nickte konzentriert. »Damit kommen wir zum wichtigsten Teil meiner Anliegen. Die Silberkugel ...«

»Abgelehnt!«, sagte Michou.

Der Unsterbliche stand langsam auf und beugte sich vorn. »Hören Sie mir mal zu, Sie Möchtegern-Potentat: Wir alle, die wir hier vor Ihnen stehen, tun ihr Bestes, um den Alteranern zu helfen. Den Alteranern, wohlgemerkt; nicht Ihnen und Ihresgleichen. Alles, was wir in den letzten Tagen herausgefunden haben, würde selbst im Bereich der arkonidischen Jurisprudenz ausreichen, um einen Mann wie Sie zu schwerem Kerker zu verurteilen. Was die Leute der Legion Alter-X mit Startac Schroeder angerichtet haben ...«

»... ist bedauerlich, aber nicht zu ändern. Würden Sie die Dinge von meiner Seite her betrachten ...«

»Warum machen wir es nicht einmal umgekehrt? Wie wäre es, wenn Sie sich in meine Stelle versetzten?«

»*Sie* sind derjenige, der sich anpassen muss, nicht ich. Verständnis ist schön und gut; aber mir fehlt schlichtweg die Zeit dafür.«

»Mann, was sind Sie nur für ein ...!«

»Danke, gleichfalls.« Michou war ebenfalls aufgestanden. Die beiden nahezu gleich großen Männer sahen sich aus nächster Nähe in die Augen.

Der Staatsmarschall ließ sich schwer in seinen Sitz fallen. »Sie hätten die Möglichkeit, mich in der Öffentlichkeit zu desavouieren. Sie könnten die so genannte ›Wahrheit‹ erzählen. Zu welchen Mitteln ich gegriffen habe, um mich ihrer Mitarbeit zu sichern, und wie rüde ich mit Ihren Begleitern umgegangen bin. Sie hätten es vor einer Stunde machen können. Und haben es nicht getan.« Er zeigte mit spitzem Finger auf Rhodan. »Ich werde Ihnen auch sagen, warum: Sie selbst fürchten, dass den Alteranern die einzige Führungskraft verloren geht, der Sie es zutrauen, das Imperium in eine gesicherte Zukunft zu führen. Sie mögen als Lichtgestalt gelten, als Retter in der Not. Aber jedermann ist klar, dass Sie verschwinden, sobald sich der Staub in Ambriador wieder gelegt hat.«

»*Sofern* er sich jemals legt.«

»Ganz richtig, Rhodan. Und bis es so weit ist, behalte ich die Silberkugel an einem sicheren Ort in Gewahrsam. Als Rückversicherung.«

»Ihnen ist bewusst, dass ich die Herausgabe jetzt sofort erzwingen könnte?« Er nickte in Richtung Mondra, Startac und den beiden Posbis.

Michou lächelte humorlos. »Das mag sein. Aber sehen Sie, das ist Ihr Problem. Sie bleiben mit Ihren Drohungen stets im Konjunktiv. Ich hingegen tue das, was ich verspreche. Und nun guten Tag, Rhodan. Ich habe ein Sternenreich zu führen.«

Er verließ den Raum. Koblenz marschierte ihm hinterher, misstrauisch auf die beiden Posbis lugend.

»Du lässt ihn damit davonkommen?«, fragte Mondra ungläubig, nachdem sich die Tür hinter den beiden Alteranern geschlossen hatte.

»Ja«, antwortete der Unsterbliche. Er zwang sich zu einem Grinsen, das unbeschwert wirken sollte. »Er soll sich in Sicherheit wiegen, der Mistkerl. Er hat ja keine Ahnung, wozu Terraner imstande sind, wenn sie gereizt werden. Aber zuerst werden wir uns um dieses ... gestrandete Imperium kümmern.«

ANHANG

Das Whistler-Museum von Terrania
Erster Teil der Führung: Im Saal der Homunkuli

Wer vom Aldebaran Space Port aus in Richtung Residenzpark der Stadt Terrania geht und kurz vor dem Park in Richtung Süden abbiegt, als wollte er nach Garnaru, oder weiter noch zum Flottenraumhafen, kommt an einem auffälligen Gebäude vorbei. Das Haus mit seinen nur knapp über siebzig Stockwerken scheint zwischen den himmelhohen Wohntürmen der Stadt etwas verloren, und gegen die Solare Residenz, die hoch über dem Park schwebt, geradezu bescheiden. Auch das Design des sonderbaren Gebäudes wirkt eher retro: keine Antigravterrassen, die den Gebäudekern hinauf- und hinabschweben, keine Satellitengehäuse, keine Holoporträts der großen Sportler, Wissenschaftler oder Unterhaltungskünstler der Liga Freier Terraner, nur zwei schlichte schlanke, lang gestreckte Bauwerke, die einander überkreuzen:

Das Gebäude ist dem Buchstaben X des altteranischen Alphabets nachempfunden.

Jenes X, das für das Unbekannte schlechthin steht.

Das Areal rund um dieses Bauwerk durchmisst fast viereinhalb Kilometer. Das Gelände ist nur spärlich bebaut. Hier eine Kuppelhalle, ein Kiosk inmitten einer Liege-

Die Brücke auf dem Whistler-Areal

wiese, dort ein Energiezelt; eine geschwungene Brücke führt über eine Art Gewässer, die Brücke selbst lenkt die Blicke auf sich mit ihrem turmähnlichen Aufbau. Ansonsten: viel freie Fläche.

Wer hier, inmitten von Terrania, der Hauptstadt des Planeten und damit der Liga Freier Terraner, den teuersten Baugrund so verschwenderisch nutzt – oder eben nicht benutzt –, zeigt damit: Ganz arm ist er nicht.

Vielleicht ist er sogar reicher als alle anderen Bürger der Liga. So wird zumindest gemunkelt. Denn die Firma, die hier sitzt, hat alle Möglichkeiten des Universums, nicht den ganzen Umfang ihres Vermögens den Finanzbehörden offen zu legen. Diese Company verfügt über Außenstellen, Verkaufsfilialen und Beteiligungen auf Gatas ebenso wie auf Drorah, sowie über Niederlassungen auf etlichen abgelegenen Planeten, von deren Existenz nicht einmal die Kosmische Hanse so ganz überzeugt ist.

Zweigstellen, deren Unterhalt und Betrieb dennoch steuerlich absetzbar sein sollen.

Denn die Firma kennt Mittel und Wege, sich solche Steuervorteile zu beschaffen oder einräumen zu lassen. Es ist die Whistler Company, der größte private Robotfabrikant der Milchstraße. Merkwürdigerweise ist die Firma, obwohl Aktiengesellschaft, noch immer weitgehend in Familienbesitz. Die Whistler-Familie hält etwas über 50 Prozent der Anteile. Übrigens: Bekanntlich hält außerhalb der Familie niemand so viele Aktien wie Reginald Bull, der Residenzminister für Ligaverteidigung. Böse Zungen sagen, es sei nicht auszuschließen, dass diese nahezu regierungsamtliche Beteiligung der Firma einige – nennen wir es einmal: – zu argwöhnische fiskalische Untersuchungen erspart hat.

Nichts als Gerüchte.

Und es ist sicher auch ein Gerücht, dass der Firmenchef selbst ein Roboter sein soll. Hätte die terranische Gerichtsbarkeit sonst nicht längst geklärt, ob ein Roboter überhaupt eine Roboterfabrik besitzen darf? Aber so ist das mit Gerüchten: Man bringt eher eine lepsotische Echokröte zum Schweigen als ein gut gehendes Gerücht.

Tatsache ist: Seit Jahrtausenden leitet die Whistler-Dynastie ihre Company; der jeweilige Chef, der *Robotermeister,* war in der Regel ein Henry F. Whistler, begonnen natürlich mit dem legendären Firmengründer Henry F. Whistler I.

Warum glauben viele Menschen in Terrania, dass immer mal wieder einer dieser zahllosen Henry F. Whistlers seinen Ursprung nicht in einer befruchteten Eizelle einer Menschenfrau hatte, sondern in der biomechanischen Matrix einer geheimen Fabrikationshalle der Firma? Nun: Eines Tages war publik geworden, dass Henry F. Whistler IX. vor langer Zeit unter den Augen Perry Rhodans, damals Großadministrator des Solaren Imperiums, mit den Worten »Ich bin menschlicher, als Sie denken«, die Brust geöffnet und ihm einen Blick in sein Inneres gestattet habe: ein ungeordnetes Schema von Sensoren, beweglichen Teilen und Kabeln.

Oder ist dieses *veröffentlichte Geheimnis* nur ein geschickter Werbetrick der Firma? *Whistler – the only Robots made by Robots made by Robots made by ...*

Bei Gelegenheit der Brusteröffnung soll der künstliche Whistler dem Großadministrator gesagt haben:

»Solange es Menschen gibt, wird es *Whistler*-Roboter geben.«

War das als Versprechen gemeint? Als Drohung? Oder war dieser Satz nur die erste Hälfte einer viel größeren, erschreckenderen Wahrheit, müsste er fortgeführt werden mit »Nicht nur, solange es Menschen gibt – sondern auch noch Äonen darüber hinaus«?

Ist es denkbar, dass eines fernen Tages, wenn Terra als vereinsamter Planet um eine längst erloschene Sonne kreist, Whistler-Roboter in Gestalt titanischer oder – im Gegenteil: – mikroskopisch kleiner Raumfahrzeuge das Universum durcheilen, erforschen, Kontakte mit Zivilisationen knüpfen, die den heutigen unvorstellbar sind und den fremden von jener verschollenen Zeit künden, als die Terranische Technosphäre noch einen biologischen Anteil hatte? Die *Menschheit ...*

Alles ist denkbar. Aber hier haben wir wohl ein wenig Zukunftsmusik gehört.

Kommen wir noch einmal auf die Brücke zurück, die bebaute Brücke über dem *Gewässer*, dort im Whistler-Areal.

Wer auf dieser Brücke steht und auf den *Fluss* hinabblickt, sieht, dass in diesem Fluss kein Wasser fließt. Der

Strom, wenn man ihn denn so nennen will, besteht aus riesenhaft vergrößerten *Tropfen*. Jeder dieser Tropfen durchmisst dreißig bis vierzig Meter. Die Riesentropfen schimmern silbrig, denn sie bestehen aus Aluminiumseide, einem teuren, metallisch glitzernden, festen und dennoch schmiegsamen Stoff.

Die Masse der Tropfengebilde – es sind insgesamt über eintausend – bewegt sich ostwärts, in Richtung Sirius River City, und fließt der Schwerkraft zum Spott sachte bergauf – ein kleiner Scherz des Architekten. Etwa vier Kilometer strömen, oder besser: rollen die Tropfen, verschieben sich gegeneinander, sind mal obenauf, mal tauchen sie untereinander ab, denn das *Flussbett* ist gut einhundert Meter tief. Am Ende versinken sie in die Erde und laufen über ein unterirdisches Röhrensystem zurück zur Quelle des Bauwerks und kommen wieder in Fluss.

Immer im Fluss – ja, so sieht es aus, das neue Whistler-Museum von Terrania, das Museum für Androidengeschichte: ein fließendes Bauwerk.

Ich muss nicht betonen, dass der Hightech-Fluss positronisch gesteuert wird; kein menschliches Gehirn könnte die Positionen und Geschwindigkeiten der einzelnen Tropfenelemente so genau abstimmen und manipulieren, wie es nötig ist. Denn die Besucher wechseln nicht nur von Tropfenelement zu Tropfenelement, sie können auch den Weg und die Reihenfolge ihrer Tour selbst bestimmen. Und die Zentronik muss dafür sorgen, dass jedes gewünschte Element rechtzeitig dort ist, wo es benötigt wird, dass sich die Geschwindigkeiten der Tropfen angleichen, die Lamellen zueinander öffnen, das komplizierte Netz von künstlichen generierten Schwerkraftfeldern alles im Lot hält.

Ein Wunderwerk der Architektur. Ein Schmuckstück der terranischen Technologie.

Designed & Made by Whistler-Architecture-Robots.

Schließen wir uns einer dieser Führungen an. Wir können vom Ufer aus zusteigen, in irgendeinen Tropfen. Sie halten auf ein Handzeichen, auf ein Kopfnicken, auf das kleinste Anzeichen von Interesse hin, an und öffnen sich wie eine silbrige Blüte.

Dort steht auch schon der Museumsführer und begrüßt seine Gäste.

Die Wetterkontrolle hat einen etwas kühlen Herbsttag über die Stadt verhängt. Kühler Regen, leicht böiger Wind.

Aber hier, im Museum, ist es angenehm warm. Warm und sicher wie in Abrahams Schoß.

Hereinspaziert ...

»Natürlich erstrecken sich die Produktionsanlagen von Whistler mittlerweile bis tief unter die Oberfläche von Terrania, der Hauptstadt der Liga Freier Terraner. Fast zweitausend Meter tief schichtet sich Halle auf Halle, Fertigungszone auf Fertigungszone, Fabrik auf Fabrik. Whistler – das ist ein Betrieb, der förmlich ins Innere der Erde eingetaucht ist. Eine Matrix, eine überlebensgroße mechanische Gebärmutter der Mutter Erde.

Verzeihung – das sollte ein Scherz sein.

Aber das Bild ist ja nicht ganz falsch: Jahr um Jahr schlüpfen Milliarden von Geschöpfen aus diesem mechatronischen Mutterleib, verlassen die Bandstraßen und treten ans Licht. So sehe ich das. Erblicken das Licht der Welt. Stehen im Schauer der elektromagnetischen Strahlung.

Obwohl Whistler, also die Produktionsstätten der Firma Whistler, unterirdisch arbeiten, ist für die meisten Terraner und Besucher auf Terra, ja selbst für die ortsansässigen Citybürger, Whistler immer noch gleichbedeutend mit dem Großen X, dem X-förmigen Bauwerk, in dem alles seinen Anfang genommen hat.«

»Alles seinen Anfang genommen? Das klingt ja wie aus dem Schöpfungsbericht. ›Am Anfang schuf Whistler ...‹«

»Oh, du weißt, was ich meine. Das sollte keine Blasphemie sein, und auch keine Überheblichkeit. Ich meinte schlicht den Anfang der Roboterproduktion.«

Der Museumsführer lächelte verbindlich in die Runde und lud mit einer Handbewegung seine Gäste ein, ihm weiterzufolgen. Im Gehen nahm er seinen Vortrag wieder auf:

»Selbst die Forschungsabteilungen von Whistler befinden sich längst subplanetar. Wenigstens hier auf Terra. Die Ableger der Company auf den anderen Welten der Liga halten es ähnlich, soweit ich es sehe. Selbst dort, wo Baugrund noch preiswert ist, gräbt sich Whistler gerne in den Untergrund. Verwurzelt sich die Firma in der Erde – ganz gleich, ob es Monderde ist, die Erde von Plophos oder von Ferrol.

Im Großen X befindet sich eigentlich nur noch die Verwaltung der Whistler Company. Das X soll das Unbekannte symbolisieren, das es zu erforschen gilt. Heißt es in unserer Broschüre.«

Die Besucher warfen einen kurzen Blick auf die Info-Folie, die der Museumsführer ihnen ausgehändigt hatte. Die Folie ließ sich nach Belieben rollen, zu einem Heft falten oder wie eine Karte zusammenklappen. Ins Flexomaterial eingearbeitet waren dreidimensionale Bilder mit akustischen Dateien, die frühe Whistler-Roboter zeigten, Erfolgsmodelle wie den Universalhaushaltsroboter Whutler, der Interkosmo mit britischem Akzent sprach, aber auch nie ausgelieferte Prototypen. Außerdem etliche Porträts von

Henry F. Whistler I., der die Firma im Jahr 2345 vor-hansischer Zeitrechnung gegründet hatte.

Whistler lächelte altersweise in die Kamera; seine Augen blitzten unternehmungslustig, und er flüsterte jedem Betrachter den Leitspruch seiner Firma zu:

»Für die Whistler-Company existiert das Wort ›unmöglich‹ nicht.«

»Ein bedenklich armer Wortschatz, den dieser Herr Whistler hatte«, tadelte einer der Gäste.

Der Museumsführer hüstelte dezent. »Welches Unbekannte, werdet ihr fragen? Nun: Whistler schickt Sonden in den tiefen Raum; Whistler-Produkte tauchen ein in Schwarze Löcher, in Quasare und Pulsare; Whistler-Produkte schürfen auf Planeten, deren giftige, ätzende Atmosphäre kein biologisches Leben zulässt, deren Hitze Blei zum Schmelzen bringt; Whistler-Roboter stemmen sich gegen die zehn-, gegen die zwanzigfache Schwerkraft von Welten, die Menschenknochen zerknüllen würden wie ein Blatt Papier.

Aber das ist ja nur das, was die Whistler-Erzeugnisse im Auftrag ihrer Käufer tun: der Liga, ihrer wissenschaftlichen Gesellschaften, ihrer Flotte, der Kosmischen Hanse oder kleinerer, privater Handelskompanien.

Nein, es sind nicht nur terranische Organisationen, die bei Whistler kaufen oder kaufen dürfen. Whistler beliefert die ganze Galaxis:

Natürlich, du hast recht, schließt die Firma nicht mit jedem Interessenten jeden Vertrag: Die Kampfroboter aus der legendären TARA-Reihe werden exklusiv für die Liga gefertigt. Gegen die Arkoniden hegt einer der größten Anteilseigner der Firma – genau, Reginald Bull – einen gewissen Widerwillen.

Geschäftstüchtig? Oh ja, das ist er.

Aber ich schweife ab. Die Whistler-Roboter erforschen

das Unbekannte, weit draußen, das stimmt, aber der Company selbst geht es um ein ganz anderes Unbekanntes. Das Unbekannte, das sie erforscht, ist das – die – nun, ich nenne es gern: die Seele, wenn euch der Begriff etwas sagt.

Die ÜBSEF-Konstante, sagst du? Ja, gut, mag sein, ist mir recht, auch wenn es mir etwas zu technisch klingt. Zu messbar. Zu objektiv.

Whistler sondiert ein viel feineres Gewebe. Was eine Seele ist? Ja, was ist eine Seele? Ich würde sagen: Das bekommen wir später. Nein, nicht in der Form, dass ich euch allen eine solche Seele schenke – *bekommen wir später* im Sinne von: Darüber reden wir später.

Natürlich sind die eigentlichen Fabrikationsanlagen Sperrgebiet – wenn wir die Fabrikationsanlagen dem Publikum öffneten, könnten wir gleich die Baupläne unserer Modelle im Netz publizieren: Whistler zum Selbstbauen. Schließlich sind wir keine gemeinnützige Organisation und – bitte? Wie meinst du? Nein, auch keine Kirche, haha, sehr närrisch. Also wisst ihr doch etwas mit dem Begriff *Seele* anzufangen.

Wir sind ein Betrieb. Wir verkaufen unsere Produkte. Ja, ein kommerzieller Betrieb. Auf Gewinn aus. Aber mit geradezu erstaunlichen Sozialleistungen, die ...«

Der Museumsführer unterbrach sich und stellte fest: »Das scheint niemanden von euch wirklich zu interessieren. Kommen wir also zurück zum Thema. Roboter. Was sind Roboter eigentlich?«

»Wenn ich die Geschichte, also die terranische Historie nicht ganz falsch verstehe, verdankt sich doch die ganze terranische Zivilisation in gewisser Weise der Entscheidung eines Positronenhirns, nicht wahr?«, fragte einer der Gäste und pendelte belustigt mit seinem diskusförmigen Kopf.

Dabei hielt er die Infobroschüre hoch, die er so aufgeschlagen hatte, dass man Whistlers Intro lesen konnte: »Wie alles begann ...«

»In gewisser Weise hast du nicht ganz unrecht«, gab der Museumsführer zu. Die anderen Mitglieder seiner Gruppe blätterten die Seite nach. Man sah zwei prominente Figuren der terranischen Geschichte in der Zentrale eines archaischen Arkonidenraumkreuzers stehen. Der eine der beiden war offenbar Rhodan, der Resident der Liga Freier Terraner. Den anderen kannten alle Terraner und die meisten Besucher dieses Planeten; seine Statue stand in der Gedenkstätte »Freund der Menschheit«.

»Ich bin Crest«, sprach die Figur aus der Flexobroschüre, als ihre Sensoren wahrnahmen, dass sie angesehen wurde. »Und ihr seht mich, wie ich gerade den Repräsentanten des Planeten Terra an Bord meines Schiffes begrüße.« Dann wandte sich das kleine Hologramm dem Rhodan-Hologramm zu und sprach:

»Es sind bedeutende Künstler an Bord, die laufend neue Fiktiv-Werke erschaffen. Die Ordnung im Schiff wird von der Roboterbesatzung aufrechterhalten. Ihre Notlandung, Perry, ist ebenfalls von den Automaten bewirkt worden. Es handelt sich um die normale Sicherheitsschaltung. Das positronische Gehirn hatte ermittelt, dass wir mit Ihnen nicht verkehren dürfen. Also schaltete es entsprechend. Es ist sehr einfach.«

Dann wandte sich das Crest-Hologramm von Rhodan ab und seinem Betrachter zu: »Du siehst, ohne den Eingriff des Positronenhirns an Bord meines Schiffes wäre die terranische Geschichte anders verlaufen, sie hätte keine Abkürzung auf ihrem Weg zu den Sternen gefunden.«

»Wie ich sagte: Die ganze terranische Zivilisation verdankt sich in gewisser Weise der Entscheidung eines Positronenhirns. Ohne diesen Automaten würdet ihr heute noch mit Dampflokomotiven über die Erde dümpeln.«

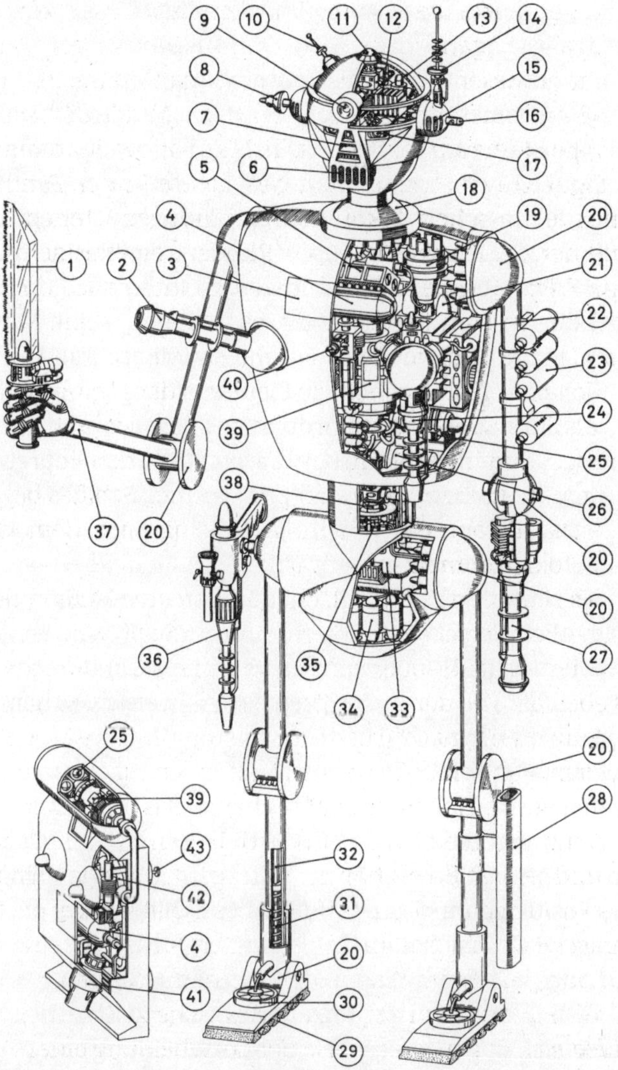

TKR 2400/III – der Klassiker unter den Kampfrobotern. Hier die Ausfertigung mit Vibratordolch für den robotischen Nahkampf

Die anderen Gäste sahen den Museumsführer an – erwartungsfroh, wie ihm schien. Der Museumsführer schaute noch ein wenig in die Flexobroschüre.

Mittlerweile waren zwei arkonidische Kampfroboter mit augenlosen Kugelköpfen ins Bild getreten, die leise summten. Dann sprachen sie: »Wir sind die GIAR-3005-Modelle, die arkonidischen Vorläufer des bewährten Modells 2400/III von Whistler. Whistler Kampfroboter TKR 2400/III – auf allen Schlachtfeldern dieser und der benachbarten Galaxien bewährt. Für Liebhaber gibt es uns jetzt als Sammlermodelle im Maßstab 1:1.« Die beiden Einheiten winkten fröhlich in die Kamera.

Manchmal, dachte der Museumsführer, übertreibt es die Firma mit ihrer Werbung. Er wandte sich seinen Gästen zu und sagte:

»Das ist nicht ganz falsch, aber auch nicht ganz richtig. Die Idee, denkende Automaten zu schaffen, Roboter, Androiden, ist der Menschheit gewissermaßen in die Wiege gelegt. Seit Urzeiten träumten Terraner davon, solche menschenähnlichen oder menschengleichen Kunstwesen zu erschaffen. Dazu brauchte es keinen Anstoß von außen, von Arkon.

Folgt mir jetzt bitte in die Abteilung ›Prä-Astronautische Historie‹.

Als große Theoretiker und Propheten des Künstlichen Geschöpfes sind uns bis heute Homer und ein gewisser Johann Wolfgang Goethe in Erinnerung, Letzterer ein altteranischer Staatsmann und Poet ...«

Langsam bewegte sich die Gruppe aus dem Eingangsbereich in den Saal der terranischen Frühgeschichte. Der Museumsführer erläuterte die Exponate.

Sie hielten vor zwei unbekleideten, goldglänzenden Frauenfiguren, die sich lächelnd verneigten. Der Museumsführer erklärte: »Schon in Homers *Ilias* ist die Rede von künstlichen Menschen. Die Göttin Thetis begibt sich zu Hephaistos, dem hinkenden Schmied, mit der Bitte, ihren Günstlingen Waffen zu fertigen. ›Triefend vor Schweiß und eifrig beim Treiben der blasenden Bälge fand ihn die Göttin‹ – die Schmiedekunst ist die HighTech der archaischen Zeit. Thetis findet Hephaistos von sonderbaren Gehilfen umgeben:

> Jungfraun stützten den Herrscher,
> Goldene, Lebenden gleich, mit jugendlich reizender Bildung;
> Diese haben Verstand in der Brust und redende Stimme,
> Haben Kraft und lernten auch Kunstarbeit von den Göttern.

Ja, so heißt es im Achtzehnten Gesang der *Ilias*: Der Schmied hat sich mit künstlichen Frauen aus Edelmetall umgeben, mit Androidinnen, die ihn bei der Arbeit unterstützten und nach der Arbeit vielleicht für seine Unterhaltung sorgten, jugendlich reizend, wie sie waren.«

»Ist das wahr?«, fragte einer der Gäste die beiden Goldmädchen. Sie wandten sich verschämt kichernd ab.

Der Museumsführer fuhr fort: »Man hatte in der terranischen Ära, die man das präastronautische Mittelalter nennt, zunächst geglaubt, künstliche Menschen auf chemischem Wege herstellen zu können oder zu sollen. Man stellte sich die künstlich erzeugten Menschen winzig klein vor, deswegen der Name Homunculus. Das Wort leitet sich von dem lateinischen Homo ab, *der Mensch*, es ist eine Verkleinerungsform und bedeutet *Menschlein*. Man glaubte unter anderem, so genannte Galgenmännlein könnten dort entstehen, wo der Samen von Erhängten auf eine Alraune tropft.«

»Die terranischen Fortpflanzungstechniken sind malerischer, als man denkt«, merkte einer der Gäste an. Andere murmelten zustimmend.

Der Museumsführer wies auf eine handspannengroße Blase aus Glas, die gemütlich durch die Luft trieb, und winkte sie herbei. Die Glaskugel hielt in Augenhöhe an; darin saß ein winziger nackter Mann.

»Dies ist ein Nachbau des Homunculus' von Goethe«, erklärte der Museumsführer seinen Gästen.

»Wolfgang Goethe hatte ein Schauspiel mit dem Titel *Faust* geschrieben, eine Tragödie in zwei Teilen. Im ersten Teil paktiert der Titelheld, der Wissenschaftler und Universalgelehrte Faust, mit dem Teufel; im zweiten Teil kehrt er, nach etlichen Ausflügen in die weite Welt, kurz an seine alte Wirkungsstätte zurück, an die Universität. Dort hat mittlerweile sein ehemaliger Gehilfe Wagner das Regiment übernommen und forscht. Und wenn ihr mich nun fragt, woran er forscht: Nun, er forscht an der Mög-

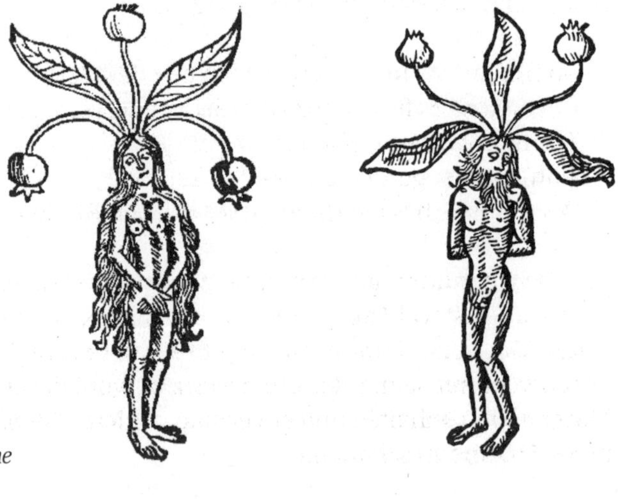

Alraune

lichkeit, einen künstlichen Menschen zu erzeugen, einen Androiden.

Sein Laboratorium ist ›mit weitläufigen unbehülflichen Apparaten zu phantastischen Zwecken‹ ausgerüstet. Man erblickt eine aus sich heraus leuchtende Phiole. Der Teufel fragt neugierig, was in dieser Phiole vor sich gehe, Wagner antwortet: ›Es wird ein Mensch gemacht.‹ Der Teufel möchte den beiden Menschen, die er in der Phiole vermutet, beim Menschenmachen zusehen, aber Wagner belehrt ihn:

›Wie sonst das Zeugen Mode war,
Erklären wir für eitel Possen.‹

Der moderne Menschenproduzent Wagner arbeitet mit wissenschaftlichen Mitteln, sein neuer Mensch braucht keine Paarung mehr, er wird künstlich erzeugt, in der gläsernen Retorte. Dieses Glas ist zugleich Uterus, Gehäuse, Haus und Käfig. Der neue Mensch heißt Homunculus. Homunculus kann nicht heraus aus dem Glas und ruft seinem Vater (eine Mutter hat er nicht) zu:

Komm drücke mich recht zärtlich an dein Herz!
Doch nicht zu fest, damit das Glas nicht springe.
Das ist die Eigenschaft der Dinge:
Natürlichem genügt das Weltall kaum,
Was künstlich ist, verlangt geschlossnen Raum.«

»Freiheitsberaubung«, empörte sich einer der Gäste.

»Nun, es ist wohl auch eine Sicherheitsmaßnahme von Seiten Wagners. Homunculus hat besondere Fähigkeiten: Er schwebt mit seiner Retorte herum, obwohl diese keine Maschinen beinhaltet, und er vermag, anderen Menschen in die Träume zu schauen.«

»Ein Mitglied von Rhodans berüchtigtem Mutantenkorps«, raunte einer der Gäste, der mit dem diskusförmigen Schädel.

»Homunculus reist mit Faust und Teufel ins alte Griechenland ...«

»Er reist durch die Zeit?«, fragte einer der Besucher nach, dessen Leib die anderen meterhoch überragte. Forschend blickte er aus seinen drei Augen auf den Museumsführer.

»Ja, aber es bekommt ihm nicht gut. Homunculus verliebt sich in der Vergangenheit in die schöne Galatee, steigt ihr nach und zerschellt mit seiner Phiole an ihrem Muschelthron.«

»Tragische Geschichte, das«, bedauerten die Gäste, »so ein Unglück. Schade um den kleinen Kerl.«

»Zeitreisende verdienen kein Mitleid«, grollte der dreiäugige Gigant und hob seine vier mächtigen Arme. Die anderen Gäste schwiegen betreten. Der Glasflugkörper zischte davon. Der Museumsführer räusperte sich und sagte in die peinliche Stille hinein:

»Goethes Texte sind übrigens in Deutsch geschrieben. Deutsch ist eine alt-terranische Sprache mit sehr kuriosen Eigenschaften. Sie kennt beispielsweise drei Geschlechter: männlich, weiblich und sächlich; aber die Zuordnung dieser Geschlechter ist – ein wenig mysteriös: Eine Frau ist weiblich, aber *das Weib* ist sächlich. Ein Mann – *der* Mann – ist männlich, ein Raumschiff – *das* Schiff – sächlich. Wenn ein Raumschiff nun nach einem Mann benannt wird, zum Beispiel nach Crest, dann wird Crest ...«

»... sächlich!«, riet einer der Gäste, »*das* Crest!«

»Falsch, *er* oder *es* wird *weiblich* – *die* CREST!«

»Er verulkt uns«, flüsterte einer der Gäste so, dass es der Museumsführer hören musste.

Die Künstliche Menschen-Fabrik der Frühzeit. Paul Struck, Ölgemälde 1975/76

»Die Deutschen müssen viel Humor gehabt haben«, kommentierte ein anderer und pendelte wieder belustigt mit seinem diskusförmigen Schädel. »Gibt es heute noch welche?«

Ein anderer aus der Gruppe trompetete durch seinen Rüssel: »Wer in geschlechtlichen Dingen so verwirrt ist, wird sich auf Dauer kaum fortpflanzen können.«

Man ging weiter. Der Museumsführer erzählte:

»Einer von Goethes Nachfolgern in Sachen Homunculus-Dichtung hieß Robert Hamerling. Hamerling veröffentlichte im Jahr 1887 ein Epos mit dem Titel ›Homunkulus‹. Sein Homunkel ist ein chemisch erzeugtes Wesen, das sich seinem Erzeuger gegenüber, einem Professor, ziemlich ungezogen benimmt. Homunkel ist schierer Intellekt, wenig Fleisch; alles Natürliche an ihm ist verschrumpelt. Um seiner Gestalt eine etwas freundlichere Erscheinung zu verleihen, wird er ein wenig transformiert:

Also sprechend, warf der Doktor
Den entschlummerten Homunkel
Flugs zurück in die Retorte,
Reduziert' ihn auf das erste
Urprinzip vitalen Daseins,
Wie er glücklich es erfunden,
Auf den embryonalen Zustand,
Auf ein rationell gemischtes,
Zartes Protoplasma-Klümpchen.
Und nachdem ihm dies gelungen
Mit unsäglichem Bemühen,
Sacht' den Embryo verpflanzt' er
Auf geheimnisvolle Weise
In den Mutterschoß der Gattin
Eines armen Dorfschulmeisters.«

»Er bekommt eine Leihmutter?«, fragte einer der Museumsbesucher. »Ja, so klingt es. Wir wissen heute nicht mehr, ob die Dorfschulmeistersgattin tatsächlich für ihren gebärmütterlichen Dienst entlohnt worden ist, aber da ihr Mann als ›arm‹ bezeichnet worden ist, spricht vieles dafür, dass wir es mit einer geldwerten Dienstleistung zu tun haben.«

»Interessant, sehr interessant. Ja. Und, was ist aus diesem Homunkel geworden?«

»Er kommt ein zweites Mal auf die Welt, diesmal geboren. Er wird zunächst Poet, dann Verleger. Seine Geschäftsidee: Er zahlt kein Honorar, sondern lässt sich den Abdruck der Texte von den abdruckwütigen Autoren bezahlen. Ein Börsenkrach bringt ihn um sein Vermögen. Er wird Pädagoge und gründet eine Affenschule, um ein besseres Geschlecht heranzuzüchten. Er wird zum König der Juden gewählt, bald darauf ans Kreuz genagelt, kommt aber mit dem Leben davon. Schließlich erfindet er eine Denkmaschine, konstruiert mit ihrer Hilfe ein Luftschiff und startet damit in den Weltraum, wo er als ewiger Astronaut im Orbit treibt; es heißt abschließend:

Sonntagskinder noch erblicken
Manches Mal in Sternennächten
Jenes Wrack als dunklen Irrstern
Hoch in unermessner Ferne.«

»Das ist traurig.«

»Tieftraurig. Und so ergreifend. Wann ist das Ganze geschehen, sagtest du?«

»Es ist gar nicht geschehen, sagte ich; es ist eine Vision, ein Märchen des späten 19. Jahrhunderts.«

Der Museumsführer trat auf einen weiteren künstlichen Menschen zu, der auf einem Podest stand. Die Gestalt war von einem natürlichen Menschen kaum zu unterscheiden. Als sich die Gruppe um ihn versammelt hatte, erhob das Kunstwesen seine Stimme:

»Ich bin Ihnen zugeteilt worden. Verleihen Sie mir bitte einen Namen.« Der Museumsführer lächelte und gab dem Kunstwesen Stichworte: »Sag uns, wer du bist.«

Die Maschine antwortete: »Ich bin für Sie konstruiert worden, Sir. Daher meine menschliche Erscheinungsform.«

»Ein Robot?«

»Sozusagen, Sir, aber keine Maschine in Ihrem Sinne. Mein Gehirn ist eine halborganisch-intotronische Verbindung. Sechsdimensional, Sir. Möchten Sie nun das Physiotron betreten?«

»Dies«, erklärte der Museumsführer, »ist natürlich jener Roboter, der Rhodan am 29. Januar zum ersten Mal auf der Kunstwelt Wanderer begrüßte. Leider haben wir hier nicht das Original, es ist nur ein Nachbau. Um ehrlich zu sein, ist die terranische Wissenschaft auch bis heute nicht in der Lage, eine halborganisch-intotronische Verbindung herzustellen. Sechsdimensional. Aber wir glauben, dass das Bewusstsein einer solchen Maschine einer künstlichen ÜBSEF-Konstante nahe käme.«

»Einer künstlichen Seele also«, erinnerte sich einer der Besucher.

»Genau.« Der Museumsführer betrachtete das menschenförmige Gebilde, das ihn von seinem Podest her anlächelte. Ein wenig spöttisch, wie ihm schien.

»Und der Roboter war, wie du sagtest, namenlos?«

»Ja. Er bat Rhodan darum, ihm einen Namen zu geben.«

»Warum?«

»Wir wissen es nicht. Vielleicht war es eine Geste der Höflichkeit Rhodan gegenüber. Vielleicht empfand das Kunstwesen seine Namenlosigkeit als Mangel. Vielleicht ...«

»Und wie, sagtest du, hat Rhodan ihn benannt?«

»Homunk natürlich«, antwortete der Museumsführer, »als Abkürzung für Homunkulus.«

»Und habt ihr auch ein Physiotron hier im Museum?«, scherzte einer der Gäste. Jeder hier wusste, dass es sich bei diesem Gerät um jene Zelldusche handelte, die dem Rhodan der frühen Jahre seine relative Unsterblichkeit verliehen hatte.

»Aber ja«, schmunzelte der Museumsführer, »so heißt das Restaurant des Whistler-Museums. Sie erhalten dort mannigfache erfrischende und belebende Speisen und Getränke für jede Physiologie. Aber ihr wollt doch nicht jetzt schon eine Pause machen, oder? Es gibt noch so viel zu sehen.«

Also gingen sie weiter ...

Quellen:

JOHANN WOLFGANG GOETHE: Faust. Der Tragödie zweiter Teil.

ROBERT HAMERLING: Homunkulus. In: Klaus Völker: Künstliche Menschen. München 1971.

HOMER: Ilias.

K. H. SCHEER: Unternehmen »Stardust«. München 1961.